ALEX BEER

Der dunkle Bote

Autorin

Alex Beer, geboren in Bregenz, hat Archäologie studiert und lebt in Wien. Ihre spannende Krimi-Reihe um den Ermittler August Emmerich erhielt zahlreiche Shortlist-Nominierungen (u.a. für den Friedrich Glauser Preis, Viktor Crime Award, Crime Cologne Award) und wurde mit dem Leo-Perutz-Preis für Kriminalliteratur 2017 und 2019 sowie dem Krimi-Publikumspreis des Deutschen Buchhandels MIMI 2020 prämiert. Auch der Österreichische Krimipreis wurde der Autorin 2019 verliehen. Neben dem Wiener Kriminalinspektor hat Alex Beer mit Felix Blom eine weitere faszinierende Figur erschaffen, die im Berlin des ausgehenden 19. Jahrhundert ermittelt und für den sie mit dem silbernen Homer 2023 und dem Berliner Krimifuchs 2024 ausgezeichnet wurde.

Von Alex Beer bereits erschienen:

August Emmerich ermittelt:
Der zweite Reiter
Die rote Frau
Der dunkle Bote
Das schwarze Band
Der letzte Tod
Die weiße Stunde

Weitere Bände um August Emmerich in Vorbereitung

Isaak Rubinstein ermittelt:
Unter Wölfen
Unter Wölfen – Der verborgene Feind

Felix Blom. Der Häftling von Moabit
Felix Blom. Der Schatten von Berlin
Felix Blom. Mord an der Spree

ALEX BEER

DER DUNKLE BOTE

Ein Fall für August Emmerich

Kriminalroman

blanvalet

MIX
Papier | Fördert gute Waldnutzung
FSC® C014496

Penguin Random House Verlagsgruppe FSC® N001967

7. Auflage

Neumarkter Straße 28, 81673 München
produktsicherheit@penguinrandomhouse.de
(Vorstehende Angaben sind zugleich Pflichtinformationen nach GPSR.)

Dieses Werk wurde vermittelt durch die Literaturagentur Kai Gathemann
Redaktion: Margit von Cossart
Umschlaggestaltung: www.bürosüd.de
Umschlagmotiv: Donald Jean/Arcangel Images
KW · Herstellung: wag
Satz: GGP Media GmbH, Pößneck
Druck und Bindung: GGP Media GmbH, Pößneck
Printed in Germany
ISBN 978-3-7341-0897-6

www.blanvalet.de

Sag mir, wie du dir den Teufel vorstellst,
und ich sage dir, wer du bist.

Paul Carus

Sonntag,
31. Oktober 1920

1

Der Sensenmann ging um. Menschen, Traditionen, politische Systeme … Nichts und niemand war vor ihm sicher. Selbst Wien, die alte Kaiserresidenz, zählte zu seinen Opfern.

Die Todeszuckungen der sterbenden Stadt waren überall spürbar. So brannten die meisten Straßenlaternen im 6. Bezirk nicht, obwohl es längst dunkel war. Wie so viele andere Dinge waren sie Sparmaßnahmen oder Vandalismus anheimgefallen. Vielleicht auch einfach nur dem Zahn der Zeit. Es machte keinen Unterschied. Das Licht der wenigen intakten Lampen war jedenfalls so schwach, dass es den Dunst des Nebels kaum durchdrang.

Die Hände tief in den Manteltaschen vergraben, setzte er einen Fuß vor den anderen und wäre beinahe über einen zerlumpten Bettler gestolpert, der mitten auf dem Gehsteig seinen Rausch ausschlief.

»Wien, du elender Moloch«, murmelte er fröstelnd.

Tatsächlich schwebte seit Wochen eine dumpfe Unruhe über der Donaumetropole, und auch in dieser nasskalten Herbstnacht war das Brodeln spürbar. Etwas lag in der Luft.

Er konnte es nicht erwarten, diesen Ort endlich wieder zu verlassen. Die klaustrophobische Enge der Gassen schnürte ihm die Luft ab, der Dialekt schmerzte in seinen Ohren.

Nicht mehr lange, dachte er und seufzte, als er endlich vor dem Haus ankam, in dem er sich eingemietet hatte.

Als wäre er ein ordinärer Dienstbote, musste er das Gebäude durch den Gesindeeingang betreten, hinter dem ein unbeheizbares, heruntergekommenes Quartier auf ihn wartete. Leise stahl er sich durch den Flur und schlich in seine Kammer. Er hatte keine Lust auf seine beiden Mitbewohner, diese lästigen Kerle, die ständig versuchten, Konversation zu betreiben. Sie sollten nicht wissen, dass er wieder daheim war.

Er schloss die Tür hinter sich und tastete in seiner Hosentasche nach Streichhölzern. Fließendes Wasser und Elektrizität gab es nur im Herrenhaus. Die Bewohner des Dienstbotentraktes waren auf den Brunnen im Hof und Kerzen angewiesen.

Plötzlich hielt er inne und starrte in die Finsternis. Er war nicht allein. Noch jemand war im Raum. Obwohl die andere Person sich durch nichts bemerkbar machte, spürte er deren Anwesenheit, so wie es ein Beutetier tat, dem ein uralter Instinkt Gefahr signalisierte.

Schweigend stand er einfach nur da, nicht wissend, was er tun sollte. Zwar hatte er im Krieg gekämpft und dort dem Feind ins Auge geschaut, doch das hier war etwas anderes.

Sein Herz schlug ihm bis zum Hals, und sein Mund wurde trocken. »Was willst du?«, flüsterte er schließlich.

»Kannst du dir das nicht denken?«, hörte er eine zischende Stimme aus der Dunkelheit. »Ich bin gekommen, um deine Seele zu holen.«

Montag,
1. November 1920

2

Das Ende des Krieges hatte kein Ende der Not mit sich gebracht. Im Gegenteil. Die Siegermächte hatten das K.-u.-k.-Reich in sieben Nationen zerteilt und die Vielvölkermonarchie Österreich zu einem isolierten Kleinstaat gemacht, an dessen Lebensfähigkeit viele zweifelten. Zu Recht.

Die Zollgrenzen zu den neuen Nachbarländern erschwerten die dringend notwendigen Lebensmittellieferungen, enorme Reparationszahlungen mussten geleistet werden, und die Teuerung erklomm schwindelerregende Höhen. Staatskanzler Mayr musste sich mit dem Koalitionsbruch zwischen den Sozialdemokraten und den Christlichsozialen herumschlagen, die Fronten zwischen dem rechten und dem linken Lager verhärteten sich. Es war nur noch eine Frage der Zeit, bis es zu gewalttätigen Ausschreitungen kommen würde.

Damit nicht genug war auch noch eine unerwartete Kältewelle über die Stadt hereingebrochen. Seit Tagen fegte ein sibirischer Steppenwind durch die Gassen und trieb haushohe Staubwolken vor sich her. Der Frost hatte die Kartoffelernte zunichtegemacht, was die ohnehin prekäre Versorgungslage noch weiter verschlimmerte. Hungertote würden auf der Tagesordnung stehen. Wieder einmal. Das Grauen des Winters hatte sich wie ein Leichentuch auf die Menschen gesenkt. Es sah nicht gut aus für die junge Republik.

Wenn er nicht bald ins Warme kam, sah es auch für die Gesundheit von August Emmerich, Kriminalinspektor in der Abteilung »Leib und Leben«, schlecht aus. »Verdammt«, fluchte er, als ihm eine eisige Windböe in die Kleider fuhr. Die angeblichen zehn Grad unter null fühlten sich weitaus kälter an.

Er dachte an die Soldaten, die aus den russischen Lagern zurückgekehrt waren, an ihre Erzählungen von Atem, der in der Lunge klirrte, und Spucke, die in der Luft erstarrte, und kam zu dem Schluss, dass es ihm nicht zustand zu klagen. Schweigend schlug er den Kragen seines Mantels hoch und sondierte die Lage. Wohin er auch blickte, ein Meer aus Schwarz. Schwarze Hüte, schwarze Schleier, schwarze Mäntel. Den einzigen Farbtupfer stellte die kupferne Kuppel der Luegerkirche dar, die sich schwach vor dem grauen Himmel abzeichnete. »Verdammt«, wiederholte Emmerich, wobei der Fluch dieses Mal nicht dem Wind galt, sondern Bruno Kopp, seinem Informanten, der ihn herbestellt hatte.

»An Allerheiligen pilgert halb Wien zum Zentralfriedhof«, hatte Kopp gesagt. »Alle Schichten, alle Professionen. Niemand wird sich was denken, wenn wir beide auch dort sind.«

Was war nur aus der guten alten Zeit geworden, als man seine Spitzel in dunklen Kaschemmen oder an finsteren Straßenecken traf? »Der alten Zeit«, korrigierte Emmerich sich selbst. Gut war sie noch nie gewesen.

»... dass heute die Toten von den blutgetränkten Karpaten, von den Vogesen, von den Kavernen des Karstes auferstehen, um Blutzeugen zu sein und die Heimat an ihre Pflicht zu erinnern ...«, hielt ein Mitglied der Frontkämpfervereinigung eine flammende Rede vor dem Haupteingang des Friedhofs, und Emmerich beobachtete die Scharen von

Menschen, die trotz des unwirtlichen Wetters auf den Gottesacker strömten. Der große Krieg war hungrig gewesen, und so gab es kaum eine Familie, die kein Grab zu besuchen hatte.

Gebeugte Greisinnen gingen an ihm vorbei, Kinder, die ihre Väter kaum gekannt hatten, schluchzende Frauen, deren Hoffnung auf ein stilles Glück irgendwo im Feindesland verscharrt worden war. Doch nicht nur Verwandte, auch ehemalige Soldaten waren gekommen, viele von ihnen Invalide – eine Armee aus Stümpfen und notdürftigen Prothesen.

Unwillkürlich fasste Emmerich an sein rechtes Knie, in dem seit der Schlacht von Vittorio Veneto ein Granatsplitter steckte. Inoperabel. Er humpelte und litt unter chronischen Schmerzen, doch im Vergleich mit vielen der Anwesenden war sein Gebrechen von der harmloseren Sorte.

Er mischte sich unter die Trauernden, ließ sich von der Prozession an den Aufbahrungshallen und den Arkaden vorbeitreiben. Während sich der Tross Meter für Meter voranschob, studierte Emmerich die Gesichter, die ihn umgaben, und fand in ihnen Resignation, verklärtes Sentiment oder neu erwachten Schmerz. Die Gräber weckten Erinnerungen. Ein paar gute und sehr viele schlechte. Er selbst schob alle Emotionen beiseite. Das Einzige, was ihn beschäftigte, war der Kerl, den er seit Monaten jagte.

Xaver Koch, der tot geglaubte Mann seiner geliebten Luise, hatte eines Tages einfach in der Tür gestanden, abgezehrt und eingefallen, ein Häuflein Elend, nicht mehr als ein fahler Schatten. Doch der Schein hatte getrogen. Die Kriegsgefangenschaft hatte ihn nicht gebrochen, sondern verroht, und noch bevor Emmerich Luise und die Kinder in Sicherheit hatte bringen können, war das Schwein mit ihnen verschwunden. Spurlos.

Seit über einem halben Jahr suchte er nun schon nach ihnen, hatte alle Hebel in Bewegung gesetzt, alle Mittel ausgeschöpft. Aber nie war er seinem Ziel so nah gewesen wie an diesem Tag.

Sein Puls beschleunigte sich, als er das Zentrum der Kriegsgräberanlage erreichte. An dieser Stelle wollte Kopp auf ihn warten, doch weit und breit war nichts von ihm zu sehen.

Ungeduldig trat Emmerich von einem Bein aufs andere und ließ dabei seinen Blick schweifen. Trostlosigkeit so weit das Auge reichte. Die Totenlichter hielten dem Wind nicht stand, und Blumenschmuck gab es keinen, da sämtliche Pflanzen dem Frost zum Opfer gefallen waren. Nur ein paar dürre Tannenzweige und vereinzelte Heidekrautsträußchen schmückten das halbkreisförmige Areal, auf dem mehr als fünfzehntausend Soldaten begraben lagen.

Die Zeit verstrich, irgendwann konnte Emmerich seine Füße nicht mehr spüren. »Tschuldigung«, sprach er eine Frau an, deren Gesicht von einem Kreppschleier verdeckt wurde. »Wissen Sie, wie spät es ist?«

Anstatt zu antworten, deutete sie auf die Turmuhr der Luegerkirche, die Viertel nach neun anzeigte.

Kopp sollte längst da sein.

Emmerich zündete sich eine Zigarette an und rotierte einmal um die eigene Achse. Wo steckte der Kerl bloß? Mehr und mehr wurde er von einem diffusen Unbehagen erfasst. Irgendetwas lag in der Luft, und das war nicht nur der Geruch nach Schnee. »Xaver Koch ist gefährlich. Verdammt gefährlich. An Ihrer Stelle würde ich ihm die Frau und die Kinder lassen. Legen Sie sich nicht mit so einem an«, hatte Kopp bei ihrem letzten Treffen gesagt, doch Emmerich war nicht darauf eingegangen, hatte die Warnung für einen

Vorwand gehalten, um noch mehr Geld aus ihm herauszupressen.

Hätte er das Ganze ernst nehmen sollen?

Als ihn jemand von hinten an der Schulter packte, fiel ihm vor lauter Schreck die Zigarette aus dem Mund. Er fuhr herum.

»Verdammt, Ferdinand«, fluchte er, als er seinen Assistenten erkannte. »Musst du dich so anschleichen?«

»Tut mir leid.« Ferdinand Winter, ein schmaler Bursche, der stets nobel gekleidet war und im Gegensatz zu Emmerich über eine gute Kinderstube verfügte, bückte sich und hob die Zigarette auf. »Normalerweise sind Sie nicht so leicht aus der Ruhe zu bringen.«

Emmerich wich seinem fragenden Blick aus, nahm die Zigarette und rauchte weiter. »Was machst du hier? Ich dachte, deine Familie läge in Gersthof begraben.«

»Das stimmt, aber ich bin nicht zur Andacht gekommen. Ich bin hier wegen der Arbeit. Es gibt eine Leiche, und Ihre Hauswirtin meinte, Sie wären auf dem Zentralfriedhof. War gar nicht einfach, Sie zwischen den vielen Leuten zu finden.«

Emmerich schnaubte. Das war mal wieder typisch. Kaum kümmerte er sich um eine persönliche Angelegenheit, schon wurde jemand ermordet.

»Um ehrlich zu sein, hätte ich Sie gar nicht so eingeschätzt.« Winter suchte nach dem passenden Wort. »So sentimental … so christlich.«

»Bin ich auch nicht.« Emmerich erwog, seinem Assistenten die Wahrheit anzuvertrauen, entschied sich aber dagegen. Er wollte Winter nicht in seine Privatfehde hineinziehen, wollte ihn nicht unnötig in Gefahr bringen. Er schaute sich noch einmal um. Der Wind löste Blätter aus den Baumkronen und trieb sie über das Gräberfeld, Krähen zogen am Himmel vorbei, ein Hauch von Weihrauch erfüllte die Atmosphäre. Bruno Kopp war nirgendwo zu sehen und würde wohl auch nicht mehr auftauchen. »Gehen wir.«

Mit starrem Blick und aufeinandergepressten Lippen marschierte Emmerich in Richtung Ausgang. Erst als ein Mann in einer abgetragenen K.-u.-k.-Uniform ihn anrempelte und ohne ein Wort des Bedauerns einfach weiterlief, machte er seiner Frustration Luft. Er schimpfte so derb, dass Winter rote Ohren bekam.

Warum war Kopp nicht gekommen? Gab es eine harmlose Erklärung, oder steckte mehr dahinter? Würde er sich wieder melden? Und wenn nicht, welche Möglichkeiten blieben ihm dann, um Luise und die Kinder wiederzufinden?

»Was weißt du über den Mord? Kennst du schon Details?«, versuchte er, seine Gedanken auf etwas weniger Schmerzvolles zu lenken.

»Nicht viel. Männliche Leiche im 6. Bezirk. Hofmühlgasse. Wurde heute früh von der Vermieterin gefunden. Offenbar ziemlich schlimm, das Ganze. Schlimmer als sonst.«

»Was soll das heißen? Schlimm? Blutiger als im Krieg und trauriger als hier kann es am Tatort wohl kaum sein.«

»Verschreien Sie's nicht.« Winter schlang die Arme um seinen Oberkörper. »Der Wachmann, der als Erster am Tatort eingetroffen ist, war mit den Nerven angeblich ziemlich am Ende.« Er schauderte. »Da kommt was auf uns zu.«

3

Sie holperten in einer Kutsche über die Simmeringer Hauptstraße, die traurigste Straße Wiens. Sie entlangzufahren hieß, durch ein Memento mori zu reisen. Wohin man auch sah, fiel das Auge auf Dinge, die an das Unausweichliche erinnerten: Bestattungsinstitute, Steinmetze, Sargmacher … Betriebe, die genau wie er selbst und Winter so schnell nicht arbeitslos werden würden.

Schweigend starrten sie aus den Fenstern. Die Gebäude, die sie passierten, waren in der Nähe des Zentralfriedhofs noch klein gewesen und hatten weit auseinandergestanden, nun wurden sie immer höher und rückten näher aneinander, bis sie zu massiven Bauten anwuchsen, zwischen denen enge, mittelalterlich anmutende Gassen verliefen.

Emmerich scherte sich nicht um die Welt draußen, lieber dachte er an Luise, während Winter, der noch nicht lange mit Kapitalverbrechen zu tun hatte, sich wahrscheinlich schon gegen das wappnete, was gleich auf sie zukommen würde.

Erst als der Kutscher mit einem lauten »Da wär'n ma!« seine Pferde zum Stehen brachte, wurden sie aus ihren Gedanken gerissen. Emmerich richtete seine Aufmerksamkeit wieder auf das Hier und Jetzt.

Trotz des unwirtlichen Wetters hatte sich bereits eine große Menschenmenge vor dem schmalen Haus eingefunden. Auch der Leichenwagen der Gerichtsmedizin war schon da. Nüchtern und geschäftsmäßig stand er zwischen den Gaffern, ein schwarzer Ruhepol inmitten einer Horde aufgeregter Männer und Frauen.

»Elendes Gesindel, neugieriges.« Emmerich riss die Tür auf und stieg aus.

»Was für ein Aufstand«, wunderte Winter sich. »Langsam sollten die Leute doch an den Tod gewöhnt sein.«

»Nichts lässt die eigenen Sorgen besser vergessen als das Unglück anderer.« Der Kutscher fasste sich an den Zylinder, schnalzte mit der Zunge und trabte davon.

»Oder aber es ist, wie ich schon gesagt habe«, murmelte Winter laut genug, dass Emmerich es hören konnte. »Ziemlich schlimm, das Ganze. Schlimmer als sonst.«

»Wir werden's ja gleich sehen.« Emmerich zeigte dem Uniformierten, der den Eingang sicherte, seine Legitimation. »Leib und Leben«, sagte er knapp und betrachtete den Burschen.

Der war blass um die Nase, der Geruch von Erbrochenem umwehte ihn. »Sie werden schon erwartet.«

Emmerich drehte sich noch einmal um und ließ seinen Blick über die Schaulustigen wandern. Irgendetwas hatte seine Aufmerksamkeit geweckt. Irgendjemand. Doch je stärker er versuchte, das vage Gefühl auf den Punkt zu bringen, desto mehr entglitt es ihm. »Es wird einfacher mit der Zeit«, sagte er zu dem Wachmann, zündete sich eine Zigarette an und betrat das Haus.

»Wird es nicht«, flüsterte Winter und folgte seinem Vorgesetzten.

Der Eingangsbereich war menschenleer, gedämpftes Gemurmel drang aus allen Richtungen.

»Da sieh mal einer an.« Ein gedrungener Mann, der die kakaobraune Dienstkleidung des Sicherheitswachekorps trug, war am oberen Absatz einer Treppe erschienen und eilte nun zu ihnen herunter. Rüdiger Hörl. »Emmerich und Winter. Wie läuft's bei ›Leib und Leben‹?«

»Das Gehalt ist mies, und die Kollegen nerven. Alles wie früher.« Emmerich grinste und schüttelte Hörl die Hand. In ihrer Zeit als Polizeiagenten hatten Winter und er mit dem Ordnungshüter zusammengearbeitet. »Was ist hier los?«

»Ihr seid hier, was wird's wohl sein?«

Emmerich rollte mit den Augen. »Details«, forderte er.

Hörl zeigte auf die Zigarette, die in Emmerichs Mundwinkel hing, woraufhin dieser ihm eine Schachtel voller Selbstgedrehter reichte. Er roch daran. »Machorka-Tabak? Nicht Ihr Ernst!« Mit gerümpfter Nase nahm er einen der filterlosen Stumpen. »Die Bezahlung bei ›Leib und Leben‹ muss wirklich lausig sein.«

»Details«, wiederholte Emmerich.

»Gegen acht ging ein Anruf bei uns ein. Eine alte Frau stünde auf der Straße und schreie Zeter und Mordio.« Hörl zündete die Zigarette an und hustete. »Als würde man glühende Eisenspäne einatmen.«

Emmerich bedeutete ihm weiterzureden.

»Ich bin mit dem Grünschnabel hergefahren, wir haben sie ins Haus gebracht und ihr so lange Tee mit Rum eingeflößt, bis sie sich wieder beruhigt hatte. Ihr Name ist Cäcilie von Waldstein. Sie ist die Besitzerin des Hauses, Witwe, alleinstehend. Den Mann ans Alter verloren, einen Sohn an den Krieg, einen an die Spanische Grippe. Vermietet die ehemaligen Dienstbotenzimmer, um über die Runden zu kommen.« Hörl zog einen schmalen Notizblock aus seiner Gesäßtasche und blätterte nach hinten. »Kaspar Hofbauer, Ignaz Wagner, Arnulf Kainz.«

»Ich nehme an, das sind die Namen der Mieter«, warf Winter ein.

»Die Heiligen drei Könige sind's jedenfalls nicht.« Mit angewidertem Gesicht nahm Hörl noch einen Zug. »Die Herren Wagner und Kainz sind heut in der Früh bei der alten Waldstein vorstellig geworden. Irgendwas sei mit dem Hofbauer, haben sie zu ihr gesagt. Sie solle nach dem Rechten sehen.«

»Und?«, hakte Emmerich nach, als Hörl nicht mehr weitersprach, sondern den Notizblock wegsteckte und sich Tabakbrösel von den Lippen klaubte.

»Na, was wohl? Sie hat's gemacht und sie dabei gefunden, die Leich'. Ziemlich grauslige Angelegenheit.«

Langsam verlor Emmerich die Geduld. »Kann mir bitte endlich wer sagen, was genau passiert ist?«

»Um das herauszufinden, sind Sie hier.« Hörl zeigte auf die steile Holztreppe, die er zuvor heruntergekommen war. »Am besten, Sie schauen es sich selbst an. Ist schwer in Worte zu fassen.«

»Ich dachte, Sie waren im Krieg.«

»War ich auch. Marine. Matrose auf der *SMS Prinz Eugen*.«

»Dann haben Sie doch wohl so einiges gesehen.«

Hörl zuckte mit den Schultern. »Aber halt nicht so was.«

»Jetzt bin ich aber mal gespannt.« Emmerich stieg auf die erste Stufe, was mit seinem lädierten Knie kein einfaches Unterfangen war. Bereits nach wenigen Tritten schoss der altbekannte Schmerz durch sein Bein.

»Spurensicherung und Gerichtsmedizin sind auch schon oben«, rief Hörl. »Die Frau *von* Waldstein und ihre Mieter sitzen im Salon und warten auf Ihre Anweisungen.«

»Passt!«

Emmerich mühte sich weiter über die knarrende Treppe und betrachtete die Gemälde, die an den Wänden hingen – grimmig dreinblickende Männer in aristokratisch steifer

Pose. Zumindest Frau von Waldsteins Ahnen zeigten sich ungerührt ob des Vorfalls.

Im zweiten Stock endete der Aufgang, und Emmerich schaute sich fragend um. Wo waren denn bloß alle? Normalerweise herrschte am Schauplatz eines Mordes reges Treiben, sodass man den Ort des Geschehens unmöglich verfehlen konnte.

»Ich glaube, wir müssen da durch.« Winter zeigte auf eine hölzerne Vertäfelung.

Emmerich runzelte die Stirn. »Durch die Wand?«

Winter drückte gegen ein Paneel, das sich daraufhin nach innen öffnete und laut quietschend den Blick auf einen düsteren Flur freigab. »Die Dienstbotenzimmer sind in vielen Herrenhäusern …«

»… von den ach so feinen Räumen der ach so feinen Leute separiert«, fiel Emmerich ihm ins Wort. »Damit die Hochwohlgeborenen nicht vom Anblick des arbeitenden Volkes belästigt werden.« Er spähte in den Durchgang. Eng und finster war es in der Welt hinter der Welt, die aus einem grob gezimmerten Dielenboden und fünf verzogenen Holztüren bestand – zwei zur Rechten, zwei zur Linken und eine direkt gegenüber. Der muffige Geruch von feuchtem Mauerwerk hing in der Luft, und er suchte vergeblich nach einem Lichtschalter. »Vorne hui, hinten pfui.« Seine Abscheu gegen die sogenannte bessere Gesellschaft kochte in ihm hoch.

»Ah, die Herren von ›Leib und Leben‹. Da sind Sie ja endlich.« Ein stattlicher Mann war in der hinteren rechten Tür erschienen. »Sie haben sich Zeit gelassen.« Kein Geringerer als Professor Dr. Alwin Hirschkron war mit der Leichenschau vor Ort betraut worden. Der Mittfünfziger war Ordinarius und Vorstand des Instituts für gerichtliche Medizin und zudem ein gefragter Gutachter.

Sie hatten den Besten geschickt.

»Ich hatte noch Verpflichtungen. Allerheiligen. Friedhof. Sie wissen schon …« Emmerich schüttelte Hirschkrons Hand. »Womit haben wir es zu tun?«

»Sehen Sie selbst.«

»Kann denn hier keiner mehr Klartext reden?« Emmerich schob sich an dem Gerichtsmediziner vorbei, blickte in die Kammer – und verstand.

»Herr im Himmel.« Winter hatte ihm über die Schulter geschaut. Er wich zurück, während Emmerich den letzten Zug von seiner Zigarette nahm und leise durch die Zähne pfiff.

Das Zimmer war maximal zehn Quadratmeter groß und wurde durch ein schmales Fenster mehr schlecht als recht mit Licht versorgt. Das bisschen reichte jedoch, um einen ersten Eindruck von dem zu vermitteln, was sich hier drinnen abgespielt haben musste: auf dem Boden, den Wänden und dem spärlichen Mobiliar – überall im Raum rotbraune Blutspritzer.

»Männliche Leiche, zwischen dreißig und vierzig«, sagte Hirschkron. »Laut der Vermieterin handelt es sich um einen gewissen Kaspar Hofbauer. Seine Ausweispapiere bestätigen ihre Angabe.«

Emmerich blickte sich um. Alles schien ordentlich und aufgeräumt. »Sieht nicht aus, als hätte es einen Kampf gegeben.«

»Wenn, dann keinen langen. Der Mörder muss diesen Hofbauer überrascht und mit einem gezielten Stich seine Karotis punktiert haben.« Hirschkron fasste an eine Stelle rechts von seinem Kehlkopf. »Die Halsschlagader steht unter hohem Druck, deshalb das viele Blut.«

Emmerich nickte und rieb seine Handflächen aneinander. »Verdammt, ist das kalt hier.« Er sah zu, wie sein Atem in der Luft kondensierte. »Frost und Tote, dafür hätte ich gleich auf dem Zentralfriedhof bleiben kön…« Er hielt mitten im Satz inne, als sein Blick auf die Leiche fiel, die im hinteren Teil des Zimmers auf einem schmalen Bett lag. Der nackte Mann starrte mit aufgerissenem Mund an die Decke, sein rechter Arm hing herunter, sein Körper wirkte sonderbar verrenkt. Doch nicht das war es, was Emmerichs Aufmerksamkeit geweckt hatte – es war die Tatsache, dass das Opfer glänzte, als wäre es mit einer schimmernden Lasur überzogen worden. »Was zur Hölle …«, murmelte er und trat näher.

»Immer wenn man glaubt, man hätte schon alles gesehen …« Hirschkron trat neben ihn.

»… dann lässt sich das Leben einen neuen perversen Spaß einfallen. Was ist das?« Er beugte sich über die Leiche. »Ist das etwa …?«

»Eis.«

Emmerich deutete auf den Füllfederhalter, der aus Hirschkrons Brusttasche lugte. Der Gerichtsmediziner reichte ihm das gute Stück, und Emmerich schlug damit sachte auf die Füße des Toten. Ein leises Klacken ertönte.

»Von allein ist das nicht entstanden, so viel steht fest«, erklärte Hirschkron. »Der Täter muss den Körper mit Wasser übergossen und dann das Fenster geöffnet haben. Die Kälte hat den Rest besorgt.« Er betrachtete die Leiche mit derselben Mischung aus Faszination und Befremden wie Emmerich es gerade getan hatte.

»Irgendeine Idee, was das zu bedeuten hat?«

»Vielleicht etwas Persönliches. Möglicherweise wollte der Täter aber auch nur den Zeitpunkt des Mordes verschleiern. Durch das Einfrieren ist es so gut wie unmöglich, den Eintritt des Todes zu bestimmen. Ich habe gefallene Soldaten in den Alpen gesehen, die lagen seit Jahren im Eis und wirkten, als wären sie gerade erst gestorben.«

Emmerich entgegnete nichts. Wortlos klopfte er die Leiche ab. Beine, Bauch, Brust. »Die Eisschicht geht nur bis zum Hal… Oh!« Er hatte ein Detail entdeckt, das sogar ihn kurz aus der Fassung brachte. Im weit aufgerissenen Mund des Opfers befand sich eine klaffende Wunde. »Wo …?« Er schaute sich um, musterte das Bett, das Nachttischkästchen und den fadenscheinigen Teppich, auf dem sie standen.

»Sie ist nicht hier.« Hirschkron hatte wohl seine Gedanken erraten. »Zumindest nicht in diesem Raum. Der Rest der Truppe durchsucht gerade das Haus. Es würde mich aber wundern, wenn sie etwas fänden.«

»Sie denken, der Mörder hat die Zunge mitgenommen? Als Trophäe?«

Hirschkron zuckte mit den Schultern. »Es ist Ihre Aufgabe, das herauszufinden. Ich muss mich zum Glück nur mit den Überresten des Opfers und nicht mit den Perversionen irgendeines Wahnsinnigen herumschlagen.«

»Glauben Sie, dass wir es damit zu tun haben? Mit einem Wahnsinnigen?«

Hirschkron zwirbelte seinen Schnurrbart. »Genug davon laufen herum. Seit dem Krieg ist die halbe Stadt voll mit Irren. Das viele Sterben, die große Not … das macht etwas mit den Leuten. Das schlägt nicht nur aufs Gemüt, sondern auch auf den Verstand.«

»Das Ganze wirkt doch aber eigentlich gut organisiert«, warf Winter ein, der noch immer auf dem Flur stand und durch die offene Tür den Ausführungen gefolgt war. »Der Mörder hat Hofbauer überrascht, ihn getötet und ist unbemerkt wieder verschwunden. So etwas bedarf Intelligenz und Planung.«

»Was auch immer dahintersteckt ... sobald Sie es herausgefunden haben, seien Sie so gut und erhellen Sie mich. Es würde mich wirklich interessieren.« Hirschkron wandte sich zu Winter um. »Sind Sie so lieb und geben meinem Assistenten Bescheid, dass die Leiche bereit für den Abtransport ist?«

»Werden Sie ihn so durch die schmale Tür kriegen?« Emmerich deutete auf den Toten, dessen steif gefrorene Beine gespreizt waren.

»Die Männer von der Spurensicherung haben nachgemessen, es sollte knapp gehen. Zur Not müssen wir ihn seitwärtsdrehen oder – im schlimmsten Fall – die Extremitäten brechen.«

Winter zögerte nicht lange und eilte davon.

4

»Ich lasse das Opfer zum Auftauen in ein Wasserbad legen«, erklärte Hirschkron. »Am Nachmittag kann ich es dann obduzieren. Ich schätze, so gegen drei Uhr.«

»Wir werden da sein.«

Emmerich und Winter verließen den Dienstbotentrakt und folgten Wachtmeister Hörl in den Salon, wo die Hausherrin und ihre zwei verbliebenen Mieter bereits auf sie warteten.

Beim Anblick des Raumes verspürte Emmerich eine Mischung aus Mitleid und Genugtuung. Jetzt, da die Inflation das Barvermögen der ehemaligen Von und Zus in wertloses Papier verwandelte, mussten diese, genauso wie der Rest des Volks, andere Wege finden, um ihr Leben zu bestreiten. Überall in der Stadt sah man Trödler aus Palais und Herrschaftshäusern kommen, vollbepackt mit Teppichen, Geschirr und Möbeln. Schätze, die jahrhundertelang in den feinen Familien Österreich-Ungarns weitervererbt worden waren, wurden nun ins Ausland verscherbelt. Devisen füllten den Magen, Tradition tat das nicht.

Auch hier hatten die Aasgeier gewütet, das war nicht zu übersehen. Dunkle Flecken markierten jene Stellen, an denen früher Gemälde gehangen hatten, Abdrücke im Parkett erinnerten an längst verheizte Tische und Kredenzen. Die wenigen Einrichtungsgegenstände, die übrig geblieben waren, darunter ein Bild von Kaiser Franz Josef, wirkten verloren in dem großen Zimmer – genauso verloren wie ihre Besitzerin in der neuen Weltordnung.

Nostalgie hing in der Luft, die Sehnsucht nach vergangenen Tagen.

Cäcilie von Waldstein saß auf einer ausladenden Chaiselongue, in der einen Hand ein Taschentuch, in der anderen ein Fläschchen mit Riechsalz. Sie ließ ihren Blick zwischen den Anwesenden umherwandern und schien wenig erfreut darüber, dass der Pöbel sich in ihr Hoheitsgebiet verirrt hatte.

»Passen Sie gefälligst auf, das ist eine echte Comtoise«, rief sie, als ein Mann von der Spurensicherung eine vergoldete Standuhr anhob.

»Läuft eh nimmer«, murmelte der in seinen Bart.

»Hier drinnen steht die Zeit noch auf Monarchie«, fügte Hörl hinzu.

»Meine Herren«, grüßte Emmerich. »Frau Waldstein.«

»Von«, entgegnete sie und schenkte ihm einen pikierten Blick. Sein abgetragener Anzug, die schmutzigen Schuhe und sein ungekämmtes Haar ließen sie die Nase rümpfen.

»Wie Sie meinen, Frau Von.« Er verzichtete darauf, sie über das Adelsaufhebungsgesetz zu belehren, lehnte sich gegen eine Kommode und wandte seine Aufmerksamkeit den blassen Männern zu, die etwas abseits auf einer schmalen Bank saßen. »Ignaz Wagner? Arnulf Kainz?«

Die beiden nickten.

»Sie lebten Tür an Tür mit Herrn Hofbauer?«

»Ja. Er rechts, ich vis-à-vis«, sagte Kainz, ein magerer Kerl mit einem schmalen Oberlippenbart.

»Wann haben Sie ihn das letzte Mal gesehen?«

Die beiden schauten sich an und zuckten mit den Schultern.

»Vor einer Woche? Vielleicht zwei?«

»Wir haben keinen Gemeinschaftsraum oder so was«, warf Wagner, ein untersetzter Mann mit schütterem Haar, ein. »Außerdem war Hofbauer einer, der gern für sich blieb. Von dem hat man nie was gesehen oder gehört.«

»Auch nicht, als er brutal ermordet wurde?«

Die beiden schüttelten wortlos den Kopf.

»Es muss passiert sein, während wir in der Uni waren, oder die Sache ist sehr leise vor sich gegangen«, fand Kainz als Erster seine Sprache wieder.

Emmerich zündete sich eine Zigarette an, legte den Kopf in den Nacken und paffte dicke blaugraue Rauchkringel in Richtung Decke. »Wie haben Sie gemerkt, dass bei ihm etwas nicht stimmt?«

»Haben Sie unsere Türen gesehen? Das Holz ist fürchterlich verzogen, überall sind Löcher und Ritzen. Aus dem Zimmer vom Hofbauer ist eiskalte Luft geströmt und hat alles noch ungemütlicher gemacht, als es eh schon ist. Es grenzt an ein Wunder, dass mir die Haare in der Nacht nicht am Kissen angefroren sind.« Wagner sah seine Vermieterin zornig an, was diese geflissentlich ignorierte. »Es war abgesperrt, und auf unser Klopfen und Rufen hat er nicht reagiert. Deshalb haben wir …« Er nickte in die Richtung Cäcilie von Waldsteins. »Sie hat einen Zweitschlüssel.«

»Wie schaut's bei Ihnen aus, Frau *Von?*«, wandte Emmerich sich an die alte Dame. »Wann haben Sie Herrn Hofbauer das letzte Mal gesehen?«

»Vor ungefähr zwei Stunden«, sagte sie hörbar genervt.

»Lebend.« Emmerich schaute zu, wie seine Zigarettenasche auf das blank gewienerte Parkett fiel.

»Das war vor etwas mehr als sechs Monaten, als er hier eingezogen ist.«

»Wir Mieter haben im schönen, warmen Haupthaus nichts verloren«, erklärte Kainz. »Wir betreten unsere Zimmer über den Dienstboteneingang. Es gibt eine Treppe, die vom Hinterhof aus direkt nach oben führt.«

Emmerich nahm einen langen Zug. »Erzählen Sie mir mehr über Herrn Hofbauer.«

»Anständig hat er gewirkt. Gewählte Sprache, gute Manieren, gepflegtes Äußeres. So etwas ist heutzutage selten.« Die alte Frau warf ihm einen vielsagenden Blick zu.

»Hatte er Familie? Was war er von Beruf?«

»Ledig. Keine Kinder. Die Eltern verstorben. Von Beruf war er Versicherungsvertreter. Er war deshalb viel auf Reisen und nur sporadisch hier. Mehr weiß ich nicht.« Sie spielte an dem Riechsalzfläschchen herum, das sie noch immer in der Hand hielt. »Wenn ich das gewusst hätte …«, murmelte sie. »Dass der mir den Tod und den Plebs anschleppt … Nie und nimmer hätte ich ihn hier wohnen lassen.«

»Dem Plebs entkommt man in diesen Zeiten halt nicht«, sagte Hörl so laut, dass alle es hören konnten.

Emmerich unterdrückte ein Grinsen und wandte sich an Kainz und Wagner. »In der ganzen Zeit, in der Sie Zimmernachbarn waren, werden Sie doch wohl irgendetwas über Hofbauer erfahren haben. Denken Sie nach. Jedes Detail könnte von Bedeutung sein.«

»Hmmm …« Wagner strich über sein lichtes Haar, unter dem die glänzende Kopfhaut durchschimmerte. »Er war die meiste Zeit fort, und wenn er hier war, hatte ich immer das Gefühl, dass er mir aus dem Weg geht, dass er hinter seiner Tür wartet, bis ich aus dem Haus bin, um mir nicht im Flur zu begegnen …«

»Mir ging es genauso«, warf Kainz ein. »Letzten Monat hat er auf der Straße so getan, als würde er mich nicht kennen. Überhaupt hatte er etwas Sonderbares an sich, als wollte er etwas verbergen.«

»Sie haben nie wirklich mit ihm geredet«, fasste Emmerich zusammen.

»Das nennt man Privatsphäre«, warf die Vermieterin ein.

Emmerich lächelte schief und setzte an zu gehen, da sinnierte Kainz laut weiter.

»Jetzt, wo ich drüber nachdenke … Vielleicht hat er mich wirklich nicht erkannt. Er schien in Gedanken versunken, irgendwie gehetzt …«

Emmerich wartete, doch es kam nicht mehr. »Ich nehme an, Sie haben bereits alle Personalien aufgenommen und den Herrschaften erklärt, dass sie sich zu meiner Verfügung halten sollen«, wandte er sich an Hörl.

»Sowieso, bin ja kein Frischg'fangter.«

»Gut, dann sind wir hier fürs Erste fertig.« Emmerich nickte Winter zu.

In diesem Moment kam ein Mitglied der Spurensicherung auf sie zugeeilt. »Wir haben etwas gefunden«, rief der Mann und hielt einen schwarzen Ledermantel hoch. »Das könnte Sie interessieren.«

5

Die Bäume wogten im Wind, Blätter tanzten durch die Luft, und es roch nach Schnee. Wie gern wäre Luise in den Wald hinterm Haus gegangen, um Tannenzweige, Bucheckern und Moos zu sammeln. Daraus hätte sie einen Kranz flechten und anschließend zum Zentralfriedhof fahren können, wo ihre Eltern begraben lagen. Doch die würden dieses Jahr vergeblich warten. Niemand würde an ihrem geschmückten Grab stehen und um sie trauern. Kein Gesteck, keine Kerzen, keine Tränen.

Xaver hatte es verboten.

So wie Xaver alles verbot.

Nicht genug damit, dass er sie gegen ihren Willen an die äußerste Stadtgrenze verschleppt hatte, sie durfte das alte Fuhrwerkshaus nur verlassen, wenn er es erlaubte. Meistens unter Aufsicht, niemals gemeinsam mit den Kindern. Zu groß war seine Angst, dass sie ihn verlassen könnte.

Dabei ging es Xaver schon lange nicht mehr um sie. Seine Liebe hatte er in Russland gelassen, zusammen mit seiner Güte. Es ging nur noch um Stolz, um Besitz, um irgendeine fehlgeleitete Vorstellung von Männlichkeit. Er konnte es nicht ertragen, sie mit einem anderen zu wissen, am allerwenigsten mit August. Eher würde er sie umbringen. Sie – und wenn es sein musste, auch Emil, Ida und den kleinen Paul.

Er war nicht aus dem Krieg zurückgekehrt. Er hatte den Krieg mitgebracht.

Tränen verschleierten ihre Sicht und ließen die Landschaft hinter der Fensterscheibe verschwimmen. Mit einem Mal waren die Tannen nur noch schemenhafte Gebilde vor einem vernebelten Hintergrund.

Der freundliche Tischler, den sie damals geheiratet hatte, existierte nicht mehr. Der brutale Schwarzmarkthändler, der an seine Stelle getreten war, konnte ihren Anblick nicht ertragen. Sie sah es in seinen Augen, spürte es an seinen Schlägen. Der vermeintliche Ehebruch, den sie begangen hatte – er konnte ihn nicht vergessen.

Unzählige Male hatte sie ihm die Gefallenenmeldung gezeigt, in der sein Tod erklärt worden war. Sie hatte sich gerechtfertigt, ihn um Verzeihung gebeten, doch so etwas wie Absolution kannte er nicht. Für ihn war sie schuldig und hatte zu büßen. Immer häufiger, immer härter.

Wenn es so weiterging mit seinem Hass, würde sie den Frühling nicht mehr erleben.

Luise blickte wieder nach draußen, wo der Wald tobte, und dachte ans Sterben. Sie war gewappnet, hatte keine Angst. Der Tod war nicht mehr als ein Hauch, ein Flügelschlag – danach endlich Frieden.

Doch was würde aus den Kindern werden? Sie konnte erst gehen, wenn sie die drei in Sicherheit wusste.

Das Ende hatte noch zu warten.

Sie musste etwas unternehmen.

Doch was? Was konnte sie tun?

6

»Du Oasch, du depperter! Greif mi ned o!«

Im Vestibül des Polizeigebäudes schrie und fluchte ein junger Kerl so lautstark, dass es vermutlich bis in die oberen Stockwerke zu hören war. Obwohl er Handschellen trug und von drei breitschultrigen Wachmännern eskortiert wurde, schlug er um sich, teilte Tritte aus und fing schließlich hysterisch an zu lachen.

Während Winter konsterniert dreinschaute, schüttelte Emmerich den Kopf. »Verdammte Platten. Die elendige Brut wird langsam zu einem echten Problem.«

Tatsächlich hatte das Platten-Wesen beispiellose Ausmaße angenommen. Viele Eltern, besonders Kriegerwitwen, waren gezwungen, ihre Kinder sich selbst zu überlassen, weswegen diese – sei's aus Langeweile, Hunger oder unter dem Einfluss schlechter Gesellschaft – früh auf den falschen Weg gerieten. Alkohol, Tabak und Glücksspiel nahmen den Platz ein, der eigentlich von Büchern und Schulheften besetzt sein sollte. Diebstahl, Schutzgelderpressung und Zuhälterei waren die nächsten Schritte in den kriminellen Karrieren der Jugendlichen, die sich häufig zu gefürchteten Banden zusammenrotteten – den sogenannten Platten.

»Noch Fetzer oder schon Randal?« Emmerich musterte den Burschen, der die typische Aufmachung der Gauner trug: eine auffällig gestreifte Krawatte, einen pelzbesetzten Mantelkragen und eine Kappe mit hochgebogenem Schirm.

Das Haar, das darunter hervorlugte, war mit Schweinefett und Zuckerwasser in Form gebracht worden. Starr, wie aus Holz geschnitzt, bewegte sich die Tolle keinen Millimeter, ganz gleich, wie wild der Kerl seinen Kopf auch schüttelte.

»Randal«, erklärte einer der Uniformierten. Während die Mitglieder der Fetzer-Platten aus schulpflichtigen Jungen und Mädchen bestanden, die auf Auslagendiebstahl spezialisiert waren, richtete sich der Fokus der etwas älteren Randal-Platten auf Schutzgelderpressung und Zuhälterei. »Vermischt sich in letzter Zeit aber immer mehr«, fügte er hinzu. »Außerdem schließen sich wegen der hohen Arbeitslosigkeit immer mehr Erwachsene an. Tagelöhner, ehemalige Soldaten, Zuchthäusler … Das ganze Gesindel halt. Das ist Toni Lesch, der Anführer der Lesch-Platte. Treibt normalerweise in Margareten sein Unwesen. Wir haben ihn gerade drüben in der Leopoldstadt aufgegriffen. Dort hat er einen gegnerischen Plattinger halb totgeschlagen.«

»Wir werden Wien mit Angst und Schrecken überzieh'n.« Lesch rollte die Augen so weit nach oben, bis nur mehr das Weiße zu sehen war, und kicherte. Dabei wurde seine Stimme immer höher und höher, bis sie schließlich brach.

Emmerich trat neben ihn. »Du kannst dich so verrückt aufführen, wie du willst, du kommst trotzdem nicht nach Steinhof. Glaubst du, du wärst der Erste, der die glorreiche Idee hat, sich ins Narrenhaus einliefern zu lassen, weil man von dort besser abhauen kann?« Er wandte sich an die Uniformierten. »Ganz gleich, wie irr er sich anstellt, er kommt rüber in den Häfn. Wenn er dort weiter Ärger macht, dann steckt ihn in eine Zelle mit gegnerischen Platten-Brüdern.«

Der junge Mann fing erneut lauthals an zu lachen. »Ihr seid's ja alle so deppert. Ihr Idioten habt keinen blassen Schimmer von nix.«

»Abführen. Schafft ihn mir aus den Augen.« Emmerich musste sich zusammenreißen, dem Kerl keine Kopfnuss zu verpassen.

»Keinen blassen Schimmer von nix? Was er damit wohl gemeint hat?«, fragte Winter, während sie über die Treppe in den ersten Stock stiegen, wo sich die Abteilung »Leib und Leben« befand.

Emmerich antwortete nicht. Gedankenverloren schaute er über die Balustrade nach unten, wo der noch immer tobende Gefangene abgeführt wurde.

»Keine Ahnung habt ihr«, rief dieser, als er Emmerichs Blick bemerkte. »Scheißkieberer, ihr werdet alle noch blöd schau'n.«

»Irgendetwas braut sich zusammen«, sagte Emmerich. »Irgendetwas tut sich in der Stadt, und es ist nichts Gutes.«

In der Abteilung »Leib und Leben« angelangt, eilten er und Winter durch einen langen Flur, der von dunkelbraunen Nussbaumholztüren gesäumt wurde. Ganz am Ende, in einer ehemaligen Besenkammer, befand sich ihr kleines Reich.

Doch bevor sie dort ankamen, trat Revierinspektor Peter Brühl aus seinem Amtszimmer. »Habe die Ehre.« Er stellte sich ihnen breitbeinig in den Weg und grinste.

Emmerich, der den miesen Paragrafenreiter nicht ausstehen konnte, grunzte etwas Unverständliches und versuchte, sich an ihm vorbeizudrängen.

»Schon gehört?«, ließ Brühl nicht locker. »Harbort geht in Pension, und Götz wechselt zum Erkennungsdienst.«

»Und?«

»Deren Büro wird frei.« Brühl strich mit der Hand über sein dichtes, schwarz glänzendes Haar, das seitlich gescheitelt und mit Pomade geglättet war. »Sie wissen schon, das mit dem dicken Teppich und der schalldichten Tür.«

Emmerich wusste ganz genau, um welches Büro es ging: um einen großen hellen Raum, der mit hochwertigem Mobiliar eingerichtet war. Ein Reich voller Komfort und Privilegien. »Und Sie wollen uns jetzt unter die Nase reiben, dass Sie es übernehmen werden.«

»Es wird darauf hinauslaufen. Der Chef gibt es dem Mann, der am Jahresende die beste Bilanz vorweisen kann. Und das werde auf jeden Fall ich sein.« Er zwinkerte, deutete eine Verneigung an und spazierte davon.

»He!«, rief Emmerich ihm hinterher. »So sicher ist das aber nicht. Ich liege fast gleichauf.«

»Noch«, rief Brühl in einem vielsagenden Ton über seine Schulter. »Aber nicht mehr lange! Mein neuer Assistent, Szepanek, leistet gute Arbeit, und mit zwei gesunden Beinen ist man doppelt so schnell wie mit nur einem.«

»Arschloch.« Nachdem sie ihr Kabuff betreten hatten, stellte Emmerich eine große Papiertüte auf den Tisch. »Kein Wunder, dass Brühl und Szepanek in der Statistik vor uns liegen. Die müssen ihre Fälle nicht in so einem winzigen Loch lösen.«

»Noch können wir die beiden überholen«, entgegnete Winter.

Emmerich nickte. »Gehen wir's an.« Er zog den schwarzen Ledermantel aus der Tüte und breitete ihn vor sich aus.

»Vom Opfer?«

»Ja, der hing offenbar im Schrank. Den Kollegen von der Spurensicherung ist aufgefallen, dass er geraschelt hat.« Emmerich öffnete eine Schreibtischschublade, holte ein Messer heraus und trennte vorsichtig die Nähte auf.

»Zeitungspapier? Um bei der Kälte besser geschützt zu sein?« Winter nahm die Seiten, die Emmerich aus dem Futter gezogen hatte, und betrachtete sie.

»Das ist nur Füllmaterial.«

»Oh.« Winter machte große Augen, als Emmerich ihm Dollar und Lire unter die Nase hielt. »Glauben Sie, der Mörder hatte es darauf abgesehen?«

Emmerich schüttelte den Kopf. »Das Zimmer war überschaubar – fast so klein wie unseres hier. Der Täter hätte das Geld problemlos finden können. Dazu diese bizarre Inszenierung der Leiche. Nein … Ich bin sicher, dass es um etwas ganz anderes ging.«

»Schon eine Idee, was das gewesen sein könnte? Der Raum war sehr unpersönlich eingerichtet. Keine Fotos, keine Bücher … nichts, das irgendeinen Rückschluss auf Hofbauers Charakter oder sein Umfeld zulassen würde.«

Emmerich dachte an seine eigene Wohnsituation. »Manchmal ergibt sich das halt so«, sagte er, während er Banknote um Banknote ans Tageslicht beförderte. »Außerdem reichen diese Scheine, um sich ein ungefähres Bild von ihm zu machen. Dieser Kerl war kein Versicherungsvertreter. Er war ein Geldschmuggler. Das ist eine ganz eigene Sorte von Mensch. Seit der Kronenkurs so niedrig ist, floriert der illegale Handel mit ausländischer Währung. Diese Schweine schleppen Millionen von Valuten nach Österreich. Valuten, die immer kaufkräftiger werden und den hiesigen Markt endgültig ruinieren.«

»Sie glauben, jemand hielt ihn für einen schäbigen Kriegsgewinnler? Für einen von denen, die die Inflation noch weiter anheizen und sich am Elend der Bevölkerung bereichern?«

»Das, oder eine Fehde unter Konkurrenten ist eskaliert. Wie auch immer – wir sollten uns im Milieu umhören.« Das Büro war so winzig, dass Emmerich einfach nur den Arm auszustrecken brauchte, wenn er die Tür öffnen wollte. »Fräulein Grete«, rief er auf den Flur hinaus.

Kurz darauf steckte eine junge Frau ihren Kopf ins Zimmer. Ihr kinnlanges brünettes Haar war ordentlich onduliert, sie war dezent geschminkt. Wie immer, wenn sie in Winters Nähe kam, nahmen ihre Wangen einen zarten Rotton an.

»Kaffee?«, fragte sie und lächelte.

»Rufen Sie doch bitte die Abteilung für Wirtschaftskriminalität an. Finden Sie heraus, wer dort für den Valutaschmuggel zuständig ist, und stellen Sie den Herrn Kollegen dann zu mir durch. Und ja, Kaffee wäre fein.«

»Sie können Fräulein Grete nicht dauernd als Privatsekretärin missbrauchen. Sie ist Telefonistin«, warf Winter ein, als die junge Frau wieder verschwunden war. »Es ist nicht ihre Aufgabe, uns zu bedienen.«

»Glaub mir, ich tue ihr einen Gefallen. Sie freut sich über jeden Vorwand, bei uns reinzuschauen – und zwar nicht meinetwegen.«

Winter sah verschämt zur Seite. »Soll ich das Geld in die Asservatenkammer bringen?«

»Versuch nicht abzulenken. Außerdem glaubst du doch nicht etwa, dass es da lange bleiben würde. Wenn wir die Scheine dort deponieren, werden sie …«, Emmerich malte Gänsefüßchen in die Luft, »… verloren oder verlegt, so schnell kannst du gar nicht schauen.«

»Behalten können wir sie aber auch nicht.«

Emmerich zündete sich eine Zigarette an und dachte nach. »Wir verwahren das Geld fürs Erste hier im Büro. Danach schauen wir weiter.«

Winter riss das Fenster auf, eiskalte Luft strömte herein. »In der Asservatenkammer gehen doch nur Polizisten, Richter und Rechtsanwälte ein und aus.«

»Na und? Dank der schlechten Wirtschaftslage und der verfluchten Inflation geht es allen gleich schlecht. Weißt du eigentlich, wie hart das Leben für manche Leute ist? Besonders für die, die Kinder haben?« Unvermittelt musste er an Luise und die drei Kleinen denken. Sie waren eine Familie geworden. Ob sie wohl gesund waren? Genug zu essen hatten? »Erst gestern hab ich Zeitungsannoncen gelesen. Menschen, die ihren Nachwuchs aus eigener Kraft nicht mehr durchbringen können, suchen darin nach wohlhabenden Adoptiveltern.« Seine Augen wurden feucht. Schnell drehte er sich fort und schloss das Fenster wieder.

»Der Tabak, den Sie seit Neuestem rauchen, stinkt ganz schön.«

»Verstunken ist noch keiner, erfroren aber schon.«

Noch bevor Winter etwas entgegnen konnte, kam Fräulein Grete zurück. »Ich habe Herrn Seger von der Wirtschaftskriminalität in der Leitung. Ich stelle ihn gleich zu Ihnen durch.« Sie reichte den beiden je eine dampfende Tasse.

»Danke.« Emmerich nippte an seinem Kaffee, hielt inne und legte den Kopf schief. »Was wären wir nur ohne Sie, mein liebes Fräulein Grete«, sagte er schließlich. »Sie sind ein Engel.« Er lächelte, so freundlich er konnte, und kassierte dafür einen irritierten Blick von seinem Assistenten.

Fräulein Grete dagegen strahlte von Ohr zu Ohr, strich ihren Rock glatt und zupfte an ihrer Bluse. »Jederzeit gern.«

»Was war denn das?«, fragte Winter, nachdem sie wieder hinausgegangen war.

»Wir müssen den Wettstreit gegen Brühl gewinnen, und wenn wir die Hühnerarmee auf unserer Seite haben, ist das ein nicht zu unterschätzender Vorteil.«

»Die Hühnerarmee?«

»Du weißt schon … die Sekretärinnen und Telefonistinnen … die kennen sich untereinander, gehen am Abend gemeinsam aus, erzählen sich den neuesten Klatsch und Tratsch ...«

Winter runzelte die Stirn.

»Unterschätze niemals die Macht einer Vorzimmerdame. Ab sofort werden wir ...« Emmerich wurde vom Läuten des Telefons unterbrochen.

»Seger, Wirtschaftskriminalität. Sie wollten mit mir reden«, meldete sich der Kollege.

»So ist es. Ich brauche Informationen über einen Geldschmuggler. Kaspar Hofbauer. Sagt Ihnen der Name was?«

»Hofbauer? Nein. Muss einer von den kleinen Fischen sein. Von denen gibt es Hunderte, und jeden Tag kommen neue dazu.«

»Heute ist einer weggekommen.«

Es folgte Schweigen. Nur ein leises Rauschen war in der Leitung zu hören. »Kann nicht behaupten, dass mir das leidtut«, sagte Seger schließlich.

»So geht es wohl den meisten, trotzdem müssen wir herausfinden, wer's war.« Emmerich beugte sich vor und hielt den Hörer so, dass Winter das Gespräch mitverfolgen konnte.

»Das wird nicht einfach. Viele Bürger haben eine verdammte Wut auf die elende Bagage. Die Kerle sind Schädlinge der schlimmsten Sorte. Aus purer Gier schleppen sie ausländische Werte in großen Summen ein und kurbeln dadurch die Inflation noch mehr an.« Segers Worte trieften nur so vor Zorn. »Es könnte jeder gewesen sein.«

»Verdammt«, murmelte Emmerich.

»Hören Sie sich in den Schieberkaffeehäusern um. Vielleicht weiß dort jemand etwas.«

»Schieberkaffeehäuser?«

»Sie sind nicht firm auf dem Gebiet, oder?«

»Erhellen Sie mich.«

»Wie bei allen Unternehmen gibt es eine klare Hierarchie. Ganz unten stehen die Schmuggler. Sie fahren regelmäßig ins Ausland, besorgen dort die Scheine und bringen sie über die Grenze. Die Mistkerle sind dabei äußerst erfinderisch, packen das Geld in Autoreifen, doppelte Kofferböden, hohle Spazierstöcke, in Brotlaibe und so weiter. Hier in Wien wird die Ware dann von Schiebern entgegengenommen, kumuliert und weitervertrieben.«

»Und diese Geschäfte tätigen sie im Kaffeehaus?«

»Ganz genau. Hocken im Warmen, fressen und saufen wie die Maden im Speck, und wir können nichts dagegen tun.«

»Weil?«

Seger lachte trocken. »Der Besitz von Valuten ist nicht strafbar, und den Handel können wir nur selten nachweisen. Und auch wenn …« Er schnaubte. »Meistens sind die Kerle in wenigen Stunden wieder auf freiem Fuß. Erstens ist das Gesetz zu milde, und zweitens können sie sich mit der vielen Kohle Bestechungsgelder und die teuersten Anwälte leisten.«

»Bei dem Mord könnte es sich demnach um einen Fall von Selbstjustiz handeln«, überlegte Emmerich laut.

»Genug erboste Leute gäbe es.«

»Was hieße, dass noch mehr Morde zu erwarten sind.«

»Das würde mich nicht überraschen und – unter uns gesagt – auch nicht stören, wenn es bloß was nutzen würde. Aber die Valutahändler sind wie die Hydra. Schlägt man einen Kopf ab, wachsen zwei nach.« Seger seufzte. »Wie auch immer. Sie brauchen die Adressen der Kaffeehäuser. Haben Sie was zu schreiben?«

Winter zückte einen Stift und ein Blatt Papier. »Geht schon.«

»Die Juden hocken im Café Adler, die anderen sind im Café Börse und im Café Residenz anzutreffen. Seit Kurzem hat sich auch das Café Salztorbrücke zu einem beliebten Umschlagplatz entwickelt. Ich an Ihrer Stelle würde dort schauen. Fragen Sie nach Ansgar Pavlovic. Er gilt in den Kreisen momentan als die Nummer 2. Aber erwarten Sie nicht zu viel. Pavlovic ist ein arroganter Hurensohn. Gut möglich, dass er Sie nicht mal mit dem Hintern anschaut.«

»Sie sagten Nummer 2. Wer ist die Nummer 1?«

»Das wissen wir nicht.« Seger seufzte erneut. »Und auch wenn wir's wüssten – es würde keinen Unterschied machen. Der Kerl hat mehr Geld und Macht als der Staatskanzler. Den kriegen Sie nie dran.«

»Das werden wir sehen.« Emmerich drückte seine Zigarette im überquellenden Aschenbecher aus, bedankte sich und legte auf. »Das wird nicht einfach mit dem neuen Büro.« Er packte Hofbauers Mantel zurück in die Papiertüte und schloss das Geld in den Aktenschrank. »Auf geht's!«

7

Das Café Salztorbrücke lag nur ein paar hundert Meter vom Polizeigebäude entfernt, und so gingen Emmerich und Winter zu Fuß den Donaukanal entlang. Beide stellten die Kragen ihrer Mäntel hoch und stemmten sich gegen den eisigen Wind, der ihnen von Osten her entgegenblies.

»Verdammte Schneckenfresser«, schimpfte Emmerich, als ein französisches Patrouillenboot an ihnen vorbeifuhr. »Die Alliierten kontrollieren uns, als ob wir Schwerverbrecher wären. So wird das nichts mit der Völkerfreundschaft.« Tatsächlich hatten die Siegermächte Truppen nach Österreich entsandt, um die Einhaltung des Friedensvertrags sicherzustellen. »Engländer, Amerikaner, Franzosen, Italiener … Mit denen hatten wir im Krieg schon genug Ärger. Wir brauchen nicht …«

»Eine Spende. Eine kleine Spende«, unterbrach ein verwahrloster Mann Emmerichs Litanei. Er saß nur wenige Meter von der Salztorbrücke entfernt auf dem Gehsteig. »Hab meine Beine fürs Vaterland geopfert.« Er präsentierte zwei schmutzige Stümpfe.

Winter kramte nach ein paar Münzen, Emmerich schenkte ihm eine Zigarette.

Augenblicklich erschienen noch mehr in Lumpen gehüllte Gestalten und drängten sich um die Kriminalbeamten. Die meisten von ihnen waren Invaliden mit eingefallenen Wangen und leeren Blicken.

»Ein Almosen, bitte ein Almosen«, flehten sie.

»Wo kommen die denn auf einmal her?« Winter war sichtlich erschrocken über die plötzliche Belagerung.

»Die wohnen unter der Brücke.« Emmerich verteilte seine Selbstgedrehten. »Von dort führen Kanalschächte stadteinwärts, in denen ist es halbwegs windgeschützt, und der feuchtwarme Dunst der Abwässer hält sie warm.«

»Wie schrecklich.« Winter drückte Münzen in ausgestreckte Hände, bis sein Portemonnaie leer war.

Als es nichts mehr zu verschenken gab, ließen die Elendsbrüder von ihnen ab, sodass sie die letzten paar Meter unbehelligt zurücklegen konnten.

Knisternde Luft schlug ihnen aus dem Lokal entgegen, Gemurmel erfüllte den Raum, dicke graublaue Rauchschwaden vernebelten die Sicht. Wiens Kaffeehäuser waren und blieben zeitlose Inseln der Heimeligkeit in einem Meer aus Chaos und Not.

Bei den anwesenden Gästen handelte es sich ausschließlich um Männer. Sie saßen allein oder zu zweit an runden Marmortischen, auf denen dickbäuchige Porzellantassen und üppig gefüllte Teller standen. Wenn man genau hinhörte, konnte man verschiedenste Sprachen und Dialekte ausmachen: Böhmisch, Schlesisch, Polnisch, Mährisch … Durch den Zerfall des Reiches waren viele K.-u.-k.-Gebiete zum Ausland geworden. Menschen, die kein oder nur wenig Deutsch sprachen, aber die österreichische Staatsbürgerschaft besaßen, waren zu Tausenden in die fremde Heimat gezogen, wo kriminelle Vereinigungen sie mit offenen Armen in Empfang genommen hatten.

»Abschaum.« Emmerich gab sich keine Mühe, leise zu sprechen. »Fressen sich voll, während die ehrlichen Leute hungern und frieren.«

Als die ersten bösen Blicke sie trafen, zog Winter den Kopf ein. »Welcher von ihnen wohl Ansgar Pavlovic ist?«, versuchte er abzulenken.

»Schau genau hin. Siehst du es nicht?«

Winter runzelte die Stirn. »Was? Was soll ich sehen?«

Emmerich fand eine letzte Zigarette in seiner Tasche und klemmte sie sich in den Mundwinkel. »Da hinten, der eiserne Ofen ... Der Kerl, der direkt davorsitzt, trägt die vornehmsten Schuhe. Außerdem hat ihm der Ober gerade Kaffee serviert, obwohl die Herren in der Mitte vor ihm geordert haben. Den Tischen hier vorne wird gar keine Beachtung geschenkt. Und jetzt ... pass auf ... Andere müssen ihre Bestellung sofort bezahlen, der am Ofen nicht.«

»Es besteht eine Rangordnung? Je näher an der Wärmequelle, desto wichtiger?«

»Exakt.« Emmerich klopfte seinen Mantel ab. »Wo ist denn bloß mein Feuerzeug?« Er fasste in die Brusttaschen seines Jacketts. Verwundert hielt er inne.

»Ich schätze, das hat einer der Bettler eingesteckt.«

Doch Emmerich hörte gar nicht zu. Mit hochgezogenen Brauen betrachtete er einen zusammengefalteten Zettel.

»Was ist das?«

»Keine Ahnung.« Emmerich drehte und wendete das schmutzige Papier, das er in seiner Jacketttasche gefunden hatte. Vorsichtig faltete er es auseinander, bis er eine speckige Heftseite in den Händen hielt, die mit ungelenken Buchstaben beschrieben war. *Wenn Sie noch immer wissen wollen, wo Ihre Familie ist, dann kommen Sie um Mitternacht zur Tolstoi-Kolonie nach Mariabrunn.* Der Mann ... Der Mann, der ihn auf dem Zentralfriedhof angerempelt hatte ... Er musste ihm die Nachricht zugesteckt haben. »Kannst du dich an heute früh erinnern?«, fragte er Winter.

»Klar kann ich …«

»An den Kerl, der mich angestoßen hat bei den Kolumbarien … den in der abgetragenen K.-u.-k.-Uniform?« Die Worte sprudelten aus ihm heraus, viel zu schnell, viel zu hektisch.

Winter musterte seinen Vorgesetzten. »Wusste ich's doch«, sagte er schließlich. »Sie wären nie und nimmer wegen der Toten raus nach Simmering gefahren.«

»Erinnerst du dich, wie er ausgesehen hat?«, hakte Emmerich nach.

»Nein, leider.« Winter schüttelte den Kopf. »Es geht um Ihre Familie, nicht wahr?«

Emmerich steckte sich die Zigarette hinters Ohr und nickte widerwillig. »Ich … ich habe einen Mann gefunden«, druckste er herum. »Er weiß, wo sie ist, und wollte sich mit mir treffen.«

»Warum haben Sie denn nichts gesagt? Sie wissen doch, dass Sie immer auf mich zählen können.«

»Ich wollte dich nicht in Gefahr bringen.« Emmerich fasste seinen Assistenten an der Schulter, Rührung überkam ihn. Er blinzelte und marschierte in Richtung Ofen. »Komm«, rief er. »Wir haben einen Fall zu lösen und ein Büro zu gewinnen.«

Blicke blieben an den Kriminalbeamten haften, während sie sich zwischen den Tischen hindurchschlängelten. Manche schienen neugierig, andere argwöhnisch, die meisten jedoch strotzten nur so vor Überheblichkeit.

»Habe die Ehre, Herr Pavlovic.«

Der Mann, dessen schwarzes Haar mit Pomade in Form gebracht worden war, steckte sich einen Zahnstocher in den Mund und musterte erst ihn, dann Winter.

»Kennen wir uns?«

Emmerich betrachtete die geschnäbelten Lackschuhe, die Pavlovic trug, seinen edlen Anzug und den Seidenschal, der um seinen Hals drapiert war. An seinem Handgelenk glänzte eine goldene Uhr, die protzigen Brillantringe an seinen Fingern glitzerten miteinander um die Wette.

»Ich kenne zumindest einige von Ihrer Sorte.« Ohne um Erlaubnis zu bitten, griff Emmerich nach zwei freien Stühlen vom Nebentisch, stellte sie direkt vor den Ofen und setzte sich.

Ein bulliger Typ, der an der Bar gestanden hatte, kam auf sie zugestapft. Pavlovic hob die Hand, woraufhin er stehen blieb.

»Wer sind Sie, und was wollen Sie?«, wandte er sich an Emmerich.

»Ich will, dass Sie mir ein paar Fragen beantworten.« Er präsentierte seine Marke.

Der Valutenschieber gähnte gelangweilt und winkte dem Markör.

Augenblicklich kam dieser angelaufen und machte eine leichte Verbeugung. »Was wäre Ihnen genehm? Noch eine Schale Gold?«

Pavlovic nickte.

»Für mich einen Großen Braunen, bitte«, sagte Emmerich. »Und einmal die Karte.«

Winter orderte eine Melange.

»Sehr wohl.« Der Markör drehte sich um und gab die Bestellung an den Zuträger weiter, der daraufhin in die Küche eilte und dort dem Kaffeebrüher das Gewünschte diktierte.

»Das hätten Sie sich sparen können. Sie werden nämlich nicht länger bleiben.« Pavlovic deutete zur Tür. »Schönen Tag noch.«

Emmerich verschränkte die Arme und starrte sein Gegenüber ungerührt an.

»Ich habe Ihren Kollegen schon hundert Mal erklärt, dass sie mir nichts anhaben können. *Nic. Niente. Nothing. Nitschewo.*« Pavlovic schlug die *Reichspost*, die vor ihm auf dem Tisch lag, auf. »Im Burgtheater wird *Hamlet* gegeben. Schon gesehen? Dieser Raoul Aslan soll hervorragend sein.«

Emmerich riss ihm die Zeitung aus der Hand, drehte sich um und steckte sie in den Ofen.

Sofort setzte sich der Schläger wieder in Bewegung, doch Pavlovic schüttelte den Kopf. »Sie sind wohl kein Theaterliebhaber.« Seine Miene wechselte von erzürnt zu amüsiert. »Weil ich so ein netter Kerl bin, erkläre ich Ihnen die Sachlage.« Er sprach so langsam und artikuliert, als würde er mit einem Vollidioten reden. »Das Geld, das ich bei mir trage, ist zum Eigengebrauch bestimmt. Ich vertraue nämlich den Banken nicht und pflege einen exklusiven Lebensstil.« Er grinste und kaute auf seinem Zahnstocher herum. »Alles Weitere können Sie mit meinen Anwälten bereden.«

»Arroganz, die für ein ganzes Dorf reicht.« Emmerich schlug die Beine übereinander und lehnte sich zurück. »Aber stellen Sie sich nur mal vor – es geht gar nicht um Sie. Wir finden Kaspar Hofbauer viel interessanter.«

»Großer Brauner, Melange, Schale Gold, einmal die Karte.« Schwungvoll servierte der Zuträger das Bestellte und huschte wieder davon.

»Hofbauer? Wer soll das sein?«

»Erzählen Sie mir nicht, dass Sie ihn nicht kannten. Er war einer von Ihren Handlangern.«

»War?« Pavlovic kniff die Augen zusammen.

»Ganz genau.« Emmerich trank einen Schluck Kaffee und studierte die Karte. »Irgendjemand hat ihn umgebracht, oder besser gesagt …«, er beugte sich so nah zu Pavlovic hinüber, dass ihre Nasen sich beinahe berührten, »… abgeschlachtet. Ziemlich brutal. Sieht man nicht alle Tage.«

Das erste Mal seit ihrem Eintreffen schien Pavlovic irritiert. »Was ist passiert?«

»Um das herauszufinden, sind wir hier.« Emmerich winkte dem Markör und bestellte Streichhölzer sowie zwanzig Paar Würstel. »Ja, zwanzig, Sie haben richtig gehört«, insistierte er, als der Mann ihn verunsichert ansah. »Erzählen Sie mir alles, was Sie über Hofbauer wissen«, wandte er sich wieder an Pavlovic. »Gab es Ärger? Drohungen? Hatte er Feinde?«

»Und eine *Reichspost*«, rief Pavlovic dem Markör hinterher. Dann schenkte er Emmerich einen genervten Blick, gab Zucker in seinen Kaffee und rührte so heftig, dass die Tasse wackelte. »Nein«, sagte er schließlich.

»Was nein?«

»Keinen Ärger. Keine Drohungen. Keine Feinde. Wenn Sie einen Mörder suchen, sind Sie hier falsch.«

»Viele Menschen sehen Leute wie Sie und Hofbauer als Zecken im Pelz der Republik. Gut möglich, dass es sich um einen Akt der Selbstjustiz handelte.«

»Glaub ich nicht«, winkte Pavlovic ab. »Unser Land hat weitaus größere Probleme als das bisschen Valutaschmuggelei. Denken Sie doch nur mal an die Schleichhändler, die Kommunisten, die Juden oder die Bürgerwehren. Von den Platten fang ich gar nicht erst an. Wahrscheinlich hat jemand Hofbauer beobachtet und wollte an sein Geld. Klassischer Fall von Raubmord.«

»Mahlzeit.« Der Zuträger servierte das Bestellte.

Emmerich zog die Zigarette hinter seinem Ohr hervor, zündete sie an und nahm einen genüsslichen Zug. »Hofbauer war schlimm zugerichtet. Jemand hat ihm die Kehle durchtrennt und die Zunge abgeschnitten. Sieht aus, als wollte dieser Jemand ein Exempel statuieren.«

Winter, der sich gerade ein Würstchen genommen hatte, legte es zurück auf den Teller.

Pavlovic zuckte mit den Schultern. »Hören Sie, ich kannte Hofbauer kaum, hab ihn vielleicht ein- oder zweimal gesehen. Kleines Rädchen im Getriebe. Harmlos.« Er griff nach der *Reichspost*. »Ich würd's Ihnen sagen, wenn ich was wüsste.«

Emmerich nahm ihm die Zeitung aus der Hand und schlug sie auf.

»Was zur Hölle …« Pavlovic schaute zu dem Gorilla, der sich noch immer in Lauerstellung befand, und nickte. »Ich war sehr geduldig mit Ihnen, aber langsam überspannen Sie den Bogen.« Er wandte sich an seinen Mann, der nun neben ihm stand. »Bring die beiden raus und sieh zu, dass sie mir nicht mehr unter die Augen treten.«

»Wir wollten sowieso gerade gehen.« Emmerich wickelte die Würstchen in die Zeitung und reichte sie Winter. »Warte draußen auf mich.« Er stand auf und starrte Pavlovic direkt in die Augen. »Lassen Sie sich eines gesagt sein: Die Leute aus der Abteilung Wirtschaftskriminalität können Ihnen vielleicht nichts anhaben, aber ich scheiß auf Regeln und Vorschriften. Ich werde Sie und Ihre Organisation auseinandernehmen bis ins letzte Glied. Wenn ich dabei rausfinde, dass Sie mir etwas verschwiegen haben oder sogar in der Sache mit drinstecken, sind Sie dran.« Er blies Pavlovic Rauch ins Gesicht.

»Raus!«, zischte dieser, woraufhin sich zwei Hände wie Schraubstöcke um Emmerichs Oberarme legten und ihn in Richtung Tür schoben.

»Danke für die Einladung«, rief Emmerich so laut, dass die Kellner es hören konnten, und wand sich aus dem Griff. »Schon gut«, blaffte er und verließ das Café.

»Lassen Sie mich raten«, sagte Winter. »Sie haben ihn noch weiter gereizt.«

»Dieser Pavlovic ist ein eiskalter Hund. Der macht nur Fehler, wenn er in Rage ist. Ich werde nachher noch einmal mit Seger sprechen. Er soll jemanden auf ihn ansetzen.«

Winter schüttelte den Kopf. »Sie und Ihre Methoden. Sie können wirklich von Glück reden, dass Sie bisher immer so glimpflich davongekommen sind. Apropos … Was stand denn auf dem Zettel? Dem vom Friedhof? Sie manövrieren sich doch hoffentlich nicht wieder in irgendetwas Unüberlegtes hinein?«

Emmerich grübelte kurz, ob er Winter einweihen sollte, doch dann fielen ihm erneut die Worte seines Informanten ein. *Xaver Koch ist gefährlich. Verdammt gefährlich.* Winter hatte schon zu oft den Kopf für ihn hingehalten.

»Da stand, dass er nicht kommen konnte, sich aber wieder melden wird.« Er schenkte seinem Assistenten ein Lächeln und hoffte, dass dieser ihn nicht durchschaute. »He«, rief er schnell, als sie an dem beinamputierten Veteranen vorbeikamen. »Wir haben dir und deinen Freunden was zu essen mitgebracht.«

8

Es war ihm nicht gelungen, Winter abzulenken.

»Sie können mir alles anvertrauen«, hakte sein Assistent nach, während sie in Richtung Spitalgasse fuhren.

Emmerich tat, als hätte er ihn nicht gehört. »Was hältst du davon, dass Wien sich von Niederösterreich löst und bald ein eigenes Bundesland sein wird? Bürgermeister Reumann ist dann gleichzeitig auch Landeshauptmann.«

»Weichen Sie mir nicht aus«, ließ Winter nicht locker. »Ich hoffe, Sie lassen sich zu keiner Dummheit hinreißen.«

»Natürlich nicht. Hab ich je …«

»So gut wie jeden Tag.«

In dieser Sekunde brachte der Kutscher das Fuhrwerk zum Stehen. »Allgemeines Krankenhaus«, rief er. »Leichenhof.«

Um weiteren neugierigen Fragen seines Assistenten zu entgehen, sprang Emmerich ins Freie und hastete mit eiligen Schritten in den repräsentativen Dreiflügelbau, der die Gerichtsmedizin beherbergte. Die Rezeption war wie immer besetzt, in den Fluren herrschte geschäftiges Kommen und Gehen.

Der Tod kannte keine Pausen.

»Professor Hirschkron ist gerade im Sektionsraum«, erklärte der Mitarbeiter am Empfang. »Sie wissen ja, wo's langgeht.«

»Nur zu gut.« Tatsächlich war Emmerich den Weg schon

oft gegangen. Zu oft. Jedes Mal ein neues Opfer, jedes Mal ein neuer Täter.

Er passierte die Laboratorien, das Kommissionszimmer und die Kammer, die zur Verwahrung der Leichen diente. Letztere stand offen, sodass man einen Blick auf die grob gezimmerten Holzkästen erhaschen konnte, in denen die Toten darauf warteten, aufgeschnitten, auseinandergenommen und durchstudiert zu werden.

»So viele«, murmelte Winter, der endlich aufgeschlossen hatte.

»Es geht ihm nicht gut, dem müden, wunden Wien«, erklärte Emmerich und betrat den Sektionsraum.

»Ah, die Herren von ›Leib und Leben‹. Sie kommen genau richtig.« Professor Hirschkron stand am Seziertisch und hatte die Hände tief im Körper von Kaspar Hofbauer versenkt. »Magen ausgedehnt, in demselben eine große Menge Speisebrei, der Fleischbröckchen enthält. Schleimhaut verdickt und blutreich«, diktierte er einem Assistenten.

Winter verharrte im Türrahmen, während Emmerich sich neben die Gerichtsmediziner stellte und die Leiche betrachtete. Zwei Schnitte verliefen von deren Schlüsselbeinen bis hin zur Mitte des Brustkorbs und ab dort in einer geraden Linie hinunter zum Schambein. Ein präziser Y-Schnitt. Die Haut des Toten, so kalt und weiß wie Porzellan, bildete einen starken Kontrast zu dem dunklen Rot der Organe.

»Immer wieder ein Faszinosum.« Hirschkron deutete in die Bauchhöhle. »Wie fragil wir Menschen doch sind. All die feinen Blutgefäße, absolut lebenswichtig und trotzdem kaum mehr als einen Millimeter dick. Sehen Sie diese Ader? Wenn sie platzt, sind Sie in weniger als fünf Minuten tot. Oder hier, dieses Häutchen, ein Riss genügt, und Sie treten Ihre letzte Reise an. Dort unten …«, er zeigte auf den Darm.

»Falsche Richtung«, unterbrach Emmerich ihn. »Erzählen Sie mir lieber von seiner Kehle. Können Sie schon sagen, womit sie durchschnitten wurde?«

»Nicht die Kehle«, korrigierte Hirschkron ihn. »Die Halsarterie. Hätte der Täter die Kehle durchtrennt, wäre das Blut nicht gespritzt, sondern einfach nur in einem großen Schwall herausgelaufen. Außerdem war es kein Schnitt. Es war ein Stich.«

»Und das Tatwerkzeug?«

»Schmal und spitz, so wie ein langer Nagel.«

Emmerich nahm dem Sektionsassistenten den Bleistift aus der Hand und klopfte damit auf die Beine des Toten. Kein helles Klacken ertönte, sondern einfach nur das dumpfe, leise Pochen von Holz auf Haut. »Was ist mit dem Überzug?«

»Abgeschmolzen. Es war tatsächlich Eis. Der Täter muss den Körper mit Wasser übergossen haben.«

»Im Zimmer standen eine Waschschüssel und ein Krug.«

Winter war mittlerweile hinzugetreten, hatte die Hände tief in den Taschen vergraben und vermied es tunlichst, irgendetwas anzufassen oder genauer anzusehen.

»Warum?«, überlegte Emmerich laut. »Warum tut jemand so etwas? Um den Zeitpunkt des Mordes zu verschleiern, hätte die kalte Luft doch ausgereicht.«

»Wie ich heute früh schon gesagt habe – ich kann nur zu den physischen Gegebenheiten des Opfers Auskunft geben. Die psychologischen Auswüchse des Täters sind Ihre Baustelle.« Hirschkron fasste erneut in die Leiche und entnahm ihr ein großes Organ – die Leber. Er betrachtete sie von allen Seiten und legte sie schließlich auf eine Waagschale. »Tausendfünfhundert Gramm«, verkündete er.

Der Assistent nahm den Stift wieder an sich und notierte das Gewicht, während Hirschkron ein Skalpell zückte.

Er setzte es auf der Stirn des Toten an und schnitt einmal rund um dessen Kopf. Anschließend zog er die Haut vom Knochen, inspizierte sie und nickte seinem Assistenten zu. Dieser nahm eine Säge und begann, den Schädel zu öffnen.

»Rauchpause«, rief Winter, der ganz blass um die Nase geworden war, und zeigte nach draußen.

»Sie können ruhig hier …«

»Die neue Tabaksorte vom Chef stinkt. Außerdem könnte ich ein bisschen frische Luft gut brauchen.«

»Inspektor Winter.« Hirschkron stemmte die Hände in die Hüften. »Sie müssen sich langsam an die Toten gewöhnen. Man gewöhnt sich nämlich an alles.«

»Meine Rede.« Emmerich zog seine Rauchutensilien aus der Tasche.

»Ich revidiere«, sagte Hirschkron, nachdem er einen Blick in Emmerichs Tabaksbeutel geworfen hatte. »Es gibt tatsächlich etwas, an das man sich nicht gewöhnt, und das ist Machorka.« Er deutete zur Tür. »Reden wir im Freien weiter, sonst hängt der Gestank nach Russland und Krieg den halben Tag hier drinnen.«

Auf dem Weg hinaus kamen sie wieder an der Leichenkammer vorbei. »Gut besucht«, sagte Emmerich.

»Ja, so schnell werde ich wohl nicht arbeitslos. Zwei Platten haben sich in die Haare bekommen. Nicht ganz so mysteriös wie Ihr Opfer, aber mindestens so unschön.«

»Platten …« Jetzt dämmerte es Emmerich. »Wer untersucht die Sache? Brühl?«

Hirschkron nickte.

»Verdammt«, fluchte Emmerich. »Viele Tote, viele Täter«, erklärte er, als er Winters fragenden Blick sah. »Wenn Brühl herausfindet, wer wen umgebracht hat, kann er gleich mehrere gelöste Fälle für sich reklamieren. Verstehst du?«

Winter nickte. »Auf Wiedersehen, schönes Büro.«

Übellaunig drehte Emmerich sich eine Zigarette, während die Worte von Toni Lesch in seinen Ohren widerhallten. *Keine Ahnung habt ihr. Scheißkieberer, ihr werdet alle noch blöd schau'n …* »Da wird noch mehr auf uns zukommen.«

»Glauben Sie?«, fragte Hirschkron. »Die Platten machen mir derzeit weniger Sorgen. Ich fürchte eher, dass die paramilitärischen Verbände der Parteien in Zukunft die großen Leichenbringer sein werden. Ich hoffe, ich habe unrecht, aber ich gehe davon aus, dass sich die Fronten zwischen den Sozialdemokraten und den Christlichsozialen noch weiter verhärten werden. In Wahrheit will doch keiner von denen eine parlamentarische Demokratie. Die einen streben den Sozialismus an, die anderen ein ständisch-feudales Gesellschaftsmodell. Zwei absolut konträre Ideologien.«

»Sie denken, es wird zu gewalttätigen Ausschreitungen kommen?«

»Wenn nicht gar zum Bürgerkrieg.«

Schweigend sinnierte der Doktor vor sich hin, und auch Emmerich und Winter kamen ins Grübeln, bis plötzlich ein lautes Poltern, gefolgt von einem Schrei, ertönte.

»Das war mein Assistent.« Hirschkron rannte zurück in das Gebäude, Emmerich und Winter folgten ihm. »Was ist passiert?«

»Er hat mich niedergeschlagen.« Hirschkrons Assistent hockte neben einem umgekippten Rollwagen und hielt sich den Kopf. »Ich war im Labor, um Formaldehyd zu holen. Als ich wieder zurückkam, war da so ein Kerl … Er hat …« Er hielt inne und überlegte. »Er hat den Obduktionsbericht gestohlen. Als ich versucht habe, ihn aufzuhalten, hat er den Wagen umgeschmissen und mich mit einer Nierenschale niedergeschlagen.«

Hirschkron presste ein Taschentuch auf die Stirn seines Assistenten. »Harmlose Rissquetschwunde«, diagnostizierte er. »Das wird wieder. Ihr Platz ist weiterhin vor dem Tisch und nicht darauf.«

»Wie sah er aus?«, fragte Emmerich. »Würden Sie ihn wiedererkennen?«

Der Assistent schüttelte den Kopf. »Er trug eine Kapuze und hatte einen Schal vor dem Gesicht. Alles ist so schnell gegangen. Ehe ich michs versah, war er zum Fenster hinaus.«

Noch bevor er den Satz beendet hatte, nahm Emmerich die Verfolgung auf. »Lauf du links zur Straße«, rief er Winter zu. »Ich versuch's in der Krankenhausanlage.« Ohne eine Antwort abzuwarten, eilte er davon, wobei er versuchte, sein kaputtes Bein so wenig wie möglich zu belasten. Er durchquerte ein Tor, fand sich im sogenannten Studentenhof wieder und sah sich um. Der Platz war menschenleer, bis auf einen Schatten, der in Richtung Witwenhof huschte. »Polizei! Stehen bleiben!«, brüllte er und stürmte weiter. Die kalte Luft brannte in seiner Lunge, jeder Atemzug schmerzte. Verdammte Raucherei.

Er dachte an das schöne Büro, führte sich Brühls schmieriges Grinsen vor Augen und humpelte noch schneller. »Polizei!«, rief er noch einmal, als er nicht weit entfernt eine Gestalt ausmachte, die einen langen schwarzen Umhang trug, dessen Kapuze den Kopf verhüllte. »Stehen bleiben!« Doch der Kerl dachte gar nicht daran.

Emmerich biss die Zähne zusammen, ignorierte die Qualen in Brust und Bein. Der Flüchtige durfte auf keinen Fall die Alser Straße erreichen. In deren dichtem Verkehr war es ein Leichtes unterzutauchen. Mit letzter Kraft setzte er zum Sprung an, packte den Umhang und riss die Gestalt mit sich zu Boden. Und dann ging alles ganz schnell. Eine genagelte

Schuhsohle traf ihn mitten ins Gesicht. Warmes Blut rann über seine Lippen, seine Sicht wurde von Tränen getrübt. Er umklammerte den dicken Stoff noch fester, doch als ein weiterer Tritt folgte, ließ die Kraft nach.

Schritte entfernten sich.

Emmerich raffte sich auf, wollte die Verfolgung wiederaufnehmen, aber er strauchelte, und dann war es zu spät. »Scheißdreck«, fluchte er und humpelte auf die Straße. Der Kerl war verschwunden.

Er lehnte sich gegen eine Mauer und musterte den Umhang, den er dem Flüchtigen im Kampf entrissen hatte. Er war aus einfachem Wollstoff, wirkte abgenutzt und hatte nur zwei schlichte silberne Schließschnallen. Nirgendwo fand sich ein Hinweis auf den Besitzer.

»He, Ferdinand«, rief er, als sein Assistent auf ihn zugerannt kam.

Winter blieb stehen, hielt sich die Seite und beugte sich nach vorn. »Ich bin in die Sensengasse …«, keuchte er völlig außer Atem. »Dann die Währinger Straße hoch und in die Van-Swieten-Gasse … Nichts.« Er richtete sich langsam wieder auf. »Um Gottes willen, was ist mit Ihnen passiert?«

»Ich hatte ihn fast.« Emmerich wischte sich Blut aus dem Gesicht.

»Sind Sie gestürzt? Oder hat Ihnen der Kerl eine verpasst?«

»Beides.« Er betastete seine Nase und reichte Winter den Umhang. »Den hab ich ihm abnehmen können.«

»Viele Leute tragen solche Pelerinen, jetzt, wo's so kalt ist. Meine Großmutter hat auch so einen.« Winter untersuchte die Innenseite, lächelte und präsentierte ein schmales Notizbuch. »Versteckte Tasche, auch wie bei meiner Großmutter.«

Emmerich streckte seine Hand aus, doch Winter schüttelte den Kopf. »Sie sind voller Blut. Besser, wenn ich …« Er fing an zu blättern. »Das Notizbuch scheint neu zu sein. Nur auf der ersten Seite gibt es einen Eintrag.« Er räusperte sich »*Edmund will sich erschießen, um dem schrecklichen Zwiespalt in seinem Herzen ein Ende zu setzen*«, las er vor. »*Der Selbstmord misslingt. Durch die traumatische Erfahrung klärt sich sein Geist. Er weiß nun, dass Lori nicht die Richtige für ihn ist. Er liebt Emilia.*«

Emmerich spuckte auf den Boden. »Klingt wie die kitschige Fantasie eines Schundromanschreibers. Kannst du damit was anfangen?«

Winter schüttelte den Kopf.

»Bringen wir den Umhang zur Spurensicherung. Vielleicht finden die was, das uns weiterhilft.« Mit schmerzverzerrtem Gesicht machte Emmerich einen Schritt.

»Sie brauchen einen Arzt.«

»Ich brauch einen Schnaps und eine Schmerztablette.« Er stöhnte auf. »Am besten, ich fahre auf einen Sprung nach Hause. Dort hab ich beides. Ist ja nicht weit.«

»Aber wo wir doch schon mal hier sind … Die Notaufnahme ist zehn Meter … Ach, vergessen Sie's. Sie tun ja sowieso, was Sie wollen.« Winter schaute auf seine Uhr. »Fahren Sie heim. Den Umhang und das Notizbuch kann ich auch allein ins Labor bringen.« Er winkte einer Kutsche. »Versprechen Sie mir, dass Sie sich schonen. Und falls dieser Mann sich wieder meldet, der vom Friedhof, dann schicken Sie nach mir. Tun Sie nichts Unbedachtes.«

»Keine Sorge. Ich würde nie …«

»Schonen«, wiederholte Winter und half seinem Chef in die Kutsche. »Nichts Unbedachtes.«

Während das Fuhrwerk in Richtung Josefstadt ratterte,

erinnerte Emmerich sich an die Zeit, als er mit Luise und den Kindern zusammengelebt hatte. Bescheiden war es gewesen, aber gemütlich, ein richtiges Zuhause, das erste Mal in seinem Leben. Dann dachte er an den Zettel in seiner Tasche. *Wenn Sie noch immer wissen wollen, wo Ihre Familie ist, dann kommen Sie um Mitternacht zur Tolstoi-Kolonie nach Mariabrunn.* Natürlich würde er sich nicht schonen. Natürlich würde er etwas Unbedachtes tun.

In der Piaristengasse angelangt, betete Emmerich, dass Frau Seidl, seine Zimmerwirtin, nicht daheim war. Die Alte hatte das Herz am rechten Fleck, war aber mit einer Neugier ausgestattet, die ihresgleichen suchte. Er hatte an diesem Tag keinen Nerv, sich Tratsch und sensationslüsternen Fragen zu stellen.

Mithilfe der wurmstichigen Holzstange, die anstelle eines Messinghandlaufs durch das Gebäude nach oben führte, quälte er sich in den ersten Stock. »Oh nein«, murmelte er, als er sah, dass sich an der Bassena, der hauseigenen Wasserstelle, ein paar Bewohnerinnen versammelt hatten, um die neuesten Gerüchte auszutauschen.

»Meine Güte, Herr Emmerich, wie schau'n denn Sie aus?« Frau Blecha, eine Hofratswitwe, die schon länger ein Auge auf ihn geworfen hatte, betatschte mit ihren dicken Fingern seine Nase und strich ihm eine Haarsträhne aus der Stirn.

»Ham Sie sich g'rauft?« Die dürre Orowitz aus dem Dachgeschoss hielt einen Stofffetzen unter den Wasserhahn und wischte ihm damit das Blut aus dem Gesicht. »Schlimmer als meine Buam.«

Als die störrische Strähne zurückfiel und die alte Blecha über ihre Finger schleckte, hastete Emmerich gruß- und wortlos in die Wohnung.

Das Erste, was ihn drinnen erwartete, war nicht Frau Seidls schrille Stimme, sondern die Ahnung, dass irgendetwas nicht stimmte. Aber was?

Vorsichtig humpelte er über den knarzenden Dielenboden an der Toilette vorbei, die gleichzeitig als Besenkammer diente. Er passierte die alte Kommode, auf der unter Glasglocken zwei vertrocknete Blumensträuße standen – Seidls Hochzeitsbuketts. Es folgten das Schlafzimmer, die Stube, die Küche und ganz am Ende sein Reich, eine dunkle Kammer, durch deren einziges Fenster man auf eine Mauer blickte.

Irgendetwas war hier faul. Je näher er kam, desto mehr fiel ihm auf, was es war: Es war der Geruch. Obwohl seine Vermieterin ein strenges Rauchverbot verhängt hatte, roch es nach Zigarren.

»Frau Seidl!«, rief er und tastete nach seiner Pistole.

Im selben Moment wurde die Tür zu seinem Zimmer aufgerissen, und er zog seine Waffe.

»Herr im Himmel.« Frau Seidl starrte in den Lauf und fasste sich ans Herz.

»Was machen Sie in meinem Zimmer?«

»Ihr Freund wollte darin auf Sie warten, und ich habe ihm Gesellschaft geleistet.«

»Welcher Freund?«

Emmerich schaute über ihre Schulter und erstarrte.

9

Kein Geringerer als die Unterweltgröße Veit Kolja saß in Emmerichs vier Wänden und qualmte eine dicke Zigarre. »August, da bist du ja.« Er breitete die Arme aus. »Lange nicht gesehen.«

»Nicht lange genug.« Emmerich schob Frau Seidl auf den Flur, schloss die Tür und musterte den Besucher.

Sie waren im selben Waisenhaus aufgewachsen, hatten den gleichen Albtraum von Kindheit durchlebt, doch das war auch schon alles, was sie gemein hatten. Aus Emmerich war ein Hüter des Gesetzes geworden, aus Kolja der Kopf eines Schleichhändlerrings. Emmerich war ein armer Schlucker, Kolja ein reicher Mann.

»Begrüßt man so einen alten Freund?« Kolja, der es sich auf dem Bett gemütlich gemacht hatte, zog eine Flasche Cognac aus seiner Manteltasche. »Hier. Ich hab sogar ein Gastgeschenk mitgebracht.«

Hinter der Tür war ein Räuspern zu hören.

Emmerich setzte sich an den schmalen Tisch, der vor dem Fenster stand. »Frau Seidl«, rief er. »Wenn Sie schon mal in der Nähe sind, bringen Sie uns doch zwei Gläser, bitte.«

Kurz darauf flog die Tür auf, und die Vermieterin stand mit geröteten Wangen und drei Gläsern im Zimmer.

»Danke.« Emmerich nahm ihr zwei davon ab und schaute sie vielsagend an.

Sie reagierte nicht, blieb einfach stehen.

»Meine Gnädigste …« Kolja zog eine Rolle Kronenscheine aus seiner Brusttasche und reichte ihr ein paar Hunderter. »Wären Sie so freundlich und besorgen ein bisschen Kuchen und guten Kaffee? Keinen aus Ersatzstoffen. Ich hätt gern einen richtigen.« Er lächelte. »Den Rest können Sie behalten, für Ihre Mühen.«

Die alte Dame schnappte sich das Geld und steckte es in ihren Ausschnitt. »Bin sofort wieder da.« Eilig hastete sie davon.

Kolja wartete, bis die Tür ins Schloss fiel. »Die sind wir fürs Erste los. Derzeit gibt es in ganz Wien keine einzige Bohne zu kaufen. Wenn sie nicht über gute Schwarzmarktkontakte verfügt, wird sie ewig suchen.«

»Du musst es ja wissen.« Emmerich schenkte ihnen Cognac ein und stürzte seinen auf ex hinunter. Der Alkohol tat gut, wärmte seinen Bauch, betäubte seinen Schmerz. Er schenkte nach.

Kolja sah ihm zu und legte den Kopf schief. »Du schaust aus wie ein geprügelter Hund. Warum tust du dir das alles an? Für das hier? Eine dunkle Kammer mit Blick auf eine Wand?«

»Ich kann mir zwar nicht so viele Annehmlichkeiten leisten wie du, dafür hab ich ein reines Gewissen und das gute Gefühl, die Republik sicherer und gerechter zu machen.«

Kolja brach in schallendes Gelächter aus. »Sisyphos lässt grüßen.«

Emmerich holte ein Röhrchen Schmerztabletten aus seiner Nachttischschublade, schluckte zwei davon und legte das Bein hoch. »Was willst du? Ich geh mal nicht davon aus, dass du hier bist, weil du mich so sehr vermisst hast.«

»Ich bin gekommen, um dir zu helfen.«

»Wobei?«

»Dabei, dich nicht noch tiefer in die Scheiße zu reiten. Pavlovic hat erzählt, dass du heute Mittag einen ziemlichen Aufstand gemacht hast.«

»Du? Du bist die ominöse Nummer 1?« Emmerich drehte sich eine Zigarette, rauchte mit seinem billigen Kraut gegen Koljas edlen Tabak an. »Eigentlich hätte ich mir gleich denken können, dass du deine Finger im Spiel hast ... Geldschmuggel ... Ist dir denn gar nichts mehr heilig? Weißt du, was ihr damit anrichtet?«

»Was wir damit anrichten? Im Gegenteil. Die Republik ist auf uns angewiesen. Sie braucht uns, um an Fremdwährung zu gelangen. Keine ausländische Bank geht mehr das Risiko ein, österreichische Kronen zu erwerben.«

»Was wären wir nur alle ohne dich.«

»Den Sarkasmus kannst du dir sparen. Du kaufst ja selbst auf dem Schwarzmarkt ein. Vielleicht keine Valuten, aber ...« Er zeigte auf die Zigarette in Emmerichs Hand. »Erzähl mir nicht, dass du dir den Tabak legal beschafft hast.«

»Ich habe meine Gründe.« Emmerich starrte zum Fenster hinaus. »Was ist mit deinen anderen Geschäften?«

»Dank der erfrorenen Kartoffelernte wird es noch einmal ein fetter Winter für den Lebensmittelschleichhandel – ein Winter, in dem wir übrigens viele Menschen vor dem Hungertod retten. Aber danach ... Die Wirtschaft erholt sich, langsam, aber doch. Die Prognosen sind nicht schlecht. Bald ist auf diesem Gebiet kein Geld mehr zu machen.«

»Deshalb hast du dir ein neues Betätigungsfeld erschlossen.«

»Der weise Mann plant voraus. Solltest du vielleicht auch mal versuchen. Wirst sehen, die Inflation der Krone ...Da kommt noch einiges auf uns zu. Das ist erst der Anfang.«

Emmerich konnte dem nichts entgegensetzen. Er wusste,

dass Kolja recht hatte. »Immer schön vom Leid der anderen profitieren.«

»Da bin ich nicht der Einzige. Wenn man's genau nimmt, basiert deine Arbeit auch auf dem Leid, sogar dem Tod der anderen.«

»Womit wir beim Thema wären. Einer deiner Schmuggler, ein gewisser Kaspar Hofbauer, wurde ermordet.«

»Ich weiß. Pavlovic hat es mir erzählt. Auch, dass du gedroht hast, unsere Organisation auseinanderzunehmen bis ins letzte Glied.« Er lehnte sich zurück und schenkte Emmerich einen ungehaltenen Blick. »Spar dir die Mühe.«

Emmerich erinnerte sich daran, wie Kolja ihm im vergangenen Jahr aus der Patsche geholfen hatte, und schluckte eine Beschimpfung hinunter. »Ein Mann wurde brutal ermordet, abgeschlachtet wie ein Stück Vieh. Um den Täter dingfest zu machen, ist mir jede Mühe recht.«

»Ich weiß, du liebst Ärger. Liebst es, dich mit übermächtigen Gegnern anzulegen. Aber ich versichere dir, Hofbauers Tod hat nichts mit uns zu tun. Ich hab mich umgehört. Was Pavlovic dir gesagt hat, ist wahr. Hofbauer hatte keinen Streit, keine Feinde, keine Probleme. Wahrscheinlich war es Raubmord, und wenn nicht, liegt das Motiv in seiner Vergangenheit. Also mach uns keinen Ärger, zündle nicht im Munitionsdepot.«

Emmerich schnaubte. »Ich mach …«, setzte er an, doch Kolja unterbrach ihn.

»Du bist bei ›Leib und Leben‹. Wirtschaftskriminalität fällt nicht in dein Ressort. Außerdem stehst du tief in meiner Schuld. Ohne mich würdest du in einem noch viel kleineren Zimmer leben – einem mit vergitterten Fenstern.«

Emmerich biss die Zähne so fest zusammen, dass sein Kiefer knackte.

Kolja nickte zufrieden. »Vor Kurzem wurde Hofbauer eine Position als Händler im Café Residenz angeboten. Die Arbeit wäre weniger gefährlich und besser bezahlt gewesen. Doch er hat abgelehnt.«

Emmerich horchte auf. »Warum?«

Kolja zuckte mit den Schultern. »Niemand konnte seine Entscheidung nachvollziehen. Es muss irgendwas mit Wien zu tun haben. Mir wurde erzählt, dass Hofbauer nicht gern hier war. In der Öffentlichkeit hat er sich offenbar komisch verhalten. Hut in die Stirn, Blick gesenkt, so als wollte er nicht erkannt werden.«

»Aber er war Wiener. So steht es zumindest in seinem Heimatschein.«

»Er war lange an der Front und ist nach Kriegsende in die USA gegangen. Wollte dort sein Glück versuchen, ist ihm aber wohl misslungen. Im Mai hat er völlig abgebrannt bei einem meiner Männer vor der Tür gestanden und um Arbeit gebettelt.«

Emmerich spürte ein Kribbeln im Bauch. Der Spürhund in ihm hatte Witterung aufgenommen.

»Hofbauer konnte sich gewählt ausdrücken und hatte gute Umgangsformen«, fuhr Kolja fort. »Deshalb hat ihm mein Mann einen Diplomatenpass besorgt. Mit dem …«

»… konnte er unbehelligt ins Ausland reisen und Valuten schmuggeln.«

»Er war viel unterwegs, und für die Zeit hier in Wien hat er sich ein billiges Zimmer gesucht.« Kolja sah sich demonstrativ um. »Er hätte sich auch etwas Teures leisten können, doch wie es aussah, wollte er das nicht. Ein Vögelchen hat mir gezwitschert, dass er nicht vorhatte, lange zu bleiben. Er wollte sich was ansparen und wieder verschwinden. An deiner Stelle würde ich herausfinden, warum.«

»Will nicht die halbe Stadt von hier verschwinden? Die Unruhen, die Ungerechtigkeit, die Teuerung …« Emmerich bedachte Kolja mit einem vielsagenden Blick.

Dieser grinste breit, trank sein Glas aus und stand auf.

»Sagen dir die Namen Edmund, Lori und Emilia irgendwas?«, fragte Emmerich auf gut Glück.

»Sollten sie?« Kolja schlüpfte in seinen Mantel und streckte sich. »Ich hab dir alles gesagt, was ich rausfinden konnte.« Er öffnete die Tür. »So wie's aussieht, wird deine Schuld bei mir immer größer …«, er fasste in seine Tasche, zog einen Gegenstand daraus hervor und warf ihn Emmerich zu, »… und größer.«

Emmerich musste gar nicht hinsehen, um zu wissen, was er gerade gefangen hatte. Als seine Finger das gläserne Fläschchen umschlossen, strömte ein wohliger Schauer durch seinen Körper. Er hielt Heroin in den Händen, das Wundermittel von Bayer. »Ich bin weg von dem Zeug. Nimm es wieder mit.«

»Behalt es. Musst es ja nicht schlucken. Aber falls du es dennoch tust und mehr davon brauchst – ich werde die kommenden Abende im Ronacher verbringen.« Kolja tippte sich an den Hut. »Bleib ruhig sitzen. Ich finde allein raus.«

»Dann weiß ich ja jetzt, wo ich die kommenden Abende sicher nicht hingehen werde.«

Emmerich wartete, bis die Tür ins Schloss gefallen war, und betrachtete die Tabletten. Lange waren sie seine besten Freunde gewesen, seine schlimmsten Feinde, und noch immer übten sie eine magische Anziehungskraft auf ihn aus. Sie würden seine Schmerzen stillen, die in der Nase, dem Bein, der Seele … Nur eine einzige … nur dieses eine Mal …

Er tastete nach dem Glücksbringer, der an einer Lederschnur um seinen Hals hing. Das kleine silberne Amulett, eine Schlange, die sich selbst in den Schwanz biss, war in dem Korb gefunden worden, in dem seine Mutter ihn als Baby ausgesetzt hatte. Es war sein wertvollster Besitz und bedeutete ihm die Welt.

Seufzend riss er die Nachttischschublade auf und schob das Fläschchen ganz nach hinten. Dort sollte es bleiben, bis er später das Haus verließ. Dann würde er es entsorgen. Irgendwo. Irgendwie. Bis dahin würde er ein bisschen schlafen. Er musste sich erholen und seinen Geist klären.

Kurz bevor er eindöste, wurde die Tür aufgerissen, und Frau Seidl kam hereinstolziert. Triumphierend präsentierte sie eine Schachtel der Konditorei Demel und ein Kaffeesäckchen. »Wo ist denn Ihr Freund?«

»Der musste los. Die Geschäfte haben gerufen.« Demonstrativ drehte Emmerich sich von ihr fort, sodass er mit dem Gesicht zur Wand lag.

Frau Seidl schien das nicht zu stören. »Er ist wohl ein wichtiger Mann.« Sie stellte ihre Beute auf den Tisch und öffnete das Fenster. »Verheiratet?«

Er wandte sich wieder um. »Hören Sie, ich muss mich dringend ausruhen. Es war ein anstrengender Tag, und er ist noch nicht vorüber.«

»Ach ja?« Sie griff nach der Cognacflasche, öffnete sie und roch daran. »Haben Sie einen neuen Fall zu bearbeiten?«, fragte sie, während sie sich ein Glas einschenkte.

Emmerich war kurz davor, seine Vermieterin harsch anzufahren, als ihm etwas einfiel. »Sagen Ihnen die Namen Edmund, Lori und Emilia etwas?«, fragte er.

Seidl schaute ihn ungläubig an. »Aber ja, natürlich. Ich verfolge ihr Schicksal seit dem ersten Tag.«

Emmerich setzte sich auf und streckte seine Hand aus.

Sie reichte ihm die Flasche und ein Stück Kuchen. »Nie im

Leben hätte ich gedacht, dass Sie einer von der romantischen Sorte sind. Das Leben ist doch immer wieder für eine Überraschung gut.«

»Das ist es, Frau Seidl, das ist es.«

10

In den Randgebieten des 10. Bezirks wurde es einsam. Hier gab es keine Läden, keine Bars und Restaurants. Die engen, verwahrlosten Seitenstraßen waren dunkel und leer.

Je tiefer Alma Lehner in die verwinkelten Gassen vordrang, desto intensiver wurde der Geruch nach fauligen Kartoffeln und ranzigem Fett. Die helle, saubere Stadt der Reichen lag weit entfernt. Dies war das heruntergekommene Wien der Arbeiterklasse, wo das Überleben viel Kraft kostete und der Kummer in jedem Winkel hockte.

»Hau ab, Mistvieh«, zischte sie, als eine Ratte ihren Weg kreuzte.

Alma Lehner war wütend, sehr wütend sogar. Das Schmierblatt, für das sie arbeitete, weigerte sich, gegen die antisemitische Stimmung und die Verhärtung der politischen Fronten anzuschreiben. Die Redakteure heizten den Hass sogar noch an.

Wien war ein Pulverfass, das in die Luft gehen würde. Bald. Doch auf sie wollte keiner hören. Die Aufgabe der Frauen im Büro war es, Kaffee zu kochen und dem Auge zu schmeicheln. Jene daheim sollten Kinder in die Welt setzen und dafür sorgen, dass am Abend ein warmes Essen auf dem Tisch stand. Sie waren es gewesen, die während des Krieges die Stellung an der Heimatfront gehalten hatten, trotzdem waren sie noch immer Menschen zweiter Klasse.

Bei den Beförderungen war sie deshalb schon wieder übergangen worden. Veigl, dieser inkompetente Wichtigtuer, war zum Chefredakteur aufgestiegen, dabei hatte die Position ihr zugestanden. Sie war ihm an Erfahrung und Talent weit überlegen. Alle wussten das, doch keiner wollte es zugeben.

»He, Pupperl, na, wie wär's?«

Ein Betrunkener stolperte ihr entgegen. Das spärliche Licht, das durch ein Fenster in die Gasse fiel, offenbarte ein zahnloses Grinsen und eine angebrunzte Hose.

»Eher spring ich in die Donau.«

Um nicht an ihm vorbeigehen zu müssen, bog sie links ab. Der Gestank von Urin und Erbrochenem schlug ihr entgegen.

Erneut verfluchte sie den verdammten Veigl und den Rest der Bagage. Obwohl sie mehr und bessere Arbeit leistete, verdiente sie gerade mal halb so viel. Deshalb konnte sie sich auch nur ein Zimmer in dieser Gegend leisten.

Als sie hinter sich Schritte vernahm, beschleunigte sich ihr Herzschlag. Sie wunderte sich über diese Reaktion. Es war doch ganz normal, dass auch noch andere Leute auf der Straße waren.

»*Wien, Wien, Wien, sterbende Märchenstadt, die noch im Tod für alle ein freundliches Lächeln hat …*«, summte sie, um sich zu beruhigen. Was war bloß los? Normalerweise war sie nicht so ängstlich.

Normalerweise … Doch dieser Tag war kein Tag wie jeder andere. Sie hatte Bekanntschaft mit dem Bösen gemacht.

Alma Lehner ging schneller.

Die Person hinter ihr tat dasselbe.

Einem spontanen Reflex folgend, wandte sie sich nach rechts, huschte in einen Hauseingang, hielt die Luft an und lauschte in die Dunkelheit.

Nichts.

Da war niemand.

Wie gut, dass die Idioten aus der Redaktion sie jetzt nicht sehen konnten. Hysterisch würden sie sie nennen, weibisch und nervenschwach.

Sie atmete aus und trat zurück auf die Gasse.

In diesem Moment spürte sie jemanden hinter sich. Sie konnte ihn atmen hören, nahm einen Hauch von Tabak und Seife wahr. Ein Mann.

Starr vor Angst blieb sie stehen, konnte sich nicht mehr bewegen, nichts sagen, nicht schreien. Nur wenige Meter vor ihr lugte ein Holzpflock aus einem Haufen Müll. Damit könnte sie dem Kerl eins überziehen, doch ihre Füße wollten nicht gehorchen.

War dies das Ende? In einer eiskalten Nacht, in einer stinkenden Gasse? An Allerheiligen, dem Tag der Toten?

»Grüß Sie, Fräulein Lehner«, hörte sie eine Stimme direkt an ihrem Ohr.

11

Sie fuhr herum. »Wer sind Sie? Was wollen Sie? Woher kennen Sie meinen Namen?« Ohne auf eine Antwort zu warten, eilte sie zu dem Müllhaufen, der nur wenige Meter entfernt vor sich hin stank, und zog einen Holzpflock daraus hervor. »Kommen Sie mir nicht zu nah!«

»Rufen Sie doch die Polizei.« Emmerich steckte sich eine Zigarette an. Im Schein der Flamme konnte er erkennen, dass Alma Lehner burschikos gekleidet war. Sie hatte ein schmales Gesicht, unter einem grauen Topfhut lugten kurz geschnittene braune Locken hervor. Er präsentierte seine Marke. »Sie sind verhaftet.«

»Aber …« Langsam schien bei ihr der Groschen zu fallen. »Heute Nachmittag … Das waren Sie.«

»Ich weiß gar nicht, wofür Sie es mehr verdient haben, eingesperrt zu werden. Für den gestohlenen Obduktionsbericht, die Tritte in mein Gesicht oder diesen unsäglichen Fortsetzungsroman, den Sie für die *Wiener Illustrierte* schreiben.« Er zückte ein Paar Handschellen. »Ich würde mal sagen, für Letzteres.«

»Bitte nicht.« Sie trat einen Schritt zurück, ließ den Holzpflock fallen und griff in ihre Handtasche.

Emmerich fasste an sein Holster. »Das würde ich an Ihrer Stelle besser lassen.«

Langsam zog sie den Obduktionsbericht heraus. »Hier, nehmen Sie. Das war alles nicht geplant. Nicht der Diebstahl und besonders nicht die Tritte.« Sie deutete auf seine Nase. »Es tut mir furchtbar leid.«

Er klemmte sich seine Kippe in den Mundwinkel, ließ die Rechte an der Waffe und nahm mit der Linken die Aufzeichnungen entgegen. »Und das mit Kaspar Hofbauer?«

»Hofbauer?« Alma Lehner riss die Augen auf. »Sie glauben doch wohl nicht, dass ich …«

»Lassen Sie Ihre Hände dort, wo ich sie sehen kann.«

»Sie verstehen das falsch. Ich bin von der Zeitung.«

»Ich weiß. Sie schreiben diese fürchterliche Geschichte, die täglich weitergeführt wird. Sie sind eine Serientäterin – im wahrsten Sinne des Wortes.«

»Ich betreibe aber auch ernsthaften Journalismus. Das interessiert nur leider keinen.« Alma Lehner hatte sich offenbar wieder halbwegs gefangen, denn sie sah ihm trotzig ins Gesicht. »Ich habe etwas, das Sie wollen. Wenn Sie mich laufen lassen, gebe ich es Ihnen.«

Emmerich klaubte sich einen Tabakbrösel von der Lippe. »Wir sind hier nicht auf dem Basar. Hier wird nicht gehandelt.«

»Ich habe seine Zunge.«

Damit hatte sie sich seine Aufmerksamkeit gesichert. »Ihnen ist hoffentlich klar, dass Sie sich gerade noch verdächtiger machen, als Sie es bereits waren.«

»Warum hätte ich den Obduktionsbericht stehlen sollen, wenn ich ihn ermordet habe? Dann wüsste ich doch bereits, was darinsteht.«

Das ergab Sinn. Wahrscheinlich war sie tatsächlich nur eine überambitionierte Reporterin, die einer großen Geschichte auf der Spur war. Der Tod verkaufte sich immer gut.

»Geben Sie mir fünf Minuten. Ich kann Ihnen alles erklären«, flehte sie.

Emmerich dachte kurz nach. »Von mir aus«, sagte er schließlich. »Sie laden mich zum Abendessen ein und erzählen mir alles. Anschließend werde ich entscheiden, ob ich Sie wegen Mordes verhafte oder nur wegen Behinderung der Justiz.« Er deutete in die Richtung, aus der sie gekommen waren. »Ich hoffe, Sie können bei Ihrem Schmierblatt Spesen abrechnen, ich habe nämlich großen Hunger.«

Schweigend liefen sie durch die schmalen Gassen, bis sie endlich ein Wirtshaus fanden. Alkoholdunst hing in der warmen Luft der Gaststube, deren rustikale Holzbänke vollbesetzt waren.

»Da hinten ist noch was frei.« Emmerich deutete auf einen schmalen Tisch vor dem Zugang zur Küche.

»Gut. Dort ist die Musik nicht so laut.«

Alma Lehner deutete auf das vierköpfige Schrammel-Ensemble, das neben der Eingangstür saß und ein wehmütiges Lied zum Besten gab.

»Herr Doktor, erinnern Sie sich noch ans 12er-Jahr?
Wie nobel der alte Kaiser war?
Ja, tempora mutantur, die Zeiten ändern sich,
Herr Doktor, für Sie und auch für mich.«

»Ein Krügerl«, bestellte Emmerich, als eine rotwangige Kellnerin ihnen die Speisekarten brachte.

»Ein Achterl Grünen Veltliner«, sagte Alma Lehner. »Halt. Machen Sie ein Viertel draus.«

»Herr Doktor, erinnern Sie sich noch ans 12er-Jahr?
Ja damals, da ham Sie grad studiert.
Herr Doktor, erinnern Sie sich noch, wie schön das war?
Seit damals ist allerhand passiert.«

Als die Getränke serviert wurden, leerte Alma Lehner ihr Glas in einem Zug und zeigte auf Emmerichs Schachtel mit den Selbstgedrehten, die er auf den Tisch gelegt hatte.

»Darf ich?«

Er schob sie ihr hin. »Wenn's Ihnen davon nicht die Lunge zerreißt.«

Sie zündete sich eine an, inhalierte tief und unterdrückte ein Husten. »Was für ein Tag.«

»Schlimmer als meiner kann er nicht gewesen sein.«

»Da wär ich mir nicht so sicher. Oder hat Ihnen heute schon jemand eine menschliche Zunge zugeschickt?«

»Sie kam mit der Post?«

»Sie wurde am Empfang abgegeben – keiner weiß, von wem.« Sie winkte der Kellnerin. »Noch eine Runde.«

»Sie hätten damit zur Polizei gehen müssen.«

Alma Lehner seufzte. »Ich dachte erst, dass es sich um einen dummen Scherz handelt ... Sie kennen meine Kollegen nicht.«

»Die scheinen einen ganz schön kranken Humor zu haben.« Er überlegte. »Andererseits ... was erwartet man von Leuten, die für so ein Schmierblatt arbeiten.«

»Ich will schon lange weg von dort, aber das ist nicht so einfach. Der Journalismus ist eine Männerwelt, als Frau ist es schwierig, eine Anstellung zu bekommen, die mehr als Kaffeekochen umfasst.«

Emmerich grinste schief. »Und eine aufregende Mördergeschichte wäre da sicher hilfreich ...«

»Ich wollte ja zur Polizei gehen. Wirklich. Nur ...« Sie seufzte. »Die Neugier ... eine Berufskrankheit ... Ich musste erst herausfinden, womit ich es zu tun habe.«

Emmerich studierte die Karte. »Einmal die Leberknödelsuppe, bitte, danach ein Butterschnitzel mit Kartoffelsalat und zum Schluss einen Kaiserschmarrn und Palatschinken mit Marillenmarmelade.«

Alma Lehner schaute in ihre Geldbörse. »Sie fressen mich arm.«

»Sie haben's verdient.« Er zeigte auf sein lädiertes Gesicht und drückte seine Zigarette im Aschenbecher aus. »Erzählen Sie weiter.«

»Der Kollege von der Chronik hat Informanten. Einer davon hat ihm gesteckt, dass eine übel zugerichtete Leiche in die Gerichtsmedizin gebracht wurde. Ich wollte nur schauen, ob seine Zunge fehlt … und dann stand da eine Tür offen, und der Raum war leer …«

»Gelegenheit macht Diebe.«

»Ich wollte den Obduktionsbericht gar nicht stehlen, ich wollte nur kurz hineinlesen, und dann hat dieser Kerl mich überrascht und angefangen zu schreien. Der Rest war eine reine Panikreaktion.«

Noch bevor Emmerich das kommentieren konnte, wurde die Suppe serviert. Er nahm einen Löffel und starrte auf die Knödel, die in der Brühe schwammen.

»Wo ist die Zunge jetzt?«

Alma Lehner holte tief Luft, griff in ihre Handtasche, holte eine graue Schachtel daraus hervor und stellte sie auf den Tisch. Sie war gerade mal so groß, dass ein Stück Seife hineingepasst hätte.

Emmerich schob den Teller beiseite und betrachtete sie. »Was soll dieses IX, das daraufgemalt wurde?«

»Das ist eine römische Neun.«

»So weit reicht meine Schulbildung gerade auch noch. Ich möchte wissen, was die Zahl bedeutet.«

»Keine Ahnung.«

Emmerich wischte sich die Hände ab und öffnete die

Schachtel. »Da sieh mal einer an«, murmelte er und betrachtete das rosafarbene Stück Gewebe. Es war auf Watte gebettet und blutverschmiert. »Begleitschreiben war natürlich keines dabei«, scherzte er.

Alma Lehner lachte nicht. »Doch. Ich weiß, wer sie geschickt hat.«

Er verschluckte sich an seinem Bier und starrte sein Gegenüber ungläubig an. »Das sagen Sie mir erst jetzt? Da läuft ein Mörder frei herum, der einen Mann brutal abgeschlachtet und ihm …«, als er merkte, dass es an den umliegenden Tischen ganz ruhig geworden war, senkte er seine Stimme, »… ihm die Zunge abgeschnitten hat.«

»Es ist nicht so simpel, wie Sie denken.«

»Sagen Sie mir einfach seinen Namen.«

»Es war …« Sie zögerte.

»Wer?«, fragte er ungeduldig.

»Es war der Teufel. Der Leibhaftige höchstpersönlich.«

12

»Was soll das heißen, es gab kein Kalbfleisch?« Das Beben in Xavers Stimme verhieß nichts Gutes. »Ein dickes Bündel Scheine hab ich dir mitgegeben, mehr als andere Weiber im ganzen Monat zur Verfügung haben.«

»Die Lebensmittelknappheit … die Rationierungen … Selbst mit einer Million Kronen hätte ich kein Kalb bekommen. Es grenzt an ein Wunder, dass ich Schwein hab auftreiben können. Das ist doch auch gut, oder?« Luise blickte zu Xavers Freunden, die um den Tisch saßen und kräftig zulangten. Sie strich eine Strähne ihres halblangen blonden Haars hinters Ohr und schlang die Arme um ihren dünnen Körper. »Ich hab es nach einem alten Familienrezept zubereitet.« Der Gedanke an ihre Mutter schmerzte.

»Schmeckt«, bestätigte einer mit vollem Mund.

Luise betrachtete die Männer. Sie schlangen, als hätten sie seit Tagen Hunger gelitten. Kalb, Schwein, Huhn … Sie hätte Schuhsohlen panieren können – diese Kerle hätten keinen Unterschied bemerkt.

Genau wie Xaver trugen sie die Spuren der Kriegsgefangenschaft am Leib. Abgefrorene Finger, wulstige Narben, fehlende Zähne. Schlimmer war jedoch, was der Krieg mit ihren Seelen gemacht hatte: Sie waren ungehobelt und roh, mehr Tiere als Menschen. Wann immer sie hier waren, wurde das Haus von anzüglichen Witzen, obszönen Bemerkungen und gierigen Blicken erfüllt.

Erst hatten die Kerle nur sporadisch vorbeigeschaut, alle paar Tage auf ein Bier, doch dann waren ihre Besuche häufiger und länger geworden. Seit einiger Zeit kamen sie fast jeden Abend. Soffen, grölten, konspirierten. Irgendetwas heckten sie aus. Irgendetwas Übles.

Luise fühlte sich wie eine Maus in einer Schlangengrube. Vogelfrei in ihrem eigenen Heim.

Am meisten Unbehagen bescherte ihr ein schmaler Ungar mit einem unscheinbaren Gesicht, der seit Kurzem als Xavers rechte Hand fungierte. István. Er war kleiner als die anderen und ruhiger. Mehr stiller Beobachter als grober Raufbold. Auf den ersten Blick wirkte er besonnen, auf den zweiten berechnend, danach nur noch böse. Erst hatte sie nicht benennen können, warum sie sich vor ihm fürchtete, dann war ihr klar geworden: Es lag an seinen Augen. Sie waren dunkel, fast schwarz, und sein Blick war so durchdringend, als könnte er ihr direkt in die Seele schauen. Als wollte er dort ihre größten Ängste finden, um sie anschließend real werden zu lassen.

Wie jetzt. István starrte sie an, lächelte kalt.

Luise erschauderte. »Ich sehe nach den Kindern und lege mich dann schlafen. Guten Appetit.«

Seit Xavers Rückkehr bestand ihr Leben nur noch aus Flüstern und Herzklopfen. Leise huschte sie hinaus auf den Flur.

Draußen pfiff der Wind, Schneeregen prasselte gegen die Fensterscheiben. Aus dem Wohnzimmer drang Lachen, laut und derb.

Sie wollte aufatmen, doch etwas hielt sie davon ab.

Obwohl er kein Geräusch gemacht hatte, spürte Luise Xavers Anwesenheit hinter sich.

»Du wolltest mich blamieren. Deshalb hast du kein Kalb

gekauft«, zischte er ihr ins Ohr. »Schwein für die Schweine. Das ist es doch, was du gedacht hast.«

Luises Körper spannte sich an. Sie drehte sich um, quälte ein Lächeln auf ihre Lippen. »Unsinn. Wie kannst du nur so etwas glauben. Ich habe wirklich versucht …« Sie konnte nicht weitersprechen, da er seine Hand um ihre Kehle legte und ihr die Luft abschnürte.

»Sorge ich nicht gut für euch? Habt ihr nicht alles, was ihr braucht? Ein Dach über dem Kopf, warme Sachen zum Anziehen und einen vollen Bauch?«

Sie wollte ihm ins Gesicht spucken, ihm sagen, dass das, was er ihnen gab, kein Zuhause war, sondern ein Gefängnis, keine Kleider, sondern Totenhemden, kein Essen, sondern Henkersmahlzeiten. Stattdessen nickte sie.

Sein Griff wurde fester. »Du bist eine undankbare Hure. Für diesen verfluchten Emmerich hättest du Kalbfleisch aufgetrieben.«

Im Spiegel, der neben ihnen an der Wand hing, konnte Luise beobachten, wie ihr Gesicht dunkelrot anlief, doch sie versuchte nicht, sich zu wehren. Jeder Widerstand würde seine Wut noch mehr anfachen. Das Rot wurde zu Purpur, das Purpur zu Blau.

Er ließ nicht los.

War der Tag gekommen? Der Tag an dem er sie umbrachte? Sie dachte an die Kinder, dachte an August, an ihre Entscheidung, ihn nie wiederzusehen, um ihn dadurch vor Xaver und dessen Schergen zu retten. Wie sehr sie ihn vermisste …

»In seinem warmen Bett hast du gelegen, während ich bei minus vierzig Grad in den sibirischen Minen geschuftet habe, hast deine Beine breit gemacht, während meine Kameraden neben mir verreckt sind.«

Luise schloss die Augen, lauschte, wie das Blut in ihren Ohren pochte. Sie konnte seine Geschichten nicht mehr hören, den Sermon über die Qualen, die Toten, das Unrecht. Jeden Tag malträtierte er sie damit. Als trüge sie die Schuld am Leid der Welt.

»Denkst du jetzt gerade an ihn? Hat es dir wohl gut besorgt, der elende Krüppel.« Xaver hatte sich so sehr in Rage geredet, dass ihm der Speichel aus dem Mund tropfte. »Du weißt, was passiert, wenn du versuchst, ihn wiederzusehen. Wenn du versuchst, ihm zu schreiben oder zu telegrafieren. Dann seid ihr tot. Alle.«

»Ich würde nie …«

»Mama?« Paul stand plötzlich im Flur, und endlich lockerte Xaver seinen Griff.

Wie eine Ertrinkende schnappte sie nach Luft, wollte etwas sagen, brachte jedoch nicht mehr als ein Krächzen heraus.

»Mama kommt gleich. Mama muss nur erst ihre Lektion lernen«, erklärte Xaver.

Schnell rannte der Kleine davon. Er wusste, was das bedeutete: eine Lektion lernen. Leise schluchzend eilte er über den Plankenboden ins Kinderzimmer.

Luise wollte ihm folgen, ihn trösten, ihm sagen, dass alles gut werden würde. Irgendwann. Irgendwie. Doch Xaver packte sie am Arm.

»Willst du wissen, wie es in Tomsk war?«, fragte er. »Wie es mir ergangen ist, während du es mit diesem Dreckskieberer getrieben hast?«

Noch bevor sie antworten konnte, schlug er ihr mit der Faust ins Gesicht, packte sie an den Haaren und schleifte sie zur Hintertür.

»Bitte nicht«, flehte sie, doch Xaver tat, als würde er sie nicht hören.

Ohne mit der Wimper zu zucken, stieß er sie hinaus in die Kälte. »Du bleibst da draußen, und du bleibst still. Ich will keinen Mucks hören, kein Gejammer, kein Geplärre. Gleich kommt ein ganz besonderer Gast. Ich will nicht, dass er einen schlechten Eindruck bekommt. Unsere Sache ist wichtig. Sie darf nicht gefährdet werden – schon gar nicht von einer wie dir.«

Heiße Tränen rannen über ihre Wangen. »Ich habe keine Schuhe an, keine Jacke, ich hole mir den Tod.«

»Glaub mir, der Tod ist nicht das Schlimmste, was einem passieren kann.«

Mit diesen Worten schloss Xaver die Tür und schob den Riegel vor.

13

»Willkommen in meinem bescheidenen Heim.« Xaver trat zur Seite und ließ einen groß gewachsenen Mann mit kurz geschorenem Haar eintreten. »Schön, dass Sie gekommen sind.«

Der Mann sah sich argwöhnisch um. »Ziemlich einsam hier und weitab vom Schuss. War gar nicht leicht zu finden.«

»Ich hab gern meine Ruhe.« Xaver führte ihn ins Wohnzimmer, wo der Rest seiner Leute um einen großen Esstisch saß und wartete. Zehn Augenpaare starrten den Neuankömmling gespannt an. »Männer, darf ich vorstellen? Das ist Benedikt Müllner. Der Kommandant der Arsenal-Fabrikswehr.«

Xavers Kameraden standen auf, schüttelten Müllners Hand, nannten ihre Namen.

»Bier? Schnaps? Was zu essen?«

»Nein, danke.« Müllner schien die Situation nicht geheuer zu sein. Er zog die Schultern hoch, behielt die Tür im Blick. »Warum wollen Sie so dringend mit mir sprechen? Warum diese Geheimniskrämerei?«

Xaver deutete auf einen freien Stuhl. »Wie ich Ihnen bereits geschrieben habe, geht es um die Zukunft unserer Nation.«

»Mehr noch«, ergänzte István. »Es geht um die Zukunft Europas, vielleicht sogar der ganzen Welt.«

Zögerlich ließ Müllner sich nieder. »Da bin ich aber mal gespannt.«

»Was wissen Sie über die Lage in Ungarn?«, fragte Xaver.

»Ungarn?« Müllner zog die Brauen hoch und runzelte die Stirn. »Geht es um das Burgenland? Darum, dass sie es nicht an Österreich abtreten wollen?«

»Sie müssen besser zuhören.« István legte den Kopf schief. »Wir haben vom Schicksal Europas geredet, nicht nur vom Los eines schmalen Landstrichs.«

»Seit dem Sturz von Béla Kun herrscht in Ungarn purer Terror«, erklärte Xaver. »Mein Freund István hier kann ein Lied davon singen.«

»So ist es. Die Schergen von Reichsverweser Horthy demütigen, quälen und töten jeden, der ihnen nicht in den Kram passt. Sie organisieren Pogrome, schicken Todesschwadronen aus. Tausende Unschuldige mussten bereits ihr Leben lassen. Allen voran Juden, Kommunisten, Sozialisten und Gewerkschafter.«

»Das ist schrecklich … tragisch …. Aber was habe ich damit zu tun?«, wunderte sich Müllner.

»Mehr, als Sie denken.« Xaver nahm ihm gegenüber Platz. »Miklós Horthy will die Privilegien des Adels wahren und die Rückkehr des Kaisers forcieren. Er und sein völkisch-nationales Gedankengut müssen aufgehalten werden. Sonst wird es sich wie ein Feuer über den gesamten Kontinent ausbreiten. Beginnend mit unserer kleinen fragilen Republik. Die radikale Rechte nimmt überall Fahrt auf. Auch hier in Österreich. An jeder Straßenecke werden antisemitische Pamphlete verbreitet, in den Zeitungen wird gegen das Proletariat gehetzt, und jetzt, da die Sozialdemokraten aus der Regierung ausgeschieden sind, wird sich diese Tendenz fortsetzen. Es muss etwas geschehen!«

Die anderen Männer murmelten Worte der Zustimmung.

»Die neue Regierung scheißt auf einfache Arbeiter wie uns«, raunte einer.

»Genau. Die Bürgerlichen werden versuchen, das alte Klassensystem wiederherzustellen.«

Auch Müllner nickte. »Das mag schon sein, doch ich muss mich wiederholen: Was habe ich damit zu tun?«

»Spielen Sie nicht den Ahnungslosen.« István lächelte schief. »Wir wissen, welche Schätze Sie hüten.«

»Schätze?« Müllner wippte mit dem Fuß, leckte sich über die Lippen. »Keine Ahnung, wovon Sie reden. Ich weiß nicht, was …«

Xaver stellte eine Flasche Bier vor ihn auf den Tisch. »Wir reden von den Waffen. Wie viele waren es noch mal?«

»Mehr als eine halbe Million Gewehre, dazu Tausende von Mörsern, Granaten, Bajonetten und Pistolen«, sagte István. »Tonnen von Pulver, unzählige Kugeln …«

»Na und?« Unruhe hatte sich in Müllners Stimme geschlichen. Er führte das Bier an seine Lippen und trank nun doch. »Das ist kein Geheimnis. Nach Kriegsende mussten die Soldaten der K.-u.-k.-Armee sämtliche Waffen im Arsenal abliefern. Ihre eigenen und die, die sie vom Feind erbeutet hatten. Da kam natürlich einiges zusammen.« Er blickte in die erwartungsfrohen Gesichter der Männer. »Sie glauben doch wohl nicht etwa … Das ist unmöglich«, winkte er ab. »Das Gelände ist hermetisch abgeriegelt. Die Ein- und Ausfahrten werden akribisch bewacht, und zwar von den Alliierten. Ich und meine Fabrikswehr, wir sorgen nur im Inneren der Anlage für Ordnung. Außerdem wird das ganze Kriegsgerät sowieso bald vernichtet. Jedes Kind weiß das.«

»Wissen die Kinder auch von der Nachlässigkeit der Alliierten?« Xaver stützte die Ellenbogen auf den Tisch und beugte sich nach vorn. »Davon, dass nie eine Inventur durchgeführt wurde? Dass niemand die genaue Anzahl der

Waffen kennt? Wissen die Kinder von den unterirdischen Gängen, den Luftschächten und Transmissionskanälen? Davon, dass Sie und Ihre Leute Tausende Pistolen und Gewehre zur Seite geschafft haben? Sie wollen damit die paramilitärischen Formationen der Sozialdemokraten ausstatten, um den christlichsozialen und deutschnationalen Heimwehren etwas entgegenzusetzen.«

Müllner trank noch mehr.

»Wir stehen auf derselben Seite.« Xaver sah seinem Gegenüber direkt in die Augen. »Wir verfolgen dasselbe Ziel. Deshalb haben wir Sie hierher eingeladen. Wir müssen uns gegenseitig helfen.«

Müllner ließ seinen Blick wandern. Von Xaver zu István und weiter zu den anderen. »Sie können sich gern dem Kampf gegen das rechte Lager anschließen«, erklärte er nach einem langen Augenblick des Schweigens. »Helfen Sie uns, dieses Land in den Sozialismus zu führen. Gefechtserprobte Männer, die keine Scheu davor haben, sich die Hände schmutzig zu machen, sind jederzeit willkommen.«

»Wir können mehr als das tun.« Xavers Augen begannen zu leuchten, sein Gesicht nahm einen feierlichen Ausdruck an. »Wenn Sie uns helfen, werden wir den Vormarsch der Rechten in Europa aufhalten. Wir werden dem Spuk ein Ende bereiten, und zwar mithilfe eines mächtigen Verbündeten.« Er machte eine theatralische Pause. »Béla Kun.«

Der Name erzielte den gewünschten Effekt.

Müllner riss die Augen auf. »Sie meinen *den* Béla Kun?«

Béla Kun hatte im vergangenen Jahr die kommunistische Revolution in Ungarn angeführt und nach der Machtübernahme eine Räteregierung gebildet. Nach nur hundertdreiunddreißig Tagen waren er und seine Mitstreiter jedoch gestürzt worden und hatten fliehen müssen.

»Wir waren zusammen in Kriegsgefangenschaft. In Tomsk. Wir sind Freunde, Kameraden, Leidensgenossen ...«, setzte Xaver an.

»Radikale Kommunisten«, unterbrach Müllner die Aufzählung.

»In erster Linie sind wir einfache Arbeiter, die nach Freiheit und Gleichheit streben.«

Müllner musste das alles wohl erst einmal sacken lassen. Er fuhr sich mit der Hand über sein kurz geschorenes Haar und starrte in eine imaginäre Ferne. »Wo ist Kun jetzt?«

»Im Exil in der Sowjetunion. Er hat Heimweh, und zu wissen, dass sein geliebtes Vaterland fest in den Krallen der Bourgeoisie ist, quält ihn.« István musterte Müllner, blickte ihn mit seinen schwarzen Augen an, als könnte er in ihn hineinsehen. »Vor zwei Wochen haben wir uns heimlich getroffen. Béla hat Männer, er hat Mut – und er ist bereit, Ungarn zurückzuerobern. Was ihm fehlt, sind Waffen.«

»Angenommen, ich würde ihm welche besorgen, was wäre die Gegenleistung?«

»Béla hat momentan nicht viel Geld. Er schlägt Ihnen deshalb Folgendes vor: Sie beliefern ihn mit Gewehren. Sobald die ungarische Räterepublik reinstalliert ist, zahlt er Ihnen dafür, was auch immer Sie verlangen. Außerdem wird er mit seiner Armee die linken Kräfte in Europa unterstützen, darunter die österreichische Sozialdemokratie. Er ist ein Mann, der nicht vergisst. Weder seine Feinde noch seine Freunde.«

Bedächtig, beinahe ehrfürchtig legte Xaver ein Dokument auf den Tisch. »Hier haben Sie den Vorschlag schriftlich.«

Müllner zögerte, musterte die Unterschrift, die Siegel und Stempel. »Was, wenn er es nicht schafft, die Macht erneut zu übernehmen?«

»Wir müssen mutig sein, nach vorn schauen und vertrauen.« István legte ihm eine Hand auf die Schulter. »Die Radikalisierung der österreichischen Innenpolitik schreitet im Eiltempo voran. Die Republik steuert auf einen Bürgerkrieg zu. Wollen Sie es wirklich so weit kommen lassen? Sie werden auf Landsmänner schießen müssen, ehemalige Kriegskameraden töten …«

»Natürlich will ich das nicht …«

»Sie können den sinnlosen Tod von Tausenden verhindern. Niemand wird es wagen, die Waffen gegen die Arbeiterschaft zu erheben, wenn sie von der ungarischen Armee gestützt wird.«

»Und Sie sind wirklich Freunde?«

Xaver nickte und legte eine Mappe neben Béla Kuns eidesstattliche Erklärung. »Das sind Papiere, die bestätigen, dass wir miteinander interniert waren. Und hier …« Wie ein Zocker, der seine Trumpfkarte ausspielte, reichte er Müllner eine Fotografie. Ein Gruppenbild, das ihn, István und die anderen Männer am Tisch gemeinsam mit Béla Kun zeigte. »Das wurde 1916 in Tomsk aufgenommen. Die Kriegsgefangenschaft hat uns zusammengeschweißt.«

Müllners Miene, die bis jetzt von Skepsis und Unsicherheit geprägt gewesen war, entspannte sich. »Brüderlichkeit …«, murmelte er.

»Béla Kuns Revolution wird der Funke sein, der die linke Flamme in Europa zum Lodern bringt, und Sie werden einer der Helden, die diesen Funken entfacht haben.« Xaver hob seine Flasche. »*Wacht auf, Verdammte dieser Erde*«, stimmte er an. »*Die stets man noch zum Hungern zwingt.*«

»*Das Recht wie Glut im Kraterherde, nun mit Macht zum Durchbruch dringt*«, fielen die anderen mit ein. »*Reinen Tisch macht mit dem Bedränger! Heer der Sklaven, wache auf! Ein*

Nichts zu sein, tragt es nicht länger. Alles zu werden, strömt zuhauf!«

Erst beim Refrain sang Müllner mit. »*Völker, hört die Signale*«, begann er zögerlich. »*Auf zum letzten Gefecht!*« Seine Stimme schwoll an, wurde lauter und lauter. »*Die Internationale erkämpft das Menschenrecht.*«

14

»Der Leibhaftige höchstpersönlich …« Emmerich versuchte zu ergründen, ob Alma Lehner ihn in der vollbesetzten Gaststube des Wirtshauses auf den Arm nehmen wollte.

Mit todernster Miene zog sie eine Karte aus ihrer Tasche und reichte sie ihm. »Die war dabei … Sie wissen schon … Bei der …«

»… bei der Zunge.« Emmerich betrachtete das fleckige Stück Papier und studierte den Satz, der mit schwarzer Tinte darauf geschrieben war. *»Lassen Sie die Welt wissen, dass ich mir seine Seele geholt habe«*, las er vor. »Unterzeichnet: *666*.«

»Die Zahl des Antichristen. *Wer Verständnis hat, berechne die Zahl des Tieres, denn es ist eines Menschen Zahl; und seine Zahl ist sechshundertsechsundsechzig*. Offenbarung des Johannes.«

»Bibel … Kirche … Religion …« Emmerich schauderte. Die schrecklichsten Dinge, die er in seinem Leben erfahren hatte, waren im Namen von Gott, Kaiser und Vaterland verübt worden. In exakt dieser Reihenfolge. »Die Linien und Bogen sind äußerst akkurat«, versuchte er, sich auf die weltlichen Aspekte dieses Falles zu konzentrieren. »Keine Spur von Zittern oder Zaudern, jeder Strich scheint mit chirurgischer Präzision gesetzt. Das ist nicht die Schrift eines geistig Umnachteten.« Er bedachte die Reporterin mit einem fragenden Blick. »Haben Sie sonst noch was?«

Sie schüttelte den Kopf und trank einen Schluck Wein. »Das ist alles.«

Gedankenverloren zündete er sich eine Zigarette an. »Warum Sie?«, fragte er schließlich. »Warum hat der Mörder sein Souvenir ausgerechnet an Sie geschickt?«

»Das habe ich mich auch gefragt. Ich denke, er will Aufmerksamkeit. Die *Wiener Illustrierte* hat eine hohe Auflage. Fast so hoch wie die der *Kronenzeitung*.«

»Lassen Sie die Welt wissen …«, sinnierte Emmerich laut.

»In der Antike wurde Ruhm als Möglichkeit gesehen, Unsterblichkeit zu erlangen. Durch ihn rückte der Mensch in die Nähe der Götter.«

»Oder in die des Teufels.« Das Butterschnitzel wurde serviert. Emmerich legte die Zigarette auf den Aschenbecher und fing an zu essen. Das Fleisch war zart und gut gewürzt, trotzdem kam es nicht an Luises Kochkünste heran. »Warum hat der Kerl die Zunge dann nicht dem Chefredakteur geschickt?«, fragte er und schob die Sehnsucht fort. »Oder dem Ressortleiter? Sie wissen schon … jemand …«

»Jemand Wichtigem.« Alma Lehner schnaubte. »Vielleicht dachte der Mörder, er könnte das schwache Geschlecht besonders leicht beeindrucken.«

»Konnte er aber nicht?«

»Natürlich nicht. Ich halte mehr aus als so mancher Mann – wie die meisten Frauen übrigens. Wir werden geringschätzig behandelt, weil wir nicht an der Front waren, aber erstens war das nicht unsere eigene Entscheidung und zweitens tragen wir andere Bürden, kämpfen andere Schlachten. Jeden gottverdammten Tag.«

Sofort dachte Emmerich wieder an Luise. »Worüber berichten Sie, wenn Sie gerade nicht an diesem unsäglichen Fortsetzungsroman schreiben?«

»Über alles, wofür die Männer in der Redaktion sich zu gut sind. Mode, Haushalt, Kochrezepte …«

»Also nicht über Valutaschmuggel?«

»Ha!«, blaffte sie. »Mein Chefredakteur würde sich eher die Zunge abbeißen, als mich einen Artikel über Wirtschaftskriminalität schreiben zu lassen.« Sie starrte auf die Schachtel.

»Noch ergibt das alles keinen Sinn«, sagte Emmerich. »Die Brutalität, die Inszenierung, der Verweis auf die Bibel ... Auch Ihre Rolle ist mir unklar.«

»Nicht nur Ihnen.« Sie trank ihr Glas aus und fächelte sich mit der Hand Luft zu. »Der Alkohol wärmt ganz schön.«

»Apropos Wärme ... Die Zunge sollte in die Gerichtsmedizin.«

»Tun Sie sich keinen Zwang an.«

Emmerich blickte auf die Uhr, dachte an die Nachricht, die in seiner Jacketttasche steckte. »Ich muss dringend etwas erledigen.« Er stellte die Schachtel zurück auf Alma Lehners Seite des Tisches und legte die Karte darauf. »Fahren Sie ins Polizeigebäude an der Roßauer Lände. Fragen Sie nach der Abteilung ›Leib und Leben‹. Geben Sie die Schachtel dort ab.«

»Was genau soll ich denen sagen?«

»Weiß außer uns beiden noch jemand von der Sache?«

»Nein.«

»Dann sagen Sie von mir aus, dass Sie Ihre Post gerade erst geöffnet haben.«

Sie sah ihn fragend an. »Ich bin also nicht verhaftet?«

»Ausnahmsweise nicht. Auf freiem Fuß nutzen Sie mir mehr.«

»Um Ihr Essen zu bezahlen?«

»Und um da zu sein, falls der Mörder wieder Kontakt aufnimmt.«

»Sie glauben, er wird wieder töten und mir anschließend ein Körperteil zusenden.« Es war keine Frage, sondern eine Feststellung. Alma Lehner streckte den Rücken durch und sah ihm direkt ins Gesicht. »Ich werde darüber schreiben.«

»Das ist keine gute Idee. Der Kerl würde dann genau das bekommen, was er will – nämlich Aufmerksamkeit. Es könnte ihn anstacheln weiterzumachen.« Er verschränkte die Arme und musterte sie. »Sie wirken schlau und ehrgeizig. Sie werden Ihren Weg auch gehen, ohne sich von einem Mörder instrumentalisieren zu lassen.«

»Es geht hier nicht um meine Karriere.« Sie rollte das leere Glas zwischen ihren Handflächen. »Es geht darum, was passiert, wenn ich seiner Forderung nicht nachkomme. Was, wenn der Mörder dann versucht, die Berichterstattung auf andere Weise zu kriegen? Über eine andere Zeitung, einen anderen Reporter, jemanden, der womöglich nicht so kooperativ ist wie ich?«

Emmerich fasste an seine lädierte Nase. »Wenn Sie das kooperativ nennen, möchte ich Ihre renitente Seite lieber nicht kennenlernen.« Er schaute erneut auf die Uhr. Kurz nach elf. Bis nach Mariabrunn war es weit.

Es hatte Monate gedauert, Bruno Kopp weichzuklopfen. Der Schleichhändler war gemeinsam mit Xaver Koch in einem sibirischen Kriegsgefangenenlager interniert gewesen. Solch eine Erfahrung verband, weshalb Kopp nicht mit ihm, Emmerich, reden wollte. Doch er hatte Ausdauer bewiesen. Wieder und wieder hatte er den hageren Kerl aufgesucht, ihm kiloweise Tabak abgekauft, ihm immer wieder dieselbe Frage gestellt: Wo ist meine Familie?

Endlich schien es so, als würde Kopp sich seiner erbarmen, doch die Welt drehte sich schneller als sonst. Zu schnell. Chancen verloschen, bevor man sie überhaupt wahrgenommen hatte. Türen schlossen sich, ehe man sie durchschreiten konnte. Der Schleichhändler war so wankelmütig wie das Glück. Schon am kommenden Tag konnte ihn der Mut wieder verlassen.

»Journalisten haben Beziehungen, und Zeitungen haben Geld, um Informationen zu kaufen. Polizisten, Gerichtsmediziner, Angehörige, Bestatter … Früher oder später wird irgendjemand plaudern. Die Sache kommt ans Licht, so oder so«, holte Alma Lehner ihn zurück ins Hier und Jetzt.

»Von mir aus. Bringen Sie den Artikel.« Emmerich überreichte ihr seine Visitenkarte. »Sollte der Mörder sich wieder melden, rufen Sie mich an. Und zwar pronto. Haben wir uns verstanden?«

Sie nickte.

Ohne ein weiteres Wort zu verlieren, stand er auf und trat hinaus in die Nacht. War es klug, Alma Lehner über den Mord berichten zu lassen? Wahrscheinlich nicht, doch wie hätte er sie davon abhalten sollen? Er hatte das Feuer in ihren Augen gesehen, den Trotz. Sie war keine Frau, die sich einfach etwas verbieten ließ – auch nicht von einem Kriminalbeamten.

Mit hochgestelltem Kragen, die Hände tief in den Taschen seines Mantels vergraben, durchquerte er die spärlich beleuchteten Straßen, eilte, so schnell es ihm mit seinem schmerzenden Bein möglich war, am Friedhof Meidling vorbei und hastete über die Längenfeldgasse.

An allen Ecken und Enden drangen alkoholschwangere Operettenseligkeit, Gelächter und Gegröle an sein Ohr. Seit der Einführung des Achtstundentags hatten die Menschen mehr Zeit, um mit aller Macht gegen die Untergangsstimmung anzufeiern.

»Jetzt trink'n ma noch a Flascherl Wein,
es muss ja nicht das letzte sein.
Und ist der gar, gibt's ka Genier'n,
so tun wir noch mal repetier'n.

Die eisige Luft brannte in Emmerichs Lunge, als er die Linie 49 bestieg. Seufzend ließ er sich auf eine der Holzbänke fallen und lehnte sich zurück. Sein Blick fiel auf eine Markierung in der Höhe von einem Meter fünfzig. Kinder, die größer waren, mussten bezahlen. Die kleineren fuhren frei. Ob Emil, Ida und Paul mittlerweile gewachsen waren?

Mit klopfendem Herzen starrte er auf die vorbeiziehenden Häuser. Manche Fenster waren hell erleuchtet, andere nur spärlich. Hinter den meisten herrschte tiefschwarze Dunkelheit. Tausende Scheiben, Tausende Schicksale. Mit jedem Meter, den sich die Tramway dem Wienerwald näherte, wurde seine Anspannung größer. Luise, die Kinder … Konnte es tatsächlich wahr sein? Würde er sie wirklich bald wiedersehen? Vielleicht sogar noch in dieser Nacht?

»Hütteldorf«, riss der Schaffner ihn aus seinen Gedanken. »Endstation. Bitte alle aussteigen.«

Emmerich folgte den anderen Fahrgästen, müden Fabrikarbeitern, die gerade die Spätschicht hinter sich gebracht hatten, nach draußen. Fröstelnd machte er sich auf nach Mariabrunn.

Der pittoreske Ort vor den Toren der Stadt war einst ein beliebtes Ausflugsziel gewesen. Das Einzige, das die Wiener jetzt noch herführte, waren die Bäume, deren Holz in ihre unersättlichen Öfen wanderte.

Ganze Landstriche waren geplündert worden. Ganze Wälder gerodet. Wo einst uralte Wipfel in den Himmel geragt hatten, herrschte heute schattenlose Einöde. Saftiges Grün war trockenem Karst gewichen.

Emmerich bog in einen ausgetretenen Feldweg ein. »Verdammt«, fluchte er, als sich eine Wolke vor den Mond schob und das unwegsame Gelände in völlige Finsternis tauchte.

Gerade als er seine Taschenlampe einschalten wollte, trug der Wind ein Flüstern an sein Ohr. War Kopp etwa nicht allein gekommen? Er hielt inne und lauschte. Nichts. Langsam drehte er sich einmal um die eigene Achse, hielt Ausschau nach Lichtern, nach Umrissen, doch da war niemand.

Emmerich ignorierte das Schaudern, das ihm über den Rücken lief. Feind, brüllte sein Instinkt. Hinterhalt. Himmelfahrtskommando.

Luise …

Er rief sich ihr Gesicht vor Augen, machte kurz entschlossen die Lampe doch an und ging weiter, bis er endlich zu einer großen Wiese gelangte, auf der ein Blockhaus neben einer geziegelten Zisterne stand.

Er war schon einmal hier gewesen. Im Sommer. Er hatte eine Spur verfolgt, die ihn zu seiner Familie führen sollte. Es war eine Sackgasse gewesen – so wie alle bisherigen Fährten.

Damals war das Gelände mit dichtem Buchenwald bewachsen gewesen – jetzt fegten eisige Böen über ein Meer von Baumstümpfen hinweg.

Emmerich erinnerte sich an die Tolstoianer, diesen eigenartigen Menschenschlag. Sie waren verschroben und realitätsfern, kauzige Leute, die in ihrem ganz eigenen Mikrokosmos lebten. Sie seien Pioniere einer neuen Weltanschauung, hatten sie erzählt. Ihr Dasein würden sie nach den philosophischen Werten des Schriftstellers Leo Tolstoi gestalten.

Autonom, gleichberechtigt und selbstbestimmt, fernab der Fron des Lohnsystems und in Verbundenheit mit Mutter Erde. Dass ihre Kommune ausgerechnet auf Habsburg-Lothring'schem Grund stand, schien sie aber nicht zu stören.

»Wo zur Hölle sind diese Spinner?«, murmelte er.

Wahrscheinlich hatte der Wintereinbruch die Wasservorräte der Träumer in Eis verwandelt und ihr gemütliches Blockhaus in eine sibirische Baracke. Autarkes Leben bei gemäßigten Temperaturen mochte ganz in Ordnung sein – bei zehn Grad unter null sah die Sache aber anders aus.

Das erklärte jedoch nicht die Abwesenheit von Bruno Kopp.

»Kopp? Sind Sie hier?«

Nichts. Niemand. Aus der Ferne ein Knacken. Ein Rascheln. Waren das Schritte?

Feind. Hinterhalt. Himmelfahrtskommando.

Emmerich schüttelte die Furcht ab, die ihn plötzlich überkam. Naturschützer hatten aufgerufen, den illegalen Rodungen ein Ende zu bereiten, erinnerte er sich. Gegen den Waldfrevel. Gut möglich, dass sie durch das Gelände patrouillierten.

Wie erwartet, war die Tür des Blockhauses versperrt, die Fenster waren mit dicken Balken verschlossen.

»Ist hier jemand?«

Keine Antwort.

Was war nur los mit diesem Kopp? Welches Spiel spielte er? Erst die Aktion auf dem Zentralfriedhof und jetzt das.

Das mulmige Gefühl wurde intensiver. So sehr, dass er es nicht länger ignorieren konnte. Der Wunsch, Luise und die Kinder wiederzusehen, hatte sein Misstrauen überschattet, seinen Blick getrübt.

Es war wohl das Vernünftigste zu verschwinden.

Gerade als er sich aufmachen wollte, vernahm er ein Geräusch hinter sich. Nah. Zu nah. Emmerich drehte sich um, kniff die Augen zusammen, versuchte zu erspähen, mit wem oder was er es zu tun hatte, doch er konnte nichts erkennen. Niemanden.

»Mir wurde gesagt, du seist ziemlich schlau«, drang es aus der Dunkelheit. »Aber da hat sich wohl jemand geirrt.«

Emmerich hatte diese Stimme erst einmal in seinem Leben gehört, hätte sie jedoch unter Tausenden wiedererkannt.

Xaver Koch.

Er fasste an seine Dienstwaffe, doch noch bevor er sie ziehen konnte, schloss sich eine Hand um seinen Arm. Die Taschenlampe entglitt ihm.

Ein Streichholz flammte auf, eine Petroleumlampe wurde entzündet, und Emmerich rutschte das Herz in die Hose.

Koch war nicht allein gekommen. Er hatte zwei Männer mitgebracht, und die waren ziemlich furchterregend. Der eine überragte ihn um mindestens einen Kopf, der andere hatte die schwärzesten Augen, die er je gesehen hatte. Ihre Gesichter verrieten, dass sie schon so manchen Kampf er- und überlebt hatten. Emmerich erkannte einen harten Hund, wenn er einen sah, und diese Kerle waren von der schlimmsten Sorte. Noch ehe er bis drei zählen konnte, hatten sie ihm die Pistole abgenommen und ihn nach weiteren Waffen durchsucht.

»Sauber«, erklärte der Große.

»Du bist tatsächlich gekommen. Allein. Wie ein Lamm zur Schlachtbank.« Koch ging einmal um ihn herum und begutachtete ihn, als würde er eine Ware inspizieren. »Ich habe nie verstanden, was sie an dir fand. Schlecht gekleidet, mieses Einkommen, verkrüppelt, immer Ärger am Hals … und dann auch noch strunzdumm.«

Emmerich ballte seine Hände zu Fäusten und starrte seinem Widersacher ins Gesicht. Koch hatte sich verändert, seit er ihn das letzte Mal gesehen hatte. Damals war er hager gewesen, ein gebrochener Mann mit leeren Augen. Jetzt stand er aufrecht, den Kopf hoch erhoben, Entschlossenheit im Blick.

»Immerhin schlage ich sie nicht.«

»Die Hure hat's verdient.«

Emmerich wurde heiß vor Zorn. »Frauen verprügeln. Haben sie dir das in Russland beigebracht?«

»Ich kann dir gern zeigen, was man dort so alles lernt.« Koch streifte einen Schlagring über.

Emmerich hatte von den elenden Zuständen in den sibirischen Eiswüsten und dem Massensterben der internierten Soldaten gehört. Wie die Fliegen waren sie verreckt. Erfroren, verhungert oder zu Tode geschunden. Xaver hatte überlebt, zumindest körperlich.

»Luise ist ein guter Mensch. Du darfst sie nicht misshandeln, sie nicht gegen ihren Willen festhalten!«

»Ach nein?« Xaver holte aus. »Sie ist meine Frau. Vor Gott und dem Gesetz. Und die Kinder sind mein Fleisch und Blut. Ich kann mit ihnen machen, was ich will.«

Der Schlag traf Emmerich direkt in die Magengrube. Obwohl er darauf vorbereitet gewesen war, ging er ächzend zu Boden.

»Verfl…« Keuchend rang er nach Luft.

Obwohl ihm übel war, rappelte er sich wieder hoch.

»Du hättest uns in Ruhe lassen sollen. Aber du wolltest ja nicht hören.« Koch griff nach Emmerichs Amulett. »Von deiner Mutter, hab ich gehört. Ist wohl das Einzige, was du von ihr hast. Hängst dran, stimmt's?« Mit einem Ruck zerriss er das Lederband. »Fühlst du es? Fühlst du, wie beschissen es ist, wenn einem etwas Wertvolles genommen wird?«

Emmerich biss die Zähne so fest aufeinander, dass sein Kiefer knackte. Er durfte nicht auf Xavers Provokation eingehen. Er musste einen kühlen Kopf bewahren, musste Zeit schinden, musste irgendeine List ersinnen, um mit heiler Haut zu entkommen. »Was ist mit Kopp?«

Koch steckte das Amulett demonstrativ in seine Manteltasche. »Kopp, der Trottel. Du hast ihn ganz schön eingelullt. Am Ende war sein Respekt vor mir aber größer.«

»Du meinst seine Angst.«

»Es gibt Schlimmeres, als ein gefürchteter Mann zu sein. Ein dummer Mann zum Beispiel. Ein armer Mann. Oder …«, Koch grinste, »… ein toter Mann.« Das Metall des Schlagrings glänzte im Schein der Lampe, als er erneut ausholte.

Emmerich zog den Kopf ein, spannte die Bauchmuskeln an und hob die Hände vors Gesicht. Wie hatte er nur so ein Idiot sein können? Blindlings war er Koch in die Falle gegangen. Die Hoffnung, die Sehnsucht – sie hatten ihn unvorsichtig werden lassen.

»Die Naturschützer sind ganz in der Nähe.«

»Willst du deine letzten Minuten wirklich damit verbringen herumzuwinseln?« Koch schüttelte den Kopf. »Du bist nicht nur ein Krüppel, du bist auch ein Feigling.« Er verpasste ihm einen Leberhaken und eine Gerade mitten ins Gesicht.

Die Schläge waren so hart und schnell gewesen, dass Emmerich erneut zu Boden ging. Er rang nach Atem. Xaver würde ihn töten. Gnadenlos. Gewissenlos.

»Ver…« Er stemmte sich auf alle viere und senkte den Kopf. »Verdamts …loch.«

»Was war das?«

»Verdamts …loch.« Warmes Blut rann ihm übers Kinn, der Schmerz breitete sich in seinem ganzen Körper aus.

»Ich glaub, der Schwächling fleht um sein Leben«, murrte der größere von Xavers Kumpanen. »Nicht mal in Würde sterben kann er. Kauert da wie ein Hund.« Er machte einen Schritt auf Emmerich zu und leuchtete ihm ins Gesicht. »Wuff. Wuff.«

Emmerich tastete über den Boden.

»Pass auf«, raunte der mit den schwarzen Augen. »Der ist durchtrieben.«

Doch der Große wollte nicht auf ihn hören. »Was hast du gesagt, du räudiger Köter?« Er bückte sich und packte Emmerich am Schopf.

»Verdammtes Arschloch hab ich gesagt.«

Emmerich schlug dem Kerl einen Stein gegen die Schläfe. Während dieser der Länge nach hinfiel, griff er nach der Petroleumlaterne und schleuderte sie mit voller Wucht gegen Xaver Kochs Bein.

Das Glas der Lampe brach, Petroleum trat aus und setzte Kochs Hose in Brand. »István, mach ihn fertig!« Koch zog seinen Mantel aus und versuchte, die Flammen damit zu ersticken. »Worauf wartest du?«

Ein Schuss ertönte, die Kugel schlug nur wenige Zentimeter neben Emmerich in einen Wurzelstock.

»Hast du ihn erwischt?«

»Ich kann nichts sehen. Es ist zu dunkel.«

»Verflucht. Die Lampe ist im Arsch. Was ist mit Oleg?«

»Lebt.«

Emmerich robbte zwischen den Baumstümpfen zurück zur Blockhütte. Die Tolstoianer hatten Vorratsgruben angelegt, daran konnte er sich erinnern. Doch wo zur Hölle waren die genau? Er schloss die Augen. Dachte nach. Rief sich den vergangenen Sommer ins Gedächtnis … den hochgewachsenen Mann in dem derben Bauernkittel, der ihn damals herumgeführt hatte … Kartoffeln, Rüben …

»Gib mir dein Messer«, rief Koch.

Emmerich tastete sich blind voran. Hier irgendwo musste einer der Erdkeller sein. Spitze Steinchen bohrten sich in seine Handflächen, Kälte und Nachtfeuchtigkeit durchdrangen seine Kleidung. Endlich erfühlten seine Finger etwas Raues – ein Holzbrett. So leise wie möglich hob er es an und ließ sich in den darunterliegenden Hohlraum gleiten.

Der Geruch von Erde und Moder umfing ihn. Er rollte sich zusammen und wartete.

»Wo ist der Hund?«, hörte er die Stimme jenes Mannes, den er zuvor niedergeschlagen hatte. »Ich stech ihn ab. Ich erschlag ihn. Ich erwürg ihn mit meinen bloßen Händen.«

»Nein, er gehört mir.«

Sie waren jetzt ganz in der Nähe. Das Pochen seines Herzens erschien ihm plötzlich unendlich laut. Er hielt die Luft an – und atmete erleichtert auf, als sich ihre Schritte endlich entfernten.

»Nächstes Mal kommst du nicht so einfach davon«, hörte er Koch aus der Ferne rufen.

Emmerich blieb in dem Loch. Litt. Hoffte. Verlor die Zeit. Erst als er sicher war, nicht noch einmal in eine Falle zu tappen, kroch er vorsichtig zurück ins Freie. Dort blieb er auf dem gefrorenen Boden liegen und starrte in den Himmel.

Kälte und Schmerzen waren kaum auszuhalten, doch noch schlimmer quälte ihn der Gedanke an seine Familie. Luise und die Kinder waren und blieben so unerreichbar wie die Sterne, die so wunderschön und gleichgültig am Firmament glitzerten.

15

Der letzte Schnaps war zu viel gewesen. Auch der davor hätte nicht mehr sein müssen, aber he – einem geschenkten Gaul schaute man nun mal nicht ins Maul. Irgendjemand im Wirtshaus hatte Runden geschmissen, eine nach der anderen. Er wäre schön blöd gewesen, da nicht zuzulangen.

Theodor Dworaschek kniff das rechte Auge zu, um die beiden Straßen, die vor ihm verliefen, auf eine einzige zu reduzieren. »Hoppala«, lallte er, als er über seine eigenen Füße stolperte und aufs Pflaster schlug.

Alles drehte sich, alles schwankte, während er versuchte, wieder aufzustehen. Es wollte ihm nicht gelingen. »Dreckskrieg. Drecksregierung.« Er spürte, wie der altbekannte Zorn in ihm hochstieg. Auf seine Mutter, den Kaiser, auf Gott und die Welt.

»Alles in Ordnung?«, hörte er da plötzlich eine freundliche Stimme. »Hast du dich verletzt? Geht's dir gut?«

Dworaschek setzte sich auf die Gehsteigkante, ließ den Kopf auf die Brust sinken, machte eine abweisende Geste und murmelte ein paar unverständliche Worte.

»Du kannst hier nicht bleiben. Es ist eiskalt. Wenn du einschläfst, erfrierst du. Komm!«

Jemand packte ihn an den Oberarmen und zerrte ihn hoch.

»Wo musst du hin?«

»Ober… Oberz…«

»Oberzellergasse?«

Dworaschek nickte, setzte vorsichtig einen Fuß vor den anderen und bekämpfte die Übelkeit, die ihn jäh befallen hatte. So betrunken war er schon lange nicht mehr gewesen, und das wollte was heißen.

»Das ist die falsche Richtung. Hier geht's lang.«

Sacht wurde er um hundertachtzig Grad gedreht und weitergeschoben. »D…danke«, murmelte er. »Heutzutage … nur wenig nette Leu…«

»Es ist keine Zeit für Herzlichkeit und Güte.«

Er wollte fragen, was damit gemeint war, doch ihm war zu schlecht, um sprechen zu können.

Schweigend gingen sie durch die schmale Gasse, von deren Ende er nur eine vage Ahnung hatte. Dichter Nebel war aufgezogen, und der schwache Schein der Straßenlaternen zeichnete kraftlose Lichtschlieren in die dunkelgrauen Schwaden.

»Ich glaub, wir … wir sind falsch.« Er lehnte sich gegen einen Zaun. »Ich muss in die Ober…«

»In die Oberzellergasse, ich weiß. Genau dort gehen wir auch hin. Glaub mir, ich kenne mich hier aus. Das ist eine Abkürzung.«

Ein Arm schlang sich um seinen Oberkörper und manövrierte ihn an einem Backsteingebäude vorbei. Noch immer drehte sich alles, noch immer betäubte der Alkohol seine Sinne.

»Komische Abkürzung«, sagte er, als sie eine Tür durchschritten und eine Halle betraten.

»Ist doch egal. Hauptsache, wir sind gleich da.«

Seine Übelkeit wurde schlimmer, er blieb stehen. »Hier riecht's komisch.« Sein Magen begann zu rebellieren, sein Herz schlug schneller.

»Komm weiter. Es sind nur noch ein paar Meter.«

»Nein«, stieß Theodor Dworaschek hervor. Es roch nach Tod. Ihn fröstelte, und zwar nicht wegen der Kälte. Er würde keinen einzigen Schritt mehr machen. *Es ist keine Zeit für Herzlichkeit und Güte.* »Was willst du?«

Der Lauf einer Pistole blitzte vor ihm auf. »Deine Seele.«

Dienstag,
2. November 1920

16

Alles tat Emmerich weh, als er am Morgen die Augen aufschlug. Sein Bein, sein Bauch, sein Gesicht, sein Gemüt. Mit einem Ächzen setzte er sich auf, schob sein Hemd hoch und sah den Bluterguss, der seine Rippen zierte.

»Verdammt«, murmelte er, betastete seinen Kiefer und seine Zähne.

Die Schmerzen waren schlimm, noch viel schlimmer war aber der Gedanke an Luise und die Kinder. Sie waren diesem brutalen Kerl ausgeliefert. Schutz- und wehrlos. Irgendwo an einem unbekannten Ort, und er war ihnen ferner denn je.

Wie von einer fremden Macht gesteuert, öffnete seine Hand die Nachttischschublade und griff nach dem Heroin, das Kolja ihm dagelassen hatte. Er betrachtete das gläserne Fläschchen, schüttelte es, ließ die kleinen weißen Tabletten tanzen. Ein paar von ihnen pulverisiert und durch die Nase gezogen, würden sein Leid in eine Wolke aus Gleichmut und Taubheit verwandeln. Für einen kurzen Moment könnte er alles vergessen, sich der Illusion von Gnade hingeben.

Schweren Herzens legte er das Betäubungsmittel zurück. Es würde nur eine kurze Erleichterung bewirken, ihn auf lange Sicht jedoch weiter in die Tiefe reißen. Stattdessen griff er nach einer Packung Togal, spülte zwei Tabletten mit einem Schluck Cognac hinunter und gönnte sich eine Zigarette.

»Herr im Himmel.« Frau Seidl schlug die Hände über dem Kopf zusammen, als sie Emmerich im Flur begegnete. »Sie sehen ja noch erbärmlicher aus als gestern. Was haben Sie denn bloß wieder angestellt?«

»Ich hab halt eine gefährliche Arbeit«, wand er sich.

»Eine Arbeit, die üblicherweise nicht so früh beginnt.« Sie kniff die Augen zusammen und legte den Kopf schief.

»Ich muss einen Mörder finden.« Er warf seinen Mantel über und steckte seine Ersatzwaffe ein.

»Wollen S' denn vorher nicht wenigstens eine Tasse Kaffee? Ich hab doch gestern welchen besorgt.«

Die Versuchung war groß, doch Emmerich schüttelte den Kopf. Er hatte nicht nur einen Mörder zu finden, sondern auch noch eine Rechnung zu begleichen. Mit Bruno Kopp, dem elenden Denunzianten. Er wollte diesem Judas in die Augen schauen und … Ja, was wollte er eigentlich von ihm? Die Beweggründe für den bitteren Verrat erfragen? Eruieren, wie er sich so in ihm hatte täuschen können? Noch einmal versuchen, den Aufenthaltsort von Luise und den Kindern aus ihm herauszubekommen?

Er wollte all das und noch viel mehr.

»Warten S' hier.« Frau Seidl verschwand in der Küche und kam wenige Minuten später wieder zurück. »Bitte schön.« Sie reichte ihm ein Papiersäckchen. »Ich hab Ihnen ein Brot geschmiert. Mit Margarine. Ein Stück Wurst ist auch drauf. Sie fallen mir sonst noch vom Fleisch.« Sie kniff ihm in den Oberarm.

Emmerich konnte sich nicht daran erinnern, dass ihm jemals irgendeiner ein Brot geschmiert oder Wurst geschenkt hatte.

»Danke.« Rührung setzte sich in Form eines Kloßes in seinem Hals fest. Er schluckte.

»Jemand muss ja ein bisserl auf Sie schauen, wenn Sie's schon selbst nicht tun.«

Er versuchte, abgeklärt zu bleiben. Tränenseligkeit war das Letzte, was er jetzt gebrauchen konnte. Ein langer, harter Tag lag vor ihm. Schwäche konnte er sich nicht leisten. Nicht in Zeiten wie diesen.

»Danke«, wiederholte er, steckte das Essen ein und eilte nach draußen.

Auf der Straße dachte er an Luise, an Xaver und Kopp. Er steigerte sich in seine Wut, bis sie in seinem Bauch zu lodern begann, rot und heiß.

So gewappnet, stieg er in die Tramway und starrte nach draußen. Das morgendliche Wien bot denselben Anblick wie jeden Tag: Kundgebungen, lange Schlangen vor den Geschäften, Bettler an jeder Straßenecke. Doch etwas hatte sich verändert. Die Stimmung war anders als noch ein paar Monate zuvor. Die Schockstarre, die der Krieg ausgelöst hatte, ließ nach. Die Menschen hatten es satt, abzuwarten und ihr Schicksal demütig zu ertragen. Sie wollten Sicherheit, Wohlstand, Perspektiven. Und sie waren bereit, mit Blut dafür zu bezahlen.

Die Stadt des Elends hatte sich in eine Stadt des Zorns verwandelt.

Emmerich stieg an der Althanstraße aus und lief zum Franz-Josephs-Bahnhof. Trotz der frühen Stunde war hier bereits viel los. Das Vestibül war gefüllt mit Menschen aller Couleur und einer Geräuschkulisse aus verschiedensten Sprachen – deutschen Wegbeschreibungen, tschechischen Schimpftiraden, französischen Schmeicheleien, ungarischen Höflichkeitsfloskeln … Er tastete nach dem Schlagring in seiner Jacketttasche, strich über dessen kalten Stahl und schritt durch das Getümmel.

Für das ungeschulte Auge war dies eine ganz normale Ankunftshalle mit Reisenden und Angestellten der Österreichischen Staatsbahnen. Doch Emmerich hatte den professionellen Blick eines lang gedienten Polizisten. Ihm fielen sie sofort auf, die verstohlenen Gesten, die Tuscheleien, die eiligen Transaktionen. Geldscheine wanderten unauffällig von einer Hand zur anderen, Koffer wechselten die Besitzer.

Dies war ein Umschlagplatz von Schleichhändlern.

Lautes Zischen und Tuten kündigte die Einfahrt eines Zuges an, und für einen Augenblick wurde das zwielichtige Treiben hektischer.

Eine heterogene Masse von Fahrgästen stieg ein und aus – Menschen, die unterschiedlicher nicht sein konnten. Eines jedoch hatten sie gemeinsam: Sie bewegten sich. Manche waren müde, schlurften langsam, andere eilten gehetzt ihrem Ziel entgegen. Doch ganz egal in welchem Tempo – sie verharrten nicht. Nur die Schleichhändler blieben stehen, sondierten die Lage, musterten die Passanten. Sie waren nicht gekommen, um zu reisen. Sie waren hier, um Geschäfte zu machen.

Emmerich kannte die meisten von ihnen: Neben einer Marmorstatue von Kaiser Franz Joseph lungerte ein Kerl, der sich als Zollbeamter ausgab. Er konfiszierte die Waren anderer Schieber und verkaufte sie anschließend weiter. Ein paar Meter rechts von ihm stand eine alte Bäuerin, die jeden Morgen aus Greifenstein anreiste, um verwässerte Milch zu Geld zu machen. Schräg hinter ihr wartete ein Tschickarretierer auf Kundschaft. Der alte Mann streifte nächtens durch feine Lokale, plünderte die Aschenbecher und kratzte den verbliebenen Tabak aus den entsorgten Zigaretten.

Von Bruno Kopp fehlte jede Spur.

»Wo ist er?« Emmerich baute sich vor dem Alten auf und stemmte die Hände in die Hüften.

»Wer?«

»Spiel nicht den Ahnungslosen. Du weißt genau, von wem ich rede. Bruno Kopp. Der hängt normalerweise da drüben rum. Vor der Austria.« Er deutete auf die Skulptur einer Frau, die eine Krone auf ihrem hoch erhobenen Haupt trug und ein Zepter in der Hand hielt.

Der Tschickarretierer zuckte mit den Schultern. »Ist heut nicht da. Gestern war er's auch nicht.« Er musterte Emmerich, erkannte ihn offenbar wieder. »Ah … Sie sind ein Stammkunde. Haben kiloweise Machorka von ihm gekauft.« Er ging in die Knie und langte nach einem Koffer, der vor ihm auf dem Boden stand. »Sie haben Glück, ich hab noch Tabak, sogar ein paar fertige Zigaretten. Selbst gedreht. Drei Kronen das Stück.«

»Ich will deine Zigaretten nicht. Ich will wissen, wo Bruno Kopp steckt.«

»Hab ich doch schon gesagt … Der ist nicht da.« Der Alte studierte Emmerichs Gesicht. »Hör zu, Mann, es gibt nicht jeden Tag was zu verhökern.« Er versuchte, beschwichtigend zu wirken. »Vielleicht hat Kopp grade nichts. Was weiß ich.« Er zuckte noch einmal mit den Schultern. Für ihn schien das Gespräch beendet. Doch Emmerich dachte nicht daran zu verschwinden. »Nichts für ungut, Mann.« Der Tschickarretierer wurde unruhig. »Ich muss verdammt noch mal arbeiten«, blaffte er. »Dass du hier rumlungerst, ist schlecht fürs Geschäft. Kauf deine Zigaretten bei mir oder hau ab.«

»Willst du wissen, was richtig schlecht fürs Geschäft ist? Das hier.« Emmerich zeigte ihm seine Marke. »Ich frag dich ein allerletztes Mal. Wo ist Kopp?«

Der Alte seufzte. Seine Augen wanderten hektisch in der Bahnhofshalle herum. »Hör zu …« Er senkte die Stimme. »Was ich dir jetzt sage, das hast du nicht von mir. Verstanden?« Emmerich nickte. »Kopp hat einen Bekannten … Xaver Koch … die waren zusammen in Kriegsgefangenschaft … in Sibirien.«

Bei der Erwähnung seines Erzfeindes richteten sich die Haare in Emmerichs Nacken auf. Seine Finger schlossen sich fester um den Schlagring in seiner Manteltasche. »Irgendwas ist im Gange. Dieser Koch hat vor ein paar Wochen begonnen, seine Kriegskameraden um sich zu scharen. Harte Burschen. Die hecken irgendwas aus. Gut möglich, dass Kopp dort mehr Kohle abstaubt als hier.«

»Wissen Sie, wo ich Koch finden kann?« Er packte den Alten an der Schulter.

»Keine Ahnung. Könnten Sie jetzt …«

Emmerich hörte nicht weiter zu. »Ich werde das elende Schwein aufspüren«, murmelte er. »Irgendwie.« Er ließ den Mann los und drehte sich um. »Ich werde ihn kriegen, und wenn es das Letzte ist, was ich tue.«

17

»Extrablatt! Extrablatt! Brutaler Mord in der Hofmühlgasse. Hat der Leibhaftige seine Finger im Spiel?«

Emmerich griff nach einem Exemplar der *Wiener Illustrierten*, schnippte dem Zeitungsjungen eine Münze zu und überflog die Titelseite.

Alma Lehner war fleißig gewesen. Während er seine Nacht damit verbracht hatte, sich verprügeln zu lassen, hatte sie einen Artikel über den Mord verfasst und ihren Chefredakteur überzeugt, ihn zu drucken.

Geht der Teufel um in Wien?
Gestern ereignete sich im 6. Bezirk ein grauenvoller Mord. Das Opfer, bei dem es sich um den 36-jährigen Kaspar Hofbauer handelt, wurde brutal abgeschlachtet. Kurz darauf erhielt unsere Redaktion ein Päckchen, das eine Schachtel mit Hofbauers Zunge und eine Botschaft enthielt: Lassen Sie die Welt wissen, dass ich mir seine Seele geholt habe. Unterzeichnet war die Nachricht mit 666, der Zahl des Antichristen.
Was hat es damit auf sich? Wer war Kaspar Hofbauer? Muss Wien sich fürchten? Lesen Sie mehr darüber auf Seite 3.

Lehner wusste, wie man Interesse weckte, das musste man ihr lassen.

Emmerich klemmte sich die Zeitung unter den Arm, humpelte über die Roßauer Lände und betrat das Polizeigebäude. In der Eingangshalle zog eine Frau seine Aufmerksamkeit auf sich. Sie saß gemeinsam mit vier Kindern auf einer Bank und zitterte ganz erbärmlich.

»Was ist da los?«, fragte er einen Wachbeamten.

»Sie wollte in den Donaukanal springen. Ein Posten der Sicherheitswache konnte sie im letzten Moment davon abbringen.«

»Und die Kleinen?«

»Die wollte sie mitnehmen. Ihr Mann ist im Krieg geblieben, und sie schafft es nicht, die Familie allein durchzubringen.« Der Uniformierte seufzte. »Sie war es wohl überdrüssig, die Kinder hungern und frieren zu sehen. Wer kann's ihr verdenken.«

Unweigerlich dachte Emmerich an Luise, an Emil, Ida und Paul. Er rollte die *Wiener Illustrierte* zu einem Trichter und schlug die überstehenden Ecken ein, so wie es die Maroniverkäufer taten, um Tüten für ihre Ware herzustellen. In das fertige Behältnis steckte er alles Geld, das er dabeihatte.

»Machen Sie eine Runde durchs Haus«, wies er den Uniformierten an. »Sammeln Sie so viel Essbares wie möglich und geben Sie es ihr.« Er reichte der Frau sein Brot und das Stückchen Wurst, strich den Kindern einmal über die gesenkten Köpfe. »Alles Gute.«

»Vergelt's Gott!«, erwiderte die Frau schluchzend.

Emmerich hinkte die Treppe hoch in den ersten Stock.

»Herr im Himmel! Was ist mit Ihrem Gesicht passiert?«, rief Winter, als er das Büro betrat. »Ihr Auge ist blutunterlaufen. Und was ist mit Ihrem Kiefer? Der …«

»Das ist von gestern«, winkte Emmerich ab. »Von dem Vorfall in der Gerichtsmedizin. Du warst doch dabei …«

Winter kniff die Augen zusammen und legte den Kopf

schief. »Eben. Deshalb weiß ich auch, dass der Kerl Ihre Nase und Ihre Lippe erwischt hat …«

»Und wie's scheint, auch mein Auge und den Kiefer.«

Emmerich betrachtete seine Reflexion im Fenster. Er sah so aus, wie er sich fühlte: wie ein geprügelter Hund, wie ein Verlierer, wie ein Mann, der nicht in der Lage war, seine Familie zu beschützen. Er dachte an die Frau, die unten in der Eingangshalle saß, frierend, hungernd und hoffnungslos. Er dachte an die neue Weltordnung, in der das Gesetz des Stärkeren herrschte. Und er dachte an das Heroin, das in seiner Nachttischschublade lag. Ein Fläschchen pures Glück. Wie sehr er das momentan gebrauchen könnte …

»Haben Sie es schon gehört?«, riss Winter ihn aus seinen trüben Gedanken.

»Was?«

»In der Nacht war eine Frau hier … eine Reporterin von der *Wiener Illustrierten*. Der Mörder hat ihr die Zunge des Opfers geschickt, und dazu eine Nachricht: *Lassen Sie die Welt wissen, dass ich mir seine Seele geholt habe*. Unterschrieben war das Ganze mit …«

»… dreimal der Sechs, der Zahl des Teufels.«

»Woher …?«

Emmerich hatte keine Lust, über die Geschehnisse des gestrigen Abends zu diskutieren, besonders nicht über die Entscheidungen, die er getroffen hatte. »Die Spatzen pfeifen es von den Dächern beziehungsweise schreien es die Zeitungsjungen an jeder Straßenecke.« Er zündete sich eine Zigarette an und setzte sich an seinen Schreibtisch. »Mörder und Religion. Eine schreckliche Kombination.«

»Der Nachtdienst hat die Zunge jedenfalls gleich in die Gerichtsmedizin geschickt, um den Rest kümmert sich die Spurensicherung.« Winter reichte Emmerich einen Zettel.

»Das sind der Name und die Adresse der Frau. Das war sicher ein Schock für sie. Wenn wir sie befragen, sollten wir versuchen, sanft …«

»Sie befragen? Sie hat doch sicher schon eine Aussage gemacht, als sie hier vorstellig geworden ist.«

»Ja, hat sie, aber normalerweise wollen Sie wichtige Zeugen doch selbst …«

»Ach du grüne Neune«, wurde Winter von Fräulein Grete unterbrochen. »Inspektor Emmerich, was ist denn mit Ihnen passiert?«

»Arbeitsunfall.«

»Sie Armer, ich bringe Ihnen gleich etwas zum Kühlen. Ach ja …« Die Telefonistin blieb in der Tür stehen. »Professor Hirschkron hat angerufen. Ich soll Ihnen ausrichten, dass die Zunge tatsächlich vom Opfer stammt. Mehr konnte er dazu nicht sagen.« Sie huschte davon und kam kurz darauf mit einem Aktenordner und einem feuchten Taschentuch zurück. Vorsichtig drückte sie es auf sein Veilchen. »Schön stillhalten.« Emmerich zuckte zusammen. »Stellen Sie sich nicht so an. Das halten Sie schon aus.«

»Servus miteinander.« Arnold Zech von der Spurensicherung steckte seinen Kopf durch die Tür. »Bei Ihnen ist es ja voller als im Apollo, wenn die Bauroff ihre Tutteln zeigt. Tschuldigung, Fräulein Grete.« Er zog den Bauch ein und quetschte sich in dem winzigen Büro hinter Winter. »Ich mach's kurz. An den Beweismitteln fand sich leider nichts Verwertbares. Die Fingerabdrücke sind verschmiert, überlagern einander oder sind nur partiell. Da ist nichts dabei, mit dem man etwas anfangen könnte.«

»Verdammt.« Emmerich schnaubte.

»Wie gut, dass ich meine Freundin Ruth im Zentralmeldungsamt bemüht habe.« Fräulein Grete nahm Emmerichs

Hand und legte sie an das Taschentuch. »Schön draufhalten.« Sie öffnete den Ordner.

»Zentralmeldungsamt?«, fragte Winter.

»Sie brauchen so viele Informationen über das Opfer wie möglich, deswegen habe ich mir erlaubt nachzuforschen, wo dieser Hofbauer früher gelebt hat. In der Hofmühlgasse hat er ja erst seit ein paar Monaten gewohnt.«

»Sapperlot.« Zech pfiff durch die Zähne. »Passt auf, dass die Kleine euch nicht den Rang abläuft.« Lachend verabschiedete er sich.

»Ruth hat alle Meldungen der vergangenen Jahre durchgeackert und ist dabei auf mehrere Männer mit dem Namen Kaspar Hofbauer gestoßen. Nur bei einem von ihnen stimmt das Alter. Er hat vor dem Krieg in der Herbststraße gelebt.«

»Allein?«

Sie schüttelte den Kopf. »Gemeinsam mit Käthe, Else, Klara, Erna und Klaus Hofbauer«, las sie vor. »Laut den Angaben sind das seine Mutter und seine vier Geschwister. Der Vater starb 1909.«

»Lebt seine Familie noch immer dort?«

Fräulein Grete blätterte um. »Klaus, der Bruder, ist 1916 in Rumänien gefallen, Else hat 1917 geheiratet und ist zu ihrem Mann nach Graz gezogen, Erna starb vor zwei Jahren an der Spanischen Grippe. Die Mutter und Klara haben sich eine billigere Wohnung gesucht, und zwar …«, sie blätterte weiter, »… in der Thalhaimergasse.«

»Dann ab nach Ottakring. Gute Arbeit.« Emmerich lächelte, wobei seine Lippe schmerzte. »Grüße an Fräulein Ruth. Sollten wir das große Büro bekommen, ist sie herzlich auf einen Kaffee eingeladen.« Er bedeutete Winter, ihm zu folgen. »Was hab ich gesagt?«, murmelte er, als sie außer Hörweite waren. »Die Hühnerarmee … Sie ist eine unsichtbare Streitkraft. Hunderte emsiger Bienchen, die Seilschaften bilden und über mehr Macht verfügen, als wir ahnen. Sei ab sofort so höflich wie möglich zu den Damen.«

»Ja sicher«, raunte Winter. »Weil ich, im Gegensatz zu Ihnen, sonst immer so unhöflich zu allen Leuten bin.«

Emmerich ignorierte die Spitze und trat hinaus auf die Straße, wo ein eisiger Wind blies.

Winter rief nach einer Kutsche. »Hat sich der Mann wieder gemeldet?«, fragte er, nachdem sie eingestiegen waren. »Der, der weiß, wo Luise und die Kinder sind.«

»Nein, hat er nicht«, sagte Emmerich, was nicht einmal gelogen war.

Es wurde nicht ersichtlich, ob Winter ihm glaubte. Der Rest der Fahrt verlief jedenfalls schweigend. Erst als sie in der Thalhaimergasse ankamen, durchbrach Emmerich die unangenehme Stille. »Oje«, stieß er seufzend aus.

»Wieso?« Winter stieg aus und musterte das große dreistöckige Zinshaus. »Das sieht doch ganz anständig aus. Eigentlich sogar recht edel.«

»Wenn in einem Arbeiterbezirk eine Fassade an die Pracht der Ringstraße erinnert, heißt das, dass es etwas zu kaschieren gibt.« Emmerich quälte sich aus der Kutsche und stellte sich neben seinen Assistenten. »Das ist typisches Wiener Blendwerk, das findest du in keiner anderen Stadt.«

Auch das Innere des Hauses wirkte so, als würden hier Menschen der besseren Gesellschaft leben. Messingbeschläge, gusseiserne Geländer und bunte Fliesen zierten die Flure und erinnerten an das Wien des Adels und des Großbürgertums.

»Ich kann mir nicht vorstellen, dass …«, setzte Winter an, als sie die richtige Wohnung gefunden hatten.

»Wart's ab.«

Emmerich klopfte an die Tür. Einen Augenblick später wurde diese einen Spaltbreit geöffnet, und das Gesicht einer alten Frau erschien.

»Wir suchen nach Familie Hofbauer.«

Die Frau schaute misstrauisch drein. »Ich bin Käthe. Käthe Hofbauer.«

Emmerich schluckte. Laut Auskunft des Zentralmeldungsamtes war die Mutter des Opfers achtundfünfzig Jahre alt, diese Frau sah aus wie eine Greisin. Tiefe Furchen durchzogen ihr Gesicht, schlohweiße Haarsträhnen hingen ihr bis auf die Schultern.

»Mein Name ist August Emmerich, und das ist mein Assistent Ferdinand Winter. Dürfen wir vielleicht kurz hineinkommen?« Er präsentierte seine Marke.

»Polizei?« Sie blickte verunsichert zwischen ihnen hin und her. »Worum geht es denn?«

»Es geht um Ihren Sohn.«

Käthe Hofbauer schlug die Hände vor den Mund. »Kaspar?«, fragte sie mit tränenerstickter Stimme. »Haben Sie ihn endlich gefunden?«

»Vielleicht können wir das drinnen bereden …«

Die Frau machte einen Schritt zur Seite und öffnete die Tür.

Emmerich trat ein und warf Winter einen vielsagenden Blick zu. Wie er vorhergesagt hatte, war die Wohnung das Gegenteil der Außenfassade – ein dunkles, feuchtes Loch ohne Elektrizität und anderen Luxus. Ein schmaler Flur führte in eine kalte Wohnküche, in der es nach Schimmel und ranzigem Fett roch – dem Gestank der Armut.

»Wer war's denn, Mutter?«

Eine junge Frau saß im Wohnzimmer und verrichtete Heimarbeit. Im spärlichen Licht einer Petroleumlampe stickte sie weiße Ornamente auf einen dunkelblauen Stoff. Die Augen hatte sie dabei so fest zusammengekniffen, dass sich rundherum fein verzweigte Falten wie Spinnweben ausbreiteten. Ihr Gesicht war bleich und wirkte vergrämt. Sorgen und Enttäuschungen hatten sich tief in ihre Züge gegraben.

»Klara, sie haben den Kaspar gefunden.«

Klara Hofbauer schaute auf, bemerkte jetzt erst ihn und Winter, starrte in ihre betroffenen Mienen. »Wo? Wo ist er?«

»Am besten, wir setzen uns alle mal, dann können wir das in Ruhe klären«, schlug Emmerich vor.

Die Mutter nickte stumm und nahm so unendlich langsam auf einem hölzernen Sessel Platz, als versuchte sie, das Unvermeidliche hinauszuzögern.

Emmerich und Winter ließen sich auf ein ausgeblichenes Sofa fallen, das so durchgesessen war, dass sie tief in den staubigen Polstern einsanken.

Düstere Vorahnungen erfüllten das Zimmer, in dem Verlust und Trauer omnipräsent waren. Die Todesanzeigen des gefallenen Sohnes und Bruders, des gestorbenen Ehemannes und Vaters und der von der Spanischen Grippe dahingerafften Tochter und Schwester hingen unübersehbar an der Wand. Um sie herum waren schwarz gerahmte Bilder, Rosenkränze und Kruzifixe angebracht. Auf einer Anrichte flackerten vier Kerzen leise im Durchzug.

Emmerich seufzte leise. Er ließ seinen Blick zurück zu den Hofbauer-Frauen wandern. Sie wirkten angespannt, wohl ahnend, dass gleich eine bittere Wahrheit ausgesprochen, dass bald eine weitere Todesanzeige zu ihrer Sammlung hinzukommen würde.

Winter, der sich sichtlich unwohl fühlte, zog die Schultern hoch und ließ sich so weit wie möglich vom Sofa verschlucken.

»Es tut mir sehr leid, Ihnen mitteilen zu müssen …«, setzte Emmerich an, die traurige Nachricht auszusprechen.

Die Schwester des Opfers brach in Tränen aus, bevor er den Satz beenden konnte. Auch die Mutter fing still an zu weinen.

»Wo war er denn die ganze Zeit?« Klara Hofbauer wischte sich mit dem Ärmel übers Gesicht. »Und warum haben Sie so lange gebraucht, ihn zu finden?«

»Wir …«, setzte Emmerich an.

»Wissen Sie, wie das ist? Vier Jahre ohne Gewissheit? Vier Jahre, in denen man zwischen Hoffnung, Trauer und Angst zerrieben wird?«

»Wir …«

»Was ist das nur für ein Staat, der nicht auf seine Männer aufpassen kann?« Ihr Schmerz hatte sich in Zorn verwandelt. »Unfähig seid ihr. Unfähig und verantwortungslos. Wir haben euch unseren Sohn und Bruder anvertraut, und ihr …? Ihr verliert ihn einfach.«

»Ich weiß ehrlich gesagt nicht, wovon Sie sprechen. Wir sind von der Kriminalpolizei. Wir …«

»Kriminalpolizei? Sie sind nicht vom Kriegsministerium?«

»Fräulein Hofbauer«, beschloss Emmerich, die Samthandschuhe auszuziehen. »Ihr Bruder wurde gestern früh tot aufgefunden. Ermordet von einem Mann, der sich für den Teufel hält.«

Klaras Wut wich Verwirrung. »Wo?«, fragte sie. »Wo haben Sie ihn gefunden?«

Emmerich war auf vieles gefasst gewesen. Auf Zusammenbrüche, Verleugnung, Vorwürfe und die Frage nach dem Warum. Dass sie jedoch ausgerechnet das Wo interessierte, wunderte ihn.

»In der Hofmühlgasse. In dem Zimmer, das er dort angemietet hatte.«

»Ich verstehe nicht …« Ihr Blick suchte nach Halt, ihre Stirn legte sich in Falten. »Er war hier? Hier in der Stadt? Nicht in einem Krankenhaus oder einem der Lager im Osten?«

»Warum sollte er?« Langsam dämmerte Emmerich, was hier vor sich ging. »Er ist nie aus dem Krieg zurückgekehrt«, sagte er mehr zu sich selbst als zu den anderen. »Wann haben Sie Kaspar denn das letzte Mal gesehen?«

»Im November. Im November 1916. Kurz nachdem mein Bruder Klaus gefallen war«, sagte Klara und schnäuzte sich. »Kaspar hatte Fronturlaub bekommen.«

»Und dann?«

Die junge Frau antwortete nicht. Stattdessen stand sie auf, griff nach einem gerahmten Bild, das neben den flackernden Kerzen auf der Anrichte stand. Fassungslos starrte sie es an.

Emmerich trat neben sie und betrachtete die Fotografie hinter Glas. Zwei junge Männer, beide in der Uniform der K.-u.-k.-Infanterie, blickten ihm voller Ernst entgegen. Zwar hatten die Zeit und der gewaltsame Tod Spuren hinterlassen, trotzdem war das Opfer eindeutig zu erkennen.

»Das ist die letzte Aufnahme, die wir von Kaspar haben. Das sind er und einer seiner Freunde. Wenige Stunden später mussten beide zurück nach Galizien.«

»Danach hat er noch geschrieben«, meldete die Mutter sich erstmals zu Wort. »Anfangs von den Stellungen in Tarnopol, später dann aus der Nähe von Lemberg. Warten Sie.« Sie stand auf, öffnete eine Schublade und holte ein Bündel Briefe daraus hervor, das fein säuberlich mit einer Schleife aus rotem Samt verschnürt war. Vorsichtig, als würde es sich um einen zerbrechlichen Gegenstand handeln, legte sie die

Feldpost auf den Tisch, löste das Band und breitete die Kuverts und Grußkarten vor Emmerich aus. »Kaspar hat uns regelmäßig Nachrichten geschickt. Manchmal viele Seiten, manchmal nur ein paar Zeilen. Als irgendwann nichts mehr kam, hab ich's gewusst.« Sie wirkte gefasst, konnte aber keines der Wörter in den Mund nehmen. Tot, gestorben, gefallen.

Ermordet.

»Nichts hast du gewusst.« Die Stimme der Schwester bebte. »Kaspar hat noch gelebt. All die Zeit. Die vielen Monate und Jahre. Deshalb konnten sie ihn nicht finden.« Tränen rannen ihr über die Wangen. »Wir haben beim Kriegsministerium nachgefragt. Wieder und wieder. Haben die Gefallenen- und Verwundetenlisten studiert. Einmal bin ich sogar nach Polen gefahren und habe dort alle Lazarette und Krankenhäuser abgeklappert, habe nach einem Mann gesucht, der den Verstand oder das Gedächtnis verloren hat.« Ihre Stimme schwoll an. »All das … all die Sorgen, die durchwachten Nächte, die Ängste und Gebete … Und er hat gelebt? Hier in Wien? Nur wenige Kilometer entfernt?« Sie presste die Lippen aufeinander, bis sie nur noch zwei blasse, blutleere Linien waren.

Der Tod war nicht das Schlimmste. In Zeiten wie diesen war er das nie.

»War er denn bei Sinnen?«, fragte die Mutter. »Wusste er, wer er war?«

Das, was Emmerich jetzt zu sagen hatte, war noch schlimmer als das Überbringen der eigentlichen Todesnachricht. »Ja, soweit wir wissen, schon.«

Erneut erfüllte Grabesstille den Raum, legte sich wie ein Leichentuch über die Anwesenden. Die Trauer war gewichen, Fassungslosigkeit war an ihre Stelle getreten. Mutter und Schwester waren an einem Punkt angelangt, wo Worte nichts mehr erklären konnten, und Tränen keine Erleichterung schafften.

»Gab es vielleicht einen Grund, weshalb Kaspar sich nicht mehr gemeldet hat?« Emmerich versuchte, einfühlsam zu sein. Versuchte, Worte zu meiden wie Streit, Zerwürfnis, Entfremdung oder Hass. Schwere Kindheit, Unverständnis oder das Allerschlimmste: Gleichgültigkeit.

Er sah die Briefe und Karten durch, die vor ihm auf dem Tisch lagen. Manche waren sauber und mit gleichmäßigen Buchstaben beschrieben, andere wirkten schmutzig und eilig hingekritzelt. Nur zu gut konnte er sich an seinen Frontdienst erinnern, an die Männer, die in den Schützengräben letzte Worte zu Papier gebracht hatten. Grüße an die Liebsten, bevor es ins nächste Gefecht ging.

Er selbst hatte sich nie die Mühe gemacht. Es war die Zeit vor Luise gewesen.

Mit dem Finger strich er über den verschmierten Stempel einer Feldkorrespondenzkarte. Selten hatte er sich so allein gefühlt.

»Aber nein«, riss Hofbauers Mutter ihn aus seinen Gedanken. »Hier.« Sie hielt ihm ein Kuvert entgegen. »Lesen Sie!« Ihre Stimme war brüchig, ihre spröden Lippen zitterten.

»Schau mal, ob du ein Glas Wasser organisieren kannst«, wies er seinen Assistenten an.

Sichtlich dankbar, der Situation entfliehen zu können, stand Winter auf und huschte lautlos aus dem Zimmer.

»Lesen Sie!«, forderte Frau Hofbauer erneut. »Das war die letzte Nachricht, die wir von ihm erhalten haben.« Sie hielt ihm das Schreiben direkt vors Gesicht.

Emmerich nahm den Umschlag und zog vorsichtig ein Blatt Papier daraus hervor. Es war fein säuberlich zusammengefaltet und hatte einen speckigen Glanz. Es musste zigmal, wenn nicht öfter, gelesen und glatt gestrichen worden sein.

16. April 1917
Liebste Mutter, liebste Klara,
ich hoffe und bete, dass ihr gesund und wohlauf seid. Je weiter wir nach Osten vorrücken, desto kälter und rauer wird es …

Emmerich überflog den Mittelteil, in dem Hofbauer die Landschaft beschrieb und von der Schönheit der Karpaten schwärmte.

Trotz alledem habe ich das Gefühl, als wäre ich schon seit Jahren von zu Hause fort, und vor lauter Heimweh ist mir ganz schwer ums Herz. Es sind meine Liebe und mein unerschütterliches Vertrauen in Gott, die mich nicht verzagen lassen, und ich bin sicher, der Herr wird uns recht bald wieder zusammenführen. Schreibt, damit ich weiß, wie es euch ergeht. Ich verbleibe mit tausend Grüßen und Küssen
Euer Kaspar.

»Klingt das nach jemandem, der uns nie wieder sehen wollte?«, fragte Käthe Hofbauer, nachdem Emmerich zu Ende gelesen hatte. »Wir waren uns schon immer sehr nah, nach dem Tod meines Mannes sind wir als Familie sogar noch enger zusammengewachsen. Stimmt's, Klara?«

Diese nickte. »Kaspar hat sich stets gut um uns gekümmert und wir uns um ihn.«

»Das glaube ich Ihnen.« Behutsam faltete Emmerich den Brief, schob ihn zurück in den Umschlag und legte ihn zu der anderen Post. »Hatte er vielleicht Probleme bei der Arbeit?«

»Der Arbeit?«, wiederholte die Mutter. »Kaspar war Mesner und Organist. Drüben, in der Kirche zur heiligen Familie, am Bebelplatz. Eine schönere Arbeit kann man sich nicht wünschen.«

»Kirche«, murmelte Emmerich. »Interessant. Wie sah es in seiner Freizeit aus? Hat er sich irgendwann irgendwo mit den Falschen angelegt?«

»Mit wem denn? Kaspar war so ein herzensguter Mensch. Ein treuer Freund, ein guter Sohn, ein aufrechter Christ. Außerdem hatte er nicht viel freie Zeit … Haben Sie eine Ahnung, was der Beruf des Mesners alles umfasst? Kaspar hat sich um die Vor- und Nachbereitung der Gottesdienste gekümmert, die Liedtafeln gesteckt, die Glocken geläutet, die Kirche geschmückt. Er hat den Friedhof instand gehalten und kleine Reparaturen vorgenommen. Von morgens bis abends hat er sich für die Pfarrei eingesetzt. Die Liesl hat oft geklagt, dass er so wenig Zeit für sie hat.«

»Es muss aber irgendeinen Grund geben, warum er sich versteckt hielt.«

Mutter und Tochter schauten ratlos drein.

»Wir haben uns jeden Tag gesehen«, sagte Klara. »Wir hätten es bemerkt, wenn irgendetwas Schlimmes passiert wäre.«

Dennoch, dachte Emmerich. Er wusste, dass manche Menschen wahre Meister darin waren, sich zu verstellen, eine Fassade aufrechtzuerhalten.

»Wer ist diese Liesl, von der Sie eben sprachen?«, fragte er.

»Elisabeth Dörflinger. Seine Verlobte. Sie und Kaspar wollten heiraten … Beim nächsten Fronturlaub. Doch dazu kam es nicht mehr.« Die Stimme der Mutter brach, genauso wie der Damm, der bisher ihre Trauer halbwegs zurückgehalten hatte. Sie begann herzerweichend zu schluchzen.

Winter, der gerade durch die Tür getreten war, zuckte zusammen. Klara Hofbauer nahm ihm das Glas aus der Hand und gab ihrer Mutter zu trinken.

»Wissen Sie, wo wir Fräulein Dörflinger finden können?«, fragte Emmerich behutsam nach, als Käthe Hofbauer sich ein wenig beruhigt hatte.

»Liesl wohnt nicht weit von hier am Habsburgplatz … beziehungsweise Schuhmeierplatz, wie er seit Kurzem heißt.« Sie starrte ins Nichts. »Um diese Uhrzeit arbeitet sie aber sehr wahrscheinlich. Drüben in der WÖK. Sie ist eine NEM-Dame.«

»Eine was in der wo?«, fragte Winter, doch er bekam keine Antwort.

»Arme Liesl«, sagte Klaras Mutter. »Sie ist nie über Kaspars Verschwinden hinweggekommen. Wenn sie jetzt erfährt, dass …« Sie beendete den Satz nicht, ließ die bittere Wahrheit unausgesprochen im Raum stehen.

»Es tut mir sehr leid.« Emmerich strich über den knochigen Rücken der alten Frau und gab der jungen die Hand. »Bitte halten Sie sich zu unserer Verfügung, bis der gesamte Sachverhalt geklärt ist.«

»Was bleibt uns denn übrig?«, murmelte Klara Hofbauer. »Wo sollten Leute wie wir denn schon hin?«

Auf dem Weg hinaus blieb Emmerich kurz stehen. »Darf ich das Bild mitnehmen?« Er deutete auf die Anrichte. Für die weiteren Ermittlungen könnte es vielleicht ganz nützlich sein, ein Foto von dem Toten zu haben, das ihn unversehrt zeigte. »Ich werde auch gut darauf aufpassen und es Ihnen so schnell wie möglich zurückbringen.«

»Sie können es behalten, wir haben noch einen Abzug.« Klara nahm das Bild aus dem Rahmen, überreichte es Emmerich und begleitete ihn und Winter zur Tür.

»Vorhin, als ich das Wasser geholt habe, da habe ich mich ein bisschen umgesehen«, erklärte Winter im Treppenhaus. Der Besuch war nicht spurlos an ihm vorübergegangen. Er wirkte betroffen. »Das Schlafzimmer und die Küche, das waren begehbare Schreine. Alles zugepflastert mit Gebetszetteln, Heiligenbildchen und Kruzifixen. Die beiden leben zwischen Toten.«

Der Krieg, die Seuchen, Hunger und Kälte ... Der Sensenmann war in den vergangenen Jahren fleißig gewesen und hatte fast jede Wiener Familie heimgesucht. Die Menschen hatten verschiedene Wege gefunden, mit den Verlusten umzugehen. Diese hatte den wohl schmerzhaftesten gewählt.

Jeder Tag Allerheiligen. Jeder Tag Allerseelen.

18

»Eine NEM-Dame in der WÖK?«, fragte Winter, als sie auf die Straße traten. »Ist das etwas Unanständiges?«

Emmerich schüttelte den Kopf. »Ich bin immer wieder aufs Neue überrascht, wie man so gebildet wie du und trotzdem so weltfremd sein kann.« Er blickte nach Norden. »WÖK steht für Wiener Öffentliche Küchen. Die Damen kochen dort im Auftrag der amerikanischen Kinderhilfsaktion. Die Mahlzeiten werden nach dem NEM-System zubereitet. Dafür haben sie eigens Kurse besu…«

»Sie schimpfen mich sicher gleich wieder als weltfremd. Aber was ist ein NEM-System?«, fragte Winter.

»Nahrungs-Einheit-Milch.« Emmerich zuckte mit den Schultern. »Irgendein Arzt hat das erfunden, um den Nährwert von Essen anzugeben. Um normal wachsen zu können, braucht ein Kind mindestens drei Kilo-NEM am Tag. Derzeit bekommen die meisten aber nicht mal eines. Deshalb sind sie auch alle so schlecht beieinander. Haut und Knochen. Ein gefundenes Fressen für Rachitis, Tuberkulose und was sonst noch. Viele sind so schwach, dass sie an einem einfachen Schnupfen krepieren. Ohne die Amis und ihr komisches System wären die Wiener Kinder dem Tod geweiht.« Emil, Ida und Paul schlichen sich in seinen Geist. Er zündete sich eine Zigarette an, inhalierte tief und ließ seine Gedanken mit dem Rauch davonziehen. »Die WÖK ist am Richard-Wagner-Platz, aber schauen wir doch erst noch in der Kirche vorbei, in der Hofbauer gearbeitet hat. Der Mörder stiehlt Seelen und unterzeichnet mit der Zahl des Teufels. Mich würde es nicht wundern, wenn da ein Zusammenhang bestünde. Die wenigsten, die sich heilig geben, sind es nämlich auch.« Er dachte an Schwester Erzsebet, jene Frau, die ihm und den anderen Waisen im Heim damals die Hölle auf Erden bereitet hatte. Schon harmloseste Vergehen hatte sie rigoros bestraft. Ihre Zöglinge mussten nackt auf dem kalten Fußboden liegen, auf harten Holzscheiten knien oder mit dem Gesicht zur Wand in einer Ecke kauern. Stunde um Stunde um Stunde. Anschließend mussten sie der Ordensfrau die Hand küssen und sich für die Züchtigung bedanken. Er fröstelte. »Hoffentlich gibt's da drinnen keine Nonnen.«

Dieses Mal war es an Winter, den Kopf zu schütteln. »Und ich bin immer wieder aufs Neue überrascht, wie man so großmütig und gleichzeitig so borniert sein kann. Von allen Menschen auf der Welt hassen Sie ausgerechnet Nonnen.«

»Irgendwann erzähle ich dir alles.«

Winter deutete auf Emmerichs zerschundene Visage. »Wirklich alles?«

»Irgendwann.«

Schweigend liefen sie zu der Kirche.

»Ich kann auch allein hineingehen«, schlug Winter vor. »Sie befragen in der Zwischenzeit die Verlobte.«

Emmerich zögerte, wollte sich keine Blöße geben.

»So ist es effizienter«, erklärte sein Assistent. »Wir treffen uns nachher vor der WÖK.«

»Wie du meinst.«

»Jeder von uns hat seine eigenen Dämonen. Ihre wohnen absurderweise im Haus Gottes.«

»Leider nicht nur dort.« Emmerich lächelte traurig und ging davon.

Nicht lange danach fand er sich in dem blitzsauberen Speisesaal der öffentlichen Küche wieder. Wohlige Wärme umfing ihn, der Duft von Essen und ein Hauch von Trost hingen in der Luft.

»Wir haben geschlossen«, rief eine rotwangige Frau aus dem hinteren Teil des Raumes. Sie trug eine weiße Schürze und hatte das Haar am Hinterkopf zu einem Knoten gebunden.

»Ich suche Elisabeth Dörflinger.« Emmerich präsentierte seine Marke.

Die Frau nickte wissend. »Hinten.« Sie deutete auf eine schmale Tür. »In der Küche. Seien Sie nett. Es war ein harter Tag. Wir mussten schon wieder so viele Kinder abweisen, weil sie keine Bescheinigung hatten.« Sie wirkte schwermütig. »Und dann kam gerade eben auch noch Klara Hofbauer vorbei und hat das von ihrem Bruder erzählt. Liesl hat die Sache nicht gut aufgenommen. Wer kann's ihr verdenken.« Sie seufzte. »Folgen Sie mir.«

Die Küche war einfach und zweckmäßig eingerichtet. Es gab einen Arbeitstisch, einen großen Ofen und einen Herd. An der Wand zur Rechten hingen Suppenkellen, Kochlöffel und Rührbesen. Zur Linken waren Töpfe und Pfannen in einem Regal gestapelt, daneben stand ein großer Sack.

»Maismehl«, schimpfte Emmerich. »Jugoslawien, Italien, Bulgarien … Sie alle schicken Mais, Mais und noch mal Mais. Der edle Weizen wird an Länder mit hoher Valuta verkauft, während wir hier, im Land des ewigen Hungers, Kukuruz fressen müssen, bis wir gelb anlaufen.«

»Besser, als gar nichts zu beißen zu haben.«

Emmerich blieb nichts anderes übrig, als zuzustimmen.

Ganz hinten im Raum saß eine junge Frau, die reglos zum Fenster hinausstarrte. Indifferent. Beinahe apathisch. Sie trug ein einfaches graues Kleid, darüber eine weiße Schürze. Ihr blondes Haar war zu gleichmäßigen Wellen geformt, die ihr schmales Gesicht sanft umspielten. In ihren Händen hielt sie eine dampfende Tasse so fest umklammert, als würde ihr Leben daran hängen. Der Duft von Kamillenblüten stieg ihm in die Nase.

Emmerich ging zu ihr und räusperte sich. »Fräulein Dörflinger?«

Der Blick der jungen Frau war leer und gleichzeitig voller Fragen. »Klara hat schon angekündigt, dass Sie kommen werden.«

Emmerich setzte sich auf den freien Stuhl, der neben ihr stand.

»Sie hat es Ihnen also bereits erzählt.«

Sie nickte stumm und schaute auf ihre linke Hand, an der ein schmaler silberner Ring steckte. »Was ist das nur für eine Welt, in der wir leben?« Erneut wanderte ihr Blick hinaus ins Freie, sie schien jedoch nichts wahrzunehmen. Nicht den Staub, der vom Wind durch die Luft gewirbelt wurde, nicht die Raben, die laut krächzend einer Blaumeise hinterherjagten. »Wir mussten heute schon wieder Kinder abweisen«, sagte sie, ohne ihn dabei anzusehen. »Wussten Sie, dass eine ärztliche Kommission die Bedürftigsten ausgewählt hat und dass wir allen anderen nichts geben dürfen?« Ihre Augen füllten sich mit Tränen. »Aber was ist mit denen, die nicht bei der Untersuchung waren, weil sie nichts von dem Termin wussten oder weil ihre Eltern sich nicht darum gekümmert haben? Manche stehen kurz vorm Verhungern.«

»Es ist eine schlimme Zeit«, pflichtete Emmerich ihr bei. »Wegen Kaspar …«, versuchte er, das Thema auf den Grund seines Besuchs zu lenken.

»Ich halte das alles nicht mehr aus.« Tränen rannen über Elisabeth Dörflingers Wangen, hinterließen feucht-salzige Spuren. »Die dürren Ärmchen, die großen leeren Augen, die unterentwickelten Leiber …« Sie schlug die Hände vors Gesicht.

Emmerich legte einen Arm um sie. »Haben Sie vielleicht einen Cognac?«, fragte er die andere Köchin, die mit ratlosem Blick in der Tür stand. »Oder Schnaps? Irgendetwas Hochprozentiges.«

Sie nickte wortlos und verschwand.

Emmerich drehte eine Zigarette, schob sie Elisabeth Dörflinger zwischen die Lippen und gab ihr Feuer.

»Rauchen ist hier drinnen eigentlich verboten.« Sie nahm einen Zug, hustete und wischte sich die Tränen von den Wangen.

»Besondere Anlässe verlangen nach besonderen Ausnahmen.«

Sie klaubte sich einen Tabakbrösel von der Zungenspitze. »Ganz schön grauslich, das Zeug.«

»Harte Zeiten, hartes Zeug. Aber Sie halten das schon aus.«

Über ihre Lippen huschte der Hauch eines Lächelns.

»Hier.« Die Frau war zurück und reichte Emmerich eine Flasche. »Die Notfallration.«

»Das passt dann ja.« Er gab einen großen Schuss in Elisabeth Dörflingers Tee und wartete, bis sie davon getrunken hatte. »Ich weiß, es ist schmerzhaft, aber wir müssen über Kaspar Hofbauer reden. Was können Sie mir über ihn erzählen?«

»Nichts.« Sie starrte in die Tasse. »Offenbar hatte ich keine Ahnung, wer er war.« Sie verharrte, nahm noch einen Zug von der Machorka und ließ den Rauch langsam durch die

Nase entweichen. Schließlich hob sie den Kopf und sah Emmerich direkt in die Augen. »Wo ist er in den letzten vier Jahren bloß gewesen? Warum hat er sich nicht bei mir gemeldet? Warum musste er auf so schreckliche Art und Weise sterben?«

»Die Antworten darauf hatte ich mir eigentlich von Ihnen erhofft.«

Emmerich drehte noch eine Zigarette. Mittlerweile war er so geübt darin, dass er nicht einmal mehr hinschauen musste.

»Ich habe nur Fragen. So viele Fragen.« Elisabeth Dörflinger wirkte erschöpft. Sie nahm einen weiteren Schluck Tee, stellte die Tasse auf das Fensterbrett und legte die Hände in den Schoß.

»Gehen wir zurück in die Zeit vor dem Krieg«, schlug Emmerich vor. »Was für ein Mensch war der Kaspar von damals?«

»Ein guter. Ein frommer. Ein zuverlässiger.«

So komme ich nicht weiter, dachte Emmerich. »Hatte er jemals Streit mit irgendjemandem? Geldsorgen? Hat er gespielt? Sich mit den falschen Leuten eingelassen?«

»Nein. Nichts von alledem. Er war ein einfacher Mesner. Herzlich und vertrauenswürdig. In seiner Freizeit hat er Briefmarken gesammelt und sich um die Bedürftigen gekümmert. Was auch immer zu ...«, sie rang nach Worten, »... zu alledem geführt hat ... Es muss im Krieg seine Wurzeln haben.«

»Im Krieg ist viel passiert.« Emmerich seufzte. »Haben Sie eine Ahnung, was das gewesen sein könnte? Hat Kaspar in einem seiner Briefe irgendetwas erwähnt oder zwischen den Zeilen Dinge angedeutet? Die Feldpost wurde ja zensuriert – manches hätte er nicht offen ausdrücken können.«

»Seit Monaten denke ich über nichts anderes nach. Als er nicht mehr geschrieben hat, nahm ich das Schlimmste an, doch dann … dann kam es noch schlimmer. Er war auf keiner Gefallenenliste, in keinem Lazarett, keinem Kriegsgefangenenlager … Zu wissen, dass er irgendwo da draußen ist, dass er sich, warum auch immer, nicht meldet …« Ihre Oberlippe begann zu beben. »Ich habe all seine Nachrichten wieder und wieder gelesen, jedes Wort überdacht, jede Formulierung auf die Goldwaage gelegt. Außerdem habe ich mit allen geredet, die ihn kannten. Leuten aus der Kirche, dem Briefmarkenverein, mit seinen Freunden, seiner Familie, den Nachbarn, Kameraden … Keiner konnte mir weiterhelfen.«

Emmerich sah ein, dass Elisabeth Dörflinger nichts wusste. Dass sie über die Geschehnisse genauso ratlos war wie er selbst. »Danke …«

»Ich möchte ihn gern noch einmal sehen. Endgültig abschließen. Glauben Sie, das wäre möglich?«

Er betrachtete die junge Frau – ihre zierliche Erscheinung, ihren erschütterten Gesichtsausdruck – und erinnerte sich an den übel zugerichteten Leichnam. »Ersparen Sie sich das. Es ist kein schöner Anblick«, erwiderte er. »Behalten Sie ihn lieber so in Erinnerung, wie er war.«

Elisabeth Dörflinger warf die halb gerauchte Zigarette in den letzten Rest Tee, wo diese mit einem leisen Zischen verlosch. Dann stand sie auf, strich ihre Schürze glatt und schnäuzte sich. »Ich weiß nicht, wie oder wer er war. Ich weiß gar nichts mehr.« Ohne ein weiteres Wort zu verlieren, trat sie an den Arbeitstisch und begann, Maismehl in eine Schüssel zu füllen.

Emmerich nickte ihr kurz zu und machte sich auf den Weg hinaus. »Der Tod ist tatsächlich nicht immer das Schlimmste«, murmelte er, während er draußen ein paar ausgemergelte Kinder beobachtete, die kaum mehr als Fetzen am Leib trugen. »Nicht für einen selbst und schon gar nicht für die Angehörigen.«

Es dauerte nicht lange, bis auch Winter sich vor der WÖK einfand. »Und?«, fragte er. »Irgendeine vielversprechende Spur?«

»Nein. Und bei dir?«

»Nicht wirklich. Der Pfarrer hat Hofbauer als anständig beschrieben, als ehrlich und zuverlässig.«

»Zuverlässig?« Emmerich schnaubte. »Der Kerl hat seine Familie im Stich gelassen. Der Feigling ist untergetaucht, hat sich in einen Geist verwandelt.«

»Ich kann nur wiederholen, was der Pfarrer gesagt hat.« Winter zog ein Notizbuch aus seiner Manteltasche und schlug es auf. »Auf den Teufel angesprochen, hat er mir Folgendes erzählt: Satan war einmal ein Engel, ein Cherub, ein Geschöpf von höchstem Rang. Er …«

»Ränge. Im Himmel«, höhnte Emmerich. »Sogar dort oben gibt es ein Klassensystem.«

Winter ignorierte das Lamento. »Eines Tages stellte er sich gegen Gott«, las er weiter vor. »Gegen die himmlische Ordnung. In der Offenbarung steht: *Und es wurde herausgeworfen der große Drache, die alte Schlange, die da heißt Teufel und Satan, der die ganze Welt verführt, und er wurde auf die Erde geworfen.*«

»Und ist mitten in Wien gelandet. In unserem Zuständigkeitsbereich.«

»Er ist der Herr über die Hölle, der Gegenspieler Gottes. Sein Ziel ist es, die Menschheit zu zerstören. Der Herr glaubt an das Gute in uns allen. Satan hingegen verklagt uns vor dem Allmächtigen. Er führt uns in Versuchung, bringt unsere dunklen Seiten zum Vorschein, um uns dann bei Gericht vor Gottes Thron anzuschuldigen.«

»Von der Petze zum Mörder«, blaffte Emmerich. »Das nenn ich mal eine kriminelle Karriere. Hat der Pfaffe was über die Zahl sagen können?«

Winter blätterte um. »In der heiligen Schrift steht die Neun für Vollendung und Vollkommenheit.«

Emmerich wartete, doch sein Assistent sprach nicht weiter. »Das ist alles? Was ist mit den Büchern, den Kapiteln und Versen?«

Seine Zigarette war so weit heruntergebrannt, dass die Glut seine Finger versengte. Er warf sie auf den Boden und trat sie aus.

»Genau das habe ich auch gefragt. Daraufhin erklärte der Pfarrer …« Winter zog noch einmal seine Notizen zurate. »Der katholische Kanon des Alten Testaments umfasst sechsundvierzig Bücher, das Neue Testament siebenundzwanzig Schriften. Diese sind in Kapitel unterteilt, die man wiederum in Verse gliedern kann.« Winter seufzte. »Er meinte, wir könnten uns selbst ausrechnen, wie oft die Neun auftritt, und hat mir die hier mitgegeben …« Er präsentierte eine speckige, abgegriffene Bibel.

Emmerich betrachtete das Buch, als ob es stinken würde. »Ich sehe schon, wir kommen so nicht weiter. Hat er sonst noch etwas gesagt?«

»Nur dass wir uns vom Wort Gottes inspirieren lassen sollen. Wer auf den Herrn hofft, den wird Güte umfangen.«

»Ich wartete des Guten, und es kam das Böse«, entgegnete Emmerich und machte sich auf in Richtung Polizeigebäude. »Ich hoffte auf das Licht, und es kam Finsternis.«

19

»Gegen den Gewaltfrieden.« An der Ecke Berggasse und Roßauer Lände drückte ein alter Mann Winter ein Flugblatt in die Hand. »Unser armes Land kann ohne Vereinigung mit dem großen deutschen Brudervolk nicht dauerhaft bestehen«, erklärte er. »Wir dürfen uns den Zusammenschluss nicht verbieten lassen. Kämpf, mein Junge, kämpf!«

»Genug gekämpft.« Emmerich riss Winter das Papier aus der Hand und warf es auf den Boden. »Irgendwann muss auch mal genug sein.«

»In ein paar Jahren vielleicht, aber noch nicht jetzt.« Der Alte schüttelte so vehement den Kopf, dass sein Hut verrutschte. »Erst müssen wir unsere territoriale Größe zurückerobern und unsere Bedeutung auf der politischen Weltbühne wiedererlangen. Wir müssen den vaterländischen Geist erwecken und handeln, solange die neue Ordnung noch brüchig ist.«

»Ist Ihnen eigentlich klar, was Sie mit Ihren Brandreden anrichten? Sie hetzen die Menschen gegeneinander auf – aber gerade jetzt sollten wir alle an einem Strang ziehen.«

»Sag ich doch. Wir müssen gemeinsam gegen die Schandparagrafen des Friedensvertrags revoltieren. Gegen die Judenplage aufbegehren. Die Fremdbestimmung durch die vermeintlichen Sieger abschütteln. Wir müssen uns das zurückholen, was uns gehört. Die Ländereien, die Macht, die Industrien, den Zugang zum Meer …«

Emmerich setzte an, etwas zu entgegnen, schüttelte dann aber einfach den Kopf und ließ den Alten stehen. »Manche werden's nie lernen«, rief er nur noch.

»Du bist sicher einer von denen«, brüllte der Mann ihm hinterher. »Ein Saujud, ein elender. Ihr subversiven Schweine seid doch überhaupt an allem schuld. Wir … Wir waren im Felde unbesiegt. Ihr habt uns von hinten das Hackel ins Kreuz geschlagen.« Er reckte seine Faust in die Höhe. »Komm nur her, du Verräter, dann geb ich dir, was du verdient hast.«

Emmerich drehte sich um, doch Winter hielt ihn zurück. »Er ist den Ärger nicht wert.«

»Da bin ich mir nicht so sicher.« Emmerichs Muskeln spannten sich an. »Wenn dieses Gedankengut sich weiterverbreitet, kriegt Österreich mehr Probleme, als es bewältigen kann. Solche Kerle muss man aufhalten, bevor sie die Welt ins Unglück stürzen.«

»Sie können die Welt nicht retten, indem Sie einen verbitterten alten Mann verprügeln, außerdem sind Sie schon ramponiert genug.«

Noch bevor Emmerich etwas einwenden konnte, kam ihnen ein Sicherheitswachbeamter entgegen. »Inspektor Emmerich? Inspektor Winter?«

»Das sind wir.«

Der Uniformierte nahm seine Mütze ab. »Sie müssen mitkommen. Es gibt eine Leiche.« Er deutete auf die gegenüberliegende Straßenseite, wo eine Kutsche wartete.

»Schon wieder?«

Der Uniformierte nickte stumm, setzte sich auf den Kutschbock, wartete, bis sie eingestiegen waren, und gab dem Fahrer ein Zeichen. Dieser schnalzte mit der Zunge und lenkte die Pferde in Richtung Süden.

»Darf ich fragen, wohin wir fahren?«, rief Emmerich gegen den Fahrtwind und das Hufgetrappel an. »Oder soll ich mir das einfach selbst anschauen?«

»St. Marx«, gab der Wachbeamte sich wortkarg.

»Ausgerechnet«, murmelte Winter. »In St. Marx, da ist der Tod Bürgermeister.«

St. Marx, ein Teil des 3. Bezirks, war für zwei Dinge bekannt – seinen Friedhof und den Viehmarkt samt den dazugehörigen Betrieben: Schlachthäusern, Leimsiedern und Weißgerbern sowie Abdeckern, die Knochenmehl, Fett und Salmiak aus Tierkörpern gewannen.

Als sie eine halbe Stunde später aus der Kutsche stiegen, war aus allen Himmelsrichtungen das Blöken von Rindern und Schafen zu hören. Immer wieder wurde es von markerschütternden Schreien durchbrochen.

»Wir müssen da rüber.«

»Schweineschlachthof der Stadt Wien«, las Winter. »Immer wenn ich denke, der Tag hat seinen Tiefpunkt erreicht …«

»Warten Sie, bis Sie drinnen waren«, murmelte der Uniformierte. Er nickte dem Torwächter zu und führte sie über einen weitläufigen Hof zum Hauptgebäude, das aus Rohziegeln errichtet worden war.

»Wann ist diese Nation nur so verweichlicht?« Mit entschlossenem Schritt trat Emmerich durch ein großes Tor, das in eine Halle mit Betonwänden führte. Im vorderen Teil befanden sich großflächige Stallungen, in denen Schweine frei herumliefen, weiter hinten standen einzelne Tiere in engen Wartebuchten.

Der Raum war erfüllt von einer düsteren Vorahnung, ähnlich jener in den Schützengräben. Emmerich warf den

Schweinen einen mitleidigen Blick zu. An der Front hatte zumindest die Chance bestanden zu überleben. Hier gab es keine Hoffnung auf ein morgen.

Von den Wartebuchten aus führten Türen in die anschließende Brühhalle. Dort wurden die Todgeweihten über Rampen in fünf höhergelegene Kojen getrieben, wo sie auf der metaphorischen Schlachtbank ihr Ende erwartete. Ein paar karge Sonnenstrahlen drangen durch das Oberlicht – es würde das Letzte sein, was sie von dieser grausamen Welt mitbekamen.

Es roch nach Metall und Exkrementen, das frische Blut dampfte in der kalten Luft.

»Na endlich.« Ein Fleischhauer, in der einen Hand ein Schlachtermesser, in der anderen eine Knochensäge, kam auf sie zugestapft. »Zeit wird's. Wir brauchen den Koben.«

Erst jetzt fiel Emmerich auf, dass von den fünf Stechbuchten nur vier in Gebrauch waren.

»Eine Lieferung aus Ungarn steht an. Die müss' ma heut noch verarbeiten.«

»Und ich muss einen Mordfall klären. Nichts für ungut.« Emmerich bot den umstehenden Arbeitern Tabak an und drehte sich anschließend eine Zigarette. »Was ist passiert?«

Der Fleischer zuckte mit den Schultern. »Hamdraht ham's einen. Keine Ahnung, warum da gleich so ein Bahöl draus g'macht wird. Es wird ja heutzutag eh so viel gestorben.« Er bedeutete ihnen, ihm in die freie Stechbucht zu folgen.

»Die ist ja leer. Wo ist denn …«

Winter hielt mitten im Satz inne. Seine Augen weiteten sich vor Entsetzen, als direkt neben ihm ein Schwein getötet und dessen noch zuckender Körper in einen Heißwasserkessel geworfen wurde. Er hielt sich die Hand vor Mund und Nase und würgte.

»Halten nix mehr aus, die jungen Leute. Kein Wunder, dass wir den Krieg verloren haben. An den Juden lag's jedenfalls nicht.« Emmerich schüttelte den Kopf und sah sich um. »Wo ist denn nun die Leiche?«

»Wir steh'n sozusagen drauf.«

Emmerich schaute auf seine Füße. Sie befanden sich auf einem Gitterrost, darunter nichts als Dunkelheit. Erst als er in die Hocke ging, konnte er einen länglichen Schemen ausmachen.

»Gemma auf die Verarbeitungsebene, dann können Sie sich das Malheur genau anschau'n.« Der Fleischer stieg über eine schmale Treppe und zeigte auf eine metallene Wanne, die unter der Stechbucht stand.

»Spurensicherung und Gerichtsmedizin sind schon informiert, sie sollten jeden Moment eintreffen.« Der Uniformierte hatte Emmerichs Gedanken erraten. Er reichte ihm eine Taschenlampe und trat einen Schritt zurück.

Emmerich leuchtete in den Trog. Er war auf einen schrecklichen Anblick gefasst, doch alles, was er auf den ersten Blick sah, war eine bräunlich rote Flüssigkeit.

»Das Schweineblut wird darin aufgefangen. Wissen S' … für Blunzen und Dünger und so Zeug. Wird alles verwertet. Bei uns verkommt nix.« Der Fleischer hatte sich neben Emmerich gestellt. »Immer wenn ein Schaffl voll ist, bringen wir's zur Fattinger'schen Blutverwertungsanstalt. Als wir die Lieferung vorbereiten wollten, hab ich ihn entdeckt.«

Emmerich konnte jetzt erkennen, dass ein menschlicher Körper in dem Trog lag. »Verstehe.«

»Kömma jetzt bitte endlich weitermachen?« Der Fleischer zog eine Uhr aus der Tasche seiner besudelten Schürze. »Sie wissen schon, die ungarischen Schweine. Dreihundert sind's. Sonst gibt's wieder Probleme mit der Versorgungslage. Sie wollen doch ned, dass die Stadt scho' wieder hungern muss.«

Emmerich drückte ihm seinen Tabaksbeutel in die Hand. »Wir machen, so schnell wir können.«

»Warum ausgerechnet wir?«, fragt Winter, während nur wenige Meter über ihm ein weiteres Schwein sein Leben ließ.

»Hör endlich auf zu jammern, Ferdinand.«

»Sie haben mich falsch verstanden.« Winter zuckte zusammen, als der Kadaver mit einem lauten Platsch in den Heißwasserkessel fiel. »Brühl und Szepanek kümmern sich um die toten Platten-Brüder, wir uns um den Mord an Kaspar Hofbauer. Eigentlich wäre dieser Tote ein Fall für Harbort und Götz.«

»Stimmt, du hast recht.« Emmerich wandte sich an den Uniformierten. »Warum ausgerechnet wir?«

»Das Fräulein bei ›Leib und Leben‹ meinte, Sie könnten das interessant finden.« Er nickte dem Fleischer zu, der sich gerade eine Zigarette gedreht und angezündet hatte.

Der Mann packte ungerührt den Haarschopf des Toten und zog daran. »Stell dich nicht so an. Hab im Krieg Schlimmeres gesehen«, brummte er, als er Winters konsternierten Blick bemerkte.

Die Leiche war männlich. An Gesicht und Haar hafteten rote Schlieren und bräunliche Klumpen, die Augen starrten ins Nichts, der Mund stand weit offen.

Winter wandte sich ab.

»Sie haben ihn vorhin schon mal bewegt?«, fragte Emmerich.

»Ich hab nur g'schaut, ob's einer von meinen Leuten ist.«

»Und?« Emmerich kniff die Augen zusammen und betrachtete den Toten.

»Gott sei Dank ned. Hab den Kerl noch nie vorher g'sehn. Keine Ahnung, wie der in mein Schaffel 'kommen ist.«

»Und was soll daran jetzt so interessant für uns sein?«

Der Fleischer klemmte sich die Zigarette in den Mundwinkel, nahm Emmerich die Taschenlampe aus der Hand und leuchtete in den Mund des Toten. »Die Zunge hat ihm wer rausg'schnitten. Hat wohl zu viel g'redet.«

Emmerich runzelte die Stirn. »Verstehe. Zwei Leichen mit herausgeschnittener Zunge an zwei aufeinanderfolgenden Tagen. Das kann kein Zufall sein.«

»Aber die Fundorte sind komplett unterschiedlich inszeniert«, warf Winter ein. »Kaspar Hofbauer wurde in seinem Zimmer erstochen und anschließend mit einer Eisschicht überzogen. Dieser Mann hier …«

»Was meinen Sie, wie er gestorben ist?«, fragte Emmerich.

»Woher soll ich das wissen? Dafür müssten wir ihn rausholen. Soll ma?«

Emmerich schüttelte den Kopf. »Warten wir damit auf die Gerichtsmediziner und die Burschen von der Spurensicherung.« Er sah sich um. »Gibt es irgendwo Hinweise auf einen Kampf?«

»Ein Stück von seinem Ohr fehlt, aber ich glaub', das ist eine alte Verletzung. Schaut recht vernarbt aus.«

»Und sonst?«

»Nix. Auch keine Schleifspuren auf'm Boden.« Der Fleischer ließ den Toten los, woraufhin dieser wieder im Blut versank. Als wäre nichts geschehen, wischte er die Hand an seiner Schürze ab und rauchte weiter.

»Gibt es noch einen anderen Weg hier herein als den durch die Stallungen?«

»Man kann auch durch die Darmwäscherei oder über die Abholrampe geh'n.«

»Gab es irgendwo Einbruchspuren?«

Der Fleischer zuckte mit den Schultern. »Um ehrlich zu sein … diese Halle wird nicht wirklich gut gesichert. Auch die Darmwäscherei nicht. Da gibt's ja nix zum Stehlen. Schau'n Sie sich um … die Heißwasserkessel, die Waschanlage und die Laufvorrichtungen sind riesengroß, tonnenschwer und fest eingebaut. Die kamma unmöglich wegbringen. Anders schaut's mit den Stallungen und den Kühlhallen aus. Da kommt so schnell keiner rein.«

Emmerich ließ seinen Blick umherschweifen und rauchte gegen den penetranten Geruch des omnipräsenten Blutes an. »Der Mörder hat das Opfer wahrscheinlich unter irgendeinem Vorwand hier hereingelockt, es dann getötet und in die Wanne gehievt«, überlegte er laut.

»Vielleicht hat der Täter den Mann aber auch gezwungen, in die Wanne zu steigen, und ihn dann in dem Blut ertränkt«, warf Winter ein.

»Das herauszufinden ist meine Aufgabe.« Professor Hirschkron war eingetroffen. Er trat neben Emmerich und zwirbelte seinen Schnurrbart. »Interessant, interessant«, murmelte er. »Zumindest haben Sie spannendere Fälle als Ihre Kollegen.«

»Einfacher zu lösende wären mir lieber.«

»Und nicht ganz so grausige«, ergänzte Winter.

»Das wird tatsächlich eine Schweinerei.«

Hirschkron nickte seinen zwei Assistenten zu, die daraufhin die Wanne unter der Stechbucht hervorzogen und eine Bahre daneben platzierten.

Die beiden legten professionelle Distanz an den Tag, doch als sie ihre Arme in das Blut tauchten, huschte eine Mischung aus Ekel und Unwillen über ihre Gesichter.

»Auf drei«, wies Hirschkron an. »Eins, zwei, dr…«

Mit routinierten Handgriffen versuchten sie, den Toten auf die Bahre zu hieven, doch das Blut hatte den schweren Körper mit einem schmierigen Film überzogen.

»Verdammt!«, fluchte einer der Assistenten, als ihm der Leichnam aus den Fingern zu gleiten drohte.

Geistesgegenwärtig sprang Hirschkron ihm zur Seite und half, das Opfer auf die Bahre zu wuchten.

»Was ist denn das?« Emmerich zeigte auf den Toten. »Gib mir mal dein Taschentuch, Ferdinand.«

»Wofür? Das Blut krieg ich nie wieder raus.« Winter griff in seine Hosentasche und zog ein Stück feinen Baumwollstoff hervor, der mit seinem Monogramm verziert war.

»Ein versautes Taschentuch ist grad unser geringstes Problem.« Emmerich schnappte sich das gute Stück und wischte damit über den Unterarm des Toten. Eine Tätowierung kam zum Vorschein: gefaltete Hände, von einem Rosenkranz umwickelt.

Hirschkron begutachtete die Hautstelle. »Sieht nicht sehr professionell aus – ich schau mir das nachher genauer an.« Er nickte seinen Assistenten zu.

»Warten Sie!«, rief Winter. »Da liegt etwas.«

»Tatsächlich.« Hirschkron bückte sich und hob mit spitzen Fingern einen Gegenstand auf. »Das muss ihm gerade aus der Tasche gefallen sein.«

»Sieht aus wie ein Stück Pappe.« Emmerich begutachtete die blutige Masse. »Haben Sie eine Pinzette dabei?«

Hirschkron fischte eine aus seiner Brusttasche. Während sich sämtliche Anwesenden um ihn scharten, faltete er den Klumpen vorsichtig auseinander. »Ich glaube, das ist eine Fotografie.« Behutsam tupfte er die Oberfläche mit einem Wattebausch ab und setzte seinen Zwicker auf. »Oh, là, là.«

Der Fleischer lachte, und Winter errötete, als sie sahen, was auf der Aufnahme abgebildet war: Eine Gruppe nackter Mädchen räkelte sich mit verschlungenen Gliedern auf einem Bett. Manche von ihnen schienen zu schlafen, andere blickten den Betrachter neckisch an.

»Irgendwie kommt mir das bekannt vor«, sagte Hirschkron und erntete dafür eine hochgezogene Augenbraue von Emmerich. »Nicht die Mädchen«, fügte er schnell hinzu. »Das Arrangement.«

»Stimmt«, brachte Winter sich ein. »Das Ganze erinnert an ein Gemälde von diesem … diesem …«

»Gustav Klimt.« Hirschkron nickte. »Auf dem Original sind die Damen jedoch etwas keuscher dargestellt. Mehr Stoff, weniger Brüste.«

»Das ist der letzte Schrei«, brummte der Fleischer. »In den ganzen Puffs und Salons. Kennen S' des ned?«

»Erhellen Sie uns.«

»Junge Madeln … die nennen sich Modelle … Sie stellen Szenen von bekannten Bildern nach – halt ohne G'wand.«

Emmerich drehte und wendete das Bild, konnte jedoch nirgendwo einen Hinweis auf dessen Herkunft finden. »Wissen Sie vielleicht auch, in welchem Etablissement diese Fotografie aufgenommen wurde?«

Der Fleischer winkte ab. »Keine Ahnung. So Kunstzeug interessiert mi ned. Wenn i budern will, geh i in den Salon Flora.«

Hirschkron gab seinen Assistenten durch ein Nicken zu verstehen, dass sie die Leiche abtransportieren konnten. »Ich melde mich, sobald ich mit der Sektion fertig bin.«

Emmerich wischte über das Foto und steckte es ein. Er übergab den Tatort an die Männer von der Spurensicherung und verließ gemeinsam mit Winter das Schlachthaus.

Draußen sog Winter die frische, kalte Luft ein und starrte auf seine Schuhe, die über und über mit But besudelt waren. »Schlimm«, murmelte er.

»Nein. Das da, das ist schlimm.« Emmerich zeigte auf eine Schlange von Menschen, die vor einem niedrigen Gebäude warteten. »Das ist die Freibank.«

»Die was?«

Emmerich seufzte. »War ja klar, dass du so was nicht kennst ... In Freibanken wird minderwertiges Fleisch billig verkauft. Oft ist es mit Wurmlarven befallen oder stammt von seuchenverdächtigen Tieren.«

Winter schaute ihn ungläubig an. »Das ist nicht Ihr Ernst, oder?«

»Mein voller Ernst. Vor dem Verkauf wird zwar alles sterilisiert, trotzdem ...«

»Was sind das nur für Zeiten«, murmelte Winter. »Die Menschen essen verdorbenes Fleisch, und in der Stadt treibt der Teufel sein Unwesen.«

20

»Sie sind wahre Helden. Helden der Arbeiterklasse.« Xaver Koch begrüßte Müllners Männer, anständige Kerle mit schwieligen Fingern und stolzen Blicken.

Sie hatten sich in einer Bauhütte am äußeren Ende des Arsenals eingefunden, um den Verbündeten des berühmten Béla Kun kennenzulernen.

»Sie wollen den Rechten also ordentlich in den Arsch treten?«, fragte einer von ihnen.

»So ist es.« Xaver lächelte. »Sie haben nachgeforscht«, wandte er sich an Müllner. »Haben beschlossen, uns zu vertrauen.«

»Meine Quellen haben bestätigt, dass Sie und Kun tatsächlich zusammen in Tomsk interniert waren und dass Sie ein aufrechter Sozialist sind. Außerdem brauchen wir das Geld.« Müllner streckte ihm seine Hand entgegen.

Xaver ergriff sie, erwiderte den festen Druck. »Sobald Béla die Waffen hat, machen er und seine Truppen sich auf den Weg nach Ungarn. Sie werden Miklós Horthy stürzen und seine Schreckensherrschaft endgültig beenden. Der Wind in Europa wird sich daraufhin drehen. Auch Österreich wird mitziehen. Sie werden sehen … Nicht mehr lange, dann gehört dieses Land wieder uns.« Er reckte seine Faust empor.

Müllner und seine Männer nickten.

»Das reaktionäre Pack hat die Sozialdemokraten aus der Regierung gedrängt«, legte Xaver nach. »Sie wollen uns unsere hart erkämpften Rechte wieder nehmen. Den Achtstundentag, die Arbeitslosenversicherung, Urlaubsanspruch, die Betriebsräte … Doch nicht mit uns.«

Er erntete zustimmendes Gemurmel.

»Die Wiedereinführung des Adels …«, rief er.

»Nicht mit uns«, erklang es verhalten.

»Neue Steuern für die unteren Einkommensschichten …«

»Nicht mit uns.« Mehr Männer stimmten in den Chor ein.

»Autoritäre Führerfiguren, die Knechtung der Arbeiterklasse, ein Terrorregime …«

»Nicht mit uns«, schrien nun alle.

»Das sind gute Leute, die Sie da haben.« Xaver klopfte Müllner auf die Schulter. »Wollen wir?«

Müllner nickte und führte Xaver über das weitläufige Gelände des Arsenals. Allerorts herrschte geschäftige Betriebsamkeit. Lastenkarren fuhren zwischen den Lagerhallen und Werkstätten hin und her. Männer schleppten Kisten und Säcke, Anweisungen wurden gebrüllt, ein Automobil hupte, die Schlote der vielen Fabriken bliesen schwarzen Rauch in den grauen Himmel.

Ursprünglich war die Anlage als eine Festung errichtet worden, die dem Kaiser und seinem Hofstaat im Fall einer Revolution Schutz bieten sollte. Während des Krieges wurden die zahlreichen Gebäude des Komplexes als Waffenwerke, Depots und Kasernen genutzt. Zwanzigtausend Arbeiter waren hier beschäftigt gewesen, fünftausend Militärs beherbergt.

Davon war nicht viel übrig geblieben. Die Soldaten waren abgezogen und die Arbeiter auf einen Bruchteil reduziert worden. In den ehemaligen Kanonenwerkstätten und Gewehrfabriken wurden nun Gasgeräte, Möbel, Motoren und Koloniakübel hergestellt. Die wertvollen Rohstoffe, die für die Produktion benötigt wurden, sowie das gesammelte Kriegsgerät, das man hier lagerte, wurden von der Fabrikswehr unter der Leitung von Benedikt Müllner gesichert.

»Die Alliierten kontrollieren die Ein- und Ausfahrten. Sie passen auf wie die Haftelmacher, dass nichts rausgeschmuggelt wird, aber was sich hier drinnen abspielt, interessiert sie nicht.« Müllner lachte.

»Die haben wirklich keine Ahnung von den unterirdischen Gängen?«

»Wir sind auch nur durch Zufall darauf gestoßen. Und da nie eine Inventur durchgeführt wurde …« Er schüttelte den Kopf, als könnte er es selbst nicht ganz glauben. »Wie sagt man so schön? Der Rest ist Geschichte.«

»Ich habe gehört, die Christlichsozialen wollen eine Kommission einsetzen, die Klarheit über die Anzahl und Art der Waffen schaffen soll.«

»Das wollen sie schon lange.« Müllner zuckte mit den Schultern. »Jetzt, da sie die Regierung stellen, werden sie ihre Forderung auch endlich durchsetzen. Aber wen juckt's? Unsere Schäfchen sind alle im Trockenen. Hier entlang.« Er deutete auf einen Backsteinbau, der mit der römischen Ziffer XXIII beschriftet war. »Das ist die Schlosserei. Darin befindet sich der Zugang zum Tunnel.«

»Ist es der einzige?« Xaver sah sich um, prägte sich alles genau ein.

»Man munkelt, dass es mehrere gibt. Wir konnten aber nur diesen und einen weiteren finden. Im ehemaligen Archiv. Den haben wir zugemauert, verputzt und somit für Nichteingeweihte unkenntlich gemacht.« Er öffnete die Tür, hinter der sich eine riesige Halle befand.

Mehr als fünfzig Männer in Arbeitskluft standen an Werkbänken und Maschinen, sägten, feilten, frästen und hämmerten. Sie waren so in ihre jeweilige Tätigkeit versunken, dass sie den beiden Eindringlingen keine Aufmerksamkeit schenkten.

»Was für ein Lärm«, schrie Xaver.

Müllner fasste sich an die Ohren und schüttelte den Kopf. Er führte Xaver bis ans Ende der Anlage und in ein kleines Büro. Die Tür schloss er hinter ihnen ab. »Als wir die Produktion auf Friedensbetrieb umgestellt haben, ist uns eine Unebenheit im Boden aufgefallen.« Er schob den Schreibtisch samt dem darunterliegenden Teppich zur Seite, trat auf den äußeren Rand eines Dielenbretts, sodass das andere Ende nach oben schnellte, bückte sich und nahm das Brett heraus. Dasselbe tat er mit den angrenzenden Bohlen. Nach und nach kam eine Falltür zum Vorschein.

Xavers Augen leuchteten. »Die Männer in der Schlosserei …«

»… wissen von nichts. Das sind zwar anständige Kerle, aber sicher ist sicher. Nur ein gutes Dutzend meiner engsten Vertrauten ist eingeweiht.« Müllner öffnete den Einstieg. Eiskalte Dunkelheit schlug ihnen entgegen. »Hier.« Er reichte Xaver eine Taschenlampe. »Es geht ungefähr sechs Meter in die Tiefe, danach ein paar hundert Meter nach Nordwesten.«

»Gibt es irgendwo einen Ausstieg?« Xaver leuchtete nach unten. Im Lichtkegel erschien gestampfter Lehmboden, der Weg dahin führte über rostige Sprossen, die in die Wand eingelassen waren.

»Wir denken, dass der Tunnel im Keller der Hofburg endet, wissen es aber nicht definitiv. Jemand hat eine Mauer eingezogen. Sie sieht alt aus, stammt wohl noch aus dem letzten Jahrhundert.«

»Sie waren nicht neugierig, was dahinterliegt?«

»Doch, natürlich, aber in erster Linie waren wir vorsichtig. Aufmerksamkeit ist das Letzte, was wir gebrauchen können. Die Hofburg wird außerdem mindestens genauso gut bewacht wie das Arsenal. Es ist also ausgeschlossen, die Waffen über diesen Weg rauszuschmuggeln.«

Jemand klopfte an. »Chef?«, rief eine Stimme. »Es gibt Ärger. Drüben im Stahlwerk.«

»Gehen Sie ruhig«, sagte Xaver. »Ich sehe mich in der Zwischenzeit um.«

»Ist gut. Zu Ihrer Information: Von den Waffen können wir ungefähr ein Zehntel entbehren.«

»Verstehe.« Xaver steckte die Taschenlampe in seinen Hosenbund und stieg nach unten. Er wartete, bis Müllner die Tür über ihm geschlossen hatte, und schritt langsam durch den schmalen Tunnel. Es tat gut, hier unten zu sein, allein, von Dunkelheit und Stille umfangen. Er ließ seine Finger über die gemauerte Ziegelwand gleiten, fühlte den rauen Mörtel, atmete die feuchtkalte Luft – und dann sah er sie: die Gewehre, die an der Wand lehnten, eins neben dem anderen, Hunderte, Tausende, stramm und stolz wie Soldaten, die auf ihren Einsatz warteten. Flankiert wurden sie von Kisten voller Pistolen, Pulverfässern und Minenwerfern. Zehn Prozent würden völlig ausreichen.

Beim Gedanken an das, was sich bald ereignen würde, überkam ihn freudige Erregung. Die Vorbereitungen verliefen nach Plan, alles würde so kommen, wie er es sich ausgedacht hatte. Einzig dieser verdammte Emmerich konnte ihm jetzt noch gefährlich werden. Dieser elende Hund wollte einfach keine Ruhe geben. Aber auch dafür würde er eine Lösung finden.

Nicht mehr lange.

Nur noch zwei Tage.

Kaiser Franz Josef I. selbst war es gewesen, der die Gänge hatte anlegen lassen. Welch eine Ironie des Schicksals, dass ausgerechnet diese Gänge dabei helfen würden, ihn, Xaver Koch, zum neuen Herrscher zu erheben – denn er war kein Monarch von Gottes Gnaden. Im Gegenteil.

Der alte Kaiser hatte das Land mit gütiger Hand gelenkt. Seine eigene Regentschaft hingegen würde nicht so friedlich verlaufen.

Er war voller Zorn.

Voller Schmerz.

Rage.

Die Welt würde brennen, und er würde helfen, sie anzuzünden.

Wer dachte, der Krieg sei vorbei, der irrte – er fing jetzt erst richtig an.

21

»Glauben Sie, es war derselbe Täter?«, fragte Winter, nachdem sie erneut die Kutsche bestiegen hatten.

»Es gibt einen einfachen Weg, das herauszufinden. 9. Bezirk, Pramergasse«, wies Emmerich den Kutscher an. »Halten Sie bitte vor der *Wiener Illustrierten*. Wenn es tatsächlich so ist«, wandte er sich wieder an Winter, »dann hat Fräulein Lehner wahrscheinlich ein Päckchen bekommen.«

Zügig trabten sie durch den 3. Bezirk, bis die Equipage zwischen dem Stadtpark und dem Museum für Kunst und Industrie abrupt stehen blieb.

»Was ist los?«, rief Emmerich, als die Fahrt auch nach mehreren Minuten nicht weiterging.

»Massenkundgebung«, erklärte der Kutscher. »Keine Ahnung, wofür oder wogegen. Ist ja jeden Tag irgendwas anderes los. In der Stimmung, die momentan herrscht … in dem ganzen Chaos … da fällt jede Agitation auf fruchtbaren Boden.«

»Kein Wunder. Wir leben in einer Zeit ohne Orientierung.« Emmerich zündete sich eine Zigarette an.

»Muss das sein? Hier drinnen?« Winter hustete, stieg aus und beobachtete das Treiben. Hunderte, wenn nicht gar Tausende von Menschen marschierten über die Ringstraße. Männer in Uniformen stellten ihre Orden zur Schau, Frauen in Federhüten und Stulpenstiefeln trugen bunte Standarten, Kinder schwenkten Fahnen, die im Wind flatterten. Chöre, teilweise von Bläsern begleitet, sangen nationale Lieder. »Sie wollen verhindern, dass die Alliierten unsere Waffendepots auflösen. Und sie wollen den Anschluss an Deutschland«, verkündete er, nachdem er den Schriftzug auf einem Banner gelesen hatte.

Emmerich lehnte sich zurück und massierte sein pochendes Bein. »Das kann dauern.«

»Der Anschluss oder unsere Weiterfahrt?«

»Beides.«

Tatsächlich zog sich die Kundgebung hin, sodass sie erst eine gute halbe Stunde später ihr Ziel erreichten.

In den Fluren der *Wiener Illustrierten* herrschte geschäftiges Treiben. Konferenzen wurden einberufen, die neuesten Ereignisse verkündet, Klatsch und Tratsch verbreitet.

»Die Christlichsozialen haben keine absolute Mehrheit«, erklärte ein groß gewachsener Mann, der einen eleganten Gehrock trug, einem korpulenten Herrn mit mächtigem Schnauzbart. »Angesichts der oppositionellen Stellung der Sozialdemokraten ist es naheliegend, dass sie mit den Großdeutschen koalieren werden.«

»Das wäre wundervoll«, gab sein Gegenüber zurück. »Aber die Großdeutschen verlangen, dass die Volksabstimmung bezüglich des Anschlusses unverzüglich durchgeführt wird. Das werden die Alliierten niemals zulassen.«

»Entschuldigung«, unterbrach Emmerich.

Die beiden ignorierten ihn.

»Dann müssen wir uns gegen die Alliierten wehren.« Der Großgewachsene seufzte theatralisch. »Gemeinsam mit den deutschen Brüdern müssen wir gegen diesen Vernichtungsfrieden aufbegehren. Die Friedensverträge, die uns die Siegermächte aufoktroyiert haben, sind der Kern allen Übels. Das sind keine fairen Vereinbarungen, sondern Demütigungen, Bankrotterklärungen. Wir müssen als geschlossene Front auftreten und so lange auf die Revision dieses Wahnsinns pochen, bis die Welt uns endlich hört. Die Christlichsozialen sind unsere einzige Chance.«

»Die Christlichsozialen sind unser endgültiger Untergang.« Emmerich trat zwischen die beiden Männer.

»He!«, setzte der mit dem Schnauzbart an, doch er drehte ihm einfach den Rücken zu.

»Alma Lehner«, sagte er zu dem Großgewachsenen. »Wo finde ich die?«

»Ich darf doch sehr bitten. Wer sind Sie überhaupt, und …«

»Wo?« Emmerich zückte seine Marke.

»Alma Lehner.« Der Mann spuckte den Namen regelrecht aus und murmelte etwas von abstoßender Unweiblichkeit. Dabei ließ er seinen Blick zwischen dem Dienstabzeichen und Emmerichs zerschlagener Visage hin und her wandern. »Vorne links bei den Tippsen«, erklärte er schließlich. »Dort, wo Personen wie sie hingehören.«

Emmerich ging zurück in die Richtung, aus der sie gekommen waren. »Mit ihrer Wirtschaftspolitik werden die Christlichsozialen uns ein für alle Mal in den Ruin treiben«, rief er über seine Schulter. »Die wollen sparen, wo man investieren müsste, und Schulden abbauen, wo man eigentlich Arbeit beschaffen sollte.« Noch bevor die beiden etwas entgegnen konnten, bogen er und Winter um die Ecke.

Sie hörten Alma Lehner schon von Weitem.

»Das ist ein gutes Thema«, rief sie so laut, dass ihre Stimme durch den Flur hallte. »Ein wichtiges Thema.«

Emmerich folgte dem Lärm und fand die aufgebrachte Reporterin an ihrem Schreibtisch, wo sie wild gestikulierend auf einen hageren Mann einredete.

»Von wegen«, brüllte dieser zurück. »*Kerker oder Zwangsmutterschaft*«, las er von einem dicht beschriebenen Blatt ab. »*Dank der Gesetzeslage müssen Hunderttausende ausgezehrter, ermüdeter Frauenkörper Kinder in ein freudloses Leben gebären.*« Sein Tonfall strotzte vor Hohn und Abscheu. »Was soll dieser Unsinn? Packen Sie das doch in das dumme Buch, an dem Sie heimlich arbeiten. Schauen Sie nicht so. Glauben Sie, ich wüsste nicht davon? In die Zeitung kommt diese Geschmacklosigkeit jedenfalls nicht.«

»Geschmacklosigkeit?« Alma Lehner schlug auf den Tisch. »Dreißigtausend Wiener Kinder sind dem Tod geweiht. Sie sind krank und unterernährt, weil man ihnen keine Nahrung, kein Bad, keine Kleidung anbieten kann. Ein Massenelend ist das.«

»Das ist noch lange kein Grund, zum Morden aufzurufen.«

»Zum Morden? Ich rufe lediglich dazu auf, den Bund gegen Mutterschaftszwang zu unterstützen. Das ist ein Appell an die Menschlichkeit.« Ihr Gesicht war rot vor Zorn.

Emmerich, der in der Tür stehen geblieben war, steckte sich eine Zigarette an und beobachtete den Streit. Alma Lehner war ihm bisher nur bedingt sympathisch gewesen, gerade gewann sie seinen Respekt. Kampfgeist und die Chuzpe, sich gegen Obrigkeiten aufzulehnen, hatten ihm schon immer gefallen.

»Das ist eine Aufforderung zu Unsittlichkeit und Barbarei.« Dieses Mal war es an dem Mann, auf den Tisch zu schlagen.

Winter und die anwesenden Sekretärinnen zogen den Kopf ein. Nur Emmerich grinste.

»Hier.« Er reichte seinem Assistenten die Fotografie, die sie bei dem Toten gefunden hatten. »Geh durchs Haus und zeig das herum. Ich wette, die halbe Belegschaft weiß, wo das Bild aufgenommen worden ist – und zwar aus persönlichen, nicht aus beruflichen Gründen.«

»Ich …« Winter starrte auf das blutbesudelte Papier.

»Du kannst dich auch gern mit den beiden Streithähnen auseinandersetzen. Dann kümmere ich mich solange um die nackten Fräuleins.«

»Schon gut.« Mit spitzen Fingern nahm Winter das Foto und verschwand damit nach draußen.

»Nur weil ein perverses Individuum Ihnen Aufmerksamkeit geschenkt hat, heißt das noch lange nicht, dass Sie sich eine solche Impertinenz herausnehmen können«, erklärte der hagere Mann, bei dem es sich wohl um den Chefredakteur handelte. »Mit den Morden ist jetzt sowieso Schluss für Sie. Nehmen Sie sich nicht wichtiger, als Sie sind, und machen Sie gefälligst das, wofür Sie bezahlt werden.« Er zerknüllte ihren Artikel und warf ihn demonstrativ in den Papierkorb.

Alma Lehner schnappte nach Luft. »Aber es interessiert sich doch niemand für die neueste Hutmode.«

»Von wegen. Das ist ein heißes Thema.« Der Hagere verschränkte die Arme vor der Brust. »Bis um drei Uhr habe ich den Artikel, und wenn Sie mir noch einmal mit so einem Mist daherkommen, sind Sie gefeuert.« Er drehte sich um und verließ den Raum. Dabei fiel sein Blick auf Emmerich, der noch immer in der Tür stand. »Die verstopfte Toilette finden Sie hinten links.« Er schaute auf seine Uhr. »Nächstes Mal kommen Sie gefälligst schneller.« Er verschwand im Getümmel auf dem Flur.

»Jetzt werde ich schon für den Klempner gehalten«, wandte Emmerich sich an Alma Lehner, die gerade dabei war, ihren Artikel aus dem Papierkorb zu fischen. »Was für ein Idiot.«

Sie schaute ihn überrascht an und begann, die Seiten glatt zu streichen. »Wem sagen Sie das.«

»Und? Wie sieht sie aus, die neueste Hutmode?«

»Keine Ahnung.« Sie verdrehte die Augen. »Was wollen Sie?«

»Ich muss wissen, ob Sie wieder ein Päckchen bekommen haben.«

»Ein Päckchen?« Sie starrte ihn mit offenem Mund an, als bei ihr der Groschen fiel. »Soll das etwa heißen …?«

»Das war dann wohl ein Nein.« Emmerich runzelte die Stirn. »Komisch … Ich hätte schwören können …« Er zog an seiner Machorka und nickte Lehner zu.

»Warten Sie!« Sie packte ihn am Ärmel. »Es gibt einen weiteren Toten ohne Zunge?«

»Ich will Sie nicht länger aufhalten. Sie müssen ja bis um drei noch einen Artikel schreiben.«

»Halt.« Sie grub ihre Finger tief in den Stoff seines Mantels.

»Hören Sie, Fräulein Lehner …«

»Hören Sie, Herr Emmerich.« Sie starrte ihm in die Augen. »Mir wird gerade etwas klar … Haben Sie gehört, was Veigl, das ist unser Chefredakteur, gerade zu mir gesagt hat?«

»Über die neueste Hutmode?«

»Über die Morde. Plural. Er hat gesagt: Mit den Morden ist jetzt sowieso Schluss für Sie. Woher konnte er wissen, dass es mehr als einen gab?« Sie ließ ihren Blick über den Schreibtisch wandern. »Ich habe außerdem heute noch keine Post bekommen.« Sie zeigte auf einen leeren Ablagekorb.

»Das heißt …«

»… Veigl hat sie zu sich umleiten lassen.« Mit hochrotem Kopf eilte sie zur Tür hinaus.

Emmerich folgte ihr, so schnell es ihm mit seinem schmerzenden Knie gelang.

Energisch bahnte sich Lehner ihren Weg durch eine Traube von Männern. Sie hatten sich um Winter geschart und ihre Köpfe zusammengesteckt. Schmutzige Herrenwitze und lautes Gelächter drangen aus dem Kreis.

»Wir haben das Etablissement identifi…«, rief Winter Emmerich zu, doch dieser gab ihm durch eine Handbewegung zu verstehen, dass das Thema warten musste.

»Wo ist meine Post?« Alma Lehner war, ohne anzuklopfen, in das Büro des Chefredakteurs gestürmt.

Veigl saß mit konzentrierter Miene vor seiner Schreibmaschine und sah überrascht hoch.

»Ich kriege jeden Tag zig Zuschriften, aber heute … nichts. Keine einzige Nachricht.« Sie stemmte die Hände in die Hüften und sah sich um. »Wusste ich's doch!«, sagte sie nach einem Blick in den Mülleimer.

»Ich bin Ihr Vorgesetzter«, zischte Veigl. »Ich kann mit Ihrer Post tun und lassen, was ich will. Sie ist nicht Ihr privates Eigentum, sondern das der Zeitung.«

Lehner griff nach dem Papier, das in die Schreibmaschine gespannt war, und zog es von der Walze. *»Der Teufelsmörder hat wieder zugeschlagen«*, las sie laut vor. *»Erneut erreichte ein Päckchen mit schaurigem Inhalt die Redaktion der* Wiener Illustrierten. *Chefredakteur Wolfgang Veigl zeigt sich erschüttert. ›Wie es scheint, haben wir es mit einer Mordserie zu tun. Meines Erachtens ist es nur eine Frage der Zeit, bis weitere Opfer zu beklagen sind.‹«*

Veigl reichte es offenbar. Er schnellte hoch und baute sich vor Lehner auf. »Entweder Sie gehen jetzt zurück an Ihren Platz und schreiben über diese gottverdammten Hüte oder Sie gehen nach Hause – und zwar für immer.«

»Ich schlage vor, Sie entschuldigen sich bei Fräulein Lehner«, ging Emmerich dazwischen.

Veigl, der seine Anwesenheit bisher offenbar gar nicht bemerkt hatte, riss den Mund auf. »Wer zur Hölle …?«

Emmerich zückte seine Marke. »Sie haben das Postgeheimnis verletzt und Beweismittel unterschlagen.«

Der Chefredakteur schnappte nach Luft. »Ich hätte …«

»Ich hätte«, zeigte Emmerich sich unbeeindruckt. »Das nützt Ihnen vor Gericht gar nichts. Wo ist das Päckchen?«

Veigl öffnete den Mund, wohl um etwas zu entgegnen, entschied jedoch anders. Er zog eine Schublade auf und legte eine kleine Schachtel samt einer Karte auf den Tisch. »Ich hätte wirklich …«

Emmerich nahm beides an sich und ging zur Tür. »Die Entschuldigung.« Er deutete auf Alma Lehner.

Veigl schnaubte. »Tschuldigung«, murmelte er dann.

»Wie bitte?«

»Ent-schul-di-gung.«

»Wenn ab sofort irgendwer in Ihrem Schmierblatt über die Morde schreibt, dann ist das Fräulein Lehner. Verstanden?«

Veigl rümpfte die Nase.

»In Anbetracht Ihrer Kooperation werde ich von einer Anzeige Abstand nehmen.« Emmerich verließ das Büro.

Auf dem Flur öffnete er die Schachtel, vergewisserte sich ihres Inhalts und las die mitgeschickte Karte: *Lassen Sie die Welt wissen, dass ich mir seine Seele geholt habe.* Unterzeichnet: *666.*

Alma Lehner war neben ihn getreten. »Die Ziffer auf der Schachtel ist eine andere.« Sie zeigte auf den Deckel, auf dem eine römische Sieben geschrieben stand.

»Irgendeine Idee, was das zu bedeuten hat?«

Sie schüttelte den Kopf. »Ich bin übrigens keine wehrlose Jungfrau in Nöten, die gerettet werden muss. Ich hätte das da drinnen auch ohne Ihre Hilfe geregelt bekommen.«

»Bitte. Danke. Gern geschehen.« Emmerich drückte ihr die Sachen in die Hand. »Bringen Sie das zu ›Leib und Leben‹.« Er fasste an seine Mütze und ging zu Winter.

»He!«, rief sie ihm nach. »Ich bin nicht Ihre Sekretärin. Warum bringen Sie's nicht selbst hin?«

»Weil ich jetzt dringend wo hinmuss, wo vielleicht tatsächlich ein paar Jungfrauen in Nöten von mir gerettet werden wollen.«

22

»Es war derselbe Täter«, sagte Emmerich, als sie hinaus ins Freie traten. »Dieses Mal stand eine römische Sieben auf der Schachtel.«

»Erst eine Neun, dann eine Sieben …« Der Wind frischte auf, und Winter zog seinen Mantel fester um sich. »Was kann das bedeuten?«

»Wenn ich das nur wüsste … Aber jetzt erzähl erst mal, was du über die Fotografie herausfinden konntest.«

»Die Redakteure waren sich einig.« Winter gab ihm das Bild zurück. »Das Arrangement wurde in einem privaten Etablissement aufgenommen. Es gehört einem Künstler namens Fritz Vormann, der dort jeden Abend Filme vorführt. Französische Streifen, sehr frivol. Danach kommen Modelle auf die Bühne, teilweise noch sehr jung, gerade mal zwölf, dreizehn Jahre alt. Die gruppieren sich nackt zu lebenden Bildern. Anschließend wird Alkohol ausgeschenkt und … nun ja … Sie wissen schon.«

Emmerich wusste nur zu genau. Die derzeitige Inflation umfasste nicht nur monetäre Werte, auch die Moral sank mit jedem Tag tiefer. Schon lange scherte sich niemand mehr einen Dreck darum, wie alt die Mädchen waren, die an den Straßenecken und Bordellen der Stadt ihre Körper anboten. Valutamädel nannte man sie und gewöhnte sich einfach daran.

Winter hatte nicht nur einen Namen erfahren, sondern

auch eine Adresse im berüchtigten Stuwerviertel sowie ein Losungswort.

»Was ist denn jetzt schon wieder?«, schimpfte Emmerich, als die Tramway in der Taborstraße stehen blieb und nicht mehr weiterfuhr. »Gibt's schon wieder Stromausfall?«

»Ich glaub, da ist ein Unfall passiert.« Winter versuchte, einen Blick zu erhaschen. »Da steht eine Menschentraube auf den Gleisen. Ich seh ein lebloses Pferd und einen kaputten Fiaker. Da ist …« Seine Worte wurden von einem lauten Pfeifsignal übertönt, wenige Augenblicke darauf kam ein Rettungswagen um die Ecke gebraust.

Mit quietschenden Bremsen kam der Daimler neben der Straßenbahn zum Stehen. Die Menschen starrten ihn mit offenen Mündern an, als wäre es das erste Mal in ihrem Leben, dass sie ein Automobil sahen.

»Ich fürchte, das wird dauern. Scheint, als müssten wir den Rest des Weges zu Fuß gehen.« Emmerich massierte sein Knie. Der Schmerz war mittlerweile schon so sehr Teil seines Lebens geworden, dass er nicht mehr genau sagen konnte, ob sein Bein noch immer oder schon wieder wehtat.

Sehnsüchtig starrte Winter einem vorbeifahrenden Wagen nach. »Ein eigenes Automobil … das wär was«, murmelte er.

»Dafür hast du den falschen Beruf. Mit dem bisschen, das wir verdienen, kannst du froh sein, wenn du dir ein Fahrrad leisten kannst.«

Sie stiegen aus, marschierten an der Unglücksstelle vorbei, bogen in die Heinestraße ein und hielten inne, als ihnen am Praterstern ein großer Mann mit hochrotem Kopf entgegenkam.

»Das Ende ist nah!«, schrie er. »Der Zusammenbruch steht unmittelbar bevor.« Er reckte eine Faust in die Höhe und blickte in den trüben, wolkenverhangenen Himmel. »Der

Kampf um Wien wird kommen. Alle wollen es besitzen, dieses Kronjuwel Mitteleuropas, diese strategische Machtzentrale, das Herz des Kontinents. Monarchisten, Demokraten, Kommunisten, Juden … Österreich wird bluten, und wir mit ihm!« Wirres Zeug murmelnd, ging er von dannen.

»Frontpsychose?«, fragte Winter.

»Wohl eher der ganz normale Wahnsinn.« Emmerich starrte dem Mann hinterher. »Die Wiener verkraften die neue Weltordnung nicht, und die ewigen Unruhen sind auch nicht gut fürs Gemüt. Es gibt mehr Irre in der Stadt denn je.«

»Glauben Sie, dass der Mörder einer von ihnen ist? Einer von den Irren?«

»Wir werden sehen.« Emmerich zeigte auf eine heruntergekommene Zinskaserne.

Das Eingangstor war unversperrt, dahinter befand sich ein enger Korridor, der zu einer schmutzigen Holztreppe führte. Gekeife, Stöhnen und Gestank drangen durch die windschiefen Türen, die sich zu beiden Seiten aneinanderreihten.

Er schnaubte, als er an das dreckige Lachen der Redakteure dachte. Elendstourismus nannte man das wohl, wenn feine Herren sich am Schmutz und der Not der Unterschicht aufgeilten. Er konnte sie sich bildlich vorstellen mit ihren teuren Anzügen, den edlen Schuhen und zarten Händen. Wie verwegen sie sich fühlen mussten, solch ein Haus zu betreten. »Haben sie gesagt, welcher Stock?«

»Erster. Ganz hinten.«

Tatsächlich war an besagter Tür ein Schild befestigt. FRITZ VORMANN, KUNSTSCHAFFENDER, stand darauf geschrieben.

»Von wegen Kunst.« Emmerich klopfte an. »Zuhälterei heißt so was.«

Einen Augenblick später wurde die Tür einen Spaltbreit geöffnet, und zwei große braune Augen starrten ihnen entgegen. Sie gehörten einem dürren Mädchen in einem fadenscheinigen Morgenmantel. »Tut mir leid«, sagte sie.

»Wiener Auster«, erklärte Winter.

»Das ist zwar das richtige Losungswort für diesen Monat, aber Sie sind noch viel zu früh. Es gibt erst am Abend eine Vorstellung. Kommen Sie später wieder, so gegen acht. Es wird *Harem* mit Irving Cummings gezeigt, danach stellen wir berühmte Bilder aus den Uffizien nach.« Ihr Blick wanderte zwischen Emmerich und Winter hin und her und blieb an Letzterem hängen. »Ich bin übrigens Nadia.« Sie lächelte verlegen. »Fragen Sie nach mir.«

»Wir kommen nicht wegen der Kunst.« Emmerich präsentierte erst seine Marke, anschließend die Fotografie. »Wir haben das bei einem Mann gefunden. Groß, stämmig, ein Stück von seinem linken Ohr fehlt, und auf einem seiner Unterarme ist eine Tätowierung zu sehen – betende Hände. Hast du eine Ahnung, von wem ich rede?«

Das Mädchen nickte erst und schüttelte anschließend den Kopf. Offenbar wusste es nicht recht, was es tun sollte. »Das ist … ich weiß nicht, ob … Am besten, Sie reden mit Fritz. Ich meine, Herrn Vormann … Er probt im Salon. Warten Sie hier.« Sie huschte davon, so leise als würden ihre Füße den Boden gar nicht berühren.

Die Schritte von Emmerich, der gar nicht daran dachte zu warten, hingegen waren laut. Die unebenen Holzplanken, mit denen der Flur ausgelegt war, knarrten und knackten unter seinen groben Schuhen. Putz bröckelte von den Wänden, die mit zerschlissenen Filmplakaten beklebt waren.

»Wissen Sie, was Wiener Auster bedeutet?«, flüsterte Winter. »Ist das etwas Obszönes?«

Emmerich hatte keine Lust, seinen Assistenten aufzuklären, und ging schneller. »Ich glaube, hier sind wir richtig.« Er deutete auf eine Tür, hinter der lautes Schimpfen und gotterbärmliches Husten zu hören waren, und stieß sie auf.

Bei dem Salon handelte es sich um ein mittelgroßes Zimmer mit rot gestrichenen Wänden. Überall im Raum standen Sofas und gepolsterte Stühle, die in Richtung eines Erkers ausgerichtet waren. Darin befand sich eine Bühne, auf der vier blutjunge Dinger ihre Glieder zu den unmöglichsten Posen verrenkten. Ein blasses Mädchen, das eine zottelige Perücke trug, deren orangefarbene Locken ihm bis zu den Knien reichten, stand in der Mitte des Podiums und starrte ins Leere. Seine Wangen glänzten fiebrig, Rotz rann ihm aus der Nase. Eine Blondine fuchtelte mit einem Tuch herum, zu ihrer Linken posierten zwei eng umschlungene Brünette. Ein fünftes Mädchen wedelte ihnen mit einem großen Stück Karton Luft zu, sodass die Haare der Kameradinnen wehten.

»Nein. Nein. Nein!«, rief ein Mann, der auf einem abgewetzten Lederfauteuil saß. Er sprang auf und fasste das Mädchen in der Mitte an den Oberarmen. »Wie oft soll ich es noch sagen? Die rechte Hand auf die Brust, die linke an den Schritt. Nicht umgekehrt. Mein Gott, wie dumm kann man nur sein?«

»Könnte Botticellis *Geburt der Venus* sein«, murmelte Winter.

»In erster Linie ist es unmoralisch«, sagte Emmerich so laut, dass alle Anwesenden es hören konnten und sich zu ihm umdrehten.

»Wer sind die Kerle?« Vormann wandte sich an Nadia, die neben der Tür stand. »Lässt du blöde Urschl jetzt einfach jeden herein?«

»Nein … ich hab … ich wollt …«

Vormann wartete nicht auf ihre Erklärung. »Meine Herren, Sie müssen sich leider bis heute Abend gedulden. Wie Sie sehen, stecken wir noch mitten in den Proben.« Er kam mit ausgebreiteten Armen auf sie zu, offensichtlich, um sie hinauszukomplimentieren.

»Wir sind nicht hier wegen Ihrer … Ihrer Kunst.« Emmerich präsentierte die Fotografie. »Wir haben dieses Bild bei einem Mann gefunden. Groß, stämmig, ein Teil des linken Ohrs fehlt. Tätowierung am Unterarm. Kennen Sie den?«

Vormanns Lächeln gefror, sein Blick suchte Halt. »Hört sich nach Theo an«, sagte er schließlich. »Theodor Dworaschek. Was ist mit ihm? Und wer sind Sie überhaupt?«

»›Leib und Leben‹.« Emmerich zeigte seine Marke und deutete auf eine Sitzgarnitur.

»Raus mit euch!«, rief Vormann den Mädchen zu. »Dalli.« Schweiß hatte sich auf seiner Stirn gebildet, obwohl es kalt im Raum war.

Die jungen Dinger hüllten sich in Morgenmäntel und huschten barfuß, wie sie waren, auf den Flur.

»Sicher, dass die alle volljährig sind?« Emmerich zündete sich eine Zigarette an, ließ sich auf eine Ledercouch fallen und schlug die Beine übereinander.

»Haben alle Papiere, die das bezeugen.« Vormann strich sich eine Haarsträhne aus dem Gesicht. »Sollten die sich als gefälscht rausstellen, ist es nicht meine Schuld. Frauen … Sie wissen schon … nutzen die Gutgläubigkeit von uns Männern gern aus.« Er zog seine zitternden Mundwinkel hoch, versuchte wohl ein Lächeln vorzutäuschen.

»Das sind keine Frauen. Das sind Kinder.« Emmerich blies Rauchkringel in die Luft und dachte nach. Was hier geschah, passte ihm nicht. Aber was sollte er tun? Wenn er die Sache anzeigte, würde Vormann den Naiven spielen und sämtliche

Schuld von sich weisen. Alles würde auf die Mädchen zurückfallen. Und auch wenn er den informellen Weg beschritt, ein bisschen improvisierte … Wohin sollten die armen Dinger denn gehen? Hier hatten sie zumindest ein Dach über dem Kopf und mussten sich nicht, wie so manch andere, in dunklen Hauseingängen, im Gebüsch der Parks oder in stinkenden Innenhöfen dem Erstbesten ausliefern. So schrecklich es auch war: Dies war das geringste Übel. »Erzählen Sie mir von diesem Theo.«

»Theo hat hier gearbeitet. Für Ordnung gesorgt, damit die Besucher nicht auf dumme Gedanken kommen. Ist was mit ihm? Hat er Ärger?« Vormann schluckte trocken.

»Jetzt nicht mehr.« Emmerich betrachtete sein Gegenüber. Vormann wirkte nervös. Nervöser als er sein sollte. Einer wie er, ein zwielichtiger Zuhälter, sollte sich wegen zweier Polizisten eigentlich nicht ins Hemd machen.

»Ich verstehe nicht …«

»Wann haben Sie ihn das letzte Mal gesehen?«

»Vor ein paar Wochen. Er hat gekündigt.« Vormann wischte sich mit dem Handrücken über den Mund. »Was ist denn jetzt mit ihm?«

»Wir sind von der Mordermittlung. Raten Sie mal.« Emmerich kniff die Augen zusammen. Er war schon in vielen anrüchigen Etablissements gewesen. In Nachtclubs, Bordellen, Nacktbars. Hatte mit Nutten geredet, mit Puffmüttern und Strizzis. Doch hier war die Stimmung anders. Etwas lag in der Luft. Eine eigentümliche Anspannung, eine sonderbare Beklemmung. »Theodor Dworaschek ist tot«, sagte er langsam, jede Silbe betonend. »Ermordet. Heute Morgen wurde er im Schweineschlachthof gefunden. In einer Wanne voller Blut.«

»Oh.«

»Oh?« Emmerich musterte Vormann. Eigentlich hatte er erwartet, dass der Kerl erschrocken reagierte, entsetzt oder wütend. Doch Vormann schien einfach nur überrascht und vielleicht sogar ein bisschen erleichtert. »Ist das alles, was Ihnen dazu einfällt?«

Vormann räusperte sich. »Das ist natürlich furchtbar, ganz schlimm. Der arme Theo.«

Emmerich glaubte dem Zuhälter kein Wort. »Sagt Ihnen der Name Kaspar Hofbauer etwas?«

»Hofbauer ... Irgendwas läutet da bei mir.« Vormann setzte sich und lehnte sich zurück. »Ist das nicht der Kerl, der umgebracht worden ist? Von diesem Gestörten, der sich für den Teufel hält?« Er wirkte plötzlich entspannt, irgendwie gelöst. »Wollen Sie damit etwa sagen, dass Theo auch ...?«

Emmerich reichte ihm das Foto, das er von Hofbauers Familie bekommen hatte. »Schon mal gesehen?«

Vormann studierte das Bild und schüttelte den Kopf. »Keiner von den beiden war jemals bei uns zu Besuch, das kann ich mit hundertprozentiger Sicherheit sagen. Wir sind ein sehr exklusiver Club. Einlass gibt es nur mit einem geheimen Losungswort. Ich kenne alle Gäste.«

Emmerich ließ seinen Blick auf der Fotografie ruhen. Auf den ernsten Gesichtern, den hochgeschlossenen Uniformen. »Wo war Dworaschek stationiert?«

»Theo? Der war nicht im Krieg. Der ist als Kind von seinem Vater mal so arg verprügelt worden, dass er seither blind auf einem Auge war.«

Emmerich grübelte. Wenn die Morde nichts mit der Armee zu tun hatten, wovor war Hofbauer dann weggelaufen? »Hatte Theo in letzter Zeit mit irgendjemandem Streit? Gab es Ärger?«

»Nicht hier.«

»Hatte er ein großes Mundwerk? Hat er vielleicht Dinge ausgeplaudert, die er lieber für sich behalten hätte?«

»Theo?« Vormann lachte trocken. »Der war das Gegenteil von redselig, hat das Maul grad mal zum Essen aufgemacht. Waru…« Er hielt inne. »Oh, stimmt, da war was mit einer Zunge … Hab's in der Zeitung gelesen. Herausgeschnitten, oder?«

»Hatte er Familie? Was hat er in seiner freien Zeit getrieben?«

Vormann zuckte mit den Schultern. »Keine Ahnung. Wie gesagt: Er war nicht sehr mitteilsam.«

»Haben Sie seine Adresse?«

»Irgendwo im 3. Bezirk hat er gewohnt.«

Die Entspanntheit war wieder verflogen. Der nervöse Vormann war zurück. Emmerich legte den Kopf schief und musterte ihn. Er wurde nicht schlau aus dem Kerl. Zu viele widersprüchliche Signale.

»Wo haben Sie die vergangene Nacht verbracht?«

Interessanterweise schien diese Frage Vormanns Nerven wieder zu beruhigen. Er lächelte. »Ich war im Zimmer nebenan. Kommen Sie, schauen Sie.« Er stand auf und öffnete eine Tür. Dahinter befand sich ein fensterloses Kabuff, das wohl früher als Abstellkammer gedient hatte. Auf dem Boden lag eine Matratze. »Der einzige Weg hinaus führt durch den Salon, wo die Mädchen schlafen. Die wären auf jeden Fall aufgewacht, wenn ich das Atelier verlassen hätte. Fragen Sie sie ruhig.«

»Werde ich machen.« Emmerich trat seine Kippe auf dem schmutzigen Parkett aus und verließ den Raum gemeinsam mit seinem Assistenten, ohne sich zu verabschieden.

Die Mädchen standen auf dem Flur und teilten sich eine Zigarette. Es war kalt. Ihre dünnen Morgenmäntel hatten sie fest zugezogen und trippelten von einem Fuß auf den anderen.

»Könnt ihr bestätigen, dass Herr Vormann die ganze Nacht hier war?«, fragte Emmerich.

Nadia nickte. »Lina hat ununterbrochen gehustet und sich geschnäuzt. Wir haben kaum ein Auge zugetan.«

»Tut mir leid.« Das Mädchen mit der orangefarbenen Perücke zog Rotz hoch. »Die Erkältung hat mich wach gehalten. Ich hätte gemerkt, wenn er rausgegangen wäre.«

»Habt ihr den schon mal gesehen?« Er zeigte ihnen das Foto und deutete auf Hofbauer.

Sie schüttelten den Kopf.

Eins der Mädchen kicherte. »Der sieht fesch aus«, sagte es.

Die anderen stimmten ihr zu.

»Ist er tot?«

»Ja.«

»Ach, wie schade.«

Emmerich borgte sich von Winter ein paar Kronen. »Hier.« Er drückte Nadia die Geldscheine in die Hand. »Kauft euch Tee, etwas Süßes und Hustensaft für Lina.«

Er wartete. Nicht weil er sich Dank erhoffte, sondern weil die sechs ihn mit großen Augen anstarrten. Eine unausgesprochene Frage hing in der Luft.

»Ist es wahr?«, brach es endlich aus einer der Brünetten heraus. »Ist Theo tot?«

Emmerich nickte. »Wisst ihr etwas darüber? Habt ihr einen Verdacht, wer es gewesen sein könnte und warum?«

Die Mädchen sahen ihn mit geröteten Wangen an und schüttelten erneut den Kopf.

»Danke für das Geld«, sagte Nadia.

Emmerich musterte sie. »Was verschweigt ihr mir?«

»Wir? Nichts.«

»Ihr scheint nicht gerade traurig über Theos Tod. Man könnte fast meinen, ihr wärt froh …«

Sie sahen sich gegenseitig an. »Er war nicht grad der Netteste«, murmelte Lina und hustete. »Er hat uns geschlagen.«

»Das ist eine Untertreibung«, warf die Blonde ein. »Windelweich hat er uns geprügelt, als …« Sie hielt inne, als sie einen bösen Blick von Nadia kassierte.

»Als was?« Emmerich musterte die Mienen der Mädchen. Die Brünetten sahen überrascht aus, die Blonde wirkte schuldbewusst, die, die gefächelt hatte, amüsiert. Nadia schaute zornig, und Lina hatte einen triumphalen Zug um den Mund. »Was genau ist hier los?«

»Dasselbe könnte ich Sie fragen.« Vormann war auf den Flur getreten. »Was tun Sie noch hier? Die Mädchen haben mein Alibi ja wohl bestätigt.«

»Das haben sie, aber sie haben mir noch nicht erzählt, was sie über Theo Dworaschek wissen.«

»Gar nix wissen die.« Vormann zeigte nach drinnen. »Los«, rief er. »Worauf wartet ihr? Wir müssen weiterproben. Den Schmarrn, den ihr grad dargestellt habt, kann man ja keinem zumuten.«

»Als ob die Kerle wegen der Kunst kämen«, murmelte Nadia.

»Du brauchst gar nicht zu glauben, dass du frech werden kannst.«

Nadia rollte mit den Augen und trottete Richtung Salon.

»Halt«, rief Emmerich. »Wir sind hier noch nicht fertig.«

»Doch, das sind Sie.« Der eingeschüchterte Vormann war jäh einer resoluteren Version gewichen. »Oder haben Sie noch Fragen?«

»Ja. Ich will wissen, was Sie und die Mädchen mir verschweigen.«

»Nichts. Wir haben Ihnen alles gesagt, was wir über Theo wissen. Stimmt's nicht?«

Die Mädchen nickten.

»Auf Wiedersehen.« Lina winkte und blinzelte kokett.

»Wir kommen wieder.« Emmerich steckte die Hände in die Taschen seines Mantels. »Das letzte Wort ist noch nicht gesprochen.«

23

»Die Mädchen schienen ziemlich froh über Dworaschecks Tod.« Winter zog seine Mütze tief in die Stirn und bog in die Ybbsstraße ein. »Glauben Sie, die könnten hinter der ganzen Sache stecken? Gemeinsam mit diesem Vormann?«

Emmerich schüttelte den Kopf. »Die wirkten ehrlich überrascht, als ich gesagt habe, dass er ermordet wurde. Außerdem glaube ich ihnen, dass sie Kaspar Hofbauer noch nie gesehen haben.« Er massierte sein Knie, das sich schon wieder bemerkbar machte. »Trotzdem ... Irgendetwas verschweigen sie.«

»Und wie wollen wir sie dazu bringen, uns das zu erzählen? Ohne stichhaltige Beweise können wir sie nicht mit aufs Revier nehmen.«

»Eben. Wir müssen irgendetwas finden, so schnell wie möglich.«

Sie gingen zum Praterstern zurück, in dessen Zentrum ein sechzehn Meter hohes Monument stand. Es war Admiral Wilhelm von Tegetthoff gewidmet, dem berühmten Kommandanten der österreichischen Kriegsmarine.

»Man sollte das Denkmal abreißen«, murrte Emmerich. »So werden die Leute nur ständig daran erinnert, dass Österreich nun ein Binnenland ist und über keine Flotte mehr verfügt. Das trägt nicht gerade zur Verbesserung der allgemeinen Moral bei.«

»Wussten Sie, dass Johann Strauss gleich hier um die Ecke

den Donauwalzer komponiert hat?«, versuchte Winter, die Stimmung zu heben.

Vergeblich.

»Das war damals. Vor einem halben Jahrhundert, als die Gegend noch feiner war«, winkte Emmerich ab. »Heute ist sie mit verruchten Läden bestückt wie eine Hure mit falschen Edelsteinen.« Um seine Worte zu untermauern deutete er auf ein Lokal schräg gegenüber, das den Namen Blaue Laterne trug. »Drogen, Huren, Hehlerware. Da drinnen kriegst du alles.«

»Offenbar auch eins auf die Nase.«

Tatsächlich taumelte gerade ein Mann ins Freie, dessen Gesicht blutverschmiert war. Krawall drang aus dem Inneren der Gaststätte. Passanten schüttelten den Kopf und wechselten die Straßenseite.

»Das wird ja immer schlimmer«, schimpfte eine Frau. »Warum tut denn keiner was? Wo ist denn die Polizei, wenn man sie mal braucht?«

»Die Polizei ist entweder korrupt oder unfähig«, erklärte ihr Begleiter. »Oder beides gleichzeitig.«

Schreie ertönten, Flüche, das Bersten von Holz und das Splittern von Glas.

Emmerich warf einen Blick in den Gastraum. »Verdammt«, fluchte er. »Das sind Platten-Brüder. Die randalieren da drinnen.«

»Bitte nicht die Bierkrüge«, vernahmen sie eine raue Stimme. Sie gehörte zu einem untersetzten Mann, der eine schmutzige Schürze umgebunden hatte. »Ich geb euch das Geld, aber hört endlich auf«, flehte er händeringend.

Ein junger Kerl zog ein Messer aus seinem Hosenbund. »Ab sofort sparst du dir die Ausreden. Von wegen schlechter Umsatz. Von wegen krankes Kind. Nächstes Mal gibst du uns gleich, was uns zusteht.« Er hielt dem Wirt die Messerspitze vor die Augen.

»Das ist doch dieser Toni Lesch«, flüsterte Winter. »Der, der sich gestern im Polizeigebäude so aufgeführt hat. Warum sitzt er nicht im Gefängnis?«

»Das frag ich mich auch.«

Der Wirt schluckte trocken und streckte die Hände abwehrend von sich. »Schon gut. Schon gut.« Er fasste in die Tasche seiner Schürze und überreichte Lesch ein Bündel Scheine. »Was ist mit Steinwenger und seinen Burschen? Was soll ich denen sagen, wenn sie morgen zum Kassieren kommen?«

»Steinwenger hat in diesem Bezirk nichts mehr zu melden. Das ist jetzt unser Revier.« Lesch drehte sich um und rammte das Messer in die Holzvertäfelung der Wand. Er nahm seine Mütze ab, hängte sie an den Messergriff und setzte sich. »Eine Runde Schnaps für mich und meine Freunde.«

Der Rest der Bande scharte sich um ihn. Breitbeinig, großkotzig, besoffen von ihrer eigenen Macht.

»Dreckskerle«, murmelte Emmerich.

»Sieben, acht, neun, zehn …«, zählte Winter die anwesenden Platten-Brüder. »Wir sollten lieber nicht …«, setzte er an, doch es war zu spät. Emmerich hatte das Lokal bereits betreten.

»Was soll das? Warum sitzt du nicht ein?«, blaffte er.

Toni Lesch brauchte einen Augenblick, bis er ihn wiedererkannte, dann fing er an zu lachen. »Ich hab doch gesagt, dass ihr Scheißkieberer keinen blassen Schimmer von nix habt.«

»Kieberer?« Der Rest der Gruppe war in Alarmbereitschaft versetzt worden. Muskeln spannten sich an, Hände verschwanden in Taschen.

»Das würde ich schön sein lassen«, sagte Emmerich, als der Stahl einer Messerklinge aufblitzte. Er zog seine Pistole und betrachtete das Chaos, das die Vandalen angerichtet hatten. »Wollen Sie Anzeige erstatten?«, fragte er den Wirt.

»Nein«, murmelte der.

»Nein?«

»Wozu?« Die Stimme des Mannes war lauter geworden. »Das bringt ja doch nichts.« Er funkelte Emmerich böse an. »Die sind mit allen Wassern gewaschen. Wenn ihr sie wegsperrt, sind sie in kürzester Zeit wieder draußen. Oder eine andere Platte übernimmt das Revier. Ihr Polizisten seid machtlos und wir armen Bürger die Angeschmierten. Wir zahlen doppelt. Steuern für euch, Schutzgelder für die. Am besten, Sie gehen jetzt.«

»Ja, hauen Sie endlich ab.« Lesch lehnte sich zurück und verschränkte die Hände hinter dem Kopf. »Und stecken Sie die Waffe weg. Wir sind unschuldige Bürger. Sie dürfen uns nicht einfach so bedrohen.«

Lautes Gelächter erklang.

»Wir können nichts tun«, flüsterte Winter. »Wenn der Wirt sie nicht anzeigt, sind uns die Hände gebunden. Außerdem sind es zu viele.«

Emmerich sah ein, dass sein Assistent recht hatte. Er warf Leschs Mütze zu Boden, riss das Messer aus der Wand und rammte es in den Tisch. »Das letzte Wort ist noch nicht gesprochen. Wir werden uns wiedersehen.«

Lesch gab sich unbeeindruckt. Er beugte sich vor und starrte Emmerich direkt in die Augen. »Oh ja, das werden wir.«

Zurück in der Abteilung »Leib und Leben» stürmte Emmerich in Brühls Büro. »Platten-Kriminalität ist Ihre Zuständigkeit«, schimpfte er. »Was ist da los? Toni Lesch wurde gestern eingebuchtet, und heute hockt er mit seiner Bande in der Blauen Laterne und sorgt für Angst und Schrecken.«

Brühl sah hoch. Er zog die Augenbrauen zusammen, sein Blick wurde starr. »Jemand hat einen gerissenen Anwalt bezahlt, der ihn rausgeholt hat. Was hätte ich machen sollen?«

»Na irgendwas halt.«

»Nicht jeder biegt und bricht das Gesetz so leichtfertig, wie Sie es tun«, blaffte Szepanek.

»Sonst noch was, Emmerich?« Brühls Stimme klirrte vor Kälte. »Nein? Dann stecken Sie Ihre Nase nicht weiter in unsere Angelegenheiten. Kümmern Sie sich um Ihren eigenen Fall. Sie haben zwei Tote an der Backe und keine einzige Spur, wenn ich richtig informiert bin.«

Ohne ein weiteres Wort zu verlieren, knallte Emmerich die Tür zu. »Wir müssen herausfinden, wo Dworaschek gelebt hat«, sagte er zu Winter, der wohlweislich außerhalb von Brühls Blickfeld geblieben war. »Vielleicht gibt es in seiner Wohnung ein paar Antworten. Die Hühnerarmee soll seine Adresse eruieren – wenn sie es machen, geht es am schnellsten. Am besten, du fragst Fräulein Grete. Bei dir wird sie nicht Nein sagen.«

Winter wurde rot und folgte Emmerich nach vorn. »Wir bräuchten dringend eine Auskunft«, erklärte er verlegen. »Wären Sie so lieb und würden Ihre Kollegin aus dem Meldeamt …«

»Aber natürlich.« Fräulein Grete strahlte. »Sie können Ruth gleich selbst fragen. Sie müsste jeden Augenblick herkommen. Wir gehen zusammen mit einer Freundin Mittagessen.«

»Um diese Zeit?« Emmerich blickte auf die Uhr. Es war bereits halb zwei.

»Wir sind nicht früher dazu gekommen. Es war heute schon wieder so viel los.« Sie seufzte. »Dafür ist es jetzt in den Gasthäusern nicht mehr so voll. Vielleicht bekommen wir sogar einen Tisch im Landtmann.«

»Meine Güte, hab ich einen Hunger. Ich könnte ein ganzes Schwein essen, sofern es irgendwo eines gäbe.« Eine hochgewachsene Frau mit straff nach hinten gebundenem Haar betrat das Zimmer. Sie trug ein flaschengrünes Samtkostüm, einen langen grauen Wollmantel und klobige Schnürstiefel.

»Sie müssen Fräulein Ruth sein.« Emmerich streckte ihr seine Hand entgegen. »Danke für Ihre Hilfe.«

»Nein, ich bin Fanni. Fanni Maruschek.«

»Fanni arbeitet als Stenotypistin drüben im Landesgericht«, erklärte Fräulein Grete. »Darf ich vorstellen? Das sind …«

»Lass mich raten.« Sie drehte sich zu den beiden Männern. Ein spöttischer Zug umspielte ihren Mund. »Sie müssen der berüchtigte Inspektor Emmerich sein und Sie der schöne Inspektor Winter. Ich hab schon viel von Ihnen gehört.«

Winter lief erneut rot an.

Fräulein Grete tat es ihm gleich. »Mensch, Fanni«, zischte sie und wandte ihren Blick zur Tür. »Ruth, Gott sei Dank.« Sie winkte einer untersetzten rotwangigen Frau in einem geblümten Kleid. »Darf ich vorstellen, Ruth Matt aus dem Meldeamt.« Sie zeigte auf Emmerich und Winter. »Die beiden brauchen eine Adresse. Kannst du dich vielleicht darum kümmern?«

»Der Name ist Theodor Dworaschek«, erklärte Emmerich. »Die Anschrift wahrscheinlich irgendwo im Dritten.«

»Ist es dringend?« Ruth schob ihre Brille nach oben. »Kann es bis nach dem Essen warten?«

»Eigentlich nicht.«

»Bitte«, flehte Winter.

»Von mir aus.« Sie seufzte. »Geht schon mal vor«, rief sie Fanni und Grete zu. »Ich komm gleich nach.«

Die Damen verschwanden. Alles, was blieb, war ein Hauch von Gretes Rosenparfum.

Zurück in ihrer Abstellkammer griff Emmerich zum Telefon. »Wie war gleich die Nummer der Gerichtsmedizin?«

Winter nannte eine sechsstellige Zahl, nach der Emmerich die Stellhebel des Apparats ausrichtete.

Er hob den Hörer ab, drückte den Rufknopf und drehte an der seitlich angebrachten Kurbel. »Emmerich hier. ›Leib und Leben‹«, rief er kurz darauf in die Sprechmuschel. »Können Sie mich hören? Ich möchte mit Professor Hirschkron reden … Ach so, verstehe … Können Sie mir vielleicht sagen, ob er die Obduktion von Theodor Dworaschek schon vorgenommen hat? … Wer das sein soll?«

»Die wissen noch nicht, wie er heißt«, warf Winter ein.

»Ich meine, den Toten aus dem Schweineschlachthaus«, rief Emmerich und presste den Hörer fester an sein Ohr. »Wie? Was haben Sie gesagt? … Schon wieder? … Das darf ja wohl nicht wahr sein … Brühl und Szepanek können mich mal! Wir haben es hier mit einem Serientäter zu tun … Gut möglich, dass er das nächste Opfer bereits im Visier … Hallo?« Er starrte das Telefon an. »Hallo?«, wiederholte er.

»Eine Störung?«, fragte Winter. »Diese Apparate sind aber auch anfällig.«

»Ich glaube, er hat aufgelegt. Dworaschek kommt erst heute Abend dran. Es gab schon wieder tote Platten-Brüder, und die werden angeblich zuerst obduziert. Brühl und Szepanek haben sich irgendwie vorgedrängt, diese …« Das Schimpfwort wurde vom Läuten des Telefons übertönt.

Emmerich nahm ab. »Sie können Brühl nicht dauernd vorziehen. Das ist …«, rief er in den Hörer und hielt inne. »Ach so. Guten Tag, Fräulein Ruth … Wie war das? … Oberzellergasse 4? Das ging ja schnell, vielen Dank.« Er war ehrlich erstaunt.

»Vielleicht sollten Frauen doch endlich zum Polizeidienst zugelassen werden«, überlegte Winter laut.

Emmerich klemmte sich eine Zigarette in den Mundwinkel und zog seinen Mantel an. »Wenn's dafür weniger von Brühls Sorte gibt, herzlich gern.«

24

»Du, Rosa …«, rief Alma Lehner in Richtung der Sekretärinnen. Eine sommersprossige Frau mit wilden roten Locken drehte sich zu ihr um. »Was weißt du über …«

»… über die neueste Hutmode?« Rosa stand auf, strich ihren Rock glatt und trat an Almas Schreibtisch. »Ich dachte mir schon, dass du meine Hilfe brauchst. Hier.« Sie reichte ihr ein Blatt Papier. »Ich habe dir ein paar Notizen gemacht.«

»Samt …«, überflog Alma die Beschreibung. »Leuchtende Farben … das Material drapiert und aufgeschlagen … Silberschnüre … Straußenfedern … Rüschen … Schmuckschnallen.«

»Ich habe mir sogar ein Abschlusswort einfallen lassen.« Rosa strahlte vor Stolz. »Jede Frau könnte sich mithilfe dieser charmanten Modetipps bezaubernd kleiden. Alles wäre da, nur die geeigneten Valuten fehlen leider den meisten.«

»Danke. Ich werde das genau so übernehmen. Warte«, hielt Alma die junge Frau zurück, die wieder an ihren Schreibtisch gehen wollte. »Sag mal … Macht dir das eigentlich gar nichts aus?«

»Was? Was soll mir etwas ausmachen?«

»Die Tatsache, dass wir Frauen noch immer als Menschen zweiter Klasse angesehen werden. Obwohl wir während des Krieges bewiesen haben, dass wir so viel mehr können als nur tippen, kochen und Kinder kriegen. Wir haben Häuser gebaut, Straßenbahnen gelenkt, Unternehmen geleitet. Und jetzt? Jetzt sind die Männer zurück und tun alles, um uns wieder an den Herd zu verbannen. Hast du denn gar keine Ambitionen? Irgendwelche Träume?«

Rosa überlegte. »Ich möchte gern einen attraktiven Mann heiraten.« Sie lächelte. »Dieser blonde Polizist, der vorhin da war … der Assistent von dem Kerl, mit dem du geredet hast … der wäre zum Beispiel genau mein Fall.«

Alma unterdrückte einen schnippischen Kommentar. »Danke für die Hüte.« Sie nahm ein paar Änderungen an Rosas Artikel vor, anschließend spannte sie ein frisches Blatt Papier in ihre Schreibmaschine und fing an zu tippen. *Das Hauptargument, mit dem man in gewissen Kreisen die Bewegung gegen den Mutterschaftszwang zu diskreditieren versucht, verdichtet sich in der Behauptung …* Sie schob die schwere Gummiwalze nach rechts, bis sie mit einem leisen Pling einrastete, und ließ ihre Hände wie zwei hungrige Vögel über den Tasten kreisen.

Veigl weigerte sich, die wirklich wichtigen Themen abzudrucken, aber davon würde sie sich nicht aufhalten lassen. Sie würde ihr Buch schreiben. Ihr Manifest. Ihren Weckruf.

Dies war ihr Gegengift. Sie brauchte es, um in dem patriarchalen Sumpf zu überleben. Tack. Tack. Tack. Der Typenhebel drosch auf das Papier, so wie sie auf die althergebrachten Strukturen eindreschen würde.

Mit jedem Buchstaben, jedem Wort fühlte Alma sich stärker und befreiter. Entschlossener.

Dies war ihre Bestimmung.

Sie hatte eine Mission.

25

»Ich hätte nicht gedacht, dass es noch kälter werden kann.« Winter blies in seine Hände, als sie das Wohnhaus in der Oberzellergasse erreichten.

»Schlimmer geht immer, falls du das noch nicht bemerkt hast.« Emmerich wandte seinen Blick ab und schaute auf das dreistöckige graue Gebäude, das sich vis-à-vis über den halben Straßenzug erstreckte. Es wurde für militärische Zwecke genutzt, war aber ursprünglich ein Waisenhaus gewesen.

Schauer rannen über seinen Rücken – und zwar nicht wegen der Temperaturen. Es gab Geschichten, die man über das Heim erzählte. Grausame Geschichten. Geschichten von mörderischem Drill und einem Leiter, der den Spitznamen »Kindergeneral« trug. Er versuchte, die Bilder zu verdrängen, die sich unbarmherzig in seinen Kopf bohrten. Er selbst war im Wiener Gebär- und Findelhaus aufgewachsen, dem größten Waisenhaus der Stadt – und jenem mit der höchsten Sterblichkeitsrate. Es war unmenschlich gewesen, roh und laut. Hunger, Kälte und Seuchen hatten ihren Tribut gefordert. Der Totengräber war mindestens zweimal täglich gekommen, um verstorbene Kinder abzuholen. Sie landeten als Leichenmaterial im anatomischen Institut oder wurden gleich in einem Armengrab verscharrt.

Wer überlebte, hatte Glück. Wer starb, noch viel mehr.

»Glauben Sie, dieses Haus ist auch so eine Mogelpackung wie das, in dem die Hofbauer-Frauen wohnen?«

»Wie? … Ach so.« Emmerich strich mit beiden Händen über seinen Kopf, als könnte er so die schlimmen Erinnerungen einfach wegwischen. »Fast alle Häuser in Wien sind Mogelpackungen«, erklärte er. »Bei euch reichen Leuten draußen in Döbling oder Währing mag das nicht so sein, aber in den anderen Bezirken … Die meisten Vermieter sind habgierige Blutsauger. Sie verwenden billiges Baumaterial und versuchen, so viele Leute wie möglich in ihre Löcher zu pferchen. Das Einzige, in das sie investieren, sind die Fassaden. Eine schöne Vorderansicht ist wichtiger als die Menschen, die dahinter …«

»Laut Fräulein Ruth lebte Theodor Dworaschek hinter Tür Nummer 56«, unterbrach Winter und marschierte los.

Sie gingen durch das Vorderhaus und kamen in einen ungepflegten rechteckigen Hof. Mitten auf dem Platz lag eine tote Ratte, an einer Leine hing gefrorene Wäsche. Ein finsterer Korridor führte tiefer in die Anlage hinein. Hinter beschlagenen Fenstern ließen sich unbehagliche Wohnungen erahnen. Kindergeschrei, Hämmern, Gezanke und Musik aus einem heiseren Grammofon erfüllten die eiskalte Luft. Dunkel, verkommen und schmutzig war es hier. Menschenunwürdig. Feuchtigkeit quoll aus den Wänden, die Aborte im Flur stanken gotterbärmlich. Eine schiefe Holztreppe, die bei jedem Tritt unheilvoll knarrte, führte nach oben.

Winter ging vor und zählte die Türen, die vom Flur aus abgingen. »Die 56 muss direkt unterm Dach liegen«, folgerte er.

Emmerich seufzte und blickte hinauf. »Dworaschek wurde nicht weit von seinem Zuhause umgebracht. Der Schweineschlachthof …«

»Erinnern Sie mich nicht daran.« Winter beschleunigte seine Schritte.

Stell dich nicht so an, wollte Emmerich, der aufgrund seines schmerzenden Beins zurückgefallen war, ihm zurufen, schwieg aber. Es gab genügend Dinge, die auch ihm zu schaffen machten. Seine Kindheit, die Erlebnisse im Krieg, Luise …

»Bin ich zu schnell?«, schallte es von oben. »Tut mir leid. Wie unachtsam von mir.« Winter kam wieder herunter, passte sich Emmerichs Geschwindigkeit an und ging neben ihm.

Emmerich nickte ihm zu, betrachtete seinen Assistenten von der Seite. Er durfte nicht immer so streng sein, musste sich öfter bewusst machen, dass auch Winter ganz schön eins aufs Maul gekriegt hatte. Vom Schicksal, diesem elenden Bastard. Das Geld, der Adelstitel, die Familie – alles war ihm genommen worden, doch der junge Mann hatte sich davon nicht abstumpfen lassen. Er trug sein Herz auf der Zunge, während er selbst das seine weggesperrt hatte.

»Alles in Ordnung?«

Emmerich nickte und stieg schweigend weiter die Treppe hoch bis ganz nach oben. »Was machst du da?«, fragte er, als Winter, im Dachgeschoss angekommen, begann, einen windschiefen Fensterrahmen abzutasten.

»Ich suche nach einem Nagel oder etwas Ähnlichem, mit dem Sie die Tür öffnen können. Wir haben keinen Schlüssel, und laut Fräulein Ruth lebte das Opfer allein.«

»Das wird nicht nötig sein.« Emmerich kniff die Augen zusammen und inspizierte das Schloss von Wohnung Nummer 56. »Jemand ist uns zuvorgekommen.« Er zog seine Waffe. »Aufgebrochen. Nicht sehr elegant. Sieht nach Gewalt aus.« Er fuhr mit den Fingern über das geborstene Holz. »Kann noch nicht lange her sein.« Vorsichtig schob er die Tür einen Spaltbreit auf. »Polizei«, rief er.

Keine Antwort.

»Haben Sie das gehört? Da war ein Geräusch.«

Emmerich trat gegen die Tür, richtete die Waffe ins Innere des Raumes, ließ sie aber gleich wieder sinken, als ein paar aufgeschreckte Ratten durch ein Loch in der gegenüberliegenden Wand verschwanden.

»Herrjeh«, murmelte Winter, der neben ihn getreten war. »Was für ein Elend. Was für ein Chaos.«

Emmerich sondierte das fensterlose Zimmer, das durch die Dachschräge noch beengter wirkte, als es ohnehin schon war. Es glich eher einem Stall als einem Zuhause. Auf dem Boden befand sich eine durchgelegene Matratze, daneben standen eine schmutzige Waschschüssel und ein Nachttopf. Überall verstreut lagen Kleidung, Kronkorken, leere Bier- und Schnapsflaschen. Die Wände waren über und über mit schlüpfrigen Fotografien aus Vormanns Etablissement behängt, die in der kalten Luft flatterten, die durch das kaum isolierte Dach zog.

»Glauben Sie, der Mörder hat ihn von hier entführt?« Winter schien angesichts so vieler nackter Brüste gar nicht zu wissen, wo er hinsehen sollte, und starrte auf das wilde Durcheinander auf dem Boden.

»Dworaschek war zu groß und schwer, um einfach verschleppt zu werden. Das sind keine Kampfspuren.« Emmerich zeigte auf das einzige Möbelstück in dem kargen Raum, eine hölzerne Kommode, deren Schubladen herausgerissen worden waren. »Der Einbrecher hat nach etwas gesucht.« Er inspizierte die Matratze, klopfte die Dielen und die Wände ab. Anschließend durchwühlte er Schuhe, Jacken und Hosen. »Keine geheimen Geldverstecke. Dworaschek war wohl kein Valutenschmuggler.«

»Wo ist dann die Verbindung zwischen den Opfern?« Winter runzelte die Stirn. »Hofbauer war Mesner, Dworaschek Türsteher. Hofbauer wurde mit Eis überzogen, Dworaschek in Blut ertränkt. Auf der Schachtel mit Hofbauers Zunge war die Ziffer IX notiert, auf der von Dworaschek eine VII. Hofbauer war sauber und ordentlich, Dworaschek ein ziemliches Dreckschwein.« Winter bückte sich, schnippte angeekelt eine gebrauchte Unterhose weg und griff nach einer Zeitung. »Interessant.«

Emmerich trat neben ihn. »Was ist das?«

»Die einzige Gemeinsamkeit, die ich bisher erkennen konnte.«

»Ja?« Emmerich starrte auf den Titel. »*Der eiserne Besen. Radikal-antisemitisches Wochenblatt*«, las er vor. Und dann eine der Artikelüberschriften: »*Befreit unser Volkstum von der jüdischen Herrschaft*.«

»Können Sie sich an das Papier erinnern, das Sie aus Hofbauers Mantelfutter gezogen haben? Das waren Seiten daraus.«

»Du kennst diesen Mist?«

Winter seufzte. »Meine Großmutter hat das Blatt abonniert. Das ist das hauseigene Organ des Antisemitenbundes. Die Auflage ist nicht sehr hoch. Ein paar hundert Stück, schätze ich. Tendenz steigend.«

Emmerich ließ diese neue Information sacken. »Hofbauer und Dworaschek … waren beide Judenhasser?«

»Ich weiß nicht … bei Dworaschek kann ich es mir vorstellen, aber bei Hofbauer? In der Kirche werden Nächstenliebe und Toleranz doch großgeschrieben.«

Emmerich dachte an die sadistischen Schwestern im Kinderheim und schüttelte den Kopf. »Die Kirche hat tiefere Abgründe, als du dir vorstellen kannst. Denk doch nur mal an die vielen Verbrechen im Namen des Glaubens. Die Kreuzzüge oder die Inquisition. Nächstenliebe und Toleranz gibt es nur für die eigenen Leute. Nicht für Andersdenkende – und schon gar nicht für die Juden. Immerhin haben die laut Bibel den Erlöser auf dem Gewissen.«

»Stimmt. So habe ich das noch gar nicht betrachtet.« Winter schaute betreten. »Beide Opfer waren sehr christlich. Hofbauer hat als Mesner gearbeitet, und denken Sie an Dworascheks Tätowierung.« Er schob mit der Schuhspitze ein schmutziges Taschentuch zur Seite und hob ein Flugblatt auf. »Das ist auch vom Antisemitenbund.«

»Was steht drauf?«

»Frage: Wer ist schuld an unserer furchtbaren Wohnungsnot? Antwort: die massenhafte Einwanderung von Ostjuden in unser Vaterland. Frage: Wer ist schuld an der entsetzlichen Teuerung all unserer Lebensmittel und Bedarfsartikel? Antwort: die wucherische Tätigkeit der eingewanderten Ostjuden auf allen Gebieten unseres Wirtschaftslebens. Frage: Warum wurden und werden die Grenzen gegen die furchtbare Judeneinwanderung aus dem Osten nicht gesperrt? Antwort: weil dies die Sozialdemokratische Partei bisher verhindert hat. Frage: Warum …«

»Verstehe«, unterbrach Emmerich. »Da steht derselbe bösartige Mist, den die Christlichsozialen und die Großdeutschen überall verbreiten.«

»Jetzt, da die Sozialdemokraten in die Opposition gegangen sind, wird es unangenehm für die Juden werden. Glauben Sie, der Mörder hat es auf Antisemiten abgesehen?«

»Dann muss er die halbe Stadt umbringen.«

»Womöglich will er ein Exempel statuieren«, überlegte Winter laut. »Vielleicht will er die Bevölkerung einschüchtern, damit die Schikanen und die Hetze gegen die Juden aufhören. Deshalb auch die Nachricht an Alma Lehner.«

»Glaubst du?« Emmerich drehte sich eine Zigarette und

zündete sie an. »Das könnte ganz schön nach hinten losgehen und den Hass noch weiter verstärken.«

Winter überlegte. »Was, wenn genau das das Ziel ist? Was, wenn der Mörder den Anschein erwecken will, dass die Juden hinter der Sache stecken. Die Stimmung in der Stadt ist sowieso schon angespannt. Die Angst vor den Kommunisten … Der Zorn auf die Kriegsgewinnler … Der Frust über die Niederlage … Das ganze Massenelend, der Hunger, die Kälte … Alles wird den Juden angelastet. Ein kleiner Funke genügt, um das Pulverfass hochgehen zu lassen. Damals haben sie den Erlöser ermordet, jetzt gläubige Christenmenschen. Das würde so manchem sehr entgegenkommen.« Er wedelte mit dem Flugblatt.

Emmerich nickte. Winter hatte recht. Gescheiterte Hoffnungen lagen in der Luft. Radikaler Wandel und tiefe Einschnitte. Dazu kam die Angst vor Entwicklungen, denen man nicht gewachsen schien. Es lag wohl in der Natur des Menschen, dafür einen Sündenbock zu suchen, ein Ventil, um Druck abzulassen.

Er schlug den *Eisernen Besen* auf und pfiff durch die Zähne. »*Hinter allem, was sich tut, heutzutage steckt ein Jud*«, las er vor. »*Statt der Freiheit immer näher, kommt die Herrschaft der Hebräer.*« Er schüttelte den Kopf. »Preistreiber-Juden, Kettenhändler-Semiten … Das sind noch die harmlosen Begriffe. Und dann erst die Karikaturen …« Er drehte das Blatt so, dass Winter es sehen konnte. Juden wurden als schmutzig und hässlich dargestellt, trugen lange Kaftane, Schläfenlöckchen und hatten übergroße Krummnasen. Sie lungerten in dunklen Hauseingängen und blickten den Betrachter verschlagen an. »Ich wette, dass sich viele genau so den Mörder vorstellen. Wenn jetzt noch publik wird, dass die Opfer einen christlichen Hintergrund haben …«

»Dann können wir uns auf Lynchjustiz gefasst machen. Im schlimmsten Fall auf Pogrome. Glauben Sie mir, ich weiß, wovon ich rede. Meine Großmutter würde das sehr begrüßen. Sie will, dass alle Juden aus dem Land gejagt werden, und zwar lieber heute als morgen. Als ob dann alles besser werden würde.«

»Unglaublich, dass sie noch lebt, deine Großmutter.«

»Nicht einmal der Teufel will sie haben.« Winter zuckte mit den Schultern. »Und außerdem: Hass konserviert. Ich gehe davon aus, dass sie mindestens hundert wird.«

»Darauf kannst du wetten.« Emmerich überflog die Zeitung weiter, bis er fand, wonach er gesucht hatte: das Impressum. »Dieser Antisemitenbund hat seinen Sitz in Gersthof, in der Schindlergasse 20. Statten wir denen doch mal einen Besuch ab.«

26

Sie gingen zur nächstgelegenen Wachstube und wiesen einen Beamten an, sich um die Wohnung zu kümmern und die Spurensicherung zu informieren. Anschließend machten sie sich auf den Weg in den 18. Bezirk.

»Da soll sich noch einmal wer darüber aufregen, dass die Juden zu reich sind.« Emmerich betrachtete die schmucke Villa, die dem Antisemitenbund als Vereinssitz diente. Sie lag hinter einer Reihe kahler Bäume in einer gepflegten Parkanlage. Feinster Wiener Barock, zweistöckig, freistehend, mit einer Vielzahl von Erkern und Giebeln.

Der Geruch von verbranntem Laub wehte ihnen entgegen, als sie über die schmale Zufahrt liefen. Asche und Rußpartikel wirbelten durch die Luft und verströmten ein Gefühl von Abschied. Die Melancholie des scheidenden Herbstes ließ sich auch mit viel Geld nicht vertreiben.

Die Haustür wurde von einem Mann in Livree geöffnet. Er blickte ernst, zog eine Augenbraue hoch, rümpfte beim Anblick der Besucher beinahe unmerklich die Nase.

»›Leib und Leben‹.« Emmerich präsentierte seine Marke. »Wir wollen mit dem Vorsitzenden sprechen.«

»Dürfte ich erfahren, worum es geht?«

»Mord.«

Ohne mit der Wimper zu zucken, trat der Mann zur Seite und gab den Blick auf eine marmorverkleidete Eingangshalle frei. »Nehmen Sie im Salon Platz. Ich gebe Dr. Zaberjek

Bescheid, dass Sie hier sind.« Er wies auf eine offene Tür zu ihrer Rechten und verschwand über eine Treppe nach oben.

»Schick.« Emmerich sah sich in dem Salon um, der so groß wie die gesamte Wohnung war, die er und Frau Seidl ihr Zuhause nannten. »Der Arme lebt in einem Zimmer, der Wohlhabende in fünf, der Reiche in zehn.« Er schlenderte an den deckenhohen Bücherregalen vorbei, die an der hinteren Wand standen. *»Der Geheimbund der Freimaurer«*, las er den gold geprägten Titel auf einem der Buchrücken vor und zündete sich eine Zigarette an. *»Weltrevolution und Zionismus. Die Herrschaft Israels. Die Juden im Handel …«*

»Meine Herren.« Ein stattlicher Mann in einem maßgeschneiderten Dreiteiler war in der Tür erschienen. Er breitete die Arme aus und lächelte. So begrüßte man Gäste, keine Kriminalbeamten. »Arthur Zaberjek.« Er klemmte sich ein Monokel vors Auge, das mit einer langen Kette an seinem Revers befestigt war, und trat auf ihn und Winter zu. »Und das ist mein Sekretär, Konrad Meister.« Er deutete auf einen untersetzten Mann, der hinter ihm den Raum betreten hatte. »Die Mordkommission. Wusste ich es doch.«

»Was wussten Sie?«

Zaberjek packte Emmerichs Hand und schüttelte sie mit festem Griff. »Das mit dem Mord. Dass die Juden dahinterstecken.« Er wies auf eine Sitzecke. »Wer sonst würde solch ein abartiges Verbrechen begehen? Und dann auch noch die Sache mit der Seele …«

Emmerich ließ sich auf einen ledernen Clubsessel fallen und lehnte sich zurück. »So wie es sich momentan darstellt, waren die beiden Opfer Mitglieder Ihres Vereins …«

Zaberjek riss die Augen so weit auf, dass ihm beinahe das Monokel hinunterfiel. »Beide Opfer? Soll das heißen, es sind schon zwei? Und dann auch noch Mitglieder von uns?« Er wandte sich an seinen Sekretär. »Konrad, sei so gut, hol uns einen Cognac.«

»Kaspar Hofbauer und Theodor Dworaschek«, erklärte Winter. »Beide hatten eine Ausgabe des *Eisernen Besen* in ihrem Besitz.«

Meister öffnete ein Schränkchen, holte vier Cognacschwenker sowie eine Kristallkaraffe daraus hervor und schenkte großzügig ein.

»Das darf doch wohl nicht wahr sein.« Zaberjek nahm einen Schluck. »Erst sorgt das Pack dafür, dass wir den Krieg verlieren, dann ruiniert es das, was von unserer armen Nation noch übrig ist. Und jetzt … jetzt ermorden diese Unmenschen auch noch anständige Patrioten.« Er zwirbelte seinen tiefschwarzen Knebelbart, der einen starken Kontrast zu seinem schlohweißen Haar bildete. »Konrad, wir müssen unbedingt eine Warnung aussenden. An alle Mitglieder, nein, besser noch an die ganze Stadt.«

Meister zückte einen Stift. »Warnung«, wiederholte er und schrieb das Wort in Großbuchstaben auf ein Blatt Papier.

»Halt. Nicht so schnell.« Emmerich hob seine Hand. »Noch ist nichts bewiesen. Lassen Sie uns erst unsere Arbeit tun, bevor Sie irgendwelche Gerüchte verbreiten. Kannten Sie Kaspar Hofbauer und Theodor Dworaschek persönlich?«

»Die Namen sagen mir nichts, was aber nichts zu bedeuten hat. Sie müssen verstehen – die Anzahl unserer Mitglieder wächst täglich. Immer mehr Menschen schließen sich unserer Sache an. Wir können den Zustrom kaum bewältigen. Zu Recht, wie man sieht. Konrad, hol doch mal die Listen.«

Der Sekretär stand auf und verschwand nach draußen.

»Warum eigentlich?«, fragte Winter. »Warum sind die Juden plötzlich das große Feindbild für alle?«

»Warum?« Zaberjek schaute drein, als wäre dies die dümmste Frage, die je gestellt worden war. »Unser Heer, unsere tapferen Soldaten, unser mutiger Kaiser …« Er sprach langsam und artikuliert, wie mit einem begriffsstutzigen Kind. »Sie blieben im Felde unbesiegt. Doch die linken Parteien, die durchsetzt von Juden sind, haben durch Friedensinitiativen, Streiks und Sabotagen an der Heimatfront alles zunichtegemacht. Der Sieg wäre ohne diesen Verrat unser gewesen. Stattdessen stehen wir jetzt vor den Trümmern des Reiches und stecken bis zum Hals im Elend.«

Demonstrativ ließ Emmerich seinen Blick umherwandern. Über eine Récamiere aus Mahagoni, eine massive Kommode aus Walnussholz, einen Beistelltisch aus Bronze. »Wenn Sie das als Elend bezeichnen, möchte ich nicht wissen, wie Sie Wohlstand definieren.«

Zaberjek ignorierte den bissigen Kommentar. »Das internationale Judentum hat ein undurchsichtiges und weit verzweigtes Netz aus Banken und Unternehmen geflochten. Durch die Kriegsniederlage hat dieses Ungeziefer Milliarden verdient. Damit wollen sie uns nun in ihre Gewalt bekommen. Wenn wir sie nicht aufhalten, werden sie siegen. Sie werden uns ausrotten, uns von der Weltbühne fegen.«

»Von diesen Bemühungen habe ich bisher nichts mitbekommen.«

»Natürlich nicht. Die Juden sind schlau.« Zaberjek tippte sich an die Schläfe. »Sie unterwandern uns unauffällig und mit viel Geduld. Subversiv. Immer mehr von ihnen strömen aus dem Osten hierher. Angeblich als Kriegs- und Pogromflüchtlinge. In Wirklichkeit geht es aber um unsere Lebensgrundlagen. Unsere Wohnungen, unsere Lebensmittel, unsere Arbeitsplätze.« Seine Stimme schwoll an. »Der Jude ist von seinem Naturell her anpassungsfähiger an neue Gegebenheiten als der sittlich ernste Österreicher. Er ist durchtriebener und ehrgeiziger. Unsere Gutmütigkeit, unsere heitere Beschaulichkeit verwandeln sich dadurch von Tugenden in Hindernisse.« Man merkte, dass der Vorsitzende des Antisemitenbundes diesen Vortrag nicht zum ersten Mal hielt. Jede Formulierung messerscharf. Jedes Wort passgenau. »Es steht das flinke, dämonisch geschickte Israel gegen die bärenhäutige germanische Gemütlichkeit. Der angeborene Egoismus der Juden wird stets über den gütigen, vertrauensseligen Christen siegen. Juden sind zudem resistenter gegen Krankheiten und bekommen mehr Kinder. Wenn es so weitergeht, sind wir diesem fremden Volksstamm bald nicht mehr gewachsen. In Zeiten wie diesen … in Zeiten des Umbruchs, der Neuorientierung, des Neubeginns … ist es wichtig, sich nicht übervorteilen zu lassen. Doch genau das tun die Juden. Genau das haben sie geplant.«

»Sie meinen das wirklich ernst.« Emmerich sah dem Mann lange ins Gesicht. »Sie glauben jedes Wort davon.«

»Aber natürlich. Das sind Fakten.«

»Wo sind Ihre Beweise?«

»Beweise? Sie wollen Beweise?« Zaberjek stand auf und ging mit entschlossenem Schritt zu einem der Bücherregale. »Bitte sehr.« Er präsentierte ein dünnes Heft von ungefähr sechzig Seiten. »Das sind geheime Dokumente, die die jüdische Pläne aufdecken.«

»*Die Geheimnisse der Weisen von Zion*«, las Emmerich vor.

»Diese Protokolle sind 1897 auf einem Kongress in Basel entstanden. Ein russischer Spion konnte sie unter Lebensgefahr aus der Schweiz schmuggeln. Sie können dieses

Exemplar gern mitnehmen und in Ruhe studieren. Danach werden Sie verstehen, warum die ganze Welt sich vor den Juden fürchtet.«

»Auch wenn einige wenige ein Komplott geplant haben, Sie können doch nicht alle in einen Topf werfen. Sie würden doch auch nicht auf die Idee kommen, alle Tschechen einander gleichzusetzen.«

»Das ist etwas ganz anderes. Die Tschechen sind uns Österreichern ähnlich. Sie stellen keine Konkurrenz dar, keine Existenzbedrohung. Wir haben die gleichen Werte, die gleiche Moral. Mit ihnen können wir koexistieren. Nicht so mit den Juden. Die sind anders. Uns völlig fremd. Deshalb müssen wir dieses die christliche Zivilisation gefährdende Volk aus Europa entfernen.«

»Und wohin? Wohin wollen Sie sie schicken? Wir reden hier nicht von einer Handvoll Leuten. Wir reden von Millionen.«

»Palästina, Russland, Afrika. Hauptsache nicht hier.«

»Und wie wollen Sie das anstellen? Sie können die Leute nicht einfach zwingen zu verschwinden.«

Zaberjek rückte sein Monokel zurecht, studierte Emmerichs Profil, begutachtete seine Nase. »Wie sagten Sie, war gleich noch mal Ihr Name?« Er legte den Kopf schief. »Sie sind aber keiner von denen, oder?«

»Nei…« Emmerich hielt inne. Er besaß die österreichische Staatsbürgerschaft, war katholisch erzogen worden, doch die Antisemiten definierten das Judentum nicht mehr länger über Glauben oder Herkunft, sondern über Rasse und Blutlinien. Was, wenn seine Mutter eine Jüdin war? Oder sein Vater? Oder beide? »Das tut nichts zur Sache. Wir sind nicht hier, um uns über die Juden zu unterhalten. Wir sind hier wegen der Morde.«

»Die Juden und die Morde – das gehört zusammen. Sie können das eine nicht ohne das andere betrachten.« Zaberjek legte das Heft vor Emmerich und Winter auf den Tisch und ging zurück zum Regal. »Wussten Sie, dass Ritualmorde in der jüdischen Kultur eine lange Tradition haben? … Wo ist es denn nur? … Ach ja, hier.« Er präsentierte ein Buch von Martin Luther mit dem Titel *Von den Juden und ihren Lügen.* »*Kein blutrünstigeres Volk hat die Sonne je beschienen als die Juden, die nichts anderes wollen, als die Heiden morden und würgen*«, las er vor. »Im Talmud steht außerdem geschrieben: *Es ist ein Gebot, die Leugner der Thora zu töten. Zu den Leugnern der Thora gehören auch die Christen.*«

»Steht in der Thora auch etwas von herausgeschnittenen Zungen? Von gefrorenen Leichen? Oder Wannen voller Blut?«

»Wollen Sie damit etwa sagen, dass …?«

»Beantworten Sie einfach meine Frage.«

»Nein«, sagte er schließlich. »Aber ich bin kein Experte für … Ah, Konrad, da bist du ja. Stell dir nur mal vor …«

»Sind das die Listen der Mitglieder?«, unterbrach Emmerich.

Meister überreichte ihm einen dicken Packen Papier. »Es werden täglich mehr. In ein paar Monaten, vielleicht schon in Wochen, werden wir unzählbar sein. Unaufhaltsam.«

»Der Stein ist ins Rollen gebracht.« Zaberjeks Stimme strotzte vor Stolz. »Nichts kann uns mehr Einhalt gebieten. Auch kein Mord. Wir lassen uns nicht einschüchtern. Wir …«

»Wo waren Sie in den Nächten von vorgestern auf gestern, und von gestern auf heute?«, unterbrach Emmerich den Mann.

Zaberjek schnappte nach Luft. »Sie glauben doch wohl nicht etwa …? Was fällt Ihnen ein? Wir sind hier die Guten. Wir sind die Opfer.«

»Wir waren in München«, erklärte Meister. »Wir haben uns mit den Brüdern vom Deutschvölkischen Bund getroffen, um geplante Aktionen zu koordinieren. Wir sind erst heute Morgen zurück nach Wien gekommen.«

»Verstehe.« Emmerich klemmte sich die Listen unter den Arm und verabschiedete sich. »Wir finden allein hinaus.« Demonstrativ warf er seinen Zigarettenstummel auf das blank gewienerte Parkett und trat ihn aus.

Draußen roch die Luft noch immer nach Lebewohl.

»Glauben Sie, dass es sich tatsächlich um jüdische Ritualmorde handeln könnte?« Winter wich einem Fahrradfahrer aus und überquerte die Straße.

»Wir dürfen nichts ausschließen, aber wenn du mich fragst, will da einer den Juden was in die Schuhe schieben.« Emmerich hielt nach einer Kutsche Ausschau. »Die beiden haben vielleicht ein Alibi, aber sie haben auch Hunderte treuer Anhänger.« Er deutete auf die Liste.

»Sie denken, einer von denen …? Aber warum sollten sie ihre eigenen Leute umbringen?«

»Du hast es selbst gehört. Sie schüren Angst und Neid. Sie reden den Leuten ein, dass es um Notwehr geht. Um das eigene Überleben. Der Krieg hat das Freund-Feind-Denken etabliert, die Niederlage Stolz und Selbstwert erstickt. Alle fühlen sich als Opfer. Alle suchen nach Sündenböcken für die verzweifelte Lage. Gut möglich, dass sie einen aus ihrem Verein dazu gebracht haben, die Morde zu begehen. In der nächsten Ausgabe des *Eisernen Besen* hängen sie es dann den Juden an … Das könnte der Tropfen sein, der das Fass zum Überlaufen bringt.«

»Die Liste wäre demnach voll mit potenziellen Opfern und Tätern.«

»Wir müssen uns beeilen«, sagte Emmerich mehr zu sich

selbst. »Wir müssen den Mörder finden, bevor die neue Ausgabe dieses Hetzblattes erscheint.«

»Das könnte knapp werden. Wenn ich mich nicht täusche, ist es am Freitag so weit.«

»Noch gut zwei Tage.« Emmerich starrte in den trüben grauen Himmel. »Die Diffamierung könnte schlimme Folgen für die jüdische Bevölkerung haben. Besonders jetzt, da die Sozialdemokraten keine schützende Hand mehr über sie halten können.«

»Es gibt so viele Juden in der Stadt. Die kann man doch nicht einfach alle verjagen oder umbringen.«

Emmerich dachte an die Gräuel des Krieges, die Gräuel der heutigen Zeit. »Nein«, sagte er, wobei es mehr wie eine Frage als eine Feststellung klang.

27

Eine Stunde. Eine geschlagene Stunde hatte er sie in der Nacht zuvor draußen ausharren lassen. Ohne Schuhe auf dem gefrorenen Boden. Sie hatte einfach nur dagestanden, während der Wind in ihre dünnen Kleider gefahren war, und hatte gehofft, dass niemand sie sah. Zu all der Gewalt auch noch die Schmach … Sie hätte es nicht ertragen.

Die Frostbeulen an Luises Füßen schmerzten, als sie sich Schritt für Schritt in Richtung Schwarzem Adler voranquälte.

Xaver hatte Durst. Xaver wollte Bier. Doch leider hatten er und seine Kumpels alles ausgetrunken.

Heiße, alkoholschwangere Luft schlug ihr entgegen, als sie die Tür des Wirtshauses öffnete. Rauchschwaden, Stimmengewirr, Gelächter und fröhliche Musik. Kegelrollen. Einige Burschen saßen vor halb leeren Gläsern und sangen ein fröhliches Lied. Sie ließ sich von der Atmosphäre nicht täuschen. Sie wusste, wie schnell die Stimmung kippen konnte. Die ausgelassene Heiterkeit war nur eine dünne Schicht aus Eis auf einem See voller aufgestauter Aggressionen und Ängste.

»Na, Pupperl?«

Sie senkte den Blick, eilte zum Tresen. Während sie wartete, ließ sie eine Haarsträhne ins Gesicht fallen, versuchte, damit den Bluterguss auf ihrer Wange zu überdecken.

Warum kam denn bloß keiner?

Mit jeder Minute, die verstrich, wurde sie unruhiger. Sie fühlte sich beobachtet. Als würde alle Welt die Augen auf sie richten. Auf die Spuren von Xavers Misshandlungen. Ihre Schandmale. Als könnten die anwesenden Gäste in sie hineinsehen. Tief in ihre Seele, wo die lähmende Angst saß.

Ich ertrage es doch nur, um sie zu schützen, wollte sie ihnen entgegenschreien. Die Kinder. August. Ich darf mich nicht wehren, nicht weglaufen. Das würde alles nur noch schlimmer machen. Ihr habt keine Ahnung, wie er ist. Wer er ist.

»Was kann ich Ihnen bringen?« Eine schmallippige Schankkraft musterte sie. In ihrem Blick lag Ungeduld und noch etwas anderes.

»Ich brauche Bier.« Luise stellte den Weidenkorb, den sie mitgebracht hatte, auf den Tresen.

Die Frau reagierte nicht. Ihr Blick blieb auf ihr haften, wanderte von ihrem Gesicht zu ihrem Hals, zu ihren Händen. »Sie wohnen drüben beim Gatterhölzl«, sagte sie schließlich. »Im alten Fuhrwerkshaus.«

Luise nickte stumm. »Gibt's ein Liesinger Bräu?«

»Nur vom Fass. In Flaschen hab ich Ottakringer.«

»Dann das.«

»Wie viele?«

»Machen Sie den Korb voll.«

Die Schankkraft schaute sie erneut auf komische Art und Weise an. War es Mitleid? Besorgnis? Herablassung? »Bis zu Ihrem Haus ist es ein Stück. Sicher, dass Sie so schwer schleppen wollen? Sie sehen …«, sie hielt inne, »… angeschlagen aus.«

Luise wandte ihr Gesicht ab. »Geht schon.«

»Wie Sie meinen.« Die Schankkraft nahm den Korb, drehte sich um und ging davon.

Erst jetzt fiel Luise auf, wie krumm ihr Rücken war. Das linke Bein zog sie nach. »Selbst angeschlagen«, murmelte sie.

Kurz darauf kam die Frau wieder zurück. Die Flaschen klirrten, als sie den schweren Korb auf den Tresen hievte. »Hören Sie, Frau …«

Sie wollte Emmerich sagen. Koch. »Luise.« Sie legte Geld auf den Tresen.

»Hör zu, Luise …«

»Wo bleibt unser Schnaps?«, grölte jemand aus dem Gastraum.

Die Frau legte den Kopf schief und überlegte. »Ich komme«, rief sie, steckte das Geld ein und verschwand.

Luise eilte davon, so schnell es ihr mit den wunden Füßen und der schweren Last möglich war. Der Korbhenkel grub sich tief in ihre Hände, der Wind brannte in ihren Augen.

»Luise!«, hörte sie plötzlich eine Stimme hinter sich. »Warte kurz.« Sie drehte sich um und sah die Schankkraft unbeholfen auf sich zuhumpeln.

»Was ich vorhin sagen wollte …« Die Frau hatte keinen Mantel an, stand mit geröteten Wangen und glänzender Stirn vor ihr, die Arme um den Oberkörper geschlungen. »Die Leute reden … In meinem Beruf … da hört man so manches … Das …«, sie zeigte auf Luises Wange.

Reflexartig schaute sie fort. »Er war nicht immer so«, hörte sie sich sagen.

»Das ist keine Entschuldigung.«

Luise spürte, wie sich ihre Augen mit Tränen füllten. »Es ist, wie es ist.« Sie drehte sich um, wollte das Mitleid dieser Frau nicht. Es machte alles nur noch schlimmer.

»Es gibt eine Möglichkeit«, rief die Schankkraft ihr hinterher.

»Du weißt nicht, wie er ist. Du weißt nicht, wer er ist.«

»Doch.«

»Dann weißt du auch, dass es keine Möglichkeit gibt.«

»Glaub mir. Es gibt eine.«

Luise schnaubte und ging weiter. Immer weiter. Einen Schritt nach dem anderen.

»Wenn du irgendwann nicht mehr kannst, dann weißt du ja, wo du mich findest.«

Die Worte hallten noch in Luises Ohren, als sie das Haus betrat.

»… im Arsenal viel zu auffällig«, drang Xavers Stimme aus dem Wohnzimmer.

Luise fröstelte.

»Wir brauchen einen Ort, an dem wir alle Beteiligten instruieren können. Jeder muss wissen, was er zu tun hat. Es darf keine Unklarheiten geben.«

»Warum können wir das nicht hier machen?«, fragte Oleg. »Oder in einem Wirtshaus?«

»Die Christlichsozialen haben Lunte gerochen«, erklärte Müllner. »Ihre Agenten haben uns im Blick. Wenn alle meine Vertrauensmänner plötzlich geschlossen irgendwohin fahren, würden sie uns folgen und aushorchen.«

»Ich weiß einen Ort, an dem wir uns unauffällig versammeln können«, sagte István.

»Luise. Da bist du ja.« Xaver hatte wohl die Tür gehört und kam aus dem Wohnzimmer. »Lass mich das tragen.« Seine Stimme klang freundlich. Er nahm ihr den Korb ab und ging damit in die Küche, begann, das Bier in den Schrank zu räumen.

»Danke.« Luise beobachtete ihn. Er wirkte entspannt, zufrieden. Als hätte er seine innere Ruhe wiedergefunden. »Liesinger Bräu gab es nur vom Fass. Ich hab darum Ottakringer nehmen müssen.«

»Auch gut.«

Sie traute ihren Augen kaum, als sie sah, dass er tatsächlich lächelte. War das möglich? Nein. Es war nur sein Mund gewesen, der sich bewegt hatte. Sein Blick war so kalt wie immer geblieben. »Ich sehe nach den Kindern.«

Doch Xaver packte sie am Arm und hielt sie zurück. »Erst hat es mich gewurmt, dass ich deinen Emmerich, diesen lästigen Kerl, in Mariabrunn nicht erledigen konnte«, sagte er. »Aber jetzt … Jetzt bin ich froh, dass er noch am Leben ist. Sein Tod kann noch ein bisschen warten. Ich hab mir etwas Besseres für ihn ausgedacht.«

Sie schluckte trocken.

»Willst du denn gar nicht wissen, was?«

»Was?«, presste sie hervor.

Er brach in schallendes Gelächter aus. »Das, was ihm zusteht.«

28

Im Vestibül des Polizeigebäudes ging es so geschäftig zu wie immer. Verdächtige wurden zum Verhör geführt, Zeugen warteten darauf, ihre Aussagen zu tätigen, Geschädigte drängten darauf, Anzeige zu erstatten.

»Verdammte Böhmen«, schimpfte ein untersetzter Mann in einem abgetragenen Anzug.

»Es kann ned jeder Österreicher sein oder Deutscher oder Franzos'«, entgegnete eine junge Frau. »Es muss auch jemand Böhme sein.«

»Genau!«, blaffte ein großer Kerl mit einer krummen Nase. »Wien ist Wien, aber ohne Böhmen wär's hin.«

Streit brach aus.

Emmerich wandte sich an den Portier, der trotz des Trubels seelenruhig in einer druckfrischen *Abendpost* las. »Steht da was über unseren Fall drin?«, fragte er.

Der Mann blickte auf. »Nein, aber die Schlagzeilen sind nicht minder schlimm. Der Ausverkauf Österreichs hat begonnen. Die Gobelins aus dem Belvedere sollen an Holland verpfändet werden, die staatlichen Industriewerke Wöllersdorf, Wörth und Korneuburg werden verkauft. Und unser armer Staatssekretär für Volksernährung muss schon wieder bei der Reparationskommission betteln gehen.«

»Hoffentlich erwarten uns oben bessere Neuigkeiten.« Emmerich nickte dem Portier zu und ging mit Winter nach oben.

»Da sind Sie ja.« Fräulein Grete sprang auf, als Winter und er die Abteilung betraten.

»Haben Sie schon was von der Spurensicherung gehört?« Emmerich nahm seinen Tabaksbeutel zur Hand. »Verdammt«, murmelte er, als er feststellten musste, dass sich darin nur mehr ein paar trockene Brösel befanden. Er dachte an Bruno Kopp. Wenn er den erwischte …

»Herr Zech und seine Kollegen haben Fingerabdrücke gefunden und sind gerade dabei, sie zu identifizieren.«

»Verstehe.« Das konnte noch dauern. Daktyloskopische Analysen waren mühsam und langwierig. Die Abdrücke mussten erst übertragen, vergrößert und anschließend mit jenen aus der Verbrecherkartei verglichen werden. Das brauchte Zeit. Zeit, die sie nicht hatten. »Sagen Sie Zech, es eilt. Der Mörder kann jeden Augenblick wieder zuschlagen.«

»Das hat er vielleicht schon.« Grete reichte ihm ein zusammengefaltetes Blatt Papier. Ein Telegramm. »Das ist vorhin hier eingetroffen.«

»Männliche Leiche«, las Emmerich. »Ermordet. Alberner Hafen. Friedhof der Namenlosen.«

»Fehlt dem Opfer die Zunge?«, fragte Winter.

»Keine Ahnung. Das ist alles, was reinkam – ich habe in der verantwortlichen Wachstube angerufen, aber die Sekretärin dort kannte keine Details. Der zuständige Beamte war gerade am Tatort.«

»Sicher, dass es sich um Mord handelt? Alberner Hafen klingt eher nach Suizid oder Unfallopfer«, warf Winter ein.

Emmerich kratzte die letzten Tabakkrümel zusammen, suchte in den Falten seines Beutels nach mehr, musste aber einsehen, dass es nicht ausreichte. »Schauen wir uns die Leiche halt schnell an«, murrte er. »Hier können wir im Moment eh nichts ausrichten.«

Sie fuhren eine halbe Stunde in einer zugigen Kutsche an der Donau entlang. Die Strecke führte über unbefestigte Straßen, vorbei an brachliegenden Feldern, kahlen Sträuchern und der nebelverhangenen Flussaue mit ihren ewig traurigen Weiden.

Der Matsch spritzte so hoch, dass er durch das undichte Fenster drang.

Winter zog die nikotinschweren Vorhänge zu. »Draußen gibt's sowieso nichts Schönes zu sehen.«

»Dafür hört man es jetzt besser.«

Winter lauschte. Tatsächlich knarrten die Räder auf eine sonderbare Art und Weise. Es knirschte, knackte und ächzte.

»Das sind die Kiesel vom Grund der Donau«, erklärte Emmerich. »Hier in der Gegend sind fast alle Wege damit bestreut.«

»Klingt, als würden wir …«

»… über Knochen fahren.«

»Ich wollte eigentlich morsches Holz sagen.« Winter zog die Vorhänge wieder auf und starrte hinaus, bis der Kutscher endlich stehen blieb.

»Da wär ma, meine Herren. Der Friedhof is' gleich da vorn. Hinterm Damm. Sie können's ned verfehlen.« Er ließ sich bezahlen, wendete und fuhr davon.

»Die Donau ist ein launischer Strom.« Emmerich blickte auf die schweren, breiten Wellen, die sich an ihnen vorüberwälzten. An ihrer Oberfläche trugen sie weiße Schaumkronen, unter ihnen begruben sie nasskalte Geheimnisse.

»In ein paar Tagen tritt die neue Bundesverfassung in Kraft«, versuchte Winter gegen die gespenstische Stimmung anzureden. »Darin wird Wien als eigenes Bundesland definiert.« Er zeigte geradeaus. »Da vorne irgendwo müsste dann die neue Landesgrenze verlaufen.«

»Als würden wir noch mehr Grenzen brauchen.« Emmerich lief los. »Hier war früher der Friedhof«, sagte er, als links von ihnen ein verwildertes Stück Land auftauchte. Sturmzerzauste Büsche standen darauf, herbstbleiches Unkraut wucherte, wo man nur hinsah. »Doch die Donau wollte ihre Toten wieder und hat das Areal mehrfach überschwemmt.«

»Und wo ist der Friedhof jetzt?«

»Das, was davon übrig ist, liegt hinter dem Hochwasserschutzdamm.«

»Was davon übrig ist?«

»Vor zwei Jahren, im Hungerwinter, da gab es so wenig Brennstoff in der Stadt, dass die Leute erst die Kreuze und Grabschilder verheizt haben …«

»Und dann?« Winter bereute die Frage sofort. »Ich glaube, ich will es gar nicht wissen.«

»Danach haben sie die hölzerne Totenkammer abgetragen und am Ende sogar die Särge ausgegraben.«

Winter schauderte. »Aus der Asche des Krieges ist wirklich nur Übel entstanden.«

»Das kannst du laut sagen. Da drüben ist übrigens der Wasserstrudel, der die Körper der Ertrunkenen anspült. Die Alten halten ihn für ein nasskaltes Portal, hinter dem der Donaufürst mit seinen Töchtern, den Nixen, wohnt.« Emmerich zeigte auf eine Bucht. »Die Leichen, die hier ausgespuckt werden, sind meistens so entstellt, dass man sie nicht mehr identifizieren kann.«

Winter wechselte die Straßenseite. Fort vom flachen Ufer, mehr zum Waldgebiet hin.

Emmerich lachte traurig. »Da ist es nicht besser. Viele Lebensmüde erhängen sich in der Au. Die Melancholie der Gegend zieht Selbstmörder magisch an.«

Die letzten paar Meter legte Winter schweigend in der Mitte des Weges zurück.

Das hölzerne Gittertor, das auf das Friedhofsgelände führte, quietschte, als Emmerich es aufdrückte. Donaukiesel knirschten unter ihren Schuhen, und der Wind sang eine klagende Melodie.

»Manchmal glaube ich, in dieser Stadt gibt es keinen einzigen Ort des Glücks mehr.«

Emmerich widersprach nicht.

Alles, worauf das Auge im Zwielicht der untergehenden Sonne fiel, sprach von Trostlosigkeit, von Vergessen, von Verzweiflung. Die Gräber waren schlicht und schmucklos. Einfache Erdhügel ohne Umrandung, auf denen simple schmiedeeiserne Kreuze standen, an denen verdorrte Schlinggewächse rankten.

»Hier liegen die Schiffbrüchigen des Lebens.« Emmerich begutachtete eines der Holzschildchen, die an den Kruzifixen angebracht waren.

»Was steht da drauf?«

»Nicht viel. Nur eine Nummer, das Geschlecht, ein geschätztes Alter und der Tag des Begräbnisses.«

»Wie traurig. Eine menschliche Existenz auf so wenig reduziert. Namenlos und von keinem vermisst.«

»So war's im Krieg mit den Gefallenen auch oft.« Emmerich humpelte auf die weiß getünchte Hütte zu, die am hinteren Ende der Anlage stand. Sie war aus einfachen Brettern gezimmert, durch ein schmales Fenster konnte man das Flackern von Kerzen erkennen. »Bringen wir es hinter uns.«

»›Leib und Leben‹?« Ein Uniformierter war in der Tür erschienen.

»Ich bin August Emmerich, das ist mein Assistent Ferdinand Winter. Haben Sie nach uns schicken lassen?«

Der Uniformierte nickte. »Ich bin Wachtmeister Frankel vom Gendarmerieposten Albern. Ich hab heut die Abendschicht. Das da drinnen sind Herr Stimpfl, der Totengräber, und Herr Twardoch. Twardoch hat ihn gefunden.«

Emmerich blickte an ihm vorbei in die Hütte, in der zwei Männer standen und rauchten. »Dürfte ich eine Tschick schnorren?«, fragte er und versuchte, einen Blick auf den Toten zu erhaschen, der auf einem Tisch aus Blech lag. Mehr als die nackten Füße konnte er nicht sehen.

»Hier.« Ein kräftiger Kerl, dessen Gesicht wettergegerbt und mit tiefen Furchen durchzogen war, hielt ihm ein Päckchen Nil entgegen. »Nehmen S' eana einen Sargnagel.«

Das ließ sich Emmerich nicht zweimal sagen. »Danke.« Er zündete die Zigarette an, nahm einen tiefen Zug und verbannte die Tristesse hinter eine Wand aus Rauch. »Sie sind …«

»Anatol Twardoch. Fischer. Ich hab ihn entdeckt.« Der Mann erzählte das mit solcher Gelassenheit, als wäre es das Normalste der Welt. »Ist nicht meine erste Leiche. Weiß schon gar nimmer, wie viele es waren – und es werden jeden Monat mehr.«

Emmerich dachte an die Frau, die mit ihren vier Kindern ins Wasser hatte gehen wollen. »Erzählen Sie mir alles.«

Der alte Fischer zuckte mit den Schultern. »Ich war auf dem Weg ins Wirtshaus. Da hab ich ihn gesehen. Vorn, in der kleinen Bucht, wo der Donaufürst lebt. Ist mit dem Gesicht nach unten in den Wellen gelegen. Hab ihn mit einer Netzstange rausgezogen.«

»Und dann? Wieso glauben Sie, dass der Mann ermordet wurde? Warum kein Unfall? Warum kein Suizid?«

Der Fischer lachte trocken. »Schauen S' rein. Sehen S' selbst.«

Emmerich wollte die Hütte betreten, doch der Fischer stellte sich ihm in den Weg. »Reden S' bitte mit Ihrem Vorgesetzten. Reden S' mit der Gerichtsmedizin, dem Bürgermeister oder wem auch immer. Organisieren S' uns endlich eine Tragbahre.«

»Das wäre hilfreich«, stimmte Wachtmeister Frankel zu. »Wir suchen schon seit Monaten darum an, haben aber noch immer keine bewilligt bekommen.«

»Jedes Mal, wenn wieder einer angeschwemmt wird, müssen wir uns den Schubkarren vom Wirt ausborgen.«

»Und das bringt arge Unannehmlichkeiten mit sich. Die Toten liegen oft lange im Wasser. Sie befinden sich schon im Zustand der Verwesung. Beim Transport mit dem Schubkarren zerfallen sie, die Haare bleiben an dem Holz oft kleben, die Haut …«

»Schon gut«, ging Winter dazwischen. »Ich schreibe morgen einen Brief ans Magistratsamt.«

»Herzlichen Dank.« Der Wachtmeister und der Fischer traten zur Seite und ließen die Kriminalbeamten eintreten. »Ach ja, und Leintücher bräuchten wir auch«, fügte Frankel hinzu. »Die Gemeinde Albern hat kein Geld mehr dafür. Sparmaßnahmen, Inflation und so. Die armen Seelen werden völlig nackt in die Särge gelegt.«

Winter versicherte, es zumindest zu versuchen, während Emmerich sich umschaute.

Die Hütte wirkte von innen noch beengter als von draußen. Einfache Kerzen, die auf dem Fensterbrett standen, spendeten nur spärliches Licht. Der Blick auf die Leiche wurde von Stimpfl, dem Totengräber, verstellt. Mit konzentrierter Miene schrieb er irgendetwas in ein Notizbuch.

»Willkommen in unserer Leichenkammer beziehungsweise unserem Sarglager«, begrüßte er die Kriminalbeamten. Er deutete erst auf den Tisch, auf dem ein blasser nackter Körper lag, anschließend auf die schwarz gestrichenen Holzkisten, die an der hinteren Wand lehnten.

»Und was hat es damit auf sich?« Emmerich betrachtete eine Wäscheleine, an der Hosen, Jacken und Blusen hingen.

»Das sind die Kleider der Angeschwemmten. Wir heben sie auf. Hoffen, dass sie vielleicht irgendwann bei der Identifizierung helfen. Genauso wie diese Dinge.« Er zeigte auf ein schmales Regal, auf dem Broschen, Bleistifte, Knöpfe, Medaillen und andere Habseligkeiten lagen. »Der Tod ist eine Sache. Die Namenlosigkeit eine andere. Wir versuchen alles, um den Toten ihre Identität wiederzugeben. Für deren Würde, aber auch für die Angehörigen.«

»Deshalb die Notizen?«

Stimpfl nickte. »Ich protokolliere jedes Merkmal und hinterlege die Aufzeichnung dann im Gemeindeamt. Menschen, die einen Angehörigen vermissen, können dort nachsehen. Die Leichen sind meist in einem sehr schlechten Zustand. Wenn kein Hinweis auf ein Verbrechen besteht, begraben wir sie so schnell wie möglich.«

»Aber hier und heute gab es einen Hinweis?«

»So ist es. Sehen Sie selbst.« Er nahm eine Kerze vom Fensterbrett und leuchtete die Stirn des Toten an. Direkt in der Mitte, knapp über der Nasenwurzel, klaffte ein schwarzes, kreisrundes Loch. »Ich habe schon Hunderte Selbstmörder gesehen. Sie haben sich in die Schläfe geschossen, das Herz, den Mund – niemals frontal ins Gesicht.«

Emmerich antwortete nicht. Die Augen vor Entsetzen geweitet, starrte er auf die Leiche.

Stimpfl stellte die Kerze neben deren Kopf. »Brauchen Sie noch mehr Licht?«

»Nein.« Er hatte alles gesehen, was er hatte sehen müssen.

»Danke«, presste er nach ein paar langen Sekunden hervor. »Ich würde mich jetzt gern mit meinem Assistenten besprechen.«

»Wie Sie wollen. Hier.« Der Totengräber reichte ihm eine hölzerne Schale. »Das sind seine Habseligkeiten. Seine Kleidung hängt ganz vorn. Falls Sie noch etwas brauchen – ich geh mit Twardoch rüber ins Wirtshaus.«

»War es derselbe Täter?« Winter stellte sich neben Emmerich und betrachtete erst den Toten, anschließend seinen Vorgesetzten. »Ist alles in Ordnung?«

Emmerich schwieg und starrte in die Schale.

»Was ist los? Sie schauen drein, als hätten Sie den Leibhaftigen gesehen.«

»Wenn's das nur wäre.« Emmerich seufzte. »Ich weiß, wer das ist und wer es getan hat.«

»Sie wissen, wer ihn erschossen hat?«

»Pssst.« Emmerich schaute zur Tür. »Ich kenne diesen Mann«, flüsterte er. »Das ist Bruno Kopp.«

»Wer soll das sein?«

»Mein Informant.«

»Ihr Informant für was?« Winter verschränkte die Arme vor der Brust. »Ihre Familie?«

Emmerich nickte. »Bruno Kopp … er kannte Xaver Koch, war mit ihm in Sibirien, wusste über seine Geschäfte Bescheid … wusste, wohin er Luise und die Kinder gebracht hat.« Er betrachtete das Gesicht des Toten. Die friedliche Miene täuschte. Hinter den entspannten Zügen verbarg sich ein gewaltsamer Tod. »Er wollte es mir sagen, gestern auf dem Zentralfriedhof.«

»Aber er war nicht dort, stattdessen hat Ihnen jemand die Nachricht in die Tasche gesteckt. Was stand darauf? Die Wahrheit bitte.«

»Ich solle um Mitternacht in die Tolstoi-Kolonie kommen.«

»Warum haben Sie denn nichts gesagt?« Die Enttäuschung in Winters Stimme war nicht zu überhören. »Warum haben Sie mich angelogen?«

»Ich wollte dich nicht mit hineinziehen. Ich hab dich oft genug in Gefahr gebracht. Ich bin dein Vorgesetzter, es ist meine Aufgabe, dir Dinge beizubringen und auf dich aufzupassen.«

Winter schien gekränkt. »Wir haben schon so viel zusammen durchgemacht. Ich dachte wir wären …«

Emmerich nickte. »Das sind wir.«

»Ich vertraue Ihnen blind. Aber Sie? Sie vertrauen niemandem. Nicht einmal mir. Dabei sollten Sie langsam wissen, dass Sie auf mich zählen können.« Winter schnaubte. »Was ist in der Tolstoi-Kolonie passiert?«

»Xaver Koch ist aufgetaucht. Mit ein paar Freunden.«

»Das erklärt Ihre Visage.«

»Ich dachte, Kopp hätte mich verpfiffen, aber jetzt bin ich mir da nicht mehr ganz so sicher.«

»Sie glauben, Koch ist ihm auf die Schliche gekommen und hat ihn deshalb …? Herr im Himmel«, entfuhr es Winter, als er sah, was in der Schale lag. »Das ist Ihr Amulett, oder?«

Emmerich rieb sich über den Nacken. »Koch hat es mir abgenommen.«

»Und es dann Kopp in die Tasche gesteckt. Sieht so aus, als wollte er Ihnen den Mord anhängen.«

»Auf jeden Fall will er mir Ärger bereiten.«

Xaver Koch ist gefährlich. Verdammt gefährlich. An Ihrer Stelle würde ich ihm die Frau und die Kinder lassen. Legen Sie sich nicht mit so einem an. Spätestens jetzt musste er sich eingestehen, wie sehr er seinen Gegner unterschätzt hatte.

»Sie sollten sich von ihm fernhalten.«

»Ich kann nicht. Ich kann Luise und die Kinder nicht diesem brutalen Schwein überlassen. Koch schlägt sie. Er misshandelt sie. Er …«

»Schon gut. Schon gut. Was wollen wir tun?« Die Betonung lag auf »wir«.

Emmerich überlegte. »Es wird dir nicht gefallen.«

»Ihre Pläne tun das selten.«

»Wir werden wohl einen alten Bekannten um Hilfe bitten müssen.«

»Sie reden von Veit Kolja?«

Emmerich nickte. »Ich habe keine Wahl. Koch hat meine Familie, und er hat es auf mich abgesehen. Ich muss ihn finden, bevor er mich kaltmacht.«

»Kolja … Das ist, als würde man einen Pakt mit dem Teufel schließen.«

»Apropos Teufel … Vielleicht können wir zwei Fliegen mit einer Klappe schlagen. Kolja kannte Kaspar Hofbauer. Es ist ein Schuss ins Blaue, aber vielleicht kannte er auch Theodor Dworaschek. Gut möglich, dass er etwas aufgeschnappt hat, irgendein kleines, scheinbar unbedeutendes Detail, das uns bei den Ermittlungen weiterhilft. Fragen kostet nichts.«

»In solchen Kreisen schon. Vielleicht kein Geld – aber kosten tut es. Kolja ist ein eiskalter Kerl, ein Mann ohne Gewissen. Der wird die Gefallen, die Sie ihm schulden, irgendwann einfordern.«

»Das überlege ich mir, wenn es so weit ist. Bis dahin zapfen wir ihn als Quelle an. Manchmal braucht man einen Verbrecher, um einen anderen zu fassen.« Emmerich steckte das Amulett in seine Tasche, verließ die Hütte und verabschiedete sich von Wachtmeister Frankel.

»Ganz schön traurig«, sagte Winter, als ihm beim Ausgang eine Tafel ins Auge stach, auf der ein Gedicht geschrieben stand:

Tief im Schatten alter Rüstern
Starren Kreuze hier am düstern
Uferrand.
Aber keine Epitaphe
Sagen uns, wer unten schlafe.
Kühl im Sand.

Still ist's in den weiten Auen.
Selbst die Donau ihre blauen
Wogen hemmt.
Denn sie schlafen hier gemeinsam,
Die die Fluten still und einsam
Angeschwemmt.

Alle, die sich hier gesellen,
Trieb Verzweiflung in der Wellen
Kalten Schoß.
Drum die Kreuze, die da ragen
Wie das Kreuz, das sie getragen,
»Namenlos«.

29

»Sauwetter«, schimpfte Emmerich, als sie vor dem Ronacher ausstiegen. Eisregen prasselte auf sie nieder, die Straße war voller Schmutzlachen.

»Ich bin gespannt, wer heute auftritt.« Winter hatte den Grund ihres Besuchs wohl kurzfristig verdrängt. Seine Augen glänzten wie die eines erwartungsfrohen Kindes. »Vor dem Krieg waren Harry Houdini hier, Yvette Guilbert, Little Tich und Monsieur Pernelet mit seinen dressierten Krokodilen.«

Ein Abend im Ronacher hatte früher einen Ausflug in eine faszinierende Welt bedeutet. Adel und Großbürgertum waren in Scharen herbeigeströmt, um in mondänem Ambiente die weltbesten Revuestars, Dompteure, Akrobaten und Magier zu bewundern. Die Crème de la Crème des Volkes hatte sich von der Crème de la Crème des Showbusiness unterhalten lassen.

»Ich fürchte, du wirst enttäuscht sein.« Emmerich überquerte die Straße und betrat das elegante halbrunde Vestibül. Anstatt einer Eintrittskarte präsentierte er dem Kontrolleur seine Marke und stieg über die Haupttreppe. »Sag Grüß Gott zum neuen Ronacher.« Mit diesen Worten riss er die Tür auf.

Dichter warmer Dunst voller Alkohol, Schweiß und Rauflust schlug ihnen entgegen. Der Lärmpegel war enorm.

Winters Kinnlade klappte nach unten. Der Glanz in seinen Augen erlosch. Der riesengroße Saal war in Anlehnung an das kaiserliche Hoftheater im Stil des Rokoko eingerichtet worden. Verschnörkelte Ornamente, vergoldeter Stuck, viel Liebe zum Detail. Über all der Pracht strahlte ein gewaltiger bronzener Lüster mit sicherlich mehr als hundert Glühbirnen. So weit, so gut. Inmitten der pompösen Kulisse fand sich aber kein vornehmes, gesittetes Publikum, das einer anspruchsvollen Darbietung folgte. Das ehemals so edle Varieté war zu einem ordinären Wirtshaus verkommen. Wo sich einst Sitzreihen befanden, hatte man Tische aufgestellt, an denen geraucht, getrunken und gegessen wurde. Hunderte von Männern und Frauen saßen daran und grölten in Richtung Bühne, auf der ein Ringkampf stattfand.

Es waren einfache Leute aus den Vorstädten, die das großbürgerliche und aristokratische Publikum verdrängt hatten. Zwischen sie hatten sich Schieber mit dicken Goldringen, leicht bekleidete Mädchen und Entente-Soldaten gemischt. Sie alle suchten der Tristesse der Nachkriegszeit zu entfliehen und stürzten sich voller Elan ins Amüsement.

»Ich schätze, Kolja hockt irgendwo da oben.« Emmerich deutete auf die Galerie – und tatsächlich thronte der Schleichhändlerkönig in keiner geringeren als der ehemaligen Hofloge. Auf die Balustrade gelehnt, eine dicke Zigarre im Mundwinkel und ein zufriedenes Grinsen im Gesicht, verfolgte er das Geschehen. »Statten wir ihm einen Besuch ab.«

»Halt.« Ein grimmig dreinblickender Schrank von einem Mann stellte sich Emmerich und Winter vor der Loge in den Weg. »Geschlossene Gesellschaft.«

»Lass sie rein.« Koljas Grinsen wurde breiter. »Wusste ich doch, dass du ohne mich nicht klarkommst.« Er stand auf und legte einen Arm um Emmerichs Schultern. »Leute, wir haben hohen Besuch«, sagte er zu seiner Entourage, einer

Handvoll schmieriger Kerle, deren geölte Haare mit ihren blank polierten Lackschuhen um die Wette glänzten. »Das sind mein guter alter Freund August Emmerich und sein Assistent Ferdinand Winter.« Er legte eine theatralische Pause ein. »Die beiden sind von ›Leib und Leben‹.«

Die Kerle schauten überrascht.

»Dir ist hoffentlich klar, dass das Publikum hier mittlerweile ziemlich unterschichtig ist. Die Aristokratie verkehrt schon lange nicht mehr im Ronacher.« Emmerich griff nach der Champagnerflasche, die in einem Eiskübel auf dem Tisch stand. »Wir brauchen noch zwei Gläser«, rief er dem bulligen Kerl zu, der den Eingang zur Loge bewachte. Dann nahm er sich eine von Koljas Zigarren und zündete sie an.

Kolja zuckte mit den Schultern und grinste schief. »Statt des Blutadels regiert jetzt der Geldadel, und davon ist hier sehr viel vertreten. Was willst du?« Er setzte sich.

»Wir müssen reden. Allein.«

Kolja nickte den anderen Männern zu, woraufhin diese wortlos aufstanden und den Tisch verließen.

»Kanntest du …«, setzte Emmerich an, wurde aber von ohrenbetäubendem Grölen und Klatschen übertönt.

»Jetzt wird's spannend.« Kolja richtete seinen Blick nach unten. »Jetzt beginnt der Hauptkampf um das internationale Championat.«

Ein Herr im Smoking trat ins Scheinwerferlicht und bedeutete dem Publikum, sich zu beruhigen. Als es endlich halbwegs still war, nickte er dem Orchester zu, das in einer Vertiefung vor der Bühne saß. Die Musiker begannen den Gladiatorenmarsch zu spielen, zu dessen Klängen die Ringer einmarschierten.

»Ist das nicht großartig?« Kolja trank einen Schluck Champagner. »Reiche stürzen zusammen, Monarchen werden entthront, die ganze Weltordnung kracht in ihren Fugen, aber die Ringkämpfe sind gleich geblieben.«

»Kanntest du einen Mann namens Theodor Dworaschek?«, stellte Emmerich endlich seine Frage. Er setzte sich an die Balustrade und schaute hinunter, wo der Herr im Smoking etwas über die Reinheit des sportlichen Wettkampfes erzählte und die verbotenen Griffe erläuterte.

»Dworaschek?« Kolja zuckte mit den Schultern. »Sagt mir nichts.«

»Er war Rausschmeißer in einem dieser Etablissements, in denen nackte Mädchen berühmte Gemälde nachstellen.«

»Das nennt man *Poses Plastiques*«, erklärte Kolja. »Eine ganz eigene Kunstform.«

»Du meinst wohl eher eine ganz eigene Form von Prostitution und Ausbeutung.«

»Hey, Edi«, rief Kolja seinen Aufpasser zu sich. »Theodor Dworaschek. Kennst du den?«

Der Schrank nickte. »Großer Kerl. Konnte ziemlich austicken. Bei einer Schlägerei hat ihm ein Angesoffener einen Teil vom Ohr abgekaut.«

»Ach der.« Kolja nickte. »Was ist mit ihm?« Er schaute Emmerich nicht an, sondern beobachtete das Geschehen auf der Bühne, wo die beiden Gegner umeinanderhüpften wie zwei steif auf die Hinterbeine gestellte Hunde.

»Umbringen hat er sich lassen, und zwar von dem Mörder, über den die *Wiener Illustrierte* geschrieben hat.«

Diese Information war Kolja einen Blick wert. »Soso«, sagte er und zog an seiner Zigarre. »Der Kerl hat also ein zweites Mal zugeschlagen. Und ihr habt nicht die geringste Spur.«

Da niemand zusätzliche Gläser gebracht hatte, nahm Emmerich die Flasche und trank direkt daraus. »Hofbauer und

Dworaschek waren beide in zwielichtige Tätigkeiten verstrickt.«

Kolja lachte laut. »Die ganze Stadt ist das. Die Weiber gehen anschaffen, die Kinder stehlen, und du wirst kaum einen Mann finden, der nichts mit Schleichhandel, illegalen Spielen oder Hehlerei zu tun hat. Irgendwie muss man ja über die Runden kommen. Wenn der Staat sich nicht …«

Auf der Bühne packte ein Ringer plötzlich den anderen, ließ sich rücklings auf den Boden fallen und überrollte seinen Gegner, sodass dieser zuunterst lag. Tosender Applaus und laute Bravo-Schreie übertönten Koljas Litanei.

»Hast du irgendeine Ahnung, wo wir mit unseren Ermittlungen ansetzen können?«

Kolja schüttelte den Kopf. »Wie ist Dworaschek gestorben?«

»Er wurde in einer Wanne voller Schweineblut ertränkt. Könnte das etwas mit den Juden zu tun haben?«

»Geh bitte, August, jetzt fang du nicht auch noch mit dem Scheiß an. Die Juden sind doch nur die Sündenböcke dafür, dass die Regierung nichts auf die Reihe kriegt. Ich kenn mich aus mit Verbrechen. Und das, was ich bisher von eurem Fall mitbekommen habe, schreit nach einem persönlichen Motiv.«

Die Ringer lieferten sich einen dramatischen Wettkampf. Sie waren in Schweiß gebadet, das Publikum tobte.

»Kannst du dich noch daran erinnern, was ich dir über Hofbauer erzählt habe?«, tönte Kolja über den Lärm hinweg. »Dass er nicht gern in der Stadt war und so schnell wie möglich von hier verschwinden wollte? Der hatte Dreck am Stecken. Da geht's um eine alte Schuld. Gut möglich, dass Dworaschek auch irgendwas angestellt hat. Ich hab gehört, dass er ziemlich brutal sein konnte. Wenn du den Mörder finden willst, musst du rauskriegen, was früher passiert ist.«

»Danke«, ätzte Emmerich. »Da wär ich nie von allein draufgekommen.« Er zögerte. »Da ist noch etwas.«

Kolja verschränkte die Arme. »Noch etwas?« Er ließ sich jedes Wort auf der Zunge zergehen. »Wie viele Gefallen willst du mir denn noch schulden?«

»Xaver Koch.« Emmerich starrte nach unten, wo der Kampf in die nächste Runde ging. Er hatte keine Lust auf Koljas selbstgefällige Visage und Winters vorwurfsvollen Blick. »Kennst du ihn?«

»Das tue ich. Er hat mal Schnaps für mich vertrieben, aber nicht lange. Dachte, er wäre zu schlau für unsereins. Dachte, er könnte sein eigenes Geschäft aufziehen.« Kolja legte den Kopf schief. »Was hast du denn mit dem zu tun?«

»Privat.«

»Du solltest dir deine Freunde besser aussuchen. Mit dem Typen ist nicht gut Kirschen essen.«

»Er ist nicht mein Freund.«

»Feind also. Noch schlimmer. Der hat sich zu einem ganz schönen Dreckskerl entwickelt. Brutal und unberechenbar. Wenn du mit dem Ärger hast, dann servus.« Er pfiff durch die Zähne.

»Weißt du, wo er lebt?« Emmerich ging nicht näher auf Koljas Warnung ein.

»Schau ich aus wie ein Adressbuch?«

Emmerich seufzte und setzte an, die Loge zu verlassen. »Wenn du was hörst, gib mir Bescheid. Es ist wichtig.«

»Halt«, hielt Kolja ihn zurück. »Ich weiß zwar nicht, wo er wohnt, aber ich weiß, wo er heute Abend anzutreffen ist.«

Emmerich wartete, doch Kolja sprach nicht weiter. »Wo?«, fragte er schließlich.

Kolja breitete die Arme aus und zog einen Schmollmund. »August, mein Freund, wie stellst du dir das vor? Ich kann doch nicht einfach so meine Informationen verschenken. Ich hab einen Ruf zu verlieren.«

»Ich erzähl's keinem.«

»Wien ist ein Dorf. Irgendwie kommt immer alles raus. Und ausgerechnet mit Xaver Koch möchte ich mich momentan nicht anlegen.«

»Du hast auch was gut.«

»Das hab ich doch sowieso.«

Emmerich schnaubte. »Soll ich bitten? Betteln? Soll ich vor dir auf die Knie fallen? Deine Füße küssen?«

»Abgesehen von einer kurzen Belustigung … Was hätte ich davon?«

»Sag einfach, was du willst.«

»Eine meiner Lieferungen wurde von deinen Kollegen aus der Wirtschaftskriminalität abgefangen. Valuten. Mehrere Hunderttausend wert. Kamen in Säcken voller Maismehl. Den Zaster hätte ich gern wieder, bevor sich der halbe Polizeiapparat daran bedient.«

Emmerich starrte ihn an. »Wie stellst du dir das vor?«

Kolja zuckte mit den Schultern. »Dir fällt schon was ein. Tut es doch immer.«

»Ich kann das Zeug nicht einfach aus der Asservatenkammer stehlen. Das könnte mich meine Arbeit kosten, mehr noch … das könnte mich hinter Gitter bringen.«

Kolja drehte seine Handflächen nach oben. »Tja, dann kann ich leider nichts für dich tun.«

Emmerich biss sich auf die Unterlippe und versuchte, Winters Blick auszuweichen. »Gut«, sagte er schließlich. »Wo finde ich Koch?«

»Erst mein Geld.«

»Ich brauche die Information. Ich brauche sie jetzt. Du kriegst dein Geld. Ich schwör's.«

»Noch diese Woche?«

»Von mir aus.«

Kolja paffte Rauchkringel in die Luft und überlegte. »Landstraßer Volksbildungsheim«, sagte er schließlich.

»Verarschen kann ich mich selbst.«

»Ich mein's ernst. Koch organisiert dort einen Vortrag. Mit Vertretern der Sozialdemokratie. Irgendwas über Gewerkschaften. Hat mir vorhin einer gesteckt. Neben den krummen Dingern, die er dreht, macht Koch jetzt wohl einen auf Politik.«

»Ich seh da kaum einen Unterschied.«

»Eben.« Kolja grinste. »Deshalb hab ich's mir auch schon überlegt. Ich muss nur noch abwägen, welche Partei am vielversprechendsten ist. Bei dem ganzen Chaos verlier sogar ich den Überblick.«

Der Schiedsrichter sprang um die Ringer herum, ging neben ihnen in die Hocke und spähte, ob die Schultern des einen den Boden berührten. Offenbar war dem so, denn er erklärte den Kampf für beendet, stand auf und riss den rechten Arm des Siegers in die Höhe. Das Publikum war offenbar anderer Meinung und begann lautstark zu protestieren.

»Vergiss nicht meine Kohle«, rief Kolja Emmerich hinterher, als dieser, gefolgt von Winter, die Loge verließ. »Ich verlass mich auf dich.«

Bevor sie aus dem Saal gingen, schaute Emmerich noch einmal nach oben, wo Kolja einem Kaiser gleich Hof hielt. Als sich ihre Blicke trafen, grinste der Schleichhändler sein typisches Haifischgrinsen und winkte.

»Haben Sie völlig den Verstand verloren?« Winter duckte sich, als plötzlich ein Glas in Richtung Bühne flog. »Das mit Koljas Valuten … das können Sie auf gar keinen Fall machen.«

»Irgendetwas fällt mir schon ein.«

Dem Glas folgten Aschenbecher, Flaschen und Sessel. Spiegelscheiben wurden zertrümmert, Beleuchtungskörper abgerissen, kurz alles, was nicht niet- und nagelfest war, wurde in Bewegung gesetzt.

Winter fing an zu rennen. »Hauen wir ab, bevor Sie noch eins übergezogen bekommen und weitere Pakte mit dem Teufel schließen.«

30

»Sich im Volksbildungsheim zu versammeln war eine gute Idee.« Xaver klopfte István auf die Schulter. »Der Vortrag ist das perfekte Ablenkungsmanöver.«

»Um diese Zeit ist außerdem keiner mehr da«, erklärte Müllner. »Die Abendkurse sind schon zu Ende. Viele Leute haben noch immer keine Haustorschlüssel und müssen Sperrgeld bezahlen, wenn sie zu spät heimkommen.«

»Oleg wird trotzdem ein Auge auf die Eingangstür haben und dafür sorgen, dass kein Unbefugter das Gebäude betritt. Sicher ist sicher.« Xaver betrat den Vortragsraum. Es roch nach Kreidestaub, Schweiß und feuchter Kleidung. So wie damals in der Schule. Erinnerungen an längst vergangene Tage erwachten. Der Junge in der Bank hinter ihm, der immer an seinen Haaren zog. Das schneidende Geräusch des Rohrstocks, der durch die Luft sauste. Das vage Gefühl, dass das Leben mehr zu bieten hatte als den tristen Alltag seiner Eltern. Er ließ seinen Blick über die anwesenden Männer wandern. Seine Leute hatten sich auf den Bänken rechts niedergelassen, die von Müllner links. »Alle da?«

Müllner nickte. »Wollen wir beginnen?«

Xaver trat nach vorn. »Die Wirtschaft nach dem Krieg und die Gewerkschaften«, schrieb er an die Tafel. »Schön, dass ihr heute alle gekommen seid, um etwas über dieses Thema zu lernen.«

Einige Männer schauten verwirrt, andere lachten.

Xaver Koch setzte an weiterzusprechen, wurde aber von einem Klopfen an der Tür daran gehindert. »Ja bitte?«, rief er.

Oleg steckte seinen Kopf herein. »Ein Herr vom Volksbildungsheim …«

»In Erfüllung ihrer erhabenen und wichtigen Aufgabe als Berater, Schützer und Vorkämpfer der Arbeiterschaft …«, begann Müllner zu referieren, »… müssen sich die Gewerkschaften den jeweils gegebenen wirtschaftlichen Verhältnissen anpassen …«

»Entschuldigen Sie die Störung.« Ein älterer Herr mit Halbglatze zwängte sich an Oleg vorbei. »Ich wollte Sie nur kurz daran erinnern, nach dem Vortrag das Licht auszumachen und abzusperren. Hier treiben sich manchmal zwielichtige Gestalten herum.« Er lächelte. »Schade, dass ich noch etwas vorhabe und nicht zuhören kann. Das, worüber Sie heute sprechen, ist wirklich äußerst wichtig. Nur weiter so.«

Xaver wartete, bis der Mann verschwunden war. »Die Gewerkschaften sind tatsächlich wichtig«, erklärte er. »Doch das, was wir tun werden, ist noch weitaus bedeutsamer. Wir werden nämlich Geschichte schreiben. Wir werden den Vormarsch der Rechten in Europa aufhalten. Béla Kun wird uns dabei helfen. Dafür braucht er Kriegsgerät aus euren Verstecken. Die große Frage lautet nun: Wie können wir die Waffen unauffällig aus dem Arsenal schaffen? Ich denke, wir haben eine gute Lösung gefunden.« Er nickte Müllner zu.

»Vergangene Woche ging eine Bestellung des Maschinenbauunternehmens Škoda aus Pilsen ein«, übernahm dieser. »Sie wollen Eisenwaren von uns beziehen. Der Auftrag wurde von den Autoritäten abgesegnet und die nötigen Papiere ausgestellt. Wir haben nun an jeden Ausfuhrschein eine Null gehängt.«

»So ein Fuchs«, murmelte einer der Männer.

»Auf jede Kiste mit Eisenteilen kommen neun mit Waffen. Wenn die Papiere passen, machen die alliierten Soldaten am Tor nur selten Stichproben. Sicherheitshalber werden wir die Kisten aber so packen, dass obenauf überall Eisen liegt.«

»Und dann?«, fragte einer. »Wo sollen wir die Waffen hinbringen?«

»Ihr fahrt im Konvoi in Richtung Pilsen«, wandte Xaver sich an Müllners Männer. »Vor der Donau biegt ihr aber ab zum Freudenauer Hafen. Meine Männer erwarten euch dort und helfen beim Aus- und Umladen. Das Eisen geht wie geplant zu Škoda, die Waffen bringen wir per Schiff nach Sewastopol, wo Béla sie in Empfang nehmen wird.«

Die Männer nickten ernst.

»Ich weiß, dass die Sache gefährlich ist. Sobald Ungarn zurückerobert ist, wird Béla sich erkenntlich zeigen.« Erneut nahm Xaver die Kreide zur Hand. »Aber jetzt erst mal zu den Details unseres Plans.«

31

»In den Neunten. Piaristengasse.« Emmerich versuchte, die Tür der Kutsche zu schließen, doch irgendetwas zog von außen daran – besser gesagt irgendjemand.

»Nach Hause? Das glauben Sie ja wohl selbst nicht.« Winter riss die Tür auf und stieg ein. »Sie können es nicht allein mit der ganzen Welt aufnehmen.« Er setzte sich und verschränkte die Arme vor der Brust. Sein Blick war voller Enttäuschung, in seiner Stimme schwang Verärgerung mit.

»Wer redet denn von der ganzen Welt?« Emmerich lächelte gequält.

»In den Dritten. Volksbildungsheim«, wies Winter den Kutscher an. »Das war es doch, wo Sie hinwollten, oder?«

Emmerich schwieg.

»Sie haben auf dem Friedhof gesehen, wozu Xaver Koch fähig ist. Sie haben gehört, was Veit Kolja über ihn gesagt hat. Der Kerl ist gefährlich – und er ist nicht allein.«

»Eben. Genau deshalb möchte ich dich aus der Sache raushalten. Es bringt nichts, wenn er uns gemeinsam in den Abgrund reißt. Ich will nicht, dass dir etwas passiert.«

»Und ich will nicht, dass Sie der Nächste sind, dessen nackter Körper in einem namenlosen Grab landet.«

»Ich weiß das zu schätzen, aber …«

»Kein Aber. Wenn Sie schon nicht freiwillig um Hilfe bitten, muss ich Sie zu Ihrem Glück halt zwingen.«

Schweigend fuhren sie durch die Nacht. Die Narben der

Stadt blieben hinter einer Wand aus Nebel verborgen, genauso wie das Böse, das in den Gassen sein Unwesen trieb.

»Ich fass es nicht, dass dieses miese Schwein das Volksbildungsheim für seine Zwecke instrumentalisiert«, durchbrach Emmerich die Stille. »Dort soll die Sehnsucht nach Bildung befriedigt werden, die Hoffnung auf eine bessere Zukunft geschürt. Das ist so ziemlich alles, wofür Koch nicht steht.«

»Er will Macht, und laut den Sozialdemokraten erreicht man die durch Wissen.«

»Ja, denn wer denken kann, fällt nicht auf billige Propaganda rein, auf Rassenwahn und Volksverhetzung – und auf Kerle wie Xaver Koch. Umso mehr wundert es mich, dass er in diesen Kreisen agitiert. Halten Sie hier«, wies Emmerich den Kutscher an.

»Sicher? Bis zum Bildungsheim sind es bestimmt noch zweihundert Meter.«

»Sicher.« Emmerich wartete, bis das Fuhrwerk zum Stehen kam, bezahlte die Fahrt und stieg aus. »Wir sondieren erst das Terrain«, wandte er sich an Winter. »Ich mache nicht noch einmal denselben Fehler wie in Mariabrunn und lasse mich von denen überraschen.«

Er stellte den Kragen seines Mantels hoch und senkte den Kopf. Winter zog seine Mütze tief ins Gesicht. Langsam näherten sich die beiden Männer einem schmucklosen Haus.

»Schauen Sie.« Winter deutete auf ein Fenster im Erdgeschoss. Der Raum dahinter war schwach beleuchtet, die Silhouetten mehrerer Personen zeichneten sich ab. Sein Finger wanderte nach links, zeigte auf einen Schatten neben der Eingangstür. »Mit dem Kerl würde ich mich nicht anlegen wollen.«

Emmerich trat in eine dunkle Hauseinfahrt und presste seinen Rücken gegen die feuchtkalte Mauer. »Das ist Oleg«, flüsterte er. »Einer von Kochs Schlägern. Er war auch in Mariabrunn.«

»Sehen Sie! Gut, dass ich mitgekommen bin.« Winter setzte an zu gehen.

Emmerich fasste ihn an der Schulter. »Wo willst du hin?«

»Der Kerl kennt Ihr Gesicht, Sie können also schlecht da reingehen.«

»Du aber auch nicht.«

»Warum? Die Volksbildungsheime sind für alle Bürger da. Vielleicht kann ich was aufschnappen. Eine Adresse, einen Hinweis darauf, was Koch vorhat.« Erneut setzte er an zu gehen.

Erneut hielt Emmerich ihn zurück. »Keine gewagten Aktionen.«

»Das sagt genau der Richtige.«

»Wenn dir irgendetwas komisch vorkommt, wenn dein Instinkt dir sagt, dass irgendetwas nicht stimmt, dann lauf. Lauf, so schnell du kannst.«

Winter nickte. »Das krieg ich hin. Immerhin war ich Juniormeister im Vierhundertmeterlauf.« Noch bevor Emmerich etwas entgegnen konnte, schlenderte sein Assistent los.

Emmerichs Herz schlug bis zum Hals, während er beobachtete, was schräg gegenüber passierte. Winter versuchte, so nonchalant wie möglich das Gebäude zu betreten, doch Oleg stellte sich ihm in den Weg. Die beiden wechselten ein paar Worte, Winter deutete in das Haus. Oleg schüttelte immer wieder den Kopf und packte ihn schließlich am Kragen.

Emmerich wollte ihm zu Hilfe eilen, doch noch bevor er sich in Bewegung setzen konnte, wand Winter sich aus Olegs

Griff, trat ihm gegen das Knie und sprintete davon. Wie ein geölter Blitz verschwand er in der Nacht.

Oleg, völlig überrumpelt, zögerte einen Augenblick und nahm dann die Verfolgung auf.

Emmerich humpelte über die Straße und warf vorsichtig einen Blick durch das Fenster, hinter dem das Licht brannte. Es war ein Klassenzimmer mit Pulten, Stühlen und einer großen Tafel. Den Part des Lehrers hatte Xaver Koch übernommen. In der Rolle der Schüler erspähte er ungefähr dreißig Männer, gestandene Kerle mit breiten Schultern, Stiernacken und schwieligen Händen. Sie alle hatten ihre Aufmerksamkeit nach vorn gerichtet. Wie gebannt folgten sie Kochs Ausführungen. Ihre Mienen wirkten verklärt, ihre Wangen waren gerötet. Sie nickten zustimmend, ehrfürchtig. Was auch immer Koch ihnen gerade erzählte – es gefiel ihnen.

Emmerich schauderte. Was ging da drinnen vor? Was predigte Koch? Welche gefährlichen Pläne wurden direkt vor seinen Augen ausgeheckt?

Er trat näher an das Fenster, hielt sein Ohr an einen schmalen Spalt im hölzernen Rahmen. Alles, was er hörte, war das Rauschen seines eigenen Blutes, ein paar Worte, mit denen er nichts anfangen konnte, und die Ahnung eines Namens. Béla … Béla Kun. Konnte das sein?

Hinter der Scheibe tat sich etwas. Koch nahm ein Stück Kreide und begann, etwas auf die Tafel zu zeichnen. Emmerich kniff die Augen zusammen, versuchte zu erkennen, was, sog jeden Strich auf, speicherte ihn in seinen Gedanken. Waren das Straßen? Ein Stadtplan? Ein Grundriss?

Aus der Ferne ertönten Schritte. Jemand humpelte in seine Richtung.

»Nein«, murmelte Emmerich. »Noch nicht.« Er senkte den Kopf, zog seine Mütze tief ins Gesicht. Drinnen kratzte sich

Xaver Koch am Kopf, der Kreidestaub hinterließ weiße Flecken auf seinem dunklen Haar. Er betrachtete seine Zeichnung und schien zu überlegen. »Mach weiter«, zischte Emmerich.

Die Schritte kamen näher.

»He du!«, hörte er eine Stimme. Oleg. »Was tust du da?« Emmerich starrte auf die Tafel, hoffte, dass Xaver weiterzeichnete, noch irgendein Detail hinzufügte, irgendeinen Hinweis auf seine Absichten gab. »He, bist du taub oder was?«

Er musste weg. »Verfluchter Mist«, murmelte er und ließ sich vom Nebel verschlucken.

Mittwoch,
3. November 1920

32

Verhängnisvolle, rätselhafte Dinge gingen da vor sich, das konnte Stanislaus Liebowitz spüren. Radikaler Wandel und tiefe Einschnitte standen ihnen bevor. Und das war gut so. Er brauchte das Chaos, profitierte von der Verunsicherung, weshalb die vorherrschende Stimmung ihm normalerweise nichts anhaben konnte.

An diesem Tag wurde er jedoch, warum auch immer, von einer seltsamen Spannung erfüllt. Auf der Suche nach innerer Ruhe spazierte er durch die morgendliche Dunkelheit der Gassen, die trotz der zeitigen Stunde bereits von regem Treiben erfüllt waren. Brotwagen ratterten über das holprige Pflaster, Bettler brachten sich an strategisch günstigen Plätzen in Stellung, Heerscharen von Fabrikarbeitern marschierten müde in die Früh- und erschöpft aus der Nachtschicht. Noch zahlreicher waren nur die Arbeitslosen. Sie eilten mit gehetzten Mienen in Richtung Schulerstraße, wo in wenigen Minuten die Inserate des städtischen Vermittlungsamtes ausgehängt wurden.

Die Stadt erwachte, machte sich bereit für einen neuen Tag voller Mühsal und Tränen, was ihm sehr gelegen kam. Trauer war gut fürs Geschäft. Verzweiflung ließ die Kasse klingeln.

Liebowitz kramte ein paar Münzen aus seiner Hosentasche und reichte sie einem rotznasigen Burschen, nicht älter als zehn Jahre, der betont lässig neben einem Packen frisch gedruckter Gazetten stand und eine Selbstgedrehte rauchte. Neunzig Heller kostete die *Wiener Illustrierte* mittlerweile, fast doppelt so viel wie zu Beginn des Jahres.

Der dunkle Bote hat wieder zugeschlagen, las er die Schlagzeile. *Erneut hat die Bestie sich eine Seele geholt. Dieses Mal noch brutaler. Angst und Schrecken erfüllen die Stadt. Die Polizei tappt im Dunkeln. Lesen Sie mehr darüber auf Seite 3.*

Die Menschen hatten einen Krieg erlebt, hatten Millionen von Verlusten zu beklagen, und jetzt machten sie sich ins Hemd wegen zwei weiterer Toter?

Er blickte auf seine Uhr. Es war kurz vor sieben. Sein nächster Termin stand in einer halben Stunde an. Gemütlich spazierte er zurück nach Hause. Ein betriebsamer Tag lag vor ihm.

Die Stadt hatte die Folgen des Krieges noch lange nicht verwunden. Seine Geschäfte liefen besser denn je.

»Oh, Sie sind ja schon da«, sagte Liebowitz, als er eine dunkel gekleidete Gestalt auf seiner Türschwelle vorfand. »Willkommen.« Er sperrte auf und deutete ins Innere des Hauses. »Treten Sie ruhig ein.« Er sprach mit seiner professionellen Stimme. Weich und samtig. »Fühlen Sie sich wie daheim. Sie werden sehen: Alles wird gut.«

»Das wird es. Ja, das wird es.«

33

Im Büro war es so still, dass man das Knacken der alten Holzdielen hören konnte. Nervös trommelte Emmerich mit den Fingerspitzen auf die Schreibtischplatte. Wo blieb Winter denn bloß? Gedämpftes Lachen drang vom Flur zu ihm herein, das Läuten von Telefonen, das Klacken genagelter Schuhsohlen. Mit jeder Minute, die verstrich, wurde er unruhiger.

»Ferdinand! Bin ich vielleicht froh, dich zu sehen«, rief er, als sein Assistent endlich die kleine Kammer betrat. Er sprang auf und legte seine Hände auf Winters Schultern. »Wo warst du denn gestern nur? Die ganze Nacht hab ich wach gelegen und mir Sorgen gemacht.«

Winter schien die Aufregung nicht zu verstehen. »Ich bin Richtung Augustinermarkt gerannt. Als ich sicher war, dass ich Oleg abgehängt habe, bin ich über Umwege zurück zum Volksbildungsheim geschlichen. Sie waren nicht mehr da.«

»Weil ich dich gesucht habe. Panisch ... Wie auch immer ... Dank dir konnte ich einen Blick durchs Fenster werfen.« Er reichte Winter ein Blatt Papier. »Das hat Koch an die Tafel gemalt. Irgendeine Idee dazu?«

Winter betrachtete Emmerichs Skizze. Drehte und wendete sie. »Keine Ahnung. Vielleicht ein Bauplan? Ein Grundriss? Eine Straßenkarte?«

»Was auch immer es ist – Koch hat jedenfalls keinen Vortrag über Gewerkschaften gehalten. Die Kerle haben dort etwas geplant. Im großen Stil. Wir müssen unbedingt herausfinden, was. Ich glaube nämlich, ich habe einen Namen gehört. Béla Kun.«

Winter riss den Mund auf. »Sie meinen *den* Béla Kun? Den Kommunisten? Den Schlächter?«

»Ich fürchte.«

»Unsere Probleme scheinen größer zu sein, als wir geahnt haben.« Winter ließ sich auf seinen Stuhl fallen. »Kuns Herrschaft war überaus blutig. Seine Leibgarde, die Lenin-Buben, sollen das Land mit Angst und Schrecken überzogen und Hunderte Unschuldiger getötet haben.«

»Miklós Horthy macht jetzt genau dasselbe. Nur dass es andere Bevölkerungsgruppen trifft. Klassischer Fall von Pest gegen Cholera.«

»Wo ist Kun? Ist er etwa hier? Hier in Österreich?«

»Ich habe nachgeforscht. Er ist in der Sowjetunion. Er kämpft auf der Krim gegen die antikommunistische Armee unter General Wrangel.« Emmerich seufzte. »Man munkelt, er sei noch radikaler und brutaler geworden. Offenbar hat er Massaker an Kriegsgefangenen angeordnet.«

»Und was hat Koch mit ihm zu tun?«

»Keine Ahnung, aber eines ist klar. Es ist nichts Gutes.«

»Ich sag's nur ungern, aber vielleicht sollten wir uns in der Sache Unterstützung holen. Schließlich müssen wir uns auch noch um die Morde kümmern.« Winter legte die Mitgliederliste des Antisemitenbundes auf den Schreibtisch und begann, sie durchzusehen. »Apropos … Alma Lehner hat unserem Täter ein Pseudonym verpasst. Der dunkle Bote. Schon davon gehört?«

»Ihr Chefredakteur nannte ihn den Teufelsmörder«, murmelte Emmerich. »War aber klar, dass sie sich was Eigenes ausdenkt.«

Winter sagte nichts dazu, sondern starrte auf einen Eintrag. »Mist.«

»Was ist?«

»Cäcilie von Waldstein. Hofbauers Vermieterin.« Er hielt die Liste in die Höhe. »Sie ist es, die den *Eisernen Besen* abonniert hat. Hofbauer hat sich die Zeitung wahrscheinlich nur aus dem Papierkorb genommen, um seinen Mantel zu füttern. Gut möglich, dass er doch kein Antisemit war.«

»Verdammt.«

»So freundlich werde ich selten begrüßt.« Arnold Zech von der Spurensicherung quetschte sich in das Büro.

»Ich hoffe, Sie haben gute Neuigkeiten. Die könnten wir nämlich dringend gebrauchen.«

»Dann komme ich wohl gerade zur rechten Zeit.«

Emmerich war mit einem Schlag hellwach. »Endlich.« Er nahm die Akte, die Zech ihm entgegenhielt, und schlug sie auf.

»Wir haben in der Wohnung von Theodor Dworaschek Fingerabdrücke genommen. Die meisten stammten vom Opfer selbst.«

»Aber nicht alle.«

»So ist es.« Zech deutete auf ein stark vergrößertes Daktylogramm. »An der Wohnungstür konnten wir einen brauchbaren Abdruck von einer anderen Person sicherstellen.«

»Aktenkundig?«

Zech tippte mit dem Zeigefinger auf ein Datenblatt.

Emmerichs Miene hellte sich auf. »Wusste ich doch, dass der Mistkerl Dreck am Stecken hat.« Er drehte die Seite, sodass Winter sie sehen konnte.

»Fritz Vormann.«

»Er wurde in den vergangenen drei Jahren einmal wegen Erregung öffentlichen Ärgernisses und zweimal wegen

Verbreitung pornografischer Schriften verhaftet«, erklärte Zech.

»Gute Arbeit.« Emmerich stand auf und griff nach seinem Mantel. »Vormann hat behauptet, er wisse nicht, wo Dworaschek wohnt. Von wegen.«

»Holt euch diesen dunklen Boten.« Zech streckte beide Daumen nach oben. »Und holt euch das große Büro. Ich habe auf euch gesetzt.«

»Es laufen Wetten?«

»Die Quoten sprechen dafür, dass Brühl der Favorit ist, aber ich denke, man darf euch nicht unterschätzen. Brühl und Szepanek haben zwar den einfacheren Fall, aber sie können weniger einstecken als ihr und haben mehr Skrupel.« Er klopfte Emmerich auf die Schulter und nickte Winter zu. »Wenn ihr was braucht – bei mir habt ihr oberste Priorität.«

»Gut zu wissen.« Emmerich steckte sich eine Zigarette an und hielt Zech das Päckchen hin.

»Nil? Was wurde aus dem stinkenden Kraut, das Sie sonst rauchen?«

»Mein Lieferant hat sich ein neues Betätigungsfeld gesucht.«

»Ihre Mitmenschen freut das sicher.« Zech nahm sich eine, klemmte sie hinters Ohr und verschwand.

»Ein neues Betätigungsfeld also.« Winter schüttelte den Kopf, während sie sich auf den Weg nach draußen machten.

»Ja, er betätigt sich als Leiche auf dem Friedhof der Namenlosen.«

»Warten Sie«, hielt Fräulein Grete sie zurück.

»Wir sind gerade auf dem Sprung«, rief Emmerich.

»Dr. Hirschkron ist am Telefon.«

»Wir melden uns bei ihm, sobald wir zurück sind.«

»Er sagt, es sei dringend. Er sagt, Sie wollen bestimmt unbedingt hören, was er zu sagen hat.«

Emmerich blieb stehen. »Wehe, es ist nicht wichtig …«

34

»Wir müssen dringend an unseren Sicherheitsvorkehrungen arbeiten.« Der vorwurfsvolle Unterton in Dr. Hirschkrons Stimme war nicht zu überhören.

»Normalerweise machen die Leute einen großen Bogen um unser Departement«, verteidigte sich sein Assistent. »Keiner will hier freiwillig rein. Niemand konnte ahnen …«

»Wie auch immer«, beschwichtigte Emmerich. »In diesem Fall war es ja ausnahmsweise ganz nützlich, dass Sie den Einbruch nicht verhindern konnten.« Er starrte Elisabeth Dörflinger an, die mit schuldbewusster Miene in der Leichenkammer stand.

»Wenn man es genau nimmt, bin ich gar nicht eingebrochen, die Tür war offen und …«, setzte sie an.

»Das ist also nicht Kaspar Hofbauer?«, unterbrach Emmerich die junge Frau.

Sie schüttelte den Kopf. »Ich wollte ihn noch einmal sehen. Mich verabschieden. Für meinen Seelenfrieden.«

»Beantworten Sie bitte meine Frage«, bat er. Erneut schüttelte sie den Kopf. »Sind Sie sicher? Immerhin sind ein paar Jahre vergangen, seit Sie ihn das letzte Mal gesehen haben. Der Krieg verändert die Menschen. Nicht nur im Inneren.«

»Auch der Exitus verändert die Menschen«, ergänzte Hirschkron. »Von der Obduktion ganz zu schweigen.« Tatsächlich hatte das Entfernen der Schädelschwarte das Gesicht des Toten grotesk verzerrt.

»Vielleicht ist es nur Ihr Unterbewusstsein, das nicht wahrhaben will, dass es sich um Ihren Verlobten handelt«, mutmaßte Winter. »Dr. Freud hat zu diesem Thema …«

»Nein.« Elisabeth Dörflinger schnäuzte sich und schaute die Männer trotzig an. »Ich würde meinen Kaspar in jedem Zustand wiedererkennen. Außerdem weiß ich, wer das ist.«

»Sie wissen, wer das ist?«, fragte Winter sichtlich gespannt.

»Wir sind ganz Ohr.«

»Das ist Wolfgang Gerlach.«

»Und wer ist dann das?« Emmerich hielt ihr das Foto vor die Nase, das er von Hofbauers Schwester bekommen hatte.

»Das sind Kaspar und Wolfgang.« Sie zeigte auf den Mann, den sie bisher für Kaspar Hofbauer gehalten hatten. »Das ist Wolfgang. Kaspar ist der daneben. Die beiden haben gemeinsam gedient, in der 2. Armee, bis Wolfgang …« Sie hielt inne. Unverständnis sprach aus ihrer Miene. Verwirrung.

»Bis er?«, fragte Emmerich.

»Bis er gefallen ist.« Sie beugte sich über die Leiche, studierte ihre Züge, betrachtete sie von vorn und im Profil. »Er ist es. Ganz eindeutig … obwohl er … obwohl er doch eigentlich tot sein sollte.«

Die Männer sahen sich fragend an.

»Jetzt ist er es auf jeden Fall«, durchbrach Emmerich das Schweigen.

»Er sollte es aber schon seit … seit dreieinhalb Jahren sein. Er ist im Frühling 1917 in Ostgalizien umgekommen.« Dörflinger rang noch immer um Fassung. »Sein Name stand auf allen offiziellen Listen. Ich war sogar bei dem Trauergottesdienst, der in seinem Namen abgehalten wurde.«

Emmerich dachte an den letzten Brief, den Hofbauer nach Hause geschickt hatte. Er war auf den 16. April 1917 datiert gewesen. »Kaspar ist ungefähr zur selben Zeit verschwunden, nicht wahr?«

»Ja, warum?« Elisabeth Dörflinger sah Emmerich mit großen Augen an. Als der Groschen bei ihr fiel, schlug sie die Hand vor den Mund. »Dieses Schwein. Dieses elende Schwein.« Sie trat gegen die Bahre. »All die Jahre …« Sie fing an zu schluchzen.

»Es tut mir leid.« Emmerich nahm die junge Frau in den Arm und strich ihr über den Rücken. »Es tut mir wirklich unendlich leid.«

Winter schaute fragend. »Was …?«

»Gehen Sie mit ihr in mein Büro. Kümmern Sie sich um sie«, wies Hirschkron seinen Assistenten an.

»Wenn er nicht schon tot wäre, würde ich ihn umbringen«, murmelte Dörflinger unter Tränen, während der junge Mann sie wegführte.

Hirschkron zwirbelte seinen Bart. »Sie glauben, dass dieser Gerlach die Wirren des Krieges schamlos ausgenutzt hat.«

»Er wäre nicht der Einzige.«

»Kann mich mal bitte jemand aufklären?«, forderte Winter.

»Unsere Armee war nicht so diszipliniert und gut organisiert, wie es die Propaganda gern dargestellt hat«, erklärte Hirschkron. »An der Front herrschte oft großes Chaos. Truppen wurden versprengt, Soldaten verirrten sich, Kompanien wurden aufgelöst und zu neuen zusammengefasst … Die Bürokratie, wenn überhaupt vorhanden, war heillos überfordert.«

»Worauf er hinauswill«, übernahm Emmerich, »ist Folgendes: Im Krieg ergaben sich viele Möglichkeiten, eine neue Identität anzunehmen.«

»Verstehe.« Winters Augen weiteten sich. »Es war also Hofbauer, der im Frühling '17 gefallen ist, und dieser Gerlach hat sich seither für ihn ausgegeben?«

»Jeder Soldat besaß eine Messingkapsel. Darin befand sich das Legitimationsblatt. Im Todesfall wurde es an das zuständige Armeeetappenkommando weitergeleitet. Manchmal haben Männer ihre eigenen hingeschickt.«

»Aber da gab es doch sicher Vorkehrungen, damit kein Schindluder getrieben werden konnte.«

»Natürlich gab es die. Auf dem Legitimationsblatt musste der Tod von Zeugen bestätigt werden. Doch Zeugen konnte man kaufen, oder man fälschte einfach die Unterschriften. In der ganzen Wirrnis fiel das nicht auf.«

»Ob ihm wohl bewusst war, wie viel Leid er damit angerichtet hat?«, fragte Winter.

»Und wie viel Ärger«, ergänzte Emmerich. »Wir haben in eine völlig falsche Richtung ermittelt.« Er wandte sich an Hirschkron. »Hat die Obduktion von Theodor Dworaschek etwas ergeben?«

»In seiner Brust haben wir ein Einschussloch und eine Kugel gefunden. Außendurchmesser 7,5.«

»7,5 ist weitverbreitet. Sogar wir verwenden dieses Kaliber.« Emmerich sah Hirschkron hoffnungsvoll an. »Sonst noch etwas?«

»Der Alkoholgehalt im Blut des Opfers war stark erhöht. Abgesehen davon konnten wir nichts Außergewöhnliches feststellen. Keine Abwehrverletzungen, keine Fesselungsspuren. Ich denke, der Mörder hat ihn irgendwie zum Schlachthof gelotst, ihn dort mit vorgehaltener Waffe gezwungen, in die Wanne zu steigen, und ihn dann erschossen.«

»Das bringt uns nicht weiter«, seufzte Emmerich. »Sprechen wir noch einmal kurz mit Fräulein Dörflinger. Danach knöpfen wir uns Vormann vor.«

»Wie es aussieht, hatte er tatsächlich recht«, flüsterte Winter auf dem Flur. »Sie wissen schon … Kolja … Damit, dass das Motiv für die Morde in der Vergangenheit der Opfer liegt. Dieser Gerlach ist ja wohl nicht ohne Grund abgetaucht.«

Elisabeth Dörflinger saß in Hirschkrons Büro, neben ihr stand ein Regal voller Einmachgläser, in denen alle möglichen Präparate schwammen. Gehirne, Gedärme, Hände und Augen. Ein Menschenbausatz.

»Geht es wieder halbwegs?«

Sie nickte. »Kaspar ist tot«, sagte sie gefasst, beinahe froh. »Er war es, der in Galizien gefallen ist.« Sie lächelte. »Er hat mich nicht willentlich verlassen. Mich nicht einfach vergessen. Ich hatte Ihnen doch gesagt, dass das nicht sein kann.«

»Das haben Sie.« Emmerich setzte sich. »Es ist wichtig, dass Sie jetzt ganz genau nachdenken. Dieser Gerlach … Warum hat er sich Kaspars Identität angeeignet? Warum wollte er, dass ihn alle für tot halten? Hat Kaspar jemals etwas über ihn erzählt?«

Sie überlegte. »Wolfgang hat 1916 bei einem Fronturlaub irgendein Mädel geschwängert. Ich glaube, ihr Name war Erna. Erna Gabor. Um sie zu verführen, hat er das arme Ding wohl betrunken gemacht und ihr das Blaue vom Himmel versprochen. Gut möglich, dass er sich aus der Verantwortung stehlen wollte. Keine Ahnung, was aus ihr geworden ist.«

»Irgendein Mädel …«, wiederholte Winter und schaute zu Emmerich. »Denken Sie, was ich denke?«

35

»Sie schon wieder.« Nadia sah sie mit großen Augen an. »Ich glaube nicht …«

»Ich glaube schon.« Emmerich schob die Tür auf und nahm das Mädchen an die Hand.

Ohne großen Widerstand zu leisten, ließ sie sich von ihm in den Salon führen, wo Vormann und seine »Schützlinge« gerade dabei waren, eine Art Kostümprobe abzuhalten.

Kunstkataloge lagen herum, dazwischen Hüte, Federboas, Strumpfbänder, Fächer, Schuhe und Tücher. Nach Kleidung suchte man vergeblich.

»Das soll wohl Raffaels Sixtinische Madonna sein«, flüsterte Winter.

»Na toll. Lina darf schon wieder ein Engel sein, und ich muss wie immer den Kerl spielen. Nur weil ich am wenigsten Oberweite habe«, beschwerte sich die Blonde. »Warum kann das nicht Viktor übernehmen. Viktor macht das sicher gern.«

»Halt den Mund«, zischte Vormann, als er Emmerich und Winter in der Tür stehen sah. »Was wollen Sie denn schon wieder hier?«

»Wir wollen uns unterhalten.«

»Das haben wir doch schon.« Vormann bedeutete den Mädchen, den Raum zu verlassen, doch Emmerich stellte sich ihnen in den Weg.

»Werft euch etwas über, setzt euch hin, und dann wird Klartext geredet. Keine Geheimnisse mehr.« Er steckte sich eine Zigarette an und wartete, bis sie sich in ihre Morgenmäntel gehüllt hatten.

Aufgereiht wie Perlen auf einer Schnur, saßen sie vor ihm und starrten ihn an. Sechs Mädchen und in ihrer Mitte Fritz Vormann. Erneut kam diese sonderbare Stimmung auf. Schuld. Reue. Angst. Triumph. Emmerich konnte es nicht klar benennen.

»Gestern haben Sie behauptet, Sie wüssten nicht, wo Dworaschek wohnt. Komisch, dass wir Ihre Fingerabdrücke an seiner Tür gefunden haben.«

»Das muss ein Missverständnis sein.«

Emmerich lehnte sich gegen die Wand und ergötzte sich an Vormanns Nervosität. Dessen Oberlippe zuckte, Schweiß bildete sich auf seiner Stirn. Noch schuldiger konnte man nicht dreinschauen.

»Ich erzähle Ihnen jetzt mal etwas über Daktyloskopie. Diese kleinen Rillen auf Ihren Fingerkuppen – die sind einzigartig. Es gibt auf der ganzen Welt keine zwei Muster, die exakt gleich sind. Unsere Experten haben den Abdruck an der Tür mit dem aus Ihrer Verbrecherakte verglichen – und was soll ich sagen? Treffer.«

Die Mädchen betrachteten ihre Finger. Lina hustete. Nadia wurde ganz blass.

»Ich hab ein Alibi. Schon vergessen?« Vormann schaute nach links und nach rechts. »Was ist los mit euch? Worauf wartet ihr? Sagt es ihm. Sagt ihm, dass ich die ganze Nacht hier war.«

»Die Mädchen sind von Ihnen abhängig. Ihr Wort hat kein Gewicht.« Emmerich starrte Vormann direkt in die Augen, versuchte noch einmal zu erspüren, was hier vor sich ging.

»Sehen Sie doch endlich ein, dass diese Scharade nichts bringt. Ein Geständnis ist die einzige Option, die Ihnen bleibt. Spucken Sie es aus. Warum musste Dworaschek sterben? Und warum Hofb… Gerlach?«

»Gerlach?« Vormann wurde noch nervöser. »Ich kenne keinen Gerlach. Hören Sie … Ich … Wir … Das ist alles ganz anders, als Sie denken … Ich habe Theo nicht … Und auch sonst keinen … Ich habe doch nur …«

»Genug mit den Ausflüchten. Reden Sie endlich.«

Schweigen.

Emmerich zog seine Waffe und ein Paar Handschellen. »Fritz Vormann, ich verhafte Sie wegen des Mordes an Theodor Dworaschek.«

»Nein … Halt … Warten Sie!« Vormann riss erst die Hände in die Höhe und gestikulierte wild. Dann, als wäre mit einem Schlag alle Energie aus ihm gewichen, hielt er inne und sackte zusammen. »Ja, ich war in Theos Wohnung. Aber ich habe ihn nicht umgebracht. Das müssen Sie mir glauben.«

»Muss ich?«

»Ich war gestern Nachmittag dort, nachdem Sie mir erzählt haben, dass er tot ist.«

»Wir waren wirklich alle hier in der Nacht, in der Theo ermordet wurde.« Nadia nickte ernst. »Ich schwöre.«

Die anderen Mädchen taten es ihr gleich. Sie wirkten aufrichtig. Keine verwirrende Körpersprache, keine versteckten Signale.

»Nur mal angenommen, das wäre die Wahrheit … Warum sind Sie bei ihm eingebrochen? Hat es etwas mit dem Kind zu tun?«

»Dem Kind? Welchem Kind?«

Emmerich betrachtete die Mädchen und dachte an Elisabeth Dörflingers Worte. *Er hat 1916 bei einem Fronturlaub irgendein armes Mädel in die Bredouille gebracht.* 1916. Das war vier Jahre her. Sie waren zu jung. Viel zu jung. »Das erste Opfer des dunklen Boten hat eine Frau geschwängert und sich danach aus dem Staub gemacht.«

Nadia fasste sich an den Bauch. »Keine von uns hat ein Kind oder war jemals schwanger.«

»Aber warum wurde Dworaschek dann umgebracht?«

»Na, wegen der Bilder«, sprudelte es aus Lina heraus. »Weil dieser gierige Hund uns erpresst hat. Was glauben Sie, warum es hier drinnen so kalt ist? Oder warum wir kein Geld für Hustensaft hatten? Fast alles, was wir verdient haben, hat er uns abgenommen. Als wir uns geweigert haben zu zahlen, hat er uns verprügelt.« Sie stand auf, drehte sich um, ließ ihren Morgenmantel zu Boden gleiten und hob ihr Haar an, sodass Emmerich die Hämatome auf ihrem Rücken sehen konnte. »Wir haben ihm gesagt, dass er unser Leben zerstört. Dass er unsere Existenzen vernichtet. Aber ihm war das egal. Er hat nur gelacht.«

»Bilder? Erpressung? Prügel?« Emmerich schwirrte der Kopf. »Ganz langsam. Immer schön von vorn. Was für Bilder?«

Vormann seufzte. »Die von den Burschen.« Es war, als wäre jeglicher Widerstand in ihm zum Erliegen gekommen. »Freitags und samstags veranstalten wir Abende mit männlichen *Poses Plastiques*. Natürlich gibt es auch Fotografien davon. So ähnlich wie die eine, die Sie bei Theo gefunden haben. *Die Jungfrau* von Gustav Klimt. Nur halt für …«, er seufzte, »… für Homos.«

»Verstehe.« Emmerich nickte.

Unzucht wider die Natur wurde noch immer mit Kerkerhaft zwischen einem und fünf Jahren bestraft.

»Theo hat irgendwann begonnen, uns damit zu erpressen.«

»Uns? Die Mädchen sind unschuldig. Sie könnten höchstens als Mitwisser angeklagt werden, da sie aber in einem Abhängigkeitsverhältnis zu Ihnen stehen, wird kein Gericht der Welt sie verurteilen.«

»Wir stecken mit drin. Wir haben die Bilder immerhin verkauft«, sagte Nadia. »Sie machen mehr als die Hälfte unserer Einnahmen aus. Die Perversen zahlen gut dafür. Verbotene Früchte eben … Sie wissen schon.«

»Und wie und wo macht ihr das? Ihr könnt ja schlecht eine Anzeige in der Zeitung aufgeben.«

»Ach, es gibt verschiedene Orte, wo die Homos sich treffen … Mit der Zeit kennt man sich aus.«

Emmerich zündete sich eine neue Zigarette an, rauchte, versuchte, das soeben Gehörte einzuordnen. »Und was ist mit Hofb… Gerlach? Warum er?«

Vormann riss die Augen auf. »Oh nein«, rief er. »Sie verstehen das falsch. Wir haben niemanden umgebracht. Nicht Theo, nicht diesen Hofbauer und auch diesen Gerlach nicht. Alles, was wir uns zuschulden haben kommen lassen, sind die pornografischen Bilder und der Einbruch.«

»Wir haben die Negative, die Theo gestohlen hat, zurückgeholt«, erklärte Lina.

»Und was die Abende für die Perversen anbelangt …«, fügte Vormann hinzu. »Im Gegensatz zu den Spekulanten, Valutaschmugglern und Wucherern tun wir keinem weh. Im Gegenteil. Ich bin einer von den Guten.«

»Sagt das nicht jeder von sich?« Emmerich rauchte, dachte nach. In dem Raum war es so still, dass man die Marktschreier und Drehorgelspieler aus dem in der Nähe liegenden Prater hören konnte.

»Und jetzt?«, fragte Vormann.

»Jetzt wird mein Assistent kurz mit Ihnen rausgehen. Ferdinand?«

Winter schreckte auf. Er hatte gedankenverloren auf einen Kunstkatalog gestarrt. »Ja?«

»Bring ihn kurz raus.« Emmerich wartete, bis die beiden verschwunden waren. »Ist er tatsächlich einer von den Guten?«, wandte er sich schließlich an die Mädchen.

»Er ist in Ordnung«, sagte Nadia. »Er lässt uns hier wohnen, gibt uns Essen und Taschengeld. Natürlich nicht uneigennützig, aber es geht uns hier besser als auf der Straße oder in irgendwelchen Heimen.«

»Vor allem lässt er uns in Ruhe, wenn Sie wissen, was ich meine«, warf Lina ein. »Er interessiert sich nicht für Frauen, zumindest nicht auf diese Art und Weise. Das ist ein echter Segen.«

»Verstehe.« Emmerich nickte. »Dann lassen wir das Ganze fürs Erste auf sich beruhen.«

Er betrachtete die Mädchen, studierte ihre Gesichter, wurde daraus nicht schlau.

»Danke.«

Sie lächelten. Ehrlich. Lina warf ihm eine Kusshand zu. Die anderen machten es ihr nach.

Emmerich trat auf den Flur, blieb stehen, als er hinter sich ein Kichern vernahm. »So ein Glück«, hörte er eines der Mädchen flüstern.

Er streckte seinen Kopf noch einmal in den Salon. »So ein Glück, dass was?«

Die Mädchen liefen rot an, blickten zu Boden.

»Dass Sie so ein wahnsinnig netter Mann sind«, sagte Nadia. »So gut wie Sie sind nur die wenigsten.«

36

»Was an dem Wort ›dezent‹ hast du nicht verstanden?« Xaver schlug mit der Faust auf den Tisch.

Für einen kurzen Moment wurde es so still, als hätte die ganze Welt den Atem angehalten.

»Du fällst auf wie ein … Wie sagt man gleich? Wie ein bunter Hund.« István ging einmal um Toni Lesch herum, riss ihm die Mütze vom Kopf, warf sie auf den Boden und zückte ein Messer.

»He, Mann, was soll das?« Verunsichert blickte Lesch zwischen Xaver und István hin und her.

»Ich hab dir gesagt, dass du diesen Aufzug ablegen sollst. Du wirkst wie eine Mischung aus schmierigem Zuhälter und Zirkusclown. Schau dich nur mal an … der Pelzkragen, die Haartolle, die fetten Goldringe … Warum hängst du dir nicht gleich ein großes Schild um den Hals, auf dem ›Ganove‹ steht?« Xaver nickte István zu.

Der packte Leschs bunte Krawatte und schnitt sie ab. Die scharfe Klinge seines Messers glitt durch den Stoff wie durch ein Stück Butter. »Nächstes Mal ist es deine Kehle.«

»Niemand hat mich herkommen gesehen«, verteidigte sich Lesch. »Ich hab aufgepasst.«

»Ach ja?« Xavers Stimme triefte vor Hohn. »Genauso wie du letztens aufgepasst hast? Du bist verhaftet worden, du Vollidiot. Alles hast du in Gefahr gebracht. Ich hätte dich im Häfn verrotten lassen sollen.«

»Tut mir leid. Wie oft soll ich's noch sagen? Der Kerl hat mich provoziert. Ich hab mich wehren müssen. Immerhin hab ich einen Ruf zu verlieren.« Trotzig schürzte Lesch die Lippen. »Ständig krieg ich von euch nur Vorwürfe zu hören. Wie wär es zur Abwechslung mal mit ein bisschen Anerkennung? Ich und meine Leute haben ganze Arbeit geleistet. Die Brosch-, Felber- und Kandl-Platte sind ausgeschaltet. Lichtenberger und Steinwenger haben sich unterworfen. Der Westen und die Leopoldstadt gehören uns. Sobald wir die Waffen haben, können wir uns den Rest von Wien vornehmen und die verbliebenen Platten unter unsere Kontrolle bringen.«

Diese Information schien Xaver zu beschwichtigen. »Nun gut.« Er lehnte sich zurück und legte die Fingerspitzen aneinander. »Ich will ein letztes Mal über deine dumme Aktion hinwegsehen.«

Leschs Züge entspannten sich. »Wann kriegen wir die Waffen?«

»Morgen. Fünfhundert Gewehre, genauso viele Pistolen und einen Monatsvorrat Munition.«

Lesch pfiff durch die Zähne. »Sie sind wirklich ein ausgebuffter Hund.«

»Eben. Genau deshalb solltest du tun, was ich sage.« Xaver fasste in seine Hosentasche und zog ein Bündel Geldscheine daraus hervor. »Hier.« Er legte die Hälfte davon auf den Tisch. »Kauf dir einen braunen Anzug und ein weißes Hemd.« Er packte noch einen Schein darauf. »Und geh zum Frisör.«

Lesch bückte sich nach seiner Mütze, klopfte sie aus und setzte sie auf. Dann griff er nach dem Geld.

Xaver packte seine Hand. Drückte zu, so fest er konnte. »Du spielst jetzt bei den Großen mit, nicht mehr im Kasperltheater. Verhalte dich also gefälligst auch so.« Er ließ los.

Lesch rieb sich das Gelenk und verschwand ohne ein Wort des Grußes.

»Behalt ihn im Auge«, wies Xaver István an. »Wenn er nicht bald lernt zu gehorchen, müssen wir ihn ausschalten und ersetzen.«

»So wie Kopp?«

»Keine Risiken. Keine losen Enden. Nicht bevor die Stadt unter unserer Kontrolle ist.« Xaver fing an zu lachen. »Wenn Béla wüsste, was wir hier in seinem Namen abziehen.«

István fand das offenbar nicht ganz so lustig. »Ich hoffe, er kriegt nie Wind davon. Béla war schon in Sibirien ein brutales Schwein, aber du hättest ihn in Budapest erleben sollen …«

»Wir haben ihn und sein revolutionäres Geschwafel ein ganzes Jahr lang ertragen. Es ist nur fair, dass wir jetzt Profit daraus schlagen. Außerdem: Wie soll er denn davon erfahren?«, winkte Xaver ab. »Der interessiert sich nicht für Österreich und für uns noch viel weniger. Er ist viel zu sehr damit beschäftigt, in Russland Weißgardisten abzuschlachten.«

»Dein Wort in Gottes Ohr.« István rieb sich über die Kinnlade. »Ich fasse es noch immer nicht, dass der Plan so einfach funktioniert hat und Müllners Leute uns den Quatsch geglaubt haben.«

»Die einfachsten Dinge sind oft die besten.« Xaver wurde wieder ernst. »Ich habe alles durchdacht. Wieder und wieder. Ich kann keinen Schwachpunkt finden. Das Boot liegt im Freudenauer Hafen vor Anker, wir beladen es mit den Waffen und lassen die Fabrikswehr im Glauben, es sei auf dem Weg nach Sewastopol.«

»Stattdessen fährt es aber nur bis Fischamend.«

»Genau. Oleg wird mit ein paar Männern dort warten, alles ausladen und an Lesch und seine Burschen verteilen.«

»Müllner und seine Leute werden irgendwann ihr Geld einfordern. Was dann?«

»In ein paar Tagen sind die Platten vereint und unter unserer Kontrolle. Bis an die Zähne bewaffnet, bilden sie die schlagkräftigste Untergrundorganisation Wiens. Niemand wird es mehr wagen, etwas von uns zu fordern.«

»Auch nicht Männer wie Veit Kolja?«

»Es wird ein Leichtes sein, Kolja und die anderen Gaunerbanden auszuschalten. Der Schwarzmarkt für Lebensmittel, Drogen und Valuten ist dann fest in unseren Händen.« Xaver grinste selbstzufrieden. Er würde uneingeschränkter Herrscher sein, unangefochtener König. Wien, diese gefallene Schönheit, war zur billigen Hure verkommen, und er würde sie sich nehmen.

»Wenn uns nichts in die Quere kommt«, riss István ihn aus seinen Tagträumen.

»Was soll uns denn schon groß in die Quere kommen?«

»Nicht was. Wer.«

»Du redest von Emmerich? Für den hab ich mir was ausgedacht. Nicht mehr lange, dann werde ich ihn zertreten wie einen lästigen Käfer. Und bis dahin soll er leiden.«

37

Das Treppensteigen bereitete Emmerich an diesem Tag mehr Schmerzen denn je. Jede einzelne Stufe war eine reine Tortur – und es waren viele. Er biss die Zähne aufeinander und versuchte, sich nichts anmerken zu lassen. Das Polizeigebäude war kein Ort, der Schwäche verzieh.

»Alles in Ordnung?«, fragte Winter.

»Jaja«, winkte Emmerich ab. »Es ist nur dieser verdammte dunkle Bote, der mir Kopfzerbrechen beschert. Wo liegt die Verbindung zwischen Dworaschek und Gerlach? Was ist das Motiv für die Morde?«

Er blieb an der Balustrade stehen und blickte nach unten ins Vestibül, wo reges Kommen und Gehen herrschte. Hier wurde im Kleinen sichtbar, was sich draußen im Großen ereignete. Der Weltkrieg, der Weltruin, er hatte eine Zeit des Elends und der Schurkerei geboren. Fremdes Eigentum wurde kaum mehr respektiert, zwielichtige Elemente betrieben illegale Geschäfte, alles ging drunter und drüber, nichts war den Menschen mehr heilig.

»Wir sollten dringend mit dieser Erna Gabor reden. Dem Mädel, das dieser Gerlach in die Bredouille gebracht hat.« Winter hatte sich neben ihn gestellt und war seinem Blick gefolgt. »Schauen Sie. Da unten. Ist das nicht Fräulein Fanni? Gretes Freundin aus dem Landesgericht?« Er winkte. »Sie hat was von einem Gardeoffizier. Sehen Sie nur, wie streng sie schaut.«

Sie hatte sie bemerkt, nickte ihnen zu und ging weiter ihres Weges.

»Es gibt tatsächlich Frauen, die gegen deinen Charme immun sind«, wunderte sich Emmerich, während sie durch die Abteilung gingen. »Wer hätte das gedacht?«

»He, Emmerich.« Peter Brühl war aus seinem Büro getreten und stellte sich ihnen in den Weg. Er kaute auf einem Zahnstocher herum und schaute finster drein. Taktierend. Von dem überheblichen Grinsen, das er normalerweise auf den Lippen trug, war nichts zu sehen. Szepanek stellte sich neben ihn und schaute sie ebenfalls grimmig an.

»Was ist?« Als keiner der beiden etwas sagte, wiederholte Emmerich seine Frage. Ein ungutes Gefühl überkam ihn.

»Ihr habt euch gestern um die Leiche in Albern gekümmert.«

»Und?«

»Bei uns ist ein Anruf eingegangen. Darin wurde angedeutet, dass Sie in die Sache verwickelt sind.«

»Die Sache?«

»Den Mord.« Szepanek verschränkte die Arme vor der Brust und baute sich breitbeinig vor Emmerich auf.

»Der Tote, ein gewisser Bruno Kopp, war offenbar Schwarzmarkthändler, und Sie waren einer seiner besten Kunden.« Brühl nahm den Zahnstocher aus dem Mund und zeigte damit auf ihn. »Sie haben Ihren stinkenden Tabak bei ihm gekauft. Im Franz-Josefs-Bahnhof. Dafür gibt es Zeugen.«

»Das macht mich zum Raucher, nicht zum Mörder.«

»Laut dem Anrufer gab es Streit. Sie haben Kopp bedroht, angekündigt, dass Sie ihm was antun werden. Ein alter Tschickarretierer kann das offenbar bestätigen. Wir haben gerade jemanden losgeschickt, um die Aussage des Mannes einzuholen.«

Für einen kurzen Augenblick verschlug es Emmerich die Sprache. Der Anrufer … Das musste Xaver Koch gewesen sein, dieser elende Dreckskerl. »Ich habe Feinde«, sagte er, als er sich wieder gefangen hatte. »So wie jeder Polizist in der Stadt. So wie Sie sicher auch. Jemand will mir eins auswischen.« Das war nicht einmal gelogen. »Sie sollten nicht alles glauben, was irgendein dahergelaufener Anrufer erzählt. Denken Sie im Ernst, ich würde meine Position hier wegen ein paar Gramm Machorka aufs Spiel setzen?«

»Sie sind anders als die anderen Kollegen«, spie Szepanek aus. »Skrupelloser, brutaler. Eine Schande für die Abteilung. Schauen Sie doch nur mal in den Spiegel. Ihre zerschundene Visage spricht Bände.«

»Die spricht dafür, dass ich bereit bin, für die gerechte Sache auch mal was einzustecken.« Emmerich fuhr mit dem Finger über Szepaneks feinen Zwirn, musterte dessen glatt rasiertes Gesicht, die akkurat frisierten Haare. »Was man von Ihnen nicht behaupten kann. Schönen Tag noch, meine Herren.«

»Das letzte Wort ist noch nicht gesprochen.« Brühl trat zur Seite, und Emmerich ging gemeinsam mit Winter auf ihr Büro zu. »Wir behalten Sie im Auge«, zischte er ihm hinterher.

Emmerich schlug die Tür hinter ihnen zu. »Brühl ist ein karrieregeiler Opportunist und dieser Szepanek ein heuchlerischer Moralapostel.«

»Ganz egal, was die beiden sind – es ändert nichts daran, dass Sie ziemlichen Ärger am Hals haben.«

Emmerich ließ sich auf seinen Stuhl fallen, fuhr sich mit der Hand über sein unrasiertes Kinn. »Koch, das Schwein, wird keine Ruhe geben, bis ich mit dem Gesicht nach unten in der Donau treibe.«

»*Tief im Schatten alter Rüstern, starren Kreuze hier am düstern Uferrand*«, zitierte Winter geistesabwesend. »*Aber keine Epitaphe, sagen uns …*«

»Danke, Ferdinand, aber das macht's nicht gerade besser.«

»Ich geh zu Fräulein Grete und organisiere uns die Adresse von dieser Erna Gabor. Hoffentlich ist sie gemeldet.«

»Nimm das mit.« Emmerich reichte ihm die Skizze, die er gemacht hatte. »Die Hühnerarmee soll sich mal umhören, was das sein könnte.«

Es dauerte ein Weilchen, bis Winter wieder zurück ins Büro kam. »Erna Gabor arbeitet in einer Stehweinhalle in der Idagasse«, verkündete er. »Die Skizze ist noch im Umlauf.«

Emmerich wollte gerade nach seinem Mantel greifen, als das Telefon zu läuten begann. »Bitte nicht noch mehr Probleme.« Er fuhr sich mit den Händen durchs Haar und hob ab. »›Leib und Leben‹. August Emmerich am Apparat … Fräulein Lehner? … Ich höre … Nein, bei uns wurde nichts gemeldet … Ich würd's Ihnen sagen … Ja, ganz sicher … Ich bitte darum … Wiederhören.« Er hängte auf. »Noch eine Zunge«, sagte er. »Das Päckchen wurde vor der Tür der Redaktion abgelegt. Die Schachtel darin trägt die römische Ziffer Acht. Du weißt, was das heißt.«

»Dass es irgendwo in der Stadt einen weiteren Toten gibt.« Winter seufzte. »Einen übel zugerichteten, bizarr inszenierten Toten.«

»Sag Grete Bescheid, dass wir zu einer Befragung in die Idagasse fahren. Sie soll nach uns schicken lassen, sobald der Mord gemeldet wird.«

In der Kutsche legte Emmerich seinen Kopf zurück. Der dunkle Bote, Koch, Brühl und Kolja. Sie alle saßen ihm im Nacken wie ein zentnerschweres Joch. Er blickte zu Winter.

Wie gern er die Bürde mit ihm geteilt hätte, doch es war sein Kreuz. Er musste es allein tragen. Es war nicht fair, den jungen Mann mit seinen privaten Sorgen zu belasten.

»Alles in Ordnung?«

Emmerich versuchte, sich das Joch aus dem Nacken zu reiben. »Wir sind gleich da«, sagte er. »Lass uns hoffen, dass diese Erna uns weiterhilft.«

Das Lokal, in dem Erna Gabor arbeitete, war eine Mischung aus derber Gastwirtschaft und Bahnhofshalle. Das Licht war schummrig, und das war wohl besser so. Die Einrichtung wirkte heruntergekommen. Alles, was einst weiß gewesen war, hatte sich im Laufe der Jahre gelblich braun verfärbt. Die Vorhänge, die Wände – selbst einige der Gäste sahen arg mitgenommen aus.

Um die einzelnen Stehtische hatten sich Trauben von Menschen gruppiert. Manche stritten, manche sangen, andere starrten trübsinnig in ihre Gläser. Hass, Heiterkeit und Melancholie. Nirgendwo lagen sie so nah beieinander wie in den alkoholschwangeren Tempeln der Zerstreuung.

»Hier drinnen brauchen Sie sich keine Zigarette anzustecken.« Winter wedelte mit der Hand vor dem Gesicht herum. »Einmal einatmen reicht, um eine Tagesdosis Nikotin abzubekommen.« Er schaute sich um. »Ich sehe keine Kellnerinnen. Sie?«

»Stehweinhallen sind mit Selbstbedienung.« Emmerich zeigte auf einen langen Tresen am Ende des Raumes. »Wer Wein will, muss nach hinten gehen. Eine Herausforderung, der so mancher Gast nicht mehr gewachsen ist. So sortieren sich die Schnapsleichen selbst aus.« Er bahnte sich einen Weg durch die Menge. »Von wegen, der Wiener hat ein goldenes Herz«, murmelte er, als er an einer Gruppe Herren vorbeikam, die antisemitische und frauenfeindliche Parolen lallten und darüber in schallendes Gelächter ausbrachen.

»Rot oder Weiß?« Eine vollbusige Frau in einem Dirndl griff nach zwei Viertellitergläsern. Kleinere gab es nicht.

»Rot, bitte.« Emmerich zeigte seine Marke. »Wir suchen Erna Gabor.«

Die Schankkraft hielt inne, legte den Kopf schief. »Erna!«, brüllte sie ins Hinterzimmer, drehte sich zu einem riesigen Fass um und betätigte den Zapfhahn. »Was ist los? Die muss doch wohl ned z'ruck?«

»Zurück wohin?«

»Na ins G'fängnis. Es ist nicht leicht, eine zu finden, die anpacken kann, nicht sauft und's hier aushält. Mit dem Rauch und dem Lärm und den B'soffenen. Die Erna ist eine Anständige. Was auch immer sie g'macht hat – drucken S' ein Aug zu.« Sie schob die Gläser über den Tresen. »Geht aufs Haus.«

Eine groß gewachsene Frau erschien in der Tür. Irgendwann einmal – bevor das Leben sie durch die Mangel gedreht hatte – musste sie attraktiv gewesen sein. Eine herbe, wilde Schönheit, das ließen ihr Gesicht und ihre Haltung erahnen. Doch jetzt wirkte sie eher müde und verhärmt.

»Was gibt's?« Als Erna Gabor sie sah, versteinerte sich ihre Miene.

»Ich bin August Emmerich, das ist Ferdinand Winter. Wir sind …«

»Sie sind von der Polizei.«

Emmerich sah an sich hinunter, versuchte zu ergründen, warum die junge Frau so schnell darauf hatte schließen können.

»Wenn man länger mit eurer Sorte zu tun hat, kriegt man einen Blick dafür.« Sie steckte die Hände in die Taschen ihres Kittels und ging zurück ins Hinterzimmer.

Emmerich nahm einen großen Schluck Wein und folgte ihr mit seinem Assistenten.

»Ich habe mir nichts zuschulden kommen lassen.« Erna Gabor griff nach einer hölzernen Scheuerbürste und kniete sich auf den Boden.

Emmerich sah zu ihr hinunter. »Warum waren Sie im Gefängnis?«

»Das wissen Sie doch sicher längst.« Sie fing an zu schrubben. Die groben Borsten kratzten über die rauen Fliesen. »Steht alles in den Akten. Wird man nie wieder los.«

»Erzählen Sie einfach.«

»Kindstötung.« In ihrer Stimme schwang keine Emotion mit, doch die Haltung ihres Körpers veränderte sich. Ihre Muskeln wurden hart, ihre Finger umklammerten die Bürste noch fester.

»Der Vater des Kindes … War das Wolfgang Gerlach?«

»Warum sind Sie hier, wenn Sie eh schon alles wissen?«

»Ich will Ihre Version hören.«

Sie lachte. Trocken und heiser. »Meine Meinung hat noch nie jemanden interessiert. Besonders nicht jemanden wie Sie. Einen Polizisten. Einen Mann.« Sie spuckte ihm die Worte förmlich vor die Füße.

Emmerich ging neben ihr in die Hocke, schwieg, wartete. Im Schankraum wurde gezankt, skandiert und ein alter Gassenhauer gegrölt.

Da geh ich zu Maxim,
Dort bin ich sehr intim,
Ich duze alle Damen
Ruf sie beim Kosenamen,
Lolo, Dodo, Joujou,
Clocio, Margot, Froufrou.

Er wartete weiter, blendete das Klatschen aus, das Johlen, das Lallen, ließ die Zeit verrinnen, Sekunden, Minuten.

»Eine grauenvolle Tat haben sie es genannt«, sprach Erna Gabor endlich weiter. Sie setzte sich auf ihre Fersen, legte die Bürste in den Schoß und sah auf ihre Hände. »Für mich war es ein Akt der Gnade. Die Herrschaft hat mich entlassen, als sie meinen Zustand bemerkt hat. Dann ist Wolfgang im Krieg gefallen. Ich war ganz allein auf der Welt. Nix zu beißen, kein Dach überm Kopf, keine Arbeit. Was hätt' ich denn machen sollen? Gefroren hat der kleine Wurm und gehungert. Mein Körper wollt' keine Milch geben, konnt' einfach nicht. Sie hätt' die nächsten Tage sowieso nicht überlebt, und auch wenn … Was hätt' sie denn für eine Zukunft gehabt?«

»Sie hätten sie in ein Heim geben können«, platzte es aus Winter heraus.

Erna Gabor schnaubte. »So was kann auch nur ein feiner Bursche wie Sie sagen. Wissen Sie, wie's in solchen Anstalten zugeht? Wie die Fliegen verrecken die Kinder dort. Und die, die's nicht tun, werden geprügelt und missbraucht. Die Hölle ist ein schöner Ort dagegen. Das Heim, das wär eine grauenvolle Tat gewesen, genauso wie das Lebenlassen.«

Winter betrachtete Emmerich mit großen Augen.

Der nickte wissend. »Wie lange mussten Sie einsitzen?«

»Sechs Monate im Kerker, danach zwei Jahre in der Weiberstrafanstalt. Kein Tag ist vergangen, an dem ich mir nicht gewünscht hab, ich wär mit der Kleinen mitgegangen.« Sie fing wieder an zu schrubben. Noch härter als zuvor.

Emmerich beobachtete sie. »Wolfgang Gerlach. Sie wissen es, nicht wahr?«

Sie krallte die Finger tief in das Holz, an ihrer Schläfe trat eine Ader hervor. Ihr Schweigen sagte mehr als tausend Worte.

»Sie wissen, dass er nicht gefallen ist.«

»Vor ein paar Wochen hab ich ihn zufällig auf der Straße gesehen.« Es war das erste Mal, dass sie aufblickte. Hass funkelte in ihren Augen.

»Wo waren Sie in der Nacht von Sonntag auf Montag?«

»Warum?«

»Sagen wir es mal so. Jemand hat Gerlach dorthin geschickt, wo alle ihn längst wähnten.«

Es dauerte einen Augenblick, bis sie verstand. »Wie ist es passiert? Hat er gelitten?«

»Friedlich eingeschlafen ist er jedenfalls nicht.«

Ein Lächeln umspielte ihren Mund. »Gut.«

»Haben Sie ein Alibi für die Nacht?«

»Ich hab bis ungefähr ein Uhr hinter der Theke gearbeitet. Vielleicht war's auch zwei.« Sie zuckte mit den Schultern. »Danach hab ich die Besoffenen rausgekehrt, aufgeräumt und die Gläser gespült. Helene, die andere Hilfskraft, kann das bestätigen. Als wir fertig waren, sind wir schlafen gegangen.« Sie deutete auf die Zimmerdecke. »Wir teilen uns oben eine Kammer.«

»Wusste sonst noch wer, dass Gerlach lebt? Haben Sie mit jemandem darüber geredet?«

»Geredet? Mit niemandem. Helene und die Wirtin wissen vom Gefängnis, aber nicht mehr. Ich mag nicht von den alten Sachen erzählen. Nicht von seinen Versprechungen, der Schwangerschaft und seinem vermeintlichen Tod. Davon wird es auch nicht besser. Im Gegenteil.« Erna Gabor konzentrierte sich wieder auf ihre Arbeit. Scheuerte in gleichmäßigem Rhythmus. Vor und zurück. Vor und zurück. »War's das?«

»Kannten Sie Theodor Dworaschek?«

Sie überlegte kurz und schüttelte den Kopf. »Nie gehört.«

Emmerich erhob sich. »Es tut mir leid. Alles.« Mehr fiel ihm nicht ein.

Sie verließen das Lokal, ließen den weinseligen Dulliöh hinter sich.

»Was halten Sie von der Sache?« Winter wich einem Haufen Pferdeäpfel aus, der auf dem Gehsteig vor sich hin dampfte.

»Beide Opfer waren gemeine Mistkerle. Gerlach hat Erna Gabor ins Verderben gestürzt. Dworaschek hat Minderjährige geschlagen und an den Rand des Ruins getrieben.«

»Sie glauben, der dunkle Bote wollte sie rächen? Das Verhalten der Männer bestrafen?«

»Es könnte so sein. Unser Mörder schafft dort Recht, wo die Gesetzgebung versagt.«

»Aber wo ist der gemeinsame Nenner? Vormanns Mädchen haben aus gutem Grund alles geheim gehalten. Erna Gabor hat auch niemandem davon erzählt. Woher wusste der dunkle Bote also von den Vorfällen?«

»Das, mein lieber Ferdinand, ist die große Frage.«

38

Im Sekretariat von »Leib und Leben» herrschte rege Betriebsamkeit. Durch die offene Doppelflügeltür drangen das Klappern von Schreibmaschinen, Gemurmel und unterdrücktes Husten auf den Flur.

»Ich wollte gerade nach Ihnen schicken lassen.« Grete sprang auf, kaum dass Emmerich und Winter die erste Etage des Polizeigebäudes betreten hatten. »Das dritte Opfer ist gefunden worden. Hier.« Sie reichte Emmerich einen Zettel, auf den sie die Adresse geschrieben hatte.

»Stanislaus Liebowitz«, las er vor. »Sicher, dass es der dunkle Bote war?«

»Die Anruferin hat es zumindest behauptet.«

»Dann nichts wie los.«

»Wo müssen wir hin?«, fragte Winter auf der Straße.

»In den 3. Bezirk, ganz in der Nähe vom Stadtpark.«

»Zwei Grad unter null ist es heute.« Winter wickelte seinen Schal zweimal um den Hals. »Dabei ist offiziell immer noch Herbst.«

»Ich weiß.« Emmerich zog die Schultern hoch. »Heute Nacht ist offenbar eine Frau in einer öffentlichen Telefonzelle erfroren. Sie hat darin wohl Unterstand gesucht. Wenn das so weitergeht, herrschen bald wieder Zustände wie im Hungerwinter '18.«

»Hoffen wir, dass es das Schicksal dieses Jahr besser mit uns meint.«

Schweigend gingen sie über den Franz-Josefs-Kai, bogen in die Dominikanerbastei, liefen vorbei an der Postsparkasse, die von Otto Wagner im Jugendstil errichtet worden war, bis zum Dominikanerkonvent, der der Straße seinen Namen verliehen hatte. Dort bogen sie links ab, passierten das pompöse Kaffeehaus Lurion und liefen weiter in Richtung des 3. Bezirks.

»Schick«, bemerkte Winter, als sie vor einer schönen Gründerzeitvilla angelangten.

Emmerich nickte und pfiff durch die Zähne. »Bin gespannt, ob es auch hier Mieter gibt, die wie Ratten im feuchtkalten Dienstbotentrakt hausen müssen.«

Noch bevor sie anläuten konnten, wurde die Tür aufgerissen.

»Endlich.« Eine rundliche Frau in einer Schürze bedeutete ihnen einzutreten. Ihre Augen waren verquollen, aus ihrem Dutt hatten sich einzelne Haarsträhnen gelöst.

»Ich bin August Emmerich. Das ist Ferdinand Winter. Wir sind von der Kriminalpolizei. Sie …«

»Magdalena Nowak. Ich bin die Haushälterin.«

Emmerich sah sich um. Die Einrichtung entsprach ungefähr dem, was er sich vorgestellt hatte. Massives Mobiliar, schwere Samtvorhänge, Lampen mit aufwendigen Verzierungen. »Eine gute, wie's aussieht.« Tatsächlich war das Interieur blank poliert, kein Staubkorn weit und breit zu sehen.

Die Frau schnäuzte sich und lächelte.

»Sie haben den Toten gefunden?«

»Ich wollte Herrn Liebowitz sein Tonikum bringen.« Sie zeigte nach oben. »Und da lag er dann …« Ihre Pupillen weiteten sich, ihr Atem beschleunigte. Der Gedanke an die Leiche setzte ihr sichtlich zu.

»Herr Liebowitz war der Hausherr?«

Sie nickte.

»Lebt außer Ihnen noch jemand hier?«

»Nur Herr Liebowitz und ich.«

Geistesabwesend starrte sie ins Leere, wurde ganz blass. Offenbar sickerte die Realität in ihr Bewusstsein, die unangenehme Wahrheit, dass sie nicht nur ihren Dienstgeber verloren hatte, sondern mit ihm auch ihre Stellung und ihr Heim.

»Wie war er als Mensch?«, lenkte Emmerich schnell ab.

Die Haushälterin fasste sich an die Brust. »Ein guter. So ein guter. Seit fünf Jahren arbeite ich nun schon für ihn. Kein einziges Mal ist er grob gewesen oder unfreundlich. Er hat sehr vielen Menschen geholfen, besonders den Witwen und den Waisen. Ihnen hat er in dieser schlimmen Zeit viel Trost gespendet.« Sie atmete tief ein, sammelte sich und stieg die Treppe hoch. »Kommen Sie?«

Sie folgten ihr nach oben und durch einen langen Flur. »Er ist da drin … In seinem Arbeitszimmer …« Anstatt die Tür zu öffnen, trat sie einen Schritt zurück.

»Schon gut.« Emmerich nickte ihr verständnisvoll zu.

»Kochen Sie sich doch einen Tee«, schlug Winter vor. »Wir kommen gleich nach.«

»Ich mach Ihnen auch einen. Mit Schuss.« Schnell verschwand sie nach unten.

»Glauben Sie, er ist wirklich unser drittes Opfer? Vom Milieu her passt er nicht zu den anderen beiden und von der Beschreibung her auch nicht.«

»Wir werden's gleich sehen.« Emmerich legte seine Finger um den Knauf. »Bereit?«

»Nein, aber das tut ja wohl nichts zur Sache.«

»Stimmt auch wieder.« Er öffnete die Tür und starrte in den Raum.

»Wie schlimm ist es?«

»Sieh selbst.« Er trat zur Seite.

Winter warf vorsichtig einen Blick in das Zimmer und atmete auf. »Ich glaube, wir sind falsch. Das war nicht der dunkle Bote.«

Der Raum war so blitzblank wie der Rest des Hauses. Nirgendwo war Blut zu sehen, es roch sauber, nichts deutete auf ein Gewaltverbrechen hin.

»Scheint, als wäre er friedlich im Schlaf gestorben.« Emmerich betrachtete den Mann, der auf einer Chaiselongue lag und so aussah, als würde er ein Nickerchen halten. Seine Augen waren geschlossen, sein Gesicht wirkte entspannt. Er war mit einem karierten Federbett zugedeckt, das bis unter seine Nase gezogen war. »Alma Lehners reißerische Artikel verursachen Panik. Du wirst sehen – das wird nicht der einzige Tote bleiben, der dem dunklen Boten fälschlicherweise angelastet wird.«

»Gehen wir zurück ins Büro. Vielleicht ist der richtige … Chef? Ist was?«

Emmerich hatte die Augen zusammengekniffen und betrachtete den rechten Arm des Mannes. Er hing auf den Boden und wirkte irgendwie fehl am Platz.

Winter folgte Emmerichs Blick. Von der Hand des Toten, über dessen Ellenbogen bis hinauf zur Schulter. »Irgendetwas stimmt da anatomisch nicht.«

Vorsichtig schlug Emmerich das Federbett zurück. »Was zur Hölle …«

»Vielleicht war es doch kein falscher Alarm.«

Sie starrten auf die Leiche, deren Körper auf dem Bauch lag, während der Kopf an die Decke blickte.

»Hast du einen Bleistift dabei?«

Sein Assistent zog einen aus seiner Brusttasche und reichte ihm diesen.

Er öffnete damit den Mund des Toten. »Die Zunge ist weg. Das ist wirklich das dritte Opfer. Der dunkle Bote hat ihm den Hals umgedreht, im wahrsten Sinne des Wortes.«

»Behalten Sie ihn«, sagte Winter, als Emmerich ihm den Bleistift wiedergeben wollte.

»Unten habe ich einen Telefonapparat gesehen. Sei so gut und ruf Zech von der Spurensicherung und Dr. Hirschkron an. Ich rede in der Zwischenzeit mit der Haushälterin.«

Emmerich fand sie in der Küche. »Gemütlich haben Sie's hier.« Tatsächlich war es hell und freundlich. Im Ofen prasselte ein Feuer. Wohlige Wärme umfing ihn.

»Bitte, setzen Sie sich.« Frau Nowak trat an den Herd, auf dem ein Topf mit kochendem Wasser stand.

Er hielt seine Nil in die Höhe. »Stört es Sie?«

»Nur zu.« Sie löffelte getrocknete Kräuter in eine bauchige Kanne und goss das Wasser darüber. Der Duft von Salbei, Orangen und Zimt breitete sich aus. »Er war es. Der dunkle Bote. Nicht wahr?«

Emmerich lehnte sich zurück, massierte seinen Nacken und blies Rauchkringel in die Luft. »Erzählen Sie mir alles. Ganz genau. Jedes Detail. Wie haben Sie Herrn Liebowitz gefunden? War irgendetwas anders als sonst? Ist Ihnen etwas Verdächtiges aufgefallen?«

»Alles war so wie immer. Gegen sieben bin ich aufgestanden, habe eingeheizt und Kaffee aufgesetzt. Anschließend bin ich einkaufen gegangen. Gemüse, Brot, Fisch. Vor jedem Laden ewig lange Schlangen. Sie wissen ja, die Versorgungslage … Als ich endlich wieder hier war, war es bereits halb zwölf. Ich habe sein Tonikum zubereitet …« Sie atmete schwer. »Erst dachte ich, er schläft, aber dann hab ich ihn angestupst. Die Decke ist verrutscht, sein Arm ist auf den Boden gefallen, und dann hab ich es gesehen …« Die Haushälterin schlug die Hände vors Gesicht und begann zu weinen. »Wer macht denn so was?«, stieß sie mit tränenerstickter Stimme hervor.

»Wenn wir das wüssten.« Müdigkeit umfing ihn, er unterdrückte ein Gähnen. »Gab es Streit? Hatte er Feinde?«

»Ich hab doch schon gesagt, dass er ein guter Mensch war.«

»Auch gute Menschen haben manchmal Ärger.«

Sie schnäuzte sich, stellte zwei Tassen auf den Tisch und überlegte. »Es gab da mal eine Frau … Eine Klientin …«

Emmerich wurde hellhörig, setzte sich aufrecht hin. »Was hat sie ihm vorgeworfen? Wie lautet ihr Name?«

»Ihren Namen weiß ich nicht. Diese furchtbare Person hat jedenfalls behauptet, er sei ein Betrüger. Das war natürlich völliger Blödsinn, und sie konnte es selbstverständlich nicht beweisen. Sie müssen wissen, Herr Liebowitz war ein berühmtes und sehr seriöses Medium.«

»Ein Medium?« Emmerich verkniff sich einen bösen Kommentar. »Er war ein Wahrsager? War das seine Profession?«

Magdalena Nowak nickte ernst und schenkte ihnen Tee ein. »Er war der beste. Bekannt bis über die Grenzen.«

»Seit die Siegermächte das Reich zu diesem Zwergstaat degradiert haben, ist das nicht schwer.«

Sie ignorierte seinen Kommentar, suchte nach etwas unter der Spüle und zauberte eine Flasche Rum hervor. »Sie hätten einmal dabei sein müssen. Spätestens nach einer Séance wären Sie hellauf begeistert von seinen übersinnlichen Fähigkeiten gewesen.« Die Haushälterin verlieh dem Tee den nötigen Schuss, nahm einen Schluck und setzte sich.

Emmerich verstand endlich, warum Stanislaus Liebowitz dem dunklen Boten zum Opfer gefallen war. Die Neigung zum Mystizismus hatte seit Beginn des Krieges erheblich zugenommen, und mit ihr waren Lügner und Betrüger, die sich als Hellseher, Wahrsager oder Ähnliches ausgaben, wie Pilze aus dem Boden geschossen. Millionen von Menschen waren gestorben. Gefallen, verhungert, erfroren oder von Krankheiten dahingerafft. Ihre Angehörigen wünschten sich oft nichts sehnlicher, als mit ihnen in Kontakt zu treten, letzte Worte auszutauschen, Unausgesprochenes endlich loszuwerden. Doch die vermeintlichen Helfer waren in Wahrheit skrupellose Bauernfänger, die aus den Ängsten und dem Schmerz der Trauernden Profit schlugen.

»Spurensicherung und Gerichtsmedizin sind auf dem Weg.« Winter war in die Küche gekommen.

»Hat Herr Liebowitz Aufzeichnungen geführt?«, fragte Emmerich. »Über all die Menschen, die er beschi… beraten hat?«

Magdalena Nowak nickte. »Ich hole sie Ihnen. Sie werden sehen, die anderen Klienten waren sehr zufrieden.« Wenige Minuten später kam sie mit drei dicken Büchern zurück.

»Das sind aber viele.«

»Ich sagte ja: Er war berühmt. Bekannt bis über die Grenzen.«

»Egal, wie prominent. Ein Schwindler bleibt ein Schwindler.« Emmerich nahm die Unterlagen an sich und stand auf.

»Und ein Ignorant bleibt ein Ignorant.« Die Haushälterin brachte sie zur Tür. »Eines Tages werden Sie erkennen, dass es zwischen Himmel und Erde mehr gibt, als wir erahnen können. Es würde mich nicht wundern, wenn auch der dunkle Bote eine Verbindung ins Schattenreich hätte.«

»Ich fürchte, der Kerl ist rein weltlicher Natur. Um das Böse zu finden, muss man nicht an Geister und Dämonen glauben. Ein Blick in die menschliche Seele reicht voll und ganz. Passanten, Nachbarn, Verwandte … Wir alle tragen es in uns. Das ist beängstigender, als der Teufel es je sein könnte.« Emmerich fasste an seine Mütze, und sie verließen das Haus.

Der Weg zurück in Richtung Roßauer Lände führte sie durch den Stadtpark, wo vor dem großen Teich eine Sesselfrau zähneklappernd auf Kundschaft wartete. Wer bei einem Besuch der Wiener Grünanlagen nicht auf dem Boden sitzen wollte, konnte bei Frauen wie ihr einen Stuhl mieten, doch derzeit liefen die Geschäfte schlecht für die Vertreterinnen ihrer Zunft. Niemand wollte seine Zeit zwischen kahlen Bäumen und welkem Gras verbringen. Als sie sie sah, leuchtete ihr Gesicht kurz auf.

»Tut mir leid.« Emmerich schenkte ihr einen entschuldigenden Blick. »Ein anderes Mal.«

Er dachte an die Vögel, die im Frühling hier zwitscherten, den Sommer mit seinen lauen Abenden und den Herbst, der die Bäume in eine Symphonie aus Farben verwandelte. Wenn er die Kinder und Luise endlich gefunden hatte, wenn sie endlich wieder eine Familie waren, würden sie zusammen herkommen und Stühle mieten. Unendlich viele Stühle für unendlich viele Stunden der Gemeinsamkeit.

»Christus wird seine Engel aussenden«, wurde Emmerich aus seinen Träumen gerissen.

Die Stimme gehörte einem schwarz gekleideten Mann, der auf dem Parkring stand. In der einen Hand hielt er ein Kruzifix, in der anderen eine Bibel. »Sie werden all jene zusammenholen, die Gottes Gesetz übertreten haben«, rief er. »Und dann wird Jesus selbst das Verdammungsurteil sprechen. ›Weg von mir, ihr Verfluchten‹, wird er schreien. ›Hinfort mit euch in das Feuer, wo ihr für immer von Gott getrennt sein werdet.‹«

Eine Frau in Trauerkleidung blieb stehen und warf ein paar Heller in den Hut, den der Prediger vor sich auf dem Gehsteig platziert hatte.

Der Mann reckte das Kruzifix in die Höhe, steigerte sich noch mehr in seinen Sermon hinein. Sein Gesicht rötete sich, Speicheltröpfchen spritzen aus seinem Mund.

»Verdammte Evangelimänner«, murrte Emmerich. »Die scheinen sich in den vergangenen Jahren vervielfacht zu haben.«

»Evangelimänner?« Winter schaute ihn fragend an.

»Du kennst sie nicht? Wenn sie den Leuten nicht an öffentlichen Plätzen auf die Nerven gehen, ziehen Evangelimänner durch die Innenhöfe von Häusern, zitieren aus der Bibel und singen religiöse Lieder. Dafür kriegen sie von den Bewohnern Geld.« Ein Lächeln schlich auf seine Lippen. »Frau Seidl, meine Vermieterin, schmeißt die Münzen immer aus dem Fenster und zielt dabei auf die Köpfe der Kerle.«

Winter beobachtete den Mann, hörte ihm zu. »Wäre es fürs Geschäft nicht besser, erbauliche Stellen zu zitieren? Was der hier aufführt, ist ziemlich …«

»Und dann werden sie hinuntersteigen in das Reich des Todes«, verkündete der Prediger mit solcher Inbrunst, dass einige Passanten einen Bogen um ihn machten. »Und in den Untiefen der Hölle werden sie ihre gerechte Strafe finden.«

»… gruselig«, vervollständigte Winter den Satz. »Mein Gott«, rief er plötzlich. »Das ist es!«

Dieses Mal war es an Emmerich, fragend zu schauen.

Vor lauter Aufregung bekam Winter ganz rote Wangen. »Dante … die Kreise … die Zahlen … das ist es.«

»Langsam, und so, dass ich es auch verstehe.«

»Es gibt ein Buch von einem italienischen Dichter aus dem Mittelalter. Dante Alighieri. Es heißt *Die göttliche Komödie*. Darin wird die Hölle beschrieben.«

»Die Italiener …« Emmerich rieb sein Knie. »Die wissen natürlich, wie es dort zugeht. Schließlich sind sie Ausgeburten der Hölle.«

»Warum bin ich nicht schon früher draufgekommen?« Winter schlug sich mit der flachen Hand gegen die Stirn. »Immerhin gehört das Buch zum Kanon der Weltliteratur … Laut Dante ist die Hölle in Kreise aufgeteilt. Ich glaube, es sind neun. In jedem dieser Kreise wird eine Sünde bestraft. Immer auf eine andere Art und Weise.« Er sprach so schnell, dass ihm die Luft ausging.

»Verstehe«, versuchte Emmerich, den Ausführungen seines Assistenten zu folgen. »Die Zahlen und die Art der Tötung beziehen sich also auf den jeweiligen Höllenkreis.«

»In der Nähe vom Schwedenplatz gibt es eine Buchhandlung. Ich laufe schnell hin und sehe, ob es dort ein Exemplar der *Göttlichen Komödie* gibt. Wollen Sie in der Zwischenzeit schon mal vorausgehen und sich die Aufzeichnungen von diesem Liebowitz ansehen?«

»Gerne. Gut gemacht, Ferdinand.« Emmerich fühlte, wie sich sein Herzschlag beschleunigte, sein Jagdinstinkt erwachte. Endlich. Endlich kam Bewegung in die Sache. Endlich hatten sie eine Spur.

»Schon etwas entdeckt?«, fragte Winter, als er kurz darauf, nach Atem ringend, ins Büro kam. Anscheinend war er gerannt.

»Es ist unglaublich, wie viele Kunden Liebowitz hatte. Es müssen Hunderte gewesen sein. Vielleicht sogar mehr. Trauer lässt die Menschen offenbar jegliche Vernunft vergessen.«

»So wie die Liebe.« Winter deutete auf Emmerichs zerschundenes Gesicht.

»Hier stehen Namen, Daten und Honorare«, sagte Emmerich, ohne auf die Bemerkung seines Assistenten einzugehen. »Der Kerl hat die Leute ganz schön geschröpft. Wer die Frau war, die ihn des Betrugs bezichtigt hat, geht aber leider nicht daraus hervor.«

»Schauen wir mal, ob Dante uns weiterbringt.« Winter wedelte mit einem Buch in der Luft herum. »Sie hatten es tatsächlich auf Lager.«

»Wolfgang Gerlach. Höllenkreis neun«, begann Emmerich.

Winter blätterte. »*Türme, nein, Giganten … Nimrod …*«, zitierte er, die Seiten überfliegend. »*Mich wendend drauf, erblickt' ich mir zu Füßen und vor mir einen See jetzt, der nicht Wasser, nein, Glas zu sein schien durch die Kraft des Frostes.*« Er las still weiter. »Wenn ich es richtig verstanden habe, befinden sich im neunten Höllenkreis die Verräter. *Sich zeigt, im Eis die jammervollen Schatten, im Storchenton mit ihren Zähnen klappernd.* Sassol Mascheroni, Camicione de' Pazzi … Sie sind bis zum Kopf in einem See eingefroren.«

Emmerich klatschte in die Hände. »Verrat, Eis … Wie bei Gerlach. Jetzt haben wir einen Beleg für das Motiv. Endlich.« Er stand auf, stellte sich hinter Winter und blickte über dessen Schulter. »Was passiert im siebten Höllenkreis? Dort, wo Dworaschek hingeschickt wurde.«

Winter blätterte, bis er die passende Stelle gefunden hatte. »Dort werden die Zerstörer gemartert. Sie kochen in einem Blutstrom. *Doch werfe nun zu Tal den Blick, es naht sich, der blut'ge Strom, wo jeglicher muss sieden, der durch Gewalttat andern Schaden zufügt*«, las er vor.

Vom Flur drang Lachen zu ihnen. Brühl amüsierte sich über irgendetwas, das Szepanek gesagt hatte.

Emmerich war zu aufgekratzt, um sich darum zu scheren. »Passt zu Dworaschek. Was ist mit Liebowitz?«

Winter suchte die passende Stelle. »Im achten Kreis werden Zauberer und Wahrsager bestraft. *Sieh, wie den Rücken er zur Brust gemacht hat. Und weil zu weit er vorwärtsblicken wollte. Rückwärts nun schaut, verkehrten Pfades wandelnd.*«

»Deshalb der abgetrennte Kopf. Der dunkle Bote muss gebildet sein. Jemand, der diesen Dante gelesen hat.«

»Es könnte aber auch ein einfacher Hausangestellter sein, der das Buch zufällig bei seinen Herrschaften im Regal entdeckt hat.«

Emmerich steckte sich eine Zigarette an. »Wir müssen dringend herausfinden, woher der Mörder von den Vergehen wusste – von dem Verrat, der Zerstörung, dem Betrug. Wenn wir die Verbindung zwischen den Opfern finden, dann finden wir auch den dunklen Boten.«

»Ich bitte Grete, sämtliche Anzeigen der letzten Jahre durchzugehen. Wir müssen die Frau befragen, die Liebowitz des Betrugs bezichtigt hat.«

»Stimmt. Aber sämtliche Anzeigen der letzten Jahre … das kann dauern. Selbst wenn Ruth und Fanni ihr helfen.« Emmerich sah auf die Uhr. »Es gab drei Opfer in drei Tagen. Wir müssen uns beeilen, wenn wir einen vierten Mord verhindern wollen.«

»Sollen wir noch einmal zurück in die Stehweinhalle fahren? Erna Gabor noch einmal auf den Zahn fühlen?«

»Sie ist nicht gerade eine Plaudertasche. Suchen wir lieber nach Vormanns Mädchen. Die reden mehr. Und ich habe da so eine Ahnung, wo sie sein könnten.«

39

»Schon wieder hier.« Winter stieg in der Ausstellungsstraße aus der Kutsche. »Das Verbrechen wird vom Prater angezogen wie Motten vom Licht.«

»Nicht nur vom Prater. Von ganz Wien.« Emmerich sah sich um, orientierte sich.

Südlich lag der Vergnügungspark mit Riesenrad, Kinos und Ringelspielen. Nördlich wurde auch Unterhaltung geboten, die war jedoch anderer Natur. Es gab keine bunten Buden und aufregenden Attraktionen, sondern Drogen und Glücksspielhallen. Dort, wo die beiden Welten aufeinandertrafen, verschwammen die Grenzen. Die Etablissements waren zwielichtig, halb legal.

»In manchen Wirtshäusern gibt es Hinterzimmer«, erklärte Emmerich. »Die Besitzer sehen weg, wenn Männer miteinander darin verschwinden.«

»*Chambres séparées?* Wie in der Chatham Bar?«

»Genau. Die Chatham Bar ist aber erst am Abend geöffnet. Um diese Zeit trifft sich die Szene entweder hier oder um die Ecke, im Römischen Bad. Vormanns Mädchen werden ihre ›speziellen‹ Bilder irgendwo in dieser Gegend vertreiben.«

Tatsächlich dauerte es nicht lange, bis im Trubel zwei bekannte Gesichter auftauchten. Nadia und Lina. Die beiden waren in lange Mäntel und dicke Schals gehüllt und trugen große Handtaschen bei sich. Mit ernsten Mienen observierten sie die Eingangstür eines Tanzlokals. Wann immer ein

Mann das Gebäude verließ, musterten sie ihn und tuschelten miteinander.

Beim Anblick von Emmerich und Winter machten sie große Augen. »Sie beide?«, fragte Nadia. »Das hätt ich nicht gedacht.«

Lina kicherte.

»Wir sind nicht wegen der Hinterzimmer hier. Wir kommen wegen euch«, sagte Emmerich.

Das Kichern endete abrupt.

»Warum? Wir haben Ihnen alles gesagt.«

»Ich bin mir da nicht so sicher.«

Zwei Männer mit verschwitzten Gesichtern und zerzaustem Haar verließen das Etablissement.

Lina nickte. Nadia setzte an, die beiden anzusprechen.

»Wir sind hier noch nicht fertig.« Emmerich fasste sie an der Schulter.

»Wir haben Ihnen alles gesagt.« Nadia wand sich aus seinem Griff. »Lassen Sie uns unsere Arbeit machen.«

Lina zog einen Schmollmund. »Oder wollen Sie, dass wir verhungern? Wir müssen das Geld, das Theo uns abgeknöpft hat, wieder einarbeiten.« Sie klimperte mit den Wimpern.

Emmerich seufzte und zückte ein paar Kronen.

Sofort streckten sie ihre Hände danach aus.

»Nicht so schnell.« Er hielt die Scheine außerhalb ihrer Reichweite. »Ich will eine Gegenleistung dafür. Denkt nach, es ist wichtig. Wer wusste noch von dem, was Theo euch angetan hat?«

Nadia schlang die Arme um den Körper. »Brrr«, sagte sie fröstelnd. »Ganz schön kalt hier. Mein Hirn friert gleich ein.«

Lina nickte. »Ein gefrorenes Hirn macht das Nachdenken schwer.«

»Von mir aus.« Emmerich schnaubte. »Wohin wollt ihr?«

Die beiden strahlten. »Ins Riesenrad«, schlug Lina vor. »Oder in den Münstedt Kinopalast.«

»Ich dachte eigentlich eher an ein Gastha…«, setzte Emmerich an.

»Ich weiß was Besseres.« Nadia senkte die Stimme. »Wir gehen in Präuschers Museum.«

Lina riss den Mund auf. »Oh ja.«

Hermann Präuscher, ein echtes Prater-Original, hatte sich mit dem Geld, das er bei einer Wette gewonnen hatte, einen Traum erfüllt: eine anatomische, pathologische und ethnologische Sammlung. Ausstellungen zum Thema Körper waren der letzte Schrei, und Präuschers Menschenmuseum war das bekannteste der Stadt. Mehr als neunhundert Präparate gab es darin zu bestaunen, darunter Skelette, Schädel und in Spiritus eingelegte Körperteile. Aber auch Folterinstrumente und Operationsbesteck wurden zur Schau gestellt.

»Tut uns leid«, brachte Winter sich ein. »Ihr seid zu jung dafür.«

»Eben.« Nadia grinste. »Allein lassen die uns nie im Leben rein, aber mit zwei Polizisten …«

»Im Museum kriegt man Bildung, und Bildung regt das Hirn an«, zwitscherte Lina.

»Von mir aus«, gab Emmerich sich geschlagen. »Aber ich bin nicht schuld, wenn ihr Albträume bekommt.« Er bedachte die Mädchen mit einem väterlich strengen Blick.

Das Museum befand sich nur wenige Meter entfernt und war nicht zu übersehen, da ein lebensgroßer, mechanisch betriebener Gorilla davorstand. Neben ihm tänzelte ein junger Mann in Gehrock und Zylinder umher.

»Kommen Sie! Kommen Sie!«, rief er den Passanten zu. »Gruselig, schockierend, lehrreich. Sie werden es nicht bereuen.« Plötzlich bewegte der Gorilla seine Arme und fletschte die Zähne.

Nadia und Lina kreischten und brachen anschließend in schallendes Gelächter aus. Sie waren noch so jung, so kindlich. Was war das bloß für eine Welt, in der Mädchen wie sie sich nackt vor einem Publikum präsentieren und pornografischen Schweinkram verkaufen mussten? So hibbelig, als hätten sie Hummeln im Hintern, liefen sie zur Eingangstür.

»Nur für Erwachsene.« Der Ausrufer stellte sich ihnen in den Weg.

»Die sind erwachsener, als mir lieb ist.« Emmerich präsentierte seine Marke. »Es geht um ermittlungsrelevante Sachverhalte.«

»Von mir aus. Auf Ihre Verantwortung.« Der Kerl zuckte mit den Schultern und streckte seine Hand aus. »Zehn Kronen.«

Emmerich gab ihm einen Schein.

»Pro Person.«

»Halsabschneider.« Er bezahlte den Rest. »Und schon hab ich mich das erste Mal gegruselt.«

Präuschers Sammlung wirkte auf den ersten Blick wie ein ganz normales Museum. Geschickt beleuchtete Exponate tauchten wie mystische Schätze aus dem Halbdunkel hervor. Besucher staunten und tuschelten hinter vorgehaltener Hand. Es roch abgestanden nach Konservierungsmitteln und Staub. Die Atmosphäre war jedoch eine andere als in herkömmlichen Ausstellungen. Sie war beklemmend statt erhaben.

Die Mädchen hatten rote Wangen und leuchtende Augen bekommen. »Glauben Sie, Miss Julia Pastrana ist hier?«, fragten sie Emmerich.

»Die ausgestopfte Bartfrau aus Mexiko?«

»Eine Frau? Ausgestopft wie ein Tier?« Winter verzog das Gesicht. »Bringen wir's hinter uns.«

Sie betrachteten in Spiritus eingelegte Föten, Organe und Kunstpräparate aus Wachs, die verschiedenste Missbildungen zeigten.

»Zehn Kronen pro Person«, echauffierte sich Emmerich. »Bei Hirschkron in der Gerichtsmedizin hätten wir das gratis haben können.«

Die Mädchen kicherten, kreischten, schlugen die Hände vor den Mund. Kaum hatten sie ein Schaustück bewundert, eilten sie zum nächsten. Emmerich beobachtete sie, wartete darauf, dass sie sich vergaßen, unachtsam wurden.

»Hört zu«, sagte er schließlich. »Ich muss wissen, mit wem ihr über Theo geredet habt. Ganz egal, wer es war, ihr habt nichts zu befürchten. Darauf geb ich euch mein Wort.«

»Wir haben aber mit niemandem über ihn geredet.« Nadia ging weiter und blieb vor einem kopflosen Körper mit geöffneter Brust und Bauchhöhle stehen. »Wie ekelig.« Sie schüttelte sich.

»Irgendjemand wusste aber von der Erpressung. Vielleicht ein Gast? Oder eines der männlichen Modelle?«

»Nein.« Sie huschte in den Bereich, in dem Krankheiten und ihre Erreger präsentiert wurden.

Winter, der von Exponat zu Exponat blasser geworden war, hielt sich ein Taschentuch vor den Mund.

»Habt ihr vielleicht …«, setzte Emmerich erneut an.

Nadia stemmte die Hände in die Hüften. »Wie oft soll ich es wiederholen? Wir haben niemandem etwas …« Ein lautes Kreischen ertönte. »Lina!«

Sie eilten dorthin, von wo der Schrei gekommen war. Vorbei an Behältern mit in Formaldehyd eingelegten gebrochenen Knochen, Leibschäden, Bandwürmern und Tumoren.

»Was ist?«

Lina fasste sich ans Herz und lachte. »Oh mein Gott, haben die mich vielleicht erschreckt.« Sie zeigte auf eine Gruppe lebensgroßer Wachsfiguren.

»Was ist das für ein Wort?« Nadia deutete auf ein Schild, das neben der Szene angebracht war.

»Inquisition«, las Winter vor. »Das ist ein mittelalterliches Sondergericht«, erklärte er. »Das junge Mädchen in der Mitte ist die Angeklagte. Wahrscheinlich halten die umstehenden Männer sie für eine Hexe.«

Lina betrachtete die angrenzenden Vitrinen. Darin befanden sich Daumenschrauben, Mundbirnen, spanische Stiefel, Schandlarven, Kopfringe und Zangen. Plötzlich wurde sie ganz ernst. »Was haben die den Leuten nur angetan ... Ausgenutzt, gequält, umgebracht hat man sie ... Keinen Respekt haben sie gehabt, so wie Theo ... Und immer trifft es uns Frauen. Genau wie die Reporterin gesagt hat.«

Nadia legte den Kopf schief und runzelte die Stirn. »Mit ihr haben wir geredet«, sagte sie plötzlich.

»Mit einer Reporterin?«

Nadia wirkte erleichtert. »Tut mir leid, das hatte ich ganz vergessen. Ist schon länger her ... Diese Frau ... Sie schreibt ein Buch über das Elend und die Not in Wien. Darüber, dass Mädchen und Frauen besonders betroffen sind.«

»Wie ist ihr Name?«

»Irgendwas mit A. Anna, Asta ...«

»Alma?«

»Genau. So hieß sie.«

Emmerich erinnerte sich an den Streit zwischen Alma Lehner und ihrem Chefredakteur. Mit welcher Vehemenz sie sich für ihr Anliegen eingesetzt hatte. An den Zorn in ihren Augen.

»Dieses hinterlistige Luder.« Er drückte Nadia und Lina seine Visitenkarte in die Hand. »Wenn euch das nächste Mal ein Kerl das Leben schwer macht, dann kommt zu mir.«

Sie lächelten und deuteten einen Knicks an.

»Wie konnte ich nur so blind sein?« Draußen fasste Emmerich sich an den Kopf. »Alma Lehner ist eine radikale Verfechterin von Frauenrechten, ihr Beruf führt sie in alle möglichen Winkel der Stadt. Außerdem ist sie gebildet und belesen.« Er schüttelte den Kopf. »Ich hätte schon viel früher daraufkommen können.«

»Und die Zungen …?«

»Sie hat die Männer umgebracht, ihnen die Zungen rausgeschnitten und sich selbst geschickt. Ich habe ihr Selbstbewusstsein bewundert – dass sie so unverfroren ist, hätte ich nicht für möglich gehalten.« Emmerich dachte an den Einbruch in der Gerichtsmedizin. Wahrscheinlich hatte sie ihre Spuren verwischen wollen. »Die ganze Zeit war sie direkt vor unserer Nase, und ich Idiot hab's nicht begriffen.«

40

»Alma Lehner ist klein und zierlich«, sagte Winter, während sie über die Pramergasse eilten. »Die Opfer waren groß, besonders Dworaschek.«

»Das erste Opfer wurde überrascht, das zweite erschossen, und das dritte war alt. Für die Taten war keine Kraft nötig, nur Skrupellosigkeit und jede Menge Wut – und davon hat sie mehr als genug.«

»Wir haben aber keine Beweise für ihre Schuld.«

»Noch nicht. Doch wir werden welche finden, und bis dahin gilt: Gefahr in Verzug. Wenn wir Alma Lehner nicht aufhalten, wird sie weitermorden. Sie darf nicht auf freiem Fuß bleiben.« Emmerich bahnte eine Schneise durch eine Menschentraube, die sich um einen Drehorgelspieler gebildet hatte, auf dessen Schulter ein kleines Äffchen saß.

»He, passt doch auf!«, schimpfte ein Mann. »Was ist mit euch? Ihr rennt ja, als wäre der Leibhaftige hinter euch her.«

»Es ist genau umgekehrt«, rief Winter und folgte Emmerich in das Gebäude, in dem die *Wiener Illustrierte* ihren Sitz hatte. »Wir sind es, die ihn jagen.«

»Na, junger Freund. Wie hat es Ihnen in Vormanns Atelier gefallen?« Ein Redakteur hatte Winter auf dem Gang wiedererkannt. »Ganz schön frivol, die jungen Dinger, oder?«

Emmerich, in dessen Bauch unbändiger Zorn brodelte, schob ihn zur Seite. »Gusch, sonst setzt es was.« Er stampfte ins Sekretariat. Alma Lehner saß nicht an ihrem Tisch. »Wo ist sie?«

Die Schreibkräfte starrten ihn erschrocken an. »Wo ist wer?«

»Alma Lehner.«

»Die ist nicht hier.«

»Das sehe ich selbst. Ist sie im Waschraum? Daheim? In einer Besprechung?«

»Was wollen Sie von ihr?« Eine der Frauen stand auf und verschränkte die Arme vor der Brust.

Winter stellte sich vor seinen Chef und lächelte in die Runde. »Meine Damen, es ist sehr wichtig, dass wir Fräulein Lehner so schnell wie möglich finden.« Er nahm seine Mütze ab, wobei ihm eine blonde Haarsträhne ins Gesicht fiel. Verlegen lächelnd strich er sie sich hinters Ohr.

Im Raum wurde es plötzlich wärmer.

»Ich glaube, sie ist in die Innenstadt gegangen.«

»Zum Graben.«

»Sie wollte ein paar der Frauen treffen, die dort anschaffen gehen.«

»Mit wem hat sie sich in letzter Zeit noch getroffen?«, fragte Emmerich über Winters Schulter hinweg. »Mit Müttern, die von den Vätern ihrer Kinder im Stich gelassen worden sind? Mit Insassinnen der Weiberstrafanstalt? Oder trauernden Witwen, die von Hellsehern über den Tisch gezogen wurden?«

Die Sekretärinnen sahen einander an.

»Bitte«, sagte Winter.

»Sie hat tatsächlich Frauen im Gefängnis besucht, das war letztes Jahr, glaube ich. Sie hat eine Reportage darüber geschrieben, aber Herr Veigl wollte die Geschichte nicht drucken.«

»Erna Gabor saß zu der Zeit noch ein«, folgerte Winter. »Und wie sieht es mit den Opfern von Wahrsagern und anderen Scharlatanen aus?«, wandte er sich wieder an die Sekretärin.

»Keine Ahnung. Gut möglich. Sie hat in letzter Zeit viele Interviews geführt für ein Buch, das sie schreiben wollte. Wir kennen aber keine Details. Alma wollte nicht über ungelegte Eier reden. Können wir jetzt endlich weiterarbeiten?«

»Sie ist es«, murmelte Emmerich. »Die Einzige, die von allen Übeltaten wusste. Der dunkle Bote.« Die Aufregung beflügelte ihn. Das Adrenalin, das sein Körper ausschüttete, ließ ihn den Schmerz in seinem Bein vergessen. Er eilte so hastig nach draußen, dass es Winter schwerfiel, Schritt mit ihm zu halten. »Zum Graben«, rief er dem Kutscher zu. »Schnell! Es geht um Leben und Tod.«

Der Mann ließ die Zügel knallen, und die Pferde stoben davon.

»Sie haben Alma Lehner gemocht.« Winter musterte seinen Vorgesetzten, der mit zusammengekniffenen Lippen und geblähten Nasenflügeln aus dem Fenster starrte. »Deshalb sind Sie jetzt so wütend.«

»Ich bin so wütend, weil ich es nicht habe kommen sehen. Nicht einmal geahnt hab ich es. Ich mache mir Sorgen um meinen Instinkt.«

»Mit Ihrem Instinkt ist alles in Ordnung. Sie stehen einfach nur unter großem Druck. Luise, die Kinder, Xaver Koch und der Tote vom Friedhof der Namenlosen.«

»Bruno Kopp.«

»Dazu Brühl und Kolja. Apropos … Schon irgendeine Ahnung, was Sie wegen seiner Valuten unternehmen werden?«

Emmerich schüttelte den Kopf. »Kolja ist gerade mein kleinstes Problem.«

»Das heißt, wir sitzen ganz schön in der Klemme.« Winter suchte nach Halt, als der Kutscher mit polternden Rädern auf die Freyung bog und so schnell über den Heidenschuß raste, dass er beinahe eine Gruppe von Passanten über den Haufen gefahren hätte. »He, wir wollen weitere Tode verhindern«, schrie er nach vorn, »nicht noch mehr verursachen.«

Beschimpfungen von Fußgängern begleiteten den Rest ihrer Fahrt, bis die Kutsche vor dem Palais Bartolotti-Partenfeld endlich zum Stehen kam.

»Guter Mann.« Emmerich gab dem Wagenlenker ein fettes Trinkgeld und stieg aus.

Beim Graben handelte es sich um eine der vornehmsten Straßen Wiens. Vor dem Krieg war er die Domäne des Adels und des gehobenen Bürgertums gewesen. Nun verkehrten hier Kriegsgewinnler und devisenstarke Ausländer. Einzig die sogenannten Grabennymphen waren dieselben geblieben. Schöne Frauen, elegant gekleidet, viele von ihnen aus dem Mittelstand oder noch besseren Kreisen. Beamtinnen, Offiziersgattinnen, verarmte Baronessen und Krankenschwestern. Früher waren sie anschaffen gegangen, um sich ein luxuriöses Leben zu finanzieren, heute ging es auch bei ihnen ums nackte Überleben.

»Die Huren hier sehen schön aus, Ferdinand. Schöner als die vom Spittelberg oder dem Prater.« Emmerich deutete auf eine Gruppe von Frauen, die vor dem Ankerhaus standen. »Aber sie sind auch gefährlicher. Sie schämen sich für das, was sie tun, und lassen sich deshalb nicht registrieren. Sie gehen nicht zum Amtsarzt, lassen sich nicht regelmäßig untersuchen. Mehr als ein Viertel von ihnen ist krank. Syphilis, Filzläuse, Tripper – und das sind noch die harmlosen Sachen.« Sein Blick wurde weicher, füllte sich mit Mitgefühl. »Alma Lehner hat schon recht. Es ist wichtig, auf diese Missstände aufmerksam zu machen, auf die zerstörten Leben. Ich verstehe ihre Wut und die Verzweiflung, auf legalem Weg nichts ausrichten zu können. Trotzdem …«

Er dachte an Luise, an die Kinder, an seine eigene Situation. Wäre er fähig, Xaver, wenn nötig, kaltblütig umzubringen? Ihm in die Augen zu sehen und zuzustechen, abzudrücken oder den entscheidenden Schlag auszuführen? Die Antwort lautete Ja.

»Trotzdem rechtfertigt es ihre Taten nicht«, vervollständigte Winter den Satz. »Um auf den Grund unseres Besuchs hier zurückzukommen … Können Sie Alma Lehner irgendwo sehen?«

»Es ist kalt«, bemerkte Emmerich. »Lehner und die Grabennymphen wollen sich ungestört unterhalten. Unbeobachtet. Wahrscheinlich sind sie in einem der Stundenhotels. In dieser Gegend werden Geschäfte nicht in dunklen Hauseingängen oder stinkenden Hinterhöfen abgewickelt. Auf der Straße werden nur die Konditionen ausgehandelt.«

»Auf welches tippen Sie?«

»Das Orient. Das Hotel, das keiner kennt, aber in dem jeder schon mal war.«

Beim Orient handelte es sich um ein ehemaliges Schankhaus, das kurz vor der Jahrhundertwende zu einem Stadthotel umgebaut worden war. In den darauffolgenden Dekaden hatte sich das Etablissement in einen sagenumwobenen Ort verwandelt, den Hunderte von Mythen umrankten. Jedem halbwegs prominenten Mann wurden Stelldicheins darin angedichtet – selbst Kaiser Franz Josef hatte sich angeblich im Orient mit seiner Geliebten, der Schauspielerin Katharina Schratt, vergnügt. Ganz gleich, ob man den Legenden glaubte, zumindest eines war klar: Das Etablissement war kein Ort für spröde Gemüter.

Das Entree war klein und schlicht gehalten. Mehr war nicht nötig. Warum auch? Niemand wollte hier länger als erforderlich verweilen. Man konnte ja nicht wissen, ob der Nachbar, der Vorgesetzte oder – Gott bewahre – der Ehepartner auch hier war. Dies war der Bereich, der eilig durchquert wurde, bevor der Teil des Besuchs anstand, der mit mehr Muße bestritten wurde.

Der Portier, ein groß gewachsener Mann in einem dunklen Anzug, zog eine Augenbraue hoch.

»Wir sind auf der Suche nach einer Frau«, erklärte Emmerich, bevor der Mann auf falsche Gedanken kommen konnte. »Ihr Name ist Alma Lehner.«

»Tut mir leid, aber ich kann Ihnen nicht weiterhelfen. Diskretion ist unser Geschäft.«

Emmerich zeigte seine Marke.

»Die Privatsphäre der Gäste ist uns heilig. Abgesehen davon – niemand meldet sich hier mit seinem richtigen Namen an.«

»Sie ist ungefähr einen Meter sechzig groß, hat kinnlanges braunes Haar und ist mit anderen Frauen auf eines der Zimmer gegangen. So etwas wird ja wohl nicht oft vorkommen.«

Der Portier verzog keine Miene. »Sie können sich gar nicht vorstellen, was hier alles vorkommt.«

Emmerich hielt ihm die Marke so nah vors Gesicht, dass der Atem des Mannes auf dem Metall beschlug. »Wir sind von ›Leib und Leben‹.«

»Wir kassieren lieber eine Anzeige, als dass wir eine Indiskretion begehen. Sie sind nicht der Erste, der Informationen aus mir herausquetschen will. Hier tauchen ständig eifersüchtige Ehepartner auf – ein bisschen Polizei schreckt mich nicht.«

»Wie sieht es mit ein bisschen Mord aus? Schreckt Sie das? Wir vermuten nämlich, dass der dunkle Bote sich hier im Haus befindet.«

Der Mann kniff die Augen zusammen und blickte zur Tür. »Der dunkle Bote, vor dem die ganze Stadt zittert, soll hier sein, und alles, was die Polizei nach ihm schickt, sind Sie beide?«

Emmerich steckte seine Marke ein, ließ den Stahl seiner Dienstwaffe aufblitzen und ging zur Treppe. »Wenn Sie uns nicht helfen wollen, müssen wir halt alle Zimmer durchsuchen. Eines nach dem anderen.« Er zeigte auf das Schlüsselbrett, auf dem gähnende Leere herrschte. »Sieht aus, als wären Sie gut besucht. Da werden wir wohl vielen Leuten den Spaß verderben.«

Der Portier schien mit sich selbst zu ringen. Er nestelte an seinem Schlips herum, auf seiner linken Schläfe pulsierte eine Ader. »Von mir aus«, sagte er schließlich. »Zweiter Stock, Zimmer 25. Seien Sie diskret.« Er legte einen Finger auf die Lippen.

Emmerich hatte die Geste nicht mehr wahrgenommen. Er war mit seinem Assistenten längst auf dem Weg nach oben.

»Zimmerservice«, rief er und klopfte an die besagte Tür. Als nichts geschah, wiederholte er die Prozedur. Lauter. Eindringlicher.

Schließlich wurde die Tür einen Spaltbreit geöffnet. Ein schmales, blasses Gesicht erschien. »Wir haben nichts best…« Die junge Frau riss die Augen auf und starrte auf die Pistole.

Emmerich bedeutete ihr, still zu sein, zog sie auf den Flur und zeigte auf die Treppe.

Sie huschte davon.

»Alles in Ordnung?«, war eine Stimme zu vernehmen.

Alma Lehner. Der dunkle Bote.

Emmerich und Winter stürmten das Zimmer und fanden sich zwischen bordeauxrotem Plüsch und goldenen Tapeten wieder. Lehner hockte mit vier anderen Frauen auf einem großen Bett, das beinahe den ganzen Raum einnahm. Weitere Sitzgelegenheiten suchte man vergeblich. »Sie? Aber … Was? … Ich verstehe nicht … Wo ist …?«

Emmerich richtete seine Waffe auf sie. »Zeigen Sie mir Ihre Hände. Alle anderen raus.«

Keine der Frauen bewegte sich. Die einzige Reaktion, die Emmerich erhielt, waren verunsicherte Blicke und ratlose Mienen.

»Raus, hab ich gesagt!« Sein Tonfall war so unmissverständlich, dass sogar Winter zusammenzuckte. »Worauf wartet ihr?«

Endlich standen die Frauen auf und eilten nach draußen. Winter schloss die gepolsterte Tür hinter ihnen und sperrte ab.

»Was wollen Sie? Was soll das?« Lehner stand auf.

»Hinsetzen. Hände.«

Sie hielt sie in die Höhe. »Ich verstehe nicht …«, wiederholte sie.

»Wo waren Sie in den vergangenen drei Nächten? Haben Sie ein Alibi?«

»Ein Alibi?«

»Antworten Sie.«

»Nein … Ich … Ich lebe allein«, stammelte sie. »Warum …?«

»Besitzen Sie ein Exemplar der *Göttlichen Komödie* von Dante Alighieri?«

Ihre Miene wurde noch ratloser. »Ja, das Buch zählt immerhin …« Der Groschen schien zu fallen. »Oh mein Gott«, rief sie. »Die Höllenkreise, die Nummern …«

»Alma Lehner, Sie stehen unter dringendem Tatverdacht, Wolfgang Gerlach, Theodor Dworaschek und Stanislaus Liebowitz ermordet zu haben.«

Ihre Mundwinkel zuckten, als wüsste sie nicht, ob sie lachen oder weinen sollte. »Ich? Ich soll der dunkle Bote sein? Das ist nicht Ihr Ernst. Sie wollen mich auf den Arm nehmen.« Plötzlich fing sie an zu lachen und zeigte auf sein ramponiertes Gesicht. »Das ist die Retourkutsche dafür.«

Emmerichs Miene blieb versteinert. »Sie haben mich ganz schön hinters Licht geführt.«

Lehner blieb das Lachen im Hals stecken. »Ich … ich habe niemanden getötet«, keuchte sie. »Wie um alles in der Welt kommen Sie denn darauf?«

»Die drei Opfer haben viel Unrecht begangen, und Sie sind die Einzige, die davon gewusst hat. Im Zuge Ihrer Recherchen haben Sie alle Geschädigten kennengelernt. Erna Gabor, die von Wolfgang Gerlach im Stich gelassen wurde. Die Mädchen, die Theodor Dworaschek an den Rand des Ruins getrieben hat. Die Frau, die dem Betrüger Stanislaus Liebowitz auf den Leim gegangen ist. Ihnen haben sie sich geöffnet. Ihnen haben sie ihr Leid geklagt.«

»Liebowitz? Wer soll …«

»Ich habe Sie beobachtet«, erstickte Emmerich ihr Dementi im Keim. »Habe Ihr Temperament erlebt, als Sie mit Ihrem Chefredakteur diskutiert haben. Die Unterdrückung, die schlechte Behandlung von Frauen … das löst bei Ihnen etwas aus. Zorn, Rage …«

»Natürlich tut es das«, erboste Alma Lehner sich. »Frauen sind noch immer Menschen zweiter Klasse, minderwertige Geschöpfe, dem Manne untertan. Auf keinen Fall sollen wir lernen, uns zu behaupten und ein selbstbestimmtes Leben zu führen. Dabei haben wir in den Kriegsjahren bewiesen, dass wir Unternehmen leiten, Maschinen bauen und Flugzeuge fliegen können. Wir sind in allen Angelegenheiten mindestens genauso gut wie ihr Kerle. Wenn nicht gar besser.«

»Sie waren nicht an der Front. Das hätten Sie nie …«

Lehner schaute, als wollte sie Emmerich gleich zum vierten Opfer machen. »Mädchen bekommen eine schlechtere Bildung als Buben. Männer dürfen ihren Ehefrauen verbieten, einen Beruf auszuüben oder den Wohnort zu wechseln. Vergewaltigung in der Ehe ist legal, genauso wie Misshandlung … Ich wäre gerne an die Front gegangen, wenn dafür diese Ungerechtigkeiten endlich abgeschafft würden.«

»Wie auch immer. Sie hatten kein Recht, die drei Männer umzubringen. Ja, sie waren Schweine, aber sie zu richten ist dem Gesetz vorbehalten.« Emmerich zückte seine Handschellen.

Alma Lehner presste die Arme fest an ihren Körper. »Das ist Willkür. Missbrauch von Polizeigewalt. Sie können mich nicht einfach verhaften. Sie haben überhaupt keine Beweise.«

»Noch nicht. Aber die werden wir sicher bald finden. Bis dahin reichen Indizien. Sie sind die einzige Verbindung zwischen den drei Opfern, Sie kennen Dante und haben kein Alibi.«

»Die Päckchen …«

»Sie haben sich die Zungen selbst zugeschickt, um daraus eine große Geschichte zu machen. Sie wollten Aufmerksamkeit für Ihr Anliegen generieren, was Ihnen auch gelungen ist. Hände!«, forderte er.

Sie sah ihm in die Augen, den Blick voller Trotz.

»Hände.«

Alma Lehner schien einzusehen, dass Widerstand zwecklos war. »Sie machen gerade einen großen Fehler«, sagte sie. »Das wird Ihnen noch leidtun.«

41

»Ich war in Fischamend.« István warf sein Messer empor, sah zu, wie es um die eigene Achse rotierte, und fing es wieder auf. »Die Wagen stehen bereit, die Platten sind informiert.«

»Veit Kolja und die anderen Anführer?«

»Wir haben ihre Aufenthaltsorte. Oleg wird sie morgen Nacht ausschalten.«

»Und Lesch?«, fragte Xaver.

»Hat getan, was du verlangt hast.« Erneut ließ István sein Messer tanzen. Dieses Mal noch höher, beinahe bis an die Decke von Xavers Wohnzimmer. »Hat einen Anzug gekauft und sich die Haare schneiden lassen.« Er drehte sich, pflückte das Messer aus der Luft wie einen reifen Apfel. »Sieht endlich aus wie ein Mensch.«

»Trotzdem passt dir etwas nicht.« Xaver lehnte sich zurück, zeigte auf den Stuhl gegenüber und trank einen Schluck Bier. »Raus mit der Sprache. Was ist es?«

István trat ans Fenster. Das Licht draußen wurde fahl. Schneeregen wehte leise gegen die Scheibe. »Dieser Emmerich. Ich hab ein schlechtes Gefühl. Der Kerl ist zäh und stur wie eine sibirische Scheißhausratte. Er wird keine Ruhe geben, bis er dich kriegt. Das könnte die ganze Aktion gefährden.«

»Morgen Abend ist alles erledigt. Sobald wir die Waffen haben, kann uns niemand mehr aufhalten. Auch er nicht.«

István drehte sich um, pulte mit der Messerspitze Dreck unter seinem Daumennagel hervor. »Er war schon ziemlich nah an uns dran. Wenn Kopp mit ihm geredet hätte …«

»Das haben wir ja zum Glück verhindert. Ich hab außerdem bei den Kollegen von diesem Großmaul angerufen und dafür gesorgt, dass er einiges zu erklären hat. Das wird ihn hoffentlich ein Weilchen beschäftigen.«

»Wir sollten ihn ausschalten. Sicher ist sicher. Ich lass es wie einen Unfall aussehen.«

Xaver überlegte. »Um ehrlich zu sein, bin ich mittlerweile ganz froh, dass wir ihn in Mariabrunn nicht erledigt haben. Vielleicht war es Schicksal, dass er davongekommen ist. Ein schneller Tod ist viel zu gut für ihn.«

»Scheiße«, fluchte István. Blut rann über seinen Finger. »Das ist nicht klug. Lass ihn mich beseitigen. Schnell und sauber. Der Zeitpunkt ist gut. Nach der Sache mit Kopp … Alle werden denken, er sei deswegen untergetaucht.«

»Nein. Ich will, dass er leidet. So wie wir gelitten haben, so wie wir noch immer leiden. Nachts, wenn die Träume kommen.«

»Und wie willst du das anstellen? Du kannst ihn schwer in einen Zug setzen und in ein sibirisches Arbeitslager schicken.«

»Lass das mal meine Sorge sein. Es gibt andere Mittel und Wege, einen Mann zu brechen.«

42

Luise blieb stehen. *Andere Mittel und Wege, einen Mann zu brechen?* Redete Xaver etwa schon wieder über August?

Sie wusste, was ihr blühte, wenn sie beim Lauschen erwischt wurde, doch sie konnte nicht anders. Sie hielt den Atem an, schaute auf den Boden. Welche war noch mal die knarrende Diele? Vorsichtig stieg sie darüber und legte ihr Ohr an das Türblatt.

»Ich hab mir etwas für ihn ausgedacht.«

»Und was?« István klang genervt. Xavers Starrsinn und sein Rachedurst schienen ihm zu missfallen.

Luises Herz schlug so laut, dass sie fürchtete, die beiden würden es hören. Warum konnte Xaver denn nicht endlich loslassen? Wie ein Hund hatte er sich in die Sache verbissen. Sie hatte gehofft und gebetet, dass er irgendwann verzeihen würde. Vielleicht sogar vergessen. Doch sie musste der Tatsache ins Auge sehen, die Hoffnung endlich aufgeben. Der Mann, den sie geheiratet hatte, war tot. Für immer verloren. Das Monster, das ihn verschlungen hatte, war gekommen, um zu bleiben.

»Er wollte mir das Einzige nehmen, was ich noch hatte«, erklärte Xaver. »Dasselbe werde ich ihm antun. Ausgleichende Gerechtigkeit nennt sich das.«

István schwieg.

Bitte, flehte Luise in ihren Gedanken. Bitte red es ihm aus. Bring ihn zur Vernunft.

»An wen hast du gedacht? Seine Vermieterin? Oder den kleinen Assistenten?«

»Mama?« Luise schnellte herum, ihr Herz setzte für ein paar Schläge aus. Sie hatte Paul nicht kommen hören. »Mama, ich kann nicht schlafen.«

Aus dem Wohnzimmer drang Gelächter.

Diese Ungeheuer fanden die Idee, einen unschuldigen Menschen zu töten, amüsant. Hatten sie denn kein bisschen Anstand mehr? Keine Würde? War ihnen jegliche Menschlichkeit abhandengekommen? Sie wollten August fertigmachen, ihn ruinieren, zerstören. Sie musste das verhindern. Doch wie?

Plötzlich wurde die Tür aufgerissen. Sie starrte in Istváns schwarze Augen. Ihr Herz gefror.

»Ich … ich wollte gerade fragen, ob ich euch etwas bringen kann.«

István ließ seinen Blick an ihrem Körper hinabwandern. »Eine perfekte Hausfrau, durch und durch.« Er verweilte bei ihren Brüsten.

»Wir brauchen Bier«, brüllte Xaver aus dem Wohnzimmer.

Luise atmete auf. Das war genau die Antwort, die sie hatte hören wollen. »Bin schon unterwegs.«

Sie brachte Paul zurück ins Bett, sang ihm ein Wiegenlied und eilte anschließend in Richtung Schwarzer Adler. Durch den Wald, vorbei an den brachliegenden Weiden und den eisbedeckten Froschtümpeln.

Hoffentlich war die Schankkraft mit dem krummen Rücken an diesem Abend da. Hoffentlich war das, was sie bei ihrer letzten Begegnung versprochen hatte, kein dummes Geschwätz gewesen. *Es gibt eine Möglichkeit … Glaub mir. Es gibt eine.*

Was auch immer Xaver vorhatte – sie musste es verhindern.

Luise riss die Tür des Gasthauses auf. Wärme umfing sie, wärmte ihre eiskalten Wangen. Sie hatte keine Augen für die Gäste, keine Ohren für den Ziehharmonikaspieler, der vor dem Kachelofen saß und eine Polka spielte. Ihr Fokus lag auf dem Tresen am Ende des Raumes. Als dahinter ein kleiner Mann mit Halbglatze auftauchte, legte sich eine unsichtbare Hand um ihr Herz und drückte zu.

»Was darf's denn sein?« Der Mann zog ein Geschirrtuch von seiner Schulter und begann, Gläser abzutrocknen.

Luise stellte ihren Korb auf die Theke. »Bier.«

Er wischte sich die Hände ab. »Kommt sofort.«

»Entschuldigung«, hielt sie ihn zurück. »Die Frau, die gestern hier gearbeitet hat, die mit dem krummen Rücken … Sie ist nicht zufällig hier?«

Er schaute überrascht. »Die Traude? Was wollen S' denn von der?«

»Ach.« Luise zuckte mit den Schultern. »Nichts Wichtiges. Nur …« Sie überlegte. »Frauensachen …«

»Traude«, rief er in die Küche. »Da ist wer für dich.« Er wandte sich an Luise. »Machen Sie's kurz. Sie wird nicht fürs Tratschen bezahlt.«

»Was ist denn?« Die Schankkraft kam in den Gastraum. Als sie Luise sah, lächelte sie traurig. »Ich wusste, dass Sie wiederkommen würden«, sagte sie, nachdem der Wirt verschwunden war. »Ich hätte nur nicht gedacht, dass es so bald sein würde.«

»Sie haben gesagt, es gäbe eine Möglichkeit für mein … für mein Problem.«

»So ist es.« Traude beugte sich über den Tresen und senkte die Stimme. »Sie müssen sich aber voll und ganz auf die

Sache einlassen. Sie dürfen nicht zweifeln, nicht hadern. Sie müssen entschlossen sein und es mit ganzem Herzen wollen.«

Luise nickte. »Das tue ich.«

»Und Sie müssen sich über die Tragweite im Klaren sein. Ihr Peiniger wird vom Teufel geholt werden. Der dunkle Bote wird ihn töten und seine Seele verschlingen. Können Sie das mit Ihrem Gewissen vereinbaren?«

Luise seufzte. Diese Traude war offensichtlich nicht ganz richtig im Kopf. Wahrscheinlich hatte sie ein paar Schläge zu viel einstecken müssen.

»Sie glauben mir nicht«, erkannte Traude ganz richtig. »Haben Sie denn die *Wiener Illustrierte* nicht gelesen?« Sie fasste in die Tasche ihrer Schürze und zog ein schmutziges, zerknittertes Stück Zeitungspapier daraus hervor. »Sehen Sie.«

»*Geht der Teufel um in Wien?*«, las Luise vor. »*Der dunkle Bote hat wieder zugeschlagen. Erneut hat die Bestie sich eine Seele geholt …*«

»Erst hab ich es selbst nicht geglaubt, aber hier steht es, schwarz auf weiß.« Traude steckte die Seite wieder ein. »Können Sie das mit Ihrem Gewissen vereinbaren?«, fragte sie erneut.

Luise dachte an Xaver, den schrecklichen Plan, seinen unbändigen Willen, Emmerichs Leben zu zerstören. »Ja, das kann ich.«

»Gut. Dann tun Sie Folgendes.« Traude schaute sich um, stellte sicher, dass niemand sie hören konnte. »Gehen Sie nach Hause. Zünden Sie eine Kerze an, und dann rufen Sie den Teufel. Bitten Sie ihn um seine Hilfe.«

»Und wie genau soll das gehen?«

»Ich werde es Ihnen erklären …«

43

Alma Lehner hatte geschwiegen. Während der Fahrt, der Vorführung beim Richter und der Einweisung in die Untersuchungshaft. Kein Wort hatte sie gesagt, keinen Laut von sich gegeben. Sie hatte einfach nur gestarrt, grimmig und rastlos wie ein gefangenes Tier.

»Sie schien ehrlich überrascht, als wir sie verhaftet haben«, sagte Winter, während sie das Gefängnis verließen.

Ein gotterbärmliches Quietschen tönte ihnen entgegen.

»Wahrscheinlich hat sie sich einfach nur gewundert, dass wir ihr auf die Schliche gekommen sind.«

Das Quietschen wurde lauter.

»Ihr Wort in Gottes Ohr.« Winter blickte auf seine Uhr. »Der Haftrichter hat uns vierundzwanzig Stunden gegeben, um ihm stichhaltige Beweise vorzulegen.«

»Ich weiß. Ich war dabei.« Emmerich seufzte, als er die Lärmquelle entdeckte – einen alten Vagabunden, der vor dem Polizeigebäude auf dem Gehsteig saß und mehr schlecht als recht auf einer Geige spielte.

»Hier.« Winter gab dem Mann ein paar Münzen und wies auf das Instrument. »Aber bitte, hören Sie damit auf.«

Der Alte grinste zahnlos und quälte weiter seine Fiedel.

»Bitte hören Sie auf«, wiederholte Winter. »Sonst werden Sie wegen Ruhestörung verhaftet.«

»Das ist es, was er will. Bei den Temperaturen ist eine Nacht im Arrest besser als der Kältetod im Park.« Emmerich winkte eine Kutsche heran. »Los geht's. Die Zeit läuft. Schauen wir, ob wir in ihren vier Wänden etwas Verwertbares finden.«

Alma Lehner lebte im 10. Bezirk. Der Weg dorthin führte über blank gefahrene Straßenbahnschienen, durch verwahrloste Seitengassen, vorbei an kahlen Bäumen, die nicht nur von Wind und Wetter marodiert worden waren, sondern auch von Menschen, die die Blätter zum Heizen brauchten.

»Das kostet aber extra, du Schweindl«, schalt eine alte Hure ihren Freier.

Er und die Prostituierte standen direkt vor der Eingangstür der Zinskaserne, die das Ziel der beiden Polizisten darstellte.

»Von mir aus«, entgegnete der junge Bursche. »Morgen ist das Geld eh nur noch die Hälfte wert. Drum geb ich's lieber heute aus.«

Die Frau steckte seinen schmutzigen Kronenschein in ihren Ausschnitt und raffte die Röcke.

»Tschuldigung.« Emmerich schob sich an ihnen vorbei, bevor die beiden zur Sache kommen konnten. Schnell eilte er durch das Treppenhaus.

Winter folgte ihm. »Wenn wir sie zu Unrecht verhaftet haben, wird Alma Lehner uns öffentlich hinrichten.«

Emmerichs Anspannung wuchs mit jedem Meter, den sie zurücklegten. Er ignorierte die Wasserflecken an den Wänden und den Gestank, der aus dem Abort drang, nicht einmal die Ratte, die über seine Füße huschte, kommentierte er. »Wir werden schon fündig werden«, gab er sich zuversichtlich.

Er blieb vor der Wohnungstür stehen, öffnete sie vorsichtig und sah sich um. Alma Lehners Wohnung war kaum größer als ihr Büro. Sie bestand aus einer winzigen Küche und einem spärlich möblierten Kabinett. Ein schmales Bett, ein kleiner Schrank, ein Tisch und ein Bücherregal – mehr fand sich darin nicht. An den Wänden hingen Plakate der Sozialistischen Frauenbewegung und gerahmte Artikel einer gewissen Else Feldmann. Es war sauber und aufgeräumt.

Emmerich begutachtete die Dinge, die sich auf dem Tisch befanden: eine Schreibmaschine, ein Notizbuch und eine leere Konservendose, in der Bleistifte steckten.

Winter hatte in der Zwischenzeit den Schrank geöffnet und starrte verlegen auf Slips und Büstenhalter.

»Es ist nur Stoff.« Emmerich studierte den Inhalt des Bücherregals. »Eine Bibel, das *Nibelungenlied*, Goethe, Poe, Freud …« Er atmete auf. »Da ist er ja, unser Dante.«

»Hat sie die besagten Stellen markiert? Höllenkreis sieben, acht und neun?«

Emmerich blätterte, ein Schatten legte sich auf sein Gesicht. »Nein. Nichts.« Er bückte sich, blickte unter das Regal. »Wir müssen das andere Buch finden. Das, das sie schreibt. Wenn die Sache auf einen Indizienprozess hinausläuft, brauchen wir vor Gericht alles, was wir kriegen können.«

»Hier. Das muss es sein.« Winter zog einen Packen Papier hinter dem Bett hervor und legte ihn auf den Tisch.

»Ein hartes Los«, las Emmerich den Titel vor. *»Vom Darben und Sterben der österreichischen Frauen. Ein Essay von Alma Lehner.«*

Seite für Seite überflogen sie das Geschriebene. Alma Lehner war fleißig gewesen. Mehr als fünfzig Frauenschicksale hatte sie in den vergangenen zwei Jahren dokumentiert. Hausgehilfinnen, die wie Sklaven gehalten wurden. Mütter, die ihren Kindern beim Verhungern zusehen mussten. Verarmte Baronessen, die ihren Körper verkauften, um die Miete bezahlen zu können. Bettlerinnen, Nacktmodelle,

Fabrikarbeiterinnen, Häftlinge … Drastisch und ungeschönt schilderte Alma Lehner deren Alltag, den verzweifelten Kampf ums Überleben und die vielen Hürden, die zwischen ihnen und einer besseren Zukunft standen.

»Schlimm«, sagte Emmerich.

»Sehr«, stimmte Winter zu. Nachdenklich betrachtete er die Berichte. »Glauben Sie, dass Lehners Taten gerechtfertigt waren? Zumindest im Ansatz? Was soll man machen, wenn Unrecht herrscht, aber das Gesetz nichts dagegen tun kann oder will? Wenn man sich diese Beispiele hier so ansieht, dann könnte man schon verzweifeln.«

»Oder zornig werden. Es heißt nicht umsonst ›Mordswut‹.« Emmerich blätterte bis zum Ende, runzelte die Stirn und fing noch einmal von vorne an. »Hier steht nichts über Liebowitz, nichts über Wahrsager und Hellseher.«

»Auch von den Tatwaffen fehlt jede Spur.«

»Das ist nicht gut. Das ist gar nicht gut.« Emmerich schob Winter das Manuskript zu und riss die Schranktür auf. »Lies noch mal. Dieses Mal genauer.« Er untersuchte Lehners Kleidung auf Blut. Nichts. Klopfte die Wände und den Fußboden ab, suchte nach Hohlräumen. Nichts. Unter dem Bett, im Herd, auf der Fensterbank. Nichts. Hinter den Plakaten, über der Lampe, in der Matratze. Nichts. »Verflucht«, murmelte er und setzte sich aufs Bett. »Was, wenn …?«

»Was, wenn was?«

»Wenn sie's doch nicht war?«

44

»Na, die Herren? Wie schau ma aus?«, fragte die alte Hure, als Emmerich und Winter auf die Straße traten. »Bisschen Spaß gefällig?«

Wortlos schob Emmerich sie zur Seite. Winter senkte den Kopf und murmelte etwas Unverständliches vor sich hin.

»He!«, rief sie ihnen empört hinterher.

»Vielleicht hat Alma Lehner mit dem Wahrsageopfer von Stanislaus Liebowitz geredet, aber noch nicht darüber geschrieben«, spekulierte Winter, während sie den Gehsteig hinuntergingen.

»Vielleicht hat sie die Mordwerkzeuge direkt nach den Taten entsorgt. In die Donau geworfen, im Wald vergraben, im Wienfluss versenkt …«

»Vielleicht, vielleicht, vielleicht … Was wir brauchen, sind harte Fakten.«

»Und was tun wir jetzt?« Winter schien mit seinem Latein am Ende zu sein.

»Wir gehen nach Hause und beten. Beten, dass die Hühnerarmee das Liebowitz-Opfer aufspürt. Beten, dass diese Frau unsere Theorie bestätigt.«

»Wenn Sie freiwillig vom Beten reden, ist Feuer unterm Dach.«

»Wenn's nur das Dach wäre …« Emmerich winkte eine Kutsche heran. »Ich fürchte, das ganze Haus brennt lichterloh.«

Daheim angekommen, traf Emmerich seine Vermieterin im Wohnungsflur.

»Herr im Himmel! Wie sehen Sie denn aus?« Frau Seidl stellte sich auf die Zehenspitzen und fasste an seine Stirn. »Sie sind doch hoffentlich nicht krank? Typhus geht um, und drüben im Siebzehnten gab es wieder einmal einen Cholera-ausbruch.«

»Keine Sorge, ich bin nur furchtbar überarbeitet.« Er versuchte zu lächeln, aber seine Mundwinkel wollten nicht gehorchen. Noch ehe er wusste, wie ihm geschah, zog Frau Seidl ihn ins Wohnzimmer und bugsierte ihn auf die Couch.

»Ich mache Ihnen jetzt einen schönen Tee, und stellen Sie sich vor ... Ich hab Mehl aufgetrieben«, erklärte sie mit stolzgeschwellter Brust. »Richtiges, echtes Weizenmehl. Frisch und ungestreckt. Ich hab einen Striezl gebacken. Ich hol Ihnen ein Stück.«

Emmerich nickte. Sein Kopf fühlte sich unendlich schwer an. Die Ereignisse der vergangenen Tage hatten ihm mehr zugesetzt, als er sich eingestehen wollte. Er hoffte inständig, dass bald alles vorbei war.

»Danke«, sagte er, nachdem er gegessen und getrunken hatte. »Meine liebe Frau Seidl, ich weiß gar nicht, womit ich Sie verdient habe.«

»Sie sind ein guter Mann. Unter dieser rauen Schale steckt ein großes Herz.« Sie drückte seine Hand und tätschelte seine Wange.

Er betrachtete sie. Den üppigen Busen, die gütigen Augen, den neugierigen Zug um den Mund. So ungefähr musste es sich anfühlen, eine Mutter zu haben. Er fasste an sein Amulett, wünschte ihr eine gute Nacht und ging zu Bett.

Ein Geräusch ließ Emmerich aufschrecken. Leicht verwirrt rieb er sich die Augen. Wie spät war es? Wie lange hatte er geschlafen? Er sah sich um, versuchte, sich zu orientieren. Draußen herrschten tiefschwarze Dunkelheit und bleischwere Stille. Wien ruhte noch immer in Morpheus' Armen.

Mit beiden Händen fuhr er über sein Gesicht und legte sich wieder hin. Er schloss die Augen, glitt zurück in den Schlaf, doch kurz bevor die wohltuende Schwärze ihn erneut umfing, drang abermals ein Geräusch in sein Bewusstsein.

Da waren Schritte im Flur. Schwere Schritte. Männerschritte. Auf jeden Fall waren es nicht die von Frau Seidl. Jemand war in der Wohnung. Jemand, der hier nicht hergehörte.

Er schnellte hoch, stieg über die Kleidung, die auf dem Boden verstreut lag, und tastete im Dunkeln nach seiner Waffe.

Was wollte der Eindringling? Hier gab es nichts zu stehlen – weder er noch Frau Seidl verfügten über viel Geld. Wenn es in diesem Haus irgendwo etwas zu holen gab, dann am ehesten bei der dürren Orowitz im Dachgeschoss.

Sein schlaftrunkenes Hirn war mit einem Schlag hellwach. Wenn es nicht um Wertsachen ging, worum dann? Adrenalin flutete seinen Körper. Xaver. Er musste es sein. Er oder einer seiner Handlanger.

Emmerich entsicherte die Pistole, lauschte in die Stille. Er konnte den anderen atmen hören, war nur durch das dünne Holz der Tür von ihm getrennt.

Ein leises Quietschen ertönte, ein leiser Lufthauch zog in das Zimmer. Die Tür wurde geöffnet. Zentimeter für Zentimeter schob sie sich auf.

Emmerich streckte die Arme durch, richtete die Waffe

nach vorn. »Keinen Schritt weiter, sonst blas ich dir das Hirn weg«, zischte er.

»Da hätte Frau Seidl aber keine Freude.« Ein Streichholz zischte, die Flamme illuminierte ein unverwechselbares Haifischgrinsen. Veit Kolja zündete sich eine Zigarre an und betrat das Zimmer. »So ein Hirn kann ganz schön weit spritzen. Macht eine Riesensauerei. So was putzt sich schwer. Vom Blut auf dem Teppich gar nicht erst zu reden.«

»Sag mal, spinnst du?« Emmerich ließ die Pistole sinken. »Du kannst doch nicht einfach mitten in der Nacht hier einbrechen. Was soll das?«

Kolja betätigte den Lichtschalter, schloss die Tür und setzte sich aufs Bett. Machte sich breit. Füllte den Raum mit seiner Aura. »Was das soll? Genau dasselbe könnte ich dich fragen.«

Emmerich zog sich ein Hemd und eine Hose über. Wollte nicht eine Sekunde länger in seiner alten, verwaschenen Unterwäsche vor Kolja stehen, dessen gut genährter Körper in einem feinen Dreiteiler steckte.

»Wir hatten eine Abmachung.«

Es war eine einfache Feststellung, doch die Art, wie Kolja die vier Wörter aussprach, ließ keinen Zweifel daran aufkommen, dass es sich um eine Drohung handelte.

»Ich bin noch nicht dazu gekommen, mich um deine Valuten zu kümmern. Der dunkle Bote …«

»Der dunkle Bote kann mich kreuzweise.« Kolja erhob sich und stellte sich direkt vor ihn. Da er ein gutes Stück größer war, schwebte die Glut seiner Zigarre gefährlich nahe vor Emmerichs rechtem Auge. »Mich interessiert nicht, ob du Zeit oder Lust oder die Möglichkeit hast. Mich interessiert einzig und allein mein Geld.« Er blies ihm Rauch ins Gesicht.

Emmerich versuchte, nicht zu blinzeln. »Ich kann nicht einfach in die Asservatenkammer spazieren und Beweismittel stehlen.«

»Das hättest du dir vorher überlegen sollen.« Kolja bohrte einen Finger in seinen Brustkorb. »Es ist mir völlig egal, wie du es anstellst. Ich will mein Geld, und zwar bis morgen Abend. Die vollen Zweihunderttausend. Wenn ich bis um acht meine Kohle nicht habe, ist Xaver Koch dein kleinstes Problem. Hast du verstanden?«

»Ich brauche mehr Zeit. Wenigstens ein paar Tage. Ich muss Beweise im Fall des dunklen Boten finden, muss Zeugen befragen, muss …«

»In erster Linie musst du deine Abmachungen einhalten.« Kolja trat einen Schritt zurück, klemmte sich die Zigarre in den Mundwinkel und grinste erneut. »Bis morgen«, sagte er und verschwand.

Emmerich setzte sich aufs Bett, öffnete die Schublade seines Nachttischkästchens und betrachtete das Röhrchen mit dem Heroin. *Nimm uns*, riefen die Tabletten. *Geh mit einem Lächeln unter.*

»Gar keine schlechte Idee«, murmelte er und schob die Lade seufzend wieder zu.

Donnerstag,
4. November 1920

45

Alma Lehner hatte die ganze Nacht kein Auge zugetan, und gerade als es ihr endlich gelingen wollte, in einen leichten Dämmerschlaf zu sinken, begann draußen die Gerichtsglocke zu läuten.

»*Toto místo je díra!*«, fluchte eine kleinwüchsige Tschechin. Dieser Ort ist ein Loch. Sie hatte glutvolle schwarze Augen und einen energischen Mund, dem immer wieder die ordinärsten Ausdrücke entsprangen, die Alma seit Langem zu hören bekommen hatte.

Die zweite ihrer beiden Zellengenossinnen, eine schmale, bleiche Frau, tat das, was sie bereits am Tag zuvor getan hatte. Sie schwieg.

»Wie spät ist es?« Ächzend setzte Alma sich auf. Ihr Rücken tat weh, ihr Kopf schmerzte.

»Halbe sieben«, antwortete die Tschechin. »Gleich es gibt Morgensuppe. Eine grausliche Gebrei. Bei uns daheim in Behmen wirde man so eine Dreck nicht einmal vorsetzen die Schweine.«

Als wäre dies das Stichwort gewesen, wurde die schwere Zellentür aufgezogen. Doch es war kein Essen, das hereingebracht wurde, sondern eine junge Frau.

»Nimm deine dreckigen Finger weg, du Schlampe«, keifte sie und wand sich aus dem Griff der Wärterin.

Diese war wohl so einiges gewohnt, denn sie verzog trotz der derben Beschimpfung keine Miene. Völlig ungerührt verpasste sie der jungen Frau einen Schubs und schloss die Tür.

»Halt!« Alma sprang auf. »Warten Sie!«, rief sie. »Ich will mit jemandem sprechen. Ich will einen Anwalt. Ich habe Rechte.«

»Rechte?« Die Neue lachte und entblößte ein Gebiss mit etlichen Lücken. »Du bist wohl das erste Mal hier.«

Alma nickte. Sie setzte sich wieder auf ihre Pritsche, zog die Beine an und schlang die Arme um die Knie. Sie fühlte sich schwach und völlig ausgelaugt, obwohl sie gerade mal zwölf Stunden im Untersuchungsgefängnis war. Es roch streng, es war schmutzig, und trotz der eisigen Temperaturen kroch Ungeziefer aus allen Ritzen und Löchern.

»Eine Jungfrau.« Die Neue hob ihren Rock, kauerte sich über den stinkenden Eimer, der als Abort diente, und verrichtete ihre Notdurft. »Soll ich dir erzählen, was auf dich zukommt?«

Alma wollte sich keine Blöße geben. »Ich habe davon gehört.«

»Gehört?« Die Neue setzte sich neben sie. »Man muss es erlebt haben, um es zu verstehen. Das Gefühl, lebendig begraben zu sein. Kaum mehr ein Mensch. Ein Ding, über das bestimmt und verfügt wird, dem alles vorgeschrieben und nichts erlaubt ist. Und dann sind da noch die Aufseherinnen …«

»Diese Drecksfotzen«, fiel die Tschechin mit ein. »Kennen nicht Solidarität. Quälen fir Spaß. Schläge, Tritte, halbe Essensrationen …« Sie spuckte auf den Boden.

»Ich bin mal in Wiener Neudorf eingesessen«, erzählte die Neue. »Das Zuchthaus dort wird von Nonnen geführt, die haben versucht, mir Sitte und Anstand einzuprügeln. Mit

Watschen und Eisbädern wollten sie mir die Dämonen austreiben.«

»Diese elendige Nonnen geheren einfach mal ordentlich …« Die Tschechin machte eine obszöne Geste. »Des wirde ihnen austreiben die Dämonen.«

Die beiden lachten laut, Alma hingegen schnürte es den Hals zu. Tatsächlich stimmte es, was die junge Frau gesagt hatte. Es war um Welten schlimmer, es am eigenen Leib zu erfahren. Die ranzig stinkenden Matratzen, das feuchte Gemäuer, die Wanzen, die Angst. All die quälenden Fragen: Was, wenn die Rechtsprechung versagte? Was, wenn sie viele Jahre in diesem elenden Loch verbringen musste? Vielleicht sogar ihr ganzes Leben?

»Warum bist du da, feines Fräulein?« Die Neue rieb den Stoff von Almas Bluse zwischen den Fingern und roch an ihren Haaren.

Almas Augen füllten sich mit Tränen. Sie war verzweifelt, vor allem aber war sie zornig. Auf das System, den Polizeiapparat und besonders auf August Emmerich, diesen selbstgefälligen Hurensohn. »Wegen eines miesen Kerls«, presste sie hervor. »Er behauptet, ich sei eine Mörderin, aber ich bin unschuldig.«

Die Frauen waren plötzlich ganz still, ihre Gesichter wurden ernst.

»Mord. *Do prdele!*«, murmelte die Tschechin. Scheiße! »Du wirst kommen in die Kerker. Fir deine ganze Leben lang. Dagegen das hier ist eine Luxushotel. Gibt es keine Meglichkeit, wie du kannst beweisen deine Unschuld?«

Alma schluckte. Der Kloß in ihrem Hals wurde größer und größer, bis sie kaum mehr atmen konnte. »Der Mann … er ist Kriminalbeamter, und er ist mit allen Wassern gewaschen.«

»Was für ein Dreckskerl.« Die Neue schlang ihre Arme um sie und strich über ihren Rücken. Die Tschechin gesellte sich zu ihnen und tätschelte ihren Kopf.

Jetzt, da Alma es laut ausgesprochen hatte, traf die Wucht der Realität sie mit voller Härte. Dieser Emmerich … er war sich seiner Sache so sicher gewesen. War es wirklich möglich, dass sie hier drinnen für immer …? Sie blickte in die Gesichter ihrer Zellengenossinnen, die sie betroffen ansahen, und fing an zu schluchzen.

»Ich kann dich nicht hier rausbringen«, hörte sie da plötzlich eine Stimme. Die bleiche Frau, deren Anwesenheit bisher niemand wirklich wahrgenommen hatte, war aufgestanden. Sie kam zu ihr und sah ihr in die Augen. »Aber ich kenne einen Weg, wie du dich an dem Schwein rächen kannst.«

46

»Ich muss mal.« Toni Lesch wollte aussteigen, doch bevor er die Wagentür öffnen konnte, packte Oleg seine Hand. »Was soll das? Soll ich etwa ins Auto pissen?«

»Du sollst dich zusammenreißen.« Oleg verpasste ihm eine Kopfnuss und zog einen alten Fetzen zwischen den Sitzen hervor. Damit wischte er über die beschlagene Windschutzscheibe und spähte durch die freie Stelle nach draußen auf das kleine Stadtpalais, in dem Winter mit seiner Großmutter lebte. »Er könnte jeden Moment rauskommen.«

»Das hast du schon vor einer halben Stunde gesagt.« Lesch rückte unruhig hin und her. »Warum gehen wir nicht einfach rein? Erledigen ihn dort? Schaut nobel aus, die Bude – vielleicht gibt's was zu holen.« Er musterte die steinerne Fassade, die von Balkonen und Erkern geziert wurde, und die verschiedenen Wappen, die auf dem riesigen Eingangsportal prangten.

»Wir ziehen es durch, wie geplant. Sobald er rauskommt, starte ich den Wagen, du erschießt ihn durchs offene Fenster, und wir fahren davon. So wird es gemacht und nicht anders. Wir haben klare Anweisungen. Ach, noch etwas …« Oleg packte Lesch am Schlafittchen. »Was soll der Aufzug?« Er deutete auf den Pelzkragen und die bunte Krawatte. »Ich dachte, der Chef hätte dir verboten, so ein Zeug zu tragen.«

»Der Chef soll sich nicht so anstellen.« Lesch steckte sich einen Zahnstocher in den Mund und kaute darauf herum.

»Er regt mich auf. Dauernd stänkert er herum, ich sei zu auffällig. Dann schickt er uns los, einen Kieberer umzunieten. Am helllichten Tag, auf offener Straße, ohne dass es für die Mission einen Nutzen hat. Nur wegen seiner privaten Fehde.«

»Hast du ein Problem damit?«

»Mich stört es nicht, den kleinen Mistkerl ins Jenseits zu befördern, mir geht's ums Prinzip. Wenn der Chef seinen persönlichen Rachefeldzug abhalten kann, dann kann ich auch mein persönliches G'wand tragen.« Lesch klaubte ein Haar vom Revers seines Mantels. »Ich bin kein dummer Laufbursche, und deshalb lass ich mich nicht länger so behandeln.«

Oleg wischte noch einmal über die Windschutzscheibe und blickte auf das Haus.

»Und?« Lesch pustete in seine Fäuste. »Wo bleibt er? Mir friert hier der Arsch ab.«

»Hör endlich auf zu jammern.« Oleg hielt ihm seine linke Hand vors Gesicht. Von Daumen und Mittelfinger waren nur noch Stümpfe übrig. »Ich erzähl dir jetzt mal was über Kälte und Durchhaltevermögen und ...«

Lesch steckte seine Pistole ein, öffnete die Beifahrertür und stieg aus. »Und ich erzähl dir jetzt mal was über Selbstbestimmung.«

»Wo willst du hin, verdammt noch mal?«

Lesch spazierte um den Wagen herum, öffnete seinen Hosenschlitz und schlenderte zum nächsten Baum. »Ich hab gesagt, ich muss mal.«

In diesem Moment fuhr die Straßenbahn die gegenüberliegende Haltstelle an, und Ferdinand Winter stürmte aus dem Haus.

»Los.« Oleg startete den Wagen. »Da ist er.«

»Ich mach schon.« Lesch nestelte an seiner Hose herum, versuchte, sie zuzuknöpfen, was ihm aber nicht gelingen wollte. »Meine Finger sind ganz klamm.«

Als er endlich wieder im Wagen saß, war Winter längst in die Tram gestiegen und auf dem Weg ins Polizeigebäude.

»Wegen deinem verdammten Schwanz ist der Kleine davongekommen.« Oleg steuerte den Wagen auf die Straße und nahm die Verfolgung auf. »Eigentlich sollt ich ihn dir abschneiden.«

»Schon gut, schon gut. Hör auf, dich aufzuregen. Dieser Winter ist nicht aus der Welt. Erledigen wir ihn halt beim Aussteigen.«

»Wenn das schiefgeht, wird der Chef dich höchstpersönlich umbringen. Das ist dir hoffentlich klar.«

Lesch nickte. »Gib Gas.«

47

Emmerich spritzte sich Wasser ins Gesicht, schrubbte seinen Körper mit einem Schwamm, als könnte er einfach alles wegwaschen. Die Sorgen, die Probleme, die Angst vor dem anbrechenden Tag.

Ein kurzer Blick in den Spiegel bestätigte, was er längst wusste. Er war ein Wrack. Daran konnte alle Seife dieser Welt nichts ändern.

»Sie sind ja schon auf.« Frau Seidl geisterte im Morgenmantel und mit Lockenwicklern im Haar durch den Flur.

»Die Arbeit ruft.«

»Trinken Sie wenigstens noch eine Tasse Kaffee. Ich hab noch Bohnen vom Montag, als Ihr netter Freund zu Besuch war. Richten Sie ihm schöne Grüße aus. Er soll uns bald mal wieder beehren.«

»Seien Sie vorsichtig mit dem, was Sie sich wünschen.« Emmerich verabschiedete sich und verließ die Wohnung.

Dienstbeginn war erst in einer Viertelstunde, trotzdem saß Winter bereits im Büro. »Ich konnte nicht schlafen«, sagte er. »Und so wie Sie aussehen, ging es Ihnen genauso.«

»Wir leben in aufregenden Zeiten.« Mehr fiel Emmerich dazu nicht ein.

»Ich hab mich selten so sehr nach Langeweile gesehnt.« Winter zeigte auf den Mantel, den Emmerich gerade ausziehen wollte. »Sie können ihn anbehalten.« Er reichte ihm eine

Akte. »Es gab tatsächlich eine Anzeige gegen Stanislaus Liebowitz. Grete hat sie gefunden. Eine gewisse Maria Planner hat ihn letztes Jahr des gewerbsmäßigen Betrugs bezichtigt, doch sie hatte keine Beweise. Deshalb kam es nie zu einem Strafverfahren. Planner arbeitet als Verkäuferin im Kaufhaus Herzmansky.« Er blickte auf die Uhr. »Das öffnet in zehn Minuten seine Pforten.«

»Fräulein Grete, Fräulein Grete …«, murmelte Emmerich. »Erinnere mich daran, dass wir ihr was Hübsches schenken, sollte es jemals wieder irgendwo was zu kaufen geben.« Er zündete sich eine Zigarette an und eilte auf den Flur.

»He, Emmerich. Nicht so schnell.« Szepanek hatte gerade die Abteilung betreten. »Wir müssen über den Mordfall Kopp reden. Der alte Tschickarretierer hat Sie schwer belastet.«

Emmerich stellte sich taub, lief an ihm vorbei und legte einen Zahn zu.

»Sie können vor der Sache nicht einfach davonrennen«, rief Szepanek ihm so laut hinterher, dass es wohl noch bis ins Erkennungsamt im dritten Stock zu hören war. »Sie werden Rede und Antwort stehen müssen!«

»Alles zu seiner Zeit.« Emmerich hastete durch das Treppenhaus.

»Achtung.« Winter zeigte auf die Tür, die auf die Roßauer Lände führte. »Brühl kommt gerade rein.«

»Verflucht.« Emmerich vollzog eine Kehrtwende und humpelte, so schnell er konnte, in den Innenhof. Dort wandte er sich nach links, durchquerte die Räumlichkeiten des zentralen Meldungsamts und trat auf die Berggasse.

»Sie werden Brühl und Szepanek wohl nicht mehr lange aus dem Weg gehen können.« Winter winkte einer Kutsche und wies den Lenker an, in den 7. Bezirk zu fahren.

»Ich weiß.« Emmerich stieg ein und ließ sich auf die harte Holzbank fallen. »Sobald wir Beweise für Alma Lehners Schuld haben, kümmere ich mich um die Kopp-Sache.«

»Und um Kolja und um Koch.«

»Danke fürs Erinnern.« Emmerich lehnte sich zurück und schloss die Augen. Er war müde, hatte die halbe Nacht kein Auge zugetan. »Weck mich, wenn wir da sind.«

Herzmansky, das größte Textilwarenhaus des Landes, befand sich in einem fünfgeschossigen Palais auf der Mariahilfer Straße. In seinen hellen, weiten Verkaufsräumen wogte ein Meer aus Samt, Plüsch, Spitze, Leinen, Wolle und Seide in allen erdenklichen Farben und Qualitäten. Emmerich und Winter sahen sich um.

»Das hält ja keinen warm.« Emmerich gähnte und zeigte auf eine Rolle mit blauem Tüll.

»Das ist ja auch nicht Sinn und Zweck der Sache«, erklärte Winter.

»Kann ich den Herren vielleicht helfen?« Eine elegante, groß gewachsene Frau gesellte sich zu ihnen. Ihr Haar war onduliert, ihr Gesicht gepudert. Ein Namensschild wies sie als Maria Planner aus.

»In der Tat, das können Sie.« Emmerich zeigte ihr seine Marke. »Es geht um Stanislaus Liebowitz.«

Sie blickte sich um, wollte wohl sichergehen, dass niemand ihr Gespräch belauschte. »Haben Sie ihn endlich weggesperrt?«, flüsterte sie.

»Dazu sind wir leider nicht mehr gekommen. Jemand hat ihn vorher umgebracht.«

»Umgebracht?« Man konnte sehen, dass es ihr schwerfiel, nicht zu lächeln. »Gut«, sagte sie schließlich. »Dieser Mann ist … war … ein Schwindler, ein Betrüger der allerschlimmsten Sorte. Er …« Sie hielt inne und riss die Augen auf. »Sie glauben doch wohl nicht etwa, dass ich …?«

»Keine Sorge«, beruhigte Winter sie. »Wir haben gestern eine Verdächtige verhaftet. Was uns fehlt, sind Beweise. Sagt Ihnen der Name Alma Lehner etwas?«

»Alma Lehner. Nie gehört. War sie auch eines seiner Opfer?«

»Sie ist eine Reporterin und hat über die Not der Wiener Frauen geschrieben. Über das Unrecht, das vielen von ihnen zugefügt wird.«

»Das klingt gut und wichtig, mit mir hat sie aber nie geredet.«

Die Enttäuschung war Emmerich anzusehen. »Mit wem haben Sie dann über den Scharlatan Liebowitz gesprochen?«

»Mit Ihren Kollegen, die die Anzeige aufgenommen haben.«

»Und sonst?«

Erneut blickte sie sich um. »Mit niemandem.«

Emmerich wollte nicht aufgeben. »Irgendwem werden Sie doch wohl davon erzählt haben. Der Kerl hat Sie betrogen und Ihnen eine Menge Geld abgeknöpft. So etwas nimmt man doch nicht einfach stillschweigend hin.«

Eine alte Dame schlenderte an ihnen vorbei, betrachtete den blauen Tüll.

Planner errötete, wartete, bis sie wieder verschwunden war. »Hab ich auch nicht«, flüsterte sie. »Ich habe das Ganze zur Anzeige gebracht, doch keiner konnte mir helfen.«

»Danach haben Sie niemandem Ihr Herz ausgeschüttet? Freundinnen? Verwandten?«

»Meine Eltern sind früh gestorben, und meine Brüder sind im Krieg geblieben. Deshalb habe ich Liebowitz ja aufgesucht … in einer schwachen Minute …« Ihre Oberlippe begann zu zittern. »Ich wollte Kontakt zu meiner Familie, weil ich mich so …« Sie schluckte, wischte eine Träne weg, die ihr die Wange hinunterlief. »Ich hab mich so allein gefühlt auf dieser Welt.«

Winter tätschelte ihre Hand. »Schon gut. Wir verstehen das.«

»Meine Freundinnen haben mir davon abgeraten, mich gewarnt«, erzählte sie weiter. »Deshalb bin ich heimlich zu ihm gegangen. Wieder und wieder, ohne dass jemand davon wusste. Meinen ganzen Lohn hab ich bei diesem Schwindler gelassen. Bis … bis ich ihm auf die Schliche gekommen bin.«

Emmerich sah die junge Frau fragend an.

»Er trug ein spezielles Brustgeschirr unter seinem Hemd«, erklärte sie. »Daran waren Haken angebracht, um damit den Tisch zum Wackeln zu bringen und Klopfgeräusche zu erzeugen. Eines Tages hat er nicht aufgepasst, da hab ich es gesehen …« Sie blickte zu Boden, starrte auf ihre Schuhspitzen. »Wie dumm ich doch war, wie naiv. Ich konnte mit niemandem darüber reden. Die Scham und die Schande waren einfach zu groß.«

Emmerich und Winter bedankten sich. Mit langen Gesichtern verließen sie das Kaufhaus.

Zurück im Büro zündete sich Emmerich eine Zigarette an und rieb sich den Nacken. »Alma Lehner wird uns öffentlich in Stücke reißen, Brühl wird sich ungemein darüber amüsieren, und Oberinspektor Gonska wird uns abstrafen.«

Winter entgegnete nichts und zeigte stattdessen auf ein Päckchen, das auf ihrem Schreibtisch lag. »Was ist das?«

»Was?« Emmerich schien es erst jetzt zu bemerken. Er runzelte die Stirn.

»Dieses Päckchen sieht genauso aus wie die, die der dunkle Bote verschickt hat.«

»Ist aber an mich adressiert.« Vorsichtig öffnete Emmerich es. »Keine Zunge. Gott sei Dank.« Er zog eine Karte daraus hervor. *»Alma Lehner ist unschuldig«*, las er und blies Rauch durch die Nase. *»Lassen Sie sie gehen, oder Sie sind als Nächster dran.«*

»Da steht eine römische Acht. Daneben X.« Winter nahm die *Göttliche Komödie* zur Hand.

»Acht? So wie bei Liebowitz?«, wunderte Emmerich sich. »Ich bin vieles, aber kein Hellseher.«

»Manche Höllenkreise sind in Gräben unterteilt«, erklärte Winter, überflog die Seite und sah ihn vielsagend an.

»Spuck es aus.«

»Im zehnten Graben des achten Höllenkreises werden Fälscher und falsche Zeugen gemartert.« Winter räusperte sich. *»Zur Strafe, sprach der Grieche, sei der Durst dir, drob dir die Zunge platzt, und vor den Augen, den Bauch dir türmend auf, das Eiterwasser.«*

»Eine platzende Zunge und Eiterwasser …« Emmerich stöhnte. »Das hat mir gerade noch gefehlt.«

48

»Fanni, wart kurz. Ich meld mich gleich wieder … Ja, natürlich … ich erzähl dir dann alles.« Fräulein Grete legte auf und starrte auf das Päckchen, das Emmerich ihr vor die Nase hielt. »Was ist damit?«

»Wie kam das auf unseren Schreibtisch?«

»Das?« Grete schaute verwundert. »Na, das hab ich dorthin gestellt.«

»Und woher hatten Sie es?«

»Von der Poststelle. Dort hole ich jeden Morgen die Briefe für die Abteilung ab und verteile sie anschließend. Das sollten Sie mittlerweile wissen.«

Das Telefon läutete, sie wollte danach greifen, doch Emmerich legte seine Hand auf den Hörer. »Da ist keine Briefmarke drauf.«

Sie zuckte mit den Schultern. »Briefmarken sind teuer, die Leute haben wenig Geld. Viele geben ihre Korrespondenz deshalb vor Ort ab. Im Vestibül steht dafür ein eigener Postkasten.« Sie schob seine Hand fort und nahm den Anruf entgegen.

Emmerich wollte noch etwas sagen, doch Winter packte ihn am Oberarm und zog ihn aus der Amtsstube.

Auf dem Flur sah er sich verschwörerisch um.

»Was ist?«

»Der dunkle Bote«, flüsterte Winter. »Woher wusste er von Lehners Verhaftung?«

»Wieso?« Emmerich verstand nicht, worauf sein Assistent hinauswollte.

»Wir waren die ganze Zeit bei ihr. Sie hat niemanden angerufen, niemanden verständigt. Keinen Anwalt, keine Freunde, keine Kollegen.«

»Vielleicht hat sie das heute Morgen erledigt.«

»Denken Sie an die Amtsstunden, an die Bürokratie. Fräulein Lehner hätte den Anruf allerfrühestens um acht machen können.« Winter schaute auf seine Uhr. »Jetzt ist es neun.«

Emmerich dämmerte, worauf er hinauswollte. »Fräulein Grete«, rief er ins Sekretariat. »Um welche Uhrzeit haben Sie die Post verteilt?«

Mit einem genervten Gesichtsausdruck legte sie eine Hand auf die Sprechmuschel. »Mein lieber Herr Emmerich, langsam …«

»Bitte«, formte Winter mit seinen Lippen.

»Ich hole die Sachen jeden Tag um Punkt acht aus dem Verteiler und mache dann meine Runde durch die Abteilung.« Sie wandte sich wieder ihrem Gespräch zu.

»Sehen Sie?«, flüsterte Winter. »Der dunkle Bote kann nicht durch Fräulein Lehner von der Verhaftung erfahren haben.«

Emmerich riss die Augen auf, als der Groschen bei ihm fiel. »Du glaubst …« Er ließ den schlimmen Verdacht wie eine dunkle Wolke im Raum hängen. »Das kann nicht sein.«

»Es ist die einzig logische Erklärung. Es muss ein Interner sein. Einer von uns.«

»Das glaub ich nicht.« Emmerich griff sich an die Stirn.

»Doch, und bei genauerer Betrachtung ergibt diese Theorie Sinn. Überlegen Sie mal. Menschen wie wir … Polizisten … Wir haben jeden Tag mit Straftaten zu tun, mit Elend und Not, und sehr oft können wir nichts dagegen tun. Sie sagen es selbst immer wieder: Recht und Gerechtigkeit ...«

»... sind zwei Paar Schuhe.«

»Was, wenn jemandem der Kragen geplatzt ist? Jemandem, der jeden Tag mit ansehen muss, wie Schuldige unbehelligt bleiben, wie Übeltäter sich freikaufen ... Denken Sie an Veit Kolja und Ansgar Pavlovic oder diesen Toni Lesch und seine Platte. Die Stadt ist ein riesiger Moloch. Wir sind diejenigen, die für Ordnung sorgen und Verbrecher wegsperren sollen, aber oft gelingt uns das nicht. Wir müssen hilflos mit ansehen, wie das Böse siegt und das Gute verliert. Mich würde es nicht wundern, wenn irgendwer hier im Haus ...«

»Wer? Wer könnte das sein?«

»Ich weiß es nicht, aber bis wir es herausgefunden haben, dürfen wir niemandem vertrauen.«

»Was ist denn mit euch los?« Arnold Zech schaute Emmerich und Winter verwundert an, als sie in sein Büro stürmten. »Warum die trüben Mienen? Ihr solltet doch eigentlich feiern. Immerhin habt ihr den dunklen Boten hinter Schloss und Riegel gebracht.« Er grinste. »Im Topf sind dreihundert Kronen. Wenn Brühl und Szepanek bis Ende des Jahres ...«

»Wir haben die Falsche eingebuchtet«, unterbrach Emmerich und stellte das Päckchen auf den Tisch.

»Mist.« Zech starrte auf das Päckchen und kratzte sich am Kinn. »Schon wieder ein neues Opfer?«

»Noch nicht, aber wenn wir den richtigen Täter nicht finden, wird es bald eines geben.«

»Wie kann ich helfen?«

»Untersuchen Sie die Schachtel auf Fingerabdrücke. Ich glaube zwar nicht, dass neben meinen und denen von Fräulein Grete noch welche drauf sind, aber falls schon …« Emmerich holte tief Luft. »Sind die Abdrücke der Mitarbeiter hier im Haus erfasst?«

»Ja natürlich, als Ausschluss …« Zech riss den Mund auf, als er die Tragweite der Aussage erfasste. »Sie glauben, dass einer von uns …?«

»Wir müssen alle Möglichkeiten in Betracht ziehen.« Emmerich ging zur Tür. »Ich werde jetzt die Freilassung von Fräulein Lehner in die Wege leiten. Ferdinand bleibt derweil hier und hilft Ihnen.«

»Sie meinen wohl, er bleibt hier und überwacht mich.«

»Wir haben keine Zeit zu verlieren«, beschwichtigte Winter. »Die Uhr tickt, deshalb ist es das Beste, wenn ich mit Hand anlege.«

49

»Schuhriemen. Ein Paar schöne Schuhriemen, der Herr?« Vor dem Untersuchungsgefängnis, das sich praktischerweise direkt neben dem Polizeigebäude befand, kam ein Kriegsinvalide auf Emmerich zugeschlurft. Sein Rücken war stark gekrümmt, was ihm ein irrwitziges Aussehen verlieh. »Nur ein paar Kronen, so viel, wie Sie für angemessen halten.« Er hielt ihm zwei schmutzige Schnürsenkel hin.

»Hier.« Emmerich reichte dem Bettler einen Schein.

»Vergelt's Gott.« Der Mann wollte ihm die Schnürsenkel geben. »Nehmen S'. Nehmen S' ein paar Riemen.«

»Schon gut«, winkte Emmerich ab. »In Zeiten wie diesen ist es nicht schlau, Dinge daheimzuhaben, an denen man sich aufknüpfen kann.«

»Am dunkelsten ist es immer vor der Dämmerung«, sagte der Mann. »Es werden auch wieder bessere Zeiten kommen.«

»Ihr Wort in Gottes Ohr«, entgegnete Emmerich und betrat den Gefängnistrakt durch ein unscheinbares Tor, das im Vergleich zu dem wuchtigen Gebäudekomplex viel zu klein geraten wirkte. »Kriminalinspektor August Emmerich von ›Leib und Leben‹«, wies er sich aus. »Ich komme wegen der Freilassung von Frau Alma Lehner.«

Er erledigte den nötigen Papierkram und folgte einem uniformierten Wachbeamten durch die langen Flure des Zuchthauses, dessen Böden aus Eisenblechplatten gefertigt waren. Jeder Schritt hallte, unangenehme Erinnerungen stiegen an die Oberfläche seines Bewusstseins. Erinnerungen an die Geschehnisse ein Jahr zuvor, als er selbst eine Nacht in Untersuchungshaft hatte verbringen müssen. Unschuldig. Er ahnte, wie Alma Lehner sich fühlte, konnte sich vorstellen, wie sehr sie ihn hasste. »Bringen wir's hinter uns.«

Der Uniformierte öffnete die Zellentür.

Alma Lehner sah unendlich müde aus. Ihr Gesicht war kreidebleich, die Schatten unter ihren Augen so dunkel, als hätte sie dort Kohlenstaub verrieben.

»Gute Neuigkeiten. Sie sind frei«, rief Emmerich und versuchte, nicht allzu zerknirscht zu wirken.

Die Reporterin ließ die Information kurz sacken, stand auf und umarmte ihre Zellengenossinnen.

»Gemma! Geht scho!«, rief der Wärter. »Oder wollen S' lieber dableiben?«

»Schon gut.« Sie eilte auf den Flur und folgte ihnen ins Treppenhaus, das von einem Gewirr aus Drahtnetzen und Gittern durchzogen wurde.

Emmerich hatte böse Worte erwartet, hasserfüllte Beschimpfungen, vielleicht sogar eine Ohrfeige, doch Alma Lehner sagte kein Wort, bedachte ihn einfach nur mit hasserfülltem Schweigen, das mit jedem Schritt eindringlicher wurde.

»Es tut mir leid.« Er hielt die Stille nicht länger aus. »Aber es hat wirklich alles auf Sie hingedeutet.«

»Von wegen«, zischte sie. »Sie hatten keine Beweise und keine Zeugen. Trotzdem haben Sie mich eingesperrt, mich frieren und von Bettwanzen beißen lassen. Tausend Tode bin ich gestorben, nur wegen Ihres Hirngespinstes.«

Sie durchschritten eine gelb gestrichene Eisentür und betraten die Aufnahmekanzlei. Dort unterschrieb Alma Lehner den Papierkram und nahm die persönlichen Gegenstände entgegen, die ihr bei der Einlieferung abgenommen worden waren.

»Sie können sich nicht vorstellen, wie es sich anfühlt, da drinnen zu sein.« Ohne ein weiteres Wort zu sagen, ging sie hinaus auf die Straße. Dort blieb sie stehen, blickte in den grauen Himmel und atmete tief ein.

»Doch, das kann ich.« Emmerich trat neben sie. »Sie sind nicht die Einzige, der so etwas passiert ist. Auch ich habe schon einmal unschuldig eine Nacht im Gefängnis verbracht.« Er stellte sich vor sie, blickte ihr tief in die Augen. »Ich habe das getan, was ich für richtig hielt. Es tut mir aufrichtig leid, wenn ich Ihnen Kummer bereitet habe. Wenn ich irgendetwas tun kann, um es wiedergutzumachen, geben Sie mir Bescheid.«

Sie setzte an zu gehen, wollte sich an ihm vorbeidrängen, doch er hielt sie zurück.

»Das Buch, das Sie da schreiben … *Ein hartes Los* … Das ist eine gute Sache.«

Sie musterte ihn, studierte seine Züge. »Finden Sie wirklich? Oder sagen Sie das nur, um mich zu beschwichtigen? Damit ich Sie und den Rest der Wiener Kriminalpolizei nicht in der Zeitung bloßstelle.«

»Ich bin in einem städtischen Waisenhaus aufgewachsen«, erklärte er. »Nicht nur Frauen darben und sterben. Es gibt viele Bevölkerungsgruppen, denen es besonders schlecht geht. Juden, Alte, Versehrte, Kinder … Ich weiß, was Unrecht bedeutet, hab's am eigenen Leib erfahren.«

»Ach ja?«

»Ja«, sagte Emmerich. »Ich weiß, wie hart das Leben sein kann.«

Er dachte an Schwester Erzsebet, die Mutter, die er niemals kennengelernt hatte, und die vielen schlimmen Dinge, die ihm in seiner Kindheit und Jugend widerfahren waren. Und plötzlich, als wäre ein Damm gebrochen, sprudelte es aus ihm heraus. Er erzählte von den Schlägen, den Beschimpfungen und Demütigungen im Waisenhaus. Von den Drohungen, dem Freiheitsentzug und der Hoffnungslosigkeit. Obwohl er es wollte, konnte er nicht aufhören, redete weiter und weiter, offenbarte Dinge, die er noch nie jemandem anvertraut hatte. Die Isolationszellen, die Ketten, der Rohrstock, das Gefühl, ein Nichts und Niemand zu sein, ein Hurenkind, das niemand wollte ... Erst als alle schrecklichen Details ausgespuckt waren, hörte er auf zu sprechen.

Alma Lehner hatte die ganze Zeit über nichts gesagt, sondern einfach nur gestarrt. Erst ungläubig, dann skeptisch, schließlich schockiert.

»Ich ...«, setzte sie an, wusste aber wohl nicht, was sie sagen sollte.

»Schon gut.« Emmerich fühlte sich plötzlich nackt, leer, jedoch auch frei. Auf eine sonderbare Weise erleichtert. Er tippte sich an die Mütze, drehte sich um und ging. Alma Lehners Mitleid brauchte er nicht.

Er kam nicht weit, vielleicht vier, fünf Meter, als ihn jemand von hinten am Arm packte.

»Ich weiß, was die Morde verbindet«, sagte Alma Lehner. »Ich weiß, wie Sie den dunklen Boten finden können.«

50

Xaver und István hatten das Haus verlassen. Endlich hatte Luise einen kurzen Moment, in dem sie ungestört das Ritual vollziehen konnte, von dem Traude ihr erzählt hatte. Sie zog sich ins Schlafzimmer zurück, zündete eine Kerze an und starrte in die Flamme.

»Luzifer, ich bitte dich, höre meinen Fluch«, murmelte sie und kam sich dabei ziemlich dumm vor. Dunkle Mächte zu beschwören, übernatürliche Wesen um Hilfe zu bitten … Das war eigentlich etwas für Verrückte. Sie rief sich den Zeitungsausschnitt ins Gedächtnis. *Geht der Teufel um in Wien? Der dunkle Bote hat wieder zugeschlagen. Erneut hat die Bestie sich eine Seele geholt …* Einen Versuch war es zumindest wert. »Xaver Koch«, sprach sie weiter. »Bei der Macht des Höllenfürsten Beelzebub verdamme ich dein Dasein und verbanne dich in die tiefste Hölle.«

Sie nahm ein Stück Papier zur Hand und dachte an Traudes Anweisungen. »Nachdem du die Worte gesprochen hast, notierst du oben in der Mitte den Namen jenes Menschen, der sterben soll«, hatte diese gesagt. »Darunter den Grund.«

XAVER KOCH, schrieb Luise in großen Lettern. *Weil er ein Schläger und Mörder ist. Jemand, der ohne Skrupel das Leben anderer Menschen zerstört.*

Was ist deine Gegenleistung? Was bist du bereit, dafür zu opfern?, hallten Traudes Worte in ihren Ohren.

Die Kerze flackerte, malte Schatten an die Wand, ließ Gespenster durch den Raum huschen. Luise überlegte. Es gab nicht viel, was sie geben konnte. Ein paar Kronen, ein bisschen Kleidung, ein paar Bücher.

Xavers Tod … Es ging um die Zukunft der Kinder, das Wohlergehen von August und allen, die ihm nahestanden, um das Schicksal der Stadt. Besaß sie irgendetwas, das das aufwiegen konnte?

Was mir sein Tod wert ist?, schrieb sie weiter. *Mein Leben. Ich bin bereit, dafür mein Leben zu geben.*

Sie faltete das Blatt zusammen, schlug es in Wachspapier ein und steckte es in einen Umschlag.

51

Er saß mit Arnold Zech an einem schmalen Tisch zwischen deckenhohen Aktenschränken, die wie Riesen an den Plafond ragten. Es roch nach altem Papier und Chemikalien, einer Mischung aus Antiquariat und Labor. Im Gegensatz zu dem hektischen Treiben, das in der Abteilung »Leib und Leben« auf der Tagesordnung stand, war es hier im dritten Stock angenehm still. Der Lärm der Straße war weit entfernt, einzig das Knacken der Holzdielen und das leise Zischen der Dampfheizung störten die vollkommene Ruhe.

War es wirklich möglich? Dass es einer von ihnen war? Ein Wolf im Schafspelz? Die Vorstellung ließ Winter schaudern. Konnte man denn auf gar nichts mehr vertrauen? Hatte Emmerich vielleicht recht mit seiner pessimistischen Einstellung zum Leben? Er wünschte sich nichts sehnlicher, als diesen Fall so bald wie möglich aufzuklären, trotzdem hoffte er, dass diese Spur in eine Sackgasse führte.

Ernst, beinahe andächtig breitete Zech seine Arbeitsutensilien vor sich aus: weiche Pinsel aus Kaninchenhaar, eine Dose mit Rußpulver, Pinzetten, einen kleinen Blasebalg und eine Lupe.

»Geht das auch ein bisschen schneller?«, fragte Winter.

»Ich kann die Arbeit rasch erledigen oder ordentlich, Ferdinand. Such's dir aus.«

»Schon gut.«

Winter sah Zech mit angehaltenem Atem dabei zu, wie er einen der Pinsel nahm, ihn in das Pulver tauchte und sacht über das Beweisstück strich. Nach und nach kamen dunkle Flecken zum Vorschein.

»Verschmiert, verschmiert, überlagert ...«, murmelte Zech.

»Was ist mit dem?« Winter zeigte auf die Unterseite der Schachtel.

»Der Abdruck sieht tatsächlich gut aus.« Zech nahm die Lupe zur Hand und studierte die feinen Rillen, die sich kohlschwarz von dem hellgrauen Karton abhoben. »Auf den ersten Blick würde ich auf den Ringfinger einer rechten Hand tippen.«

»Und jetzt?«, fragte Winter.

»Jetzt wird klassifiziert. Man kann Fingerabdrücke in drei Hauptgruppen unterteilen, je nachdem, welches ihr herausragendstes Merkmal ist. Bogen, Schleifen oder Wirbel. Dieser hier fällt eindeutig in die zweite Kategorie.« Er deutete auf einen Schrank.

Winter stand auf.

»Die Schleifen sind zum kleinen Finger hin ausgerichtet. Du musst also bei den Ulnarschleifen nachsehen. Die sind in den rechten Fächern.«

Winter zog die gekennzeichneten Schubladen auf und starrte auf das Meer von Papier, das ihm entgegenblickte. »Das sind unglaublich viele. Das müssen Tausende sein.«

»Moment, Moment. Ich mach so schnell ich kann.« Zech beugte sich so tief über den Abdruck, dass seine Nasenspitze beinahe die Schachtel berührte. »... neun, zehn, elf ...«, zählte er leise, rieb sich die Augen und fing noch einmal von vorn an. »Eins, zwei, drei ...«

Winter zappelte nervös herum.

»Zwölf Papillarlinien zwischen Zentrum und Delta«, verkündete Zech schließlich. »Das heißt: Untergruppe 3.« Winter suchte die passende Schublade und begann, die darin enthaltenen Karteikarten durchzugehen. »Du und Emmerich. Glaubt ihr wirklich, der dunkle Bote könnte ein Polizist sein?«

Winter nickte und blätterte weiter. Plötzlich hielt er inne und zog ein Aktenblatt heraus. Ungläubigkeit stand ihm ins Gesicht geschrieben.

»Ich …«

»Hast du jemanden gefunden? Einen von uns? Wer ist es?«, fragte Zech.

Winter antwortete nicht. Mit fassungsloser Miene steckte er die Karte ein und eilte nach draußen.

Er musste Emmerich finden, und zwar sofort.

52

Oleg schaute auf seine Uhr. »Zwei Stunden«, sagte er und bedachte Lesch mit einem mitleidigen Blick. »In zwei Stunden müssen wir in Fischamend sein. Das sind weniger als hundertzwanzig Minuten, die dir noch bleiben, um diesen Winter umzubringen. Du steckst ganz schön tief in der Scheiße, mein junger Freund.«

Lesch schnaubte und lockerte seine Krawatte. »Es war nicht meine Schuld, dass die Straßenbahn schneller war als wir.« Der vorwurfsvolle Unterton in seiner Stimme war nicht zu überhören.

»Was hätte ich denn deiner Meinung nach tun sollen? Den Verkehrspolizisten, der uns aufgehalten hat, einfach umnieten? Die Demonstranten auf der Alserbachstraße über den Haufen fahren?«

»So was in der Richtung.« Lesch kontrollierte seine Pistole und starrte nach draußen.

Sie hatten den Wagen vis-à-vis vom Polizeigebäude geparkt, hinter einer Milchkutsche, die wohl aufgrund der Lebensmittelknappheit an diesem Vormittag nichts auszuliefern hatte. Rechts von ihnen zog der Straßenverkehr vorbei. Ochsenkarren, Fahrräder und Fiaker. Links, auf dem Kanal, schipperten donauabwärts Lastschiffe vorüber, die ihre wertvollen Waren in Richtung Osten brachten. Ströme von Menschen und Gütern. Wenn Wien ein Organismus war, so stellten die Roßauer Lände und der Donaukanal zwei

Blutadern dar, durch die tagtäglich lebenswichtiges Material gepumpt wurde.

»Bald wird das alles unter unserer Kontrolle stehen«, murmelte Lesch. »Vielleicht schon in ein paar Tagen.«

»Erst Ferdinand Winter. Dann Fischamend.«

»Stell dir nur die Gesichter der Kieberei vor«, schwadronierte Lesch weiter. »Einer von ihnen kaltgemacht, direkt vor ihrem Hauptquartier. Wir setzen damit ein klares Zeichen. Machen deutlich, wer jetzt in der Stadt das Sagen hat. Dem Chef wird das gefallen.« Er deutete auf zwei uniformierte Wachbeamte, die das Gebäude verließen und in Richtung Berggasse marschierten. »Schau sie dir an. Völlig ahnungslos.« Er lachte und wandte sich wieder seiner Pistole zu.

»Da ist er«, zischte Oleg und zeigte nach draußen.

Tatsächlich war Winter gerade auf die Straße getreten.

53

Emmerich konnte nicht fassen, was Alma Lehner ihm gerade eben erzählt hatte. Was für eine unglaubliche Geschichte. Er lief zurück zum Haupteingang, hüllte sich in Nikotinschwaden und dachte nach. Wie sollten sie weiter vorgehen? Wie …?

»Herr Emmerich!«, wurde er aus seinen Gedanken gerissen. Er blickte hoch und sah, wie Winter mit geröteten Wangen aus dem Polizeigebäude gerannt kam. »Du glaubst nicht, was ich herausgefunden habe«, rief er ihm entgegen.

»Was auch immer es ist, es ist nichts gegen das hier.« Winter zog eine Karteikarte aus seiner Manteltasche und wedelte damit in der Luft herum.

»Das wage ich zu bezweifeln. Alma Lehner …« Als plötzlich etwas Grellbuntes in seinem Augenwinkel aufblitzte, drehte Emmerich einem Reflex folgend seinen Kopf. Was war das gewesen? Was hatte derart seine Aufmerksamkeit auf sich gelenkt, obwohl aufregende Enthüllungen anstanden? Er kniff die Augen zusammen, fokussierte – und da sah er ihn. Toni Lesch. Der Platten-Anführer saß, gemeinsam mit Oleg, in einem schwarzen Automobil auf der gegenüberliegenden Straßenseite und starrte in ihre Richtung. Was zum Teufel wollte der hier?

Die Frage beantwortete sich im nächsten Moment von selbst, denn Lesch streckte seinen Arm durch das geöffnete Wagenfenster und richtete eine Pistole auf Winter.

Emmerich tat das, was ihn der Krieg gelehrt hatte – er agierte, ohne nachzudenken, schaltete das Gehirn aus und ließ den Bauch die Führung übernehmen. Er stieß Winter zur Seite, sodass dieser auf den Gehsteig fiel.

Nur einen Wimpernschlag später schlug eine Kugel dort in die Hauswand ein, wo sein Assistent gerade noch gestanden hatte.

Emmerich zog seine Dienstwaffe und suchte Deckung. Er fand keine, rannte auf die Straße, stellte sicher, dass keine Passanten in der Schusslinie standen, und feuerte auf den Wagen.

Er traf die Tür, sah, wie Lesch zusammenzuckte.

Die Schüsse waren nicht unbemerkt geblieben. Plötzlich kamen etliche Uniformierte aus dem Gebäude gerannt. Sie sahen sich hektisch um.

Währenddessen startete Oleg, der am Steuer saß, den Wagen.

Emmerich beschleunigte seine Schritte, nahm alles, was sich um ihn herum abspielte, nur noch schemenhaft wahr. Das Motorrad, das mit quietschenden Rädern neben ihm zum Stehen kam, die kreischende Frau, die aufgeregten Schreie, das scheuende Pferd.

»Nicht ihn«, hörte Emmerich, als Lesch den Lauf seiner Waffe auf ihn richtete. »Er ist tabu. Er gehört dem Chef.«

Der Pistolenlauf zielte erneut auf Winter, der sich gerade hochrappelte.

Emmerich gab einen zweiten Schuss ab. Dieses Mal höher.

Ein Schmerzensschrei ertönte, doch es war nicht Lesch gewesen, der ihn von sich gegeben hatte, sondern Oleg. Emmerich hatte ihn getroffen.

»Fahr«, schrie Lesch. »Verdammt noch mal. Worauf wartest du? Scheiße!«

Emmerich hatte den Wagen fast erreicht. »Waffe weg! Hände hoch!«, brüllte er.

In diesem Moment drückte Lesch die Tür auf, rammte sie ihm in den Körper und rannte davon.

Emmerich nahm die Verfolgung auf. Er ignorierte den Schmerz in seinem Bein, biss die Zähne aufeinander.

Lesch bog in die Berggasse und verschwand im Getümmel des Tandelmarktes.

Der Handelsplatz war in einer eingeschossigen Halle untergebracht, in der zweihundert Altwarenhändler gebrauchte Kleidungsstücke und verschiedenste Alltagsgegenstände aus zweiter oder dritter Hand verkauften. Man konnte hier schlicht alles erstehen. Der Architekt, Heinrich von Förster, hatte das Gebäude so gestaltet, dass es an einen orientalischen Basar erinnerte – und genauso ging es darin zu. Es wurde gefeilscht, Waren wurden angepriesen, Menschen redeten laut durcheinander.

Emmerich stürmte in die Markthalle, bahnte sich einen Weg durch die schmalen Passagen, die zwischen den einzelnen Ständen hindurchführten, schob Leiber zur Seite, ließ Beschimpfungen über sich ergehen.

Wo zur Hölle war Lesch?

»Haben Sie ihn gefunden?«

Emmerich drehte sich um, blickte in die Gesichter von zwei Uniformierten und schüttelte den Kopf. »Lauft zurück«, wies er sie an. »Schaut unter jeden Tisch, in jede Truhe, hinter jeden Kleiderständer.«

Die beiden nickten und entfernten sich.

Emmerich trat auf der Rückseite der Halle wieder hinaus ins Freie. Lesch war weit und breit nicht zu sehen, dafür wimmelte die Gegend nur so von Polizisten. Der Hund würde nicht weit kommen.

Eine eisige Windböe fuhr ihm in die Kleider, und er blickte in den Himmel, der mit dicken dunkelgrauen Wolken verhangen war. Sah aus, als würde es bald schneien.

»Keine falsche Bewegung«, hörte er da plötzlich eine Stimme. Kalter Stahl bohrte sich in seinen Nacken, eine Hand fasste nach seiner Waffe, entriss sie ihm. Lesch.

Emmerich erstarrte. »Du hast keine Chance.«

»Doch, hab ich«, zischte der andere. »Ich hab dich als Geisel. Sag deinen Kollegen, sie sollen das Auto holen und uns gehen lassen, sonst erschieß ich dich hier und jetzt, vor aller Augen.«

»Vergiss es. Die lassen dich niemals davonkommen. Denen ist völlig klar, dass du mich kaltmachen wirst, sobald du in Sicherheit bist. Sieh's ein, das Spiel ist aus. Du kannst nur noch wählen, weswegen du hinter Gitter wanderst. Wegen Mord oder nur wegen versuchten Mordes. Glaub mir, der Unterschied macht einige Jahre aus.«

»Ich geh sicher nicht in den Häfn.« Lesch drückte den Lauf seiner Pistole noch tiefer in Emmerichs Fleisch.

»Dann gehst du in die Hölle.« Emmerich bedeutete den Wachleuten, die mit gezückten Waffen auf sie zukamen, Ruhe zu bewahren.

»Zumindest geh ich nicht allein. Schade, dass du nicht mehr mitansehen kannst, wie Xaver Koch die Macht in Wien übernimmt. In zwei Stunden ist es so weit. Sobald er die Waffen hat, gehört die Stadt ihm. Ihm und meinen Platten-Brüdern. Er wird der mächtigste Mann im ganzen Land sein. Dein geliebtes Weibsstück und die drei Hurenkinder werden für immer in seinem Besitz bleiben.« Lesch spannte den Hahn. »Wir sehen uns auf der anderen Seite.«

Ein Brummen ertönte, wurde lauter, kam näher. Ein Auto hupte, Hektik brach aus, und dann krachte es.

Emmerich zuckte zusammen. Der Druck in seinem Nacken verschwand. Langsam drehte er sich um. Direkt vor ihm stand der Wagen der beiden Ganoven, doch es war nicht Oleg, der hinter dem Steuer saß – es war Winter. Von Lesch fehlte jede Spur.

»Ist er tot?« Winter öffnete die Tür, beugte sich heraus und blickte unter die Karosserie.

»Wir werden's gleich sehen.« Ein leises Stöhnen erklang, als die Uniformierten den Platten-Anführer unter dem Automobil hervorzogen. »Den hat's ganz schön erwischt«, sagte einer. »Aber ich denke, er wird's überleben. Was ist mit Ihnen? Geht's Ihnen gut?«, wandte er sich an Emmerich.

Er fasste sich ans Herz, nickte und atmete auf. Er hatte keine Zeit, das eben Geschehene zu verarbeiten. Schnell lief er um den Wagen herum und setzte sich auf den Beifahrersitz. »Danke«, sagte er zu Winter.

»Ebenfalls.«

»Was ist mit Oleg?«

»Sie haben seine Schulter getroffen. Die Kollegen haben ihn verhaftet.« Langsam fuhr Winter an den Schaulustigen vorbei in Richtung Polizeigebäude. »Ganz schön toll, so ein Wagen. Daran könnte ich mich gewöhnen.«

»Du musst umdrehen«, wies Emmerich an. »Wir müssen ins Räuberhölzl nach Meidling.«

»Nach Meidling? Was um alles in der Welt wollen wir dort?« Winter wendete.

»Alma Lehner hat erzählt …«, setzte Emmerich an, wurde aber plötzlich ganz still, als sein Blick ins Handschuhfach fiel. Er zog einen Plan daraus hervor und studierte ihn. »Das ist eine ähnliche Skizze wie die, die Xaver Koch im Volksbildungsheim auf die Tafel gemalt hat. Manche Elemente sind gleich, andere unterscheiden sich.« Er musterte das Blatt.

»Ich glaube, das ist Fischamend. Hier die Fischa … da die Donau … dort die Durchfahrtsstraße.« Er deutete auf einen Punkt, der mit einem X gekennzeichnet war. »Ich glaube, das ist eine Bootsanlegestelle.«

»Und was passiert dort?«

Was hatte Lesch gesagt? *In zwei Stunden ist es so weit. Sobald er die Waffen hat, gehört die Stadt ihm. Ihm und meinen Platten-Brüdern.* »Verdammt«, murmelte Emmerich. »Ich glaube, Xaver Koch hat die Platten zusammengebracht. Er hat sie miteinander verbündet. Das würde die vielen gewaltsamen Zusammenstöße der vergangenen Wochen erklären.«

»Das klingt nicht gut.«

»Und es kommt noch schlimmer. Von irgendwoher kriegt Koch Waffen. Wenn sein Plan aufgeht, verfügt er über eine skrupellose, gewaltbereite Privatarmee.« Emmerich stockte der Atem, als ihm die Tragweite dieser Erkenntnis bewusst wurde. »Wenn ich nicht völlig danebenliege, geht der Waffenhandel in zwei Stunden in Fischamend über die Bühne. An dieser Bootsanlegestelle.«

»Wir müssen sofort zurückfahren.« Winter machte eine Vollbremsung. »Wir müssen Verstärkung holen und die Aktion unterbinden.«

»Dazu haben wir keine Zeit. Bis der Papierkram erledigt ist, bis die Männer einsatzbereit sind, die Strategie erstellt ist … Die Mühlen des Polizeiapparats mahlen langsam. Das dauert ewig.«

»Aber wir beide allein können gegen so eine Übermacht nichts ausrichten.«

Emmerich dachte nach, wog alle Für und Wider der Idee ab, die ihm gerade gekommen war. »Fahr in den 1. Bezirk. Fahr in die Herrengasse.«

»In die Herrengasse?« Winter stöhnte auf. »Sie denken doch nicht etwa an …«

»Was wolltest du mir vorhin eigentlich so dringend sagen?«, lenkte Emmerich ab.

Winter bog in die Liechtensteinstraße ein. Er hatte wohl beschlossen, sich Emmerichs Plan nicht zu widersetzen. »Zech und ich – wir haben auf der Schachtel tatsächlich einen brauchbaren Fingerabdruck gefunden.«

»Von wem?«

Winter zog die Karteikarte aus seiner Tasche und reichte sie Emmerich. »Von Albert Szepanek.«

54

Emmerich und Winter hatten alles in die Wege geleitet, nun fuhren sie über die Schönbrunner Straße in Richtung Gatterhölzl. Ihnen blieb noch ein bisschen Zeit bis Fischamend – die wollte Emmerich nutzen, um Alma Lehners Geschichte zu überprüfen.

Das Gatterhölzl war ein kleiner Wald am äußersten Rand des 12. Bezirks. Da er einst zwielichtigen Gestalten wie Johann »Schani« Breitwieser, dem sogenannten Robin Hood von Meidling, als Unterschlupf gedient hatte, wurde er im Volksmund auch Räuberhölzl genannt. Nach wie vor waren die wildesten Gerüchte über das Gebiet im Umlauf.

»Du weißt, was man sich über das Räuberhölzl erzählt?«, fragte er seinen Assistenten.

Winter ließ seine Finger über das hölzerne Lenkrad gleiten und bog in die Rotenmühlgasse. »Dass die Geister von Schani Breitwieser und seiner Bande darin herumspuken. Dass der Teufel dort sein Unwesen treibt …«

»Ganz genau.«

»Ich versteh noch immer nicht, was der dunkle Bote damit zu tun hat.«

Emmerich stellte seinen Kragen hoch und zog seinen Mantel fester um sich. Der Wagen war zwar schnittig, aber es war auch ziemlich zugig darin. »Offenbar betätigt sich der Leibhaftige seit Neuestem als Auftragsmörder«, erwiderte er und hielt sich damit weiter bedeckt.

»Jetzt machen Sie's nicht so spannend. Erzählen Sie endlich.«

»Es gibt ein Gerücht, das in gewissen Kreisen seit einiger Zeit die Runde macht.«

»In welchen Kreisen?«

»In denen, über die Alma Lehner schreibt. Ich meine die Frauen, denen von Männern übel mitgespielt wurde … Sie erzählen von einer Legende, einem Fluch. Wenn man nicht mehr weiterweiß und das Gesetz einen im Stich lässt, kann man den Teufel anrufen, damit er sich um die Sache kümmert. Dazu muss man ein bestimmtes Ritual vollziehen. Irgendwas mit einer Kerze und einem Spruch.«

»Schwarze Magie? Satanismus?« Winter runzelte die Stirn.

»Es klingt nach völligem Humbug, aber nur im ersten Moment. Das Ganze ist höchst perfide. Bei der Anrufung muss man den Namen des zu Verdammenden auf ein Blatt Papier schreiben, dazu den Grund, warum man ihn tot sehen will, und eine Gegenleistung anbieten.«

»Der Teufel nimmt Geld?«

»Geld, einen Gegenstand, einen Gefallen … Ich denke, es geht dem dunklen Boten darum abzuschätzen, wie ernst es dem Bittsteller mit seinem Ansuchen ist.«

»Und dann? Wie wird der Spuk zur Realität?«

»Das ist der Clou an der Sache. Es ist so simpel wie durchtrieben. Auf der Rückseite muss man alles notieren, was man über die verfluchte Person weiß. Adresse, Arbeitsplatz, Gewohnheiten …«

»Damit der dunkle Bote sein Opfer finden kann.«

»Exakt.« Emmerich rief sich Lehners Worte ins Gedächtnis. »Den Zettel schlägt man in Wachspapier ein, steckt ihn in ein Kuvert und geht damit ins Räuberhölzl, folgt einem unscheinbaren Trampelpfad bis zu einem großen moosbewachsenen Felsbrocken. Von dort aus stapft man durchs Dickicht bis zu einer kleinen Lichtung mit einem krummen Baum. An diesen muss man sein Bittgesuch binden.«

»Unglaublich.« Winter war so perplex, dass er beim Abbiegen beinahe einen Fußgänger überfahren hätte. »Wenn das wahr ist, haben die Frauen tatsächlich Seilschaften gebildet.«

»Tödliche Seilschaften.«

»Spotten Sie nie wieder über die Hühnerarmee. Ich habe Ihnen gesagt, dass sie mächtiger ist, als uns lieb ist.«

Emmerich nickte.

»Die Frauen, die wir befragt haben … Erna Gabor, Vormanns Mädchen, Maria Planner … Sie haben den dunklen Boten beschworen?«

»Das haben sie.« Emmerich dachte kurz nach und lachte trocken. »Diese gerissenen Weibsbilder. Sie alle haben darauf bestanden, niemandem etwas gesagt zu haben. Und das war die Wahrheit. Sie haben mit niemandem gesprochen – sie haben geschrieben. Sie mussten also nicht einmal lügen.«

»Was glauben Sie, wie viele Frauen davon wissen?«

»Keine Ahnung, aber offenbar hat die Sache ziemlich schnell die Runde gemacht und weite Kreise gezogen. Schneller und weiter, als wir uns vorstellen können.«

In der Schwenkgasse parkte Winter den Wagen. Eisiger Nieselregen schlug ihnen entgegen und malträtierte ihre Gesichter mit tausend kleinen Nadelstichen, während sie nach dem Weg suchten.

»Ich glaube, das könnte er sein.« Emmerich zeigte auf einen schmalen Trampelpfad, der mit Schlamm und nassem Laub bedeckt war, sodass man ihn leicht hätte übersehen können.

Der Boden war uneben, Wurzeln und Steine machten den Marsch beschwerlich. Schritt für Schritt drangen sie tiefer in den Wald ein. Das Gelände war menschenleer, irgendwo in einem der Bäume hing ein Windspiel und erzeugte unheimliche Geräusche.

»Glauben Sie tatsächlich, dass Szepanek hinter alldem steckt?«, brachte Winter aufs Tapet, was ihn wohl die ganze Fahrt über beschäftigt hatte.

»Ich trau dem Moralapostel alles zu.« Was Emmerich nicht laut aussprach, war die Tatsache, dass ihm die Vorstellung von Szepanek als dunklem Rächer irgendwie gefiel.

»Denken Sie, er kann so gut schauspielern? Ihnen tagsüber die Hölle heißmachen wegen Kopp, während er selbst nächtens durch die Stadt zieht und Männer abschlachtet?«

»Was ich denke, spielt keine Rolle. Das habe ich aus der Sache mit Fräulein Lehner gelernt. Was wir brauchen, sind stichhaltige Beweise. Als Erstes sehen wir uns diesen Baum an. Solange Szepanek mit Brühl unterwegs ist, kann er nichts anrichten. Nach Dienstschluss heften wir uns an seine Fersen, und wenn wir Glück haben, ertappen wir ihn auf frischer Tat.«

Je weiter sie gingen, desto enger standen die Bäume beisammen, und desto dunkler wurde es. Nebelschwaden zogen zwischen den Stämmen hindurch. Es war, als wären sie in einem Märchen der Gebrüder Grimm.

»Teufel noch mal«, rief Emmerich plötzlich und pfiff durch die Zähne.

Winter blickte über seine Schulter und erschauderte.

Vor ihnen lag eine kleine Waldlichtung, in deren Mitte ein schiefer Baum stand, dessen Äste sich wie Hunderte von Armen in den trüben Himmel reckten. Daran hingen zig Kuverts in allen Größen und Formen. Todesgesuche. Teufelsanrufungen. Vermaledeiungen. Sie flatterten im Wind wie verwunschene Schmetterlinge.

»Das sind ganz schön viele.« Emmerich besah sich das makabre Mobile von Nahem.

Neugierig pflückte er eine der Nachrichten. »*Heinrich Krontaler*«, stand darin geschrieben. »*Er hat mich vergewaltigt, doch niemand will mir glauben. Sein Tod ist mir mein gesamtes Erspartes wert. Es handelt sich um zweitausend Kronen.*«

»*Michael Haas*«, las Winter ein anderes Ansuchen vor. »*Er hat mich belogen und bestohlen. Gerne gebe ich dafür mein gutes Paar Schuhe und die Pelzstola her, die ich von meiner Mutter geerbt habe.*«

In jedem Umschlag ein Schicksal, an jeder Schnur eine Geschichte von Unrecht und Verzweiflung.

Emmerich versuchte, die ungefähre Anzahl der Botschaften zu schätzen, dabei schnürte es ihm die Kehle zu. »Diese Frauen kommen hierher, gehen einen Pakt mit dem Teufel ein, opfern alles, was sie besitzen … Und warum? Weil wir sie nicht beschützen können. Weil das Gesetz zahnlos ist.« Langsam ging er einmal um den Baum herum. Dabei stach ihm ein Kuvert ins Auge – oder besser gesagt, die Schrift darauf. »Bitte um Hilfe.« Die Buchstaben waren klein, leicht nach rechts geneigt, das H verschnörkelt, die letzten Buchstaben der Worte weit auslaufend.

Das war doch Luises Schrift!

Er öffnete den Umschlag, faltete den Zettel mit zitternden Händen auseinander. *XAVER KOCH*, stand dort geschrieben. *Weil er ein Schläger und Mörder ist. Jemand, der ohne Skrupel das Leben anderer Menschen zerstört. Was mir sein Tod wert ist? Mein Leben. Ich bin bereit, dafür mein Leben zu geben.* Tränen stiegen ihm in die Augen. Sein Herz war kurz davor, vor lauter Zorn und Schwermut zu zerspringen. Er wendete das

Blatt. *Wir leben am äußersten Rand von Hietzing, in der Nähe des Gasthauses Schwarzer Adler*, stand dort geschrieben, gefolgt von einer genauen Wegbeschreibung.

Sein Herz begann zu rasen. Alles, was er so lange ersehnt hatte – ein Lebenszeichen von Luise, ihren Aufenthaltsort –, all das hielt er nun endlich in den Händen.

»Jetzt wird alles gut.«

Emmerich sah hoch, seine Augen glänzten feucht. Er hatte gar nicht bemerkt, dass Winter sich neben ihn gestellt und mitgelesen hatte. »Das Gasthaus Schwarzer Adler. Das ist gar nicht weit von hier. Mit dem Wagen könnten wir in einer Viertelstunde dort sein.«

Winter blickte auf seine Uhr. »Tut mir leid, aber dazu haben wir keine Zeit. Wir müssen los.« Er fasste Emmerich an der Schulter. »Auf einen halben Tag mehr oder weniger kommt es jetzt auch nicht mehr an.«

Emmerich zögerte.

»Erledigen Sie Koch in Fischamend«, fuhr sein Assistent fort. »Das ist sicherer für Luise und die Kinder. Danach können Sie sie in Ruhe abholen.«

»Du hast recht.« Emmerich starrte auf die Nachricht.

»Kommen Sie«, drängte Winter. »Gehen wir.«

Emmerich steckte Luises Zettel zurück in das Kuvert, zögerte kurz und hängte es schließlich zurück an den Baum.

»Was tun Sie denn?«

»Wenn wir in Fischamend scheitern. Wenn mir irgendetwas geschieht … So weiß ich, dass der dunkle Bote sich um Xaver kümmern wird.«

Es war ein beruhigender Gedanke für ihn.

55

Xavers Laune glich der eines Kindes vor dem Weihnachtsbaum. Er war freudig erregt, für einen Augenblick mit sich selbst und der Welt im Reinen. Alles war wie geplant vonstattengegangen. Müllners Arbeiterwehr hatte die Waffen aus dem Arsenal geschmuggelt, die Übergabe in Freudenau hatte reibungslos geklappt, und auch hier in Fischamend war bislang alles ohne Probleme über die Bühne gegangen. Der endgültige Triumph war zum Greifen nah.

Gemeinsam mit István und fünf anderen Männern stand er am Donauufer, rauchte und scherzte, während hinter ihnen das kleine Schiff, das sie gepachtet hatten, im sanften Rhythmus der Wellen schaukelte.

»Wo bleiben Oleg und Lesch?« István klappte sein Messer auf und wieder zu, auf und wieder zu, auf und wieder zu.

»Die kommen sicher gleich.«

»Sie sollten längst hier sein.« Er fuhr sich mit der Zunge über die Lippen und starrte an den Horizont. »Was, wenn etwas schiefgegangen ist? Was, wenn sie aufgeflogen sind?«

»Wird schon alles gut gegangen sein«, winkte Xaver ab, doch seine Miene verdunkelte sich. Das selbstbewusste Gehabe verschwand. »Steck endlich das verdammte Messer weg, du machst mich ganz nervös.«

»Auf Oleg ist normalerweise Verlass. Sicher hat dieser verdammte Lesch …«

»Hörst du das?«

Ein Brummen ertönte, Xavers Grinsen kehrte zurück.

»Wird aber auch Zeit«, murmelte István, als endlich zwei Lastkraftwagen angerollt kamen. Er steckte das Messer in den Schaft seines Stiefels und nickte den anderen Männern zu.

Gemeinsam holten sie die Kisten von Bord.

»Wo zum Teufel wart ihr so lange?«, rief Xaver, als die LKWs endlich vor ihnen zum Stehen kamen. »István hätte sich beinahe ins Hemd gemacht.«

Die Türen wurden geöffnet, die Planen über den Ladeflächen weggerissen.

Xaver blieb das Lachen im Hals stecken, als sich ein Dutzend Gewehrläufe auf ihn richtete.

»Schönen guten Tag, meine Herren.« Veit Kolja stieg aus, zog an seiner Zigarre und ergötzte sich an den überrumpelten Gesichtern von Xaver und seinen Leuten. »Ich habe gehört, ihr habt etwas für mich.«

56

»Ich halte das noch immer für keine gute Idee«, zischte Winter Emmerich zu.

»Der kleine Moralapostel hat offenbar keine Freude an unserer Vereinbarung.« Kolja klopfte Winter auf den Rücken. »Dir ist hoffentlich klar, dass der schöne Wagen, in den du so verliebt bist, auch Diebesgut ist.«

»Der tut aber keinem was.«

Kolja lachte schallend. »So sieht es aus, wenn der Verfall der moralischen Werte einsetzt.« Er wandte sich an Emmerich. »Dein Einfluss macht sich bemerkbar. Das Rechtsverständnis des Kleinen ist schon ganz schön aufgeweicht.«

Emmerich ignorierte ihn. »Das reicht!«, rief er und stellte sich Koljas Männern in den Weg, die dabei waren, Kisten auf die LKWs zu laden. »Ich habe gesagt, ihr könnt die Patronen haben und je hundert Pistolen und Gewehre. Der Rest gehört uns.«

»Je hundert.« Kolja breitete die Arme aus und schürzte die Lippen. »August, mein Freund, wie stellst du dir das vor? Dafür krieg ich maximal vierzigtausend Kronen, vielleicht fünfzig. Du schuldest mir aber einiges mehr.«

»Du hast dich wirklich kein bisschen verändert. Du konntest den Hals schon als Kind nie vollkriegen.« Emmerich schnaubte. »Je hundert müssen reichen. So wie ich es sehe, schuldest du mir nämlich dein Leben. Wir haben im

Handschuhfach des Autos eine Exekutionsliste gefunden, auf der unter anderem dein Name stand. Und zwar ganz oben.«

»Na und?« So gelassen, als würden sie über etwas ganz Alltägliches sprechen, zuckte Kolja mit den Schultern. »Mich umbringen … Versucht haben's schon viele, geschafft hat's noch keiner.«

»Dein Geschäft hätten sie auf jeden Fall ruiniert.«

»Lästig wären sie gewesen. Mehr nicht.«

»Die Patronen«, sagte Emmerich. »Hundert Pistolen. Hundert Gewehre. Wir hatten eine Abmachung, und an Abmachungen muss man sich halten. Das sind deine eigenen Worte.«

»Du hast dich im Gegensatz zu mir ganz schön verändert. Seit wann bist du so eine Krämerseele?« Kolja bedeutete seinen Männern, mit dem Verladen innezuhalten.

»Die Waffen und die Munition verkauft ihr übrigens nicht hier in der Stadt. Die gehen ins Ausland. Verstanden? Ich hab keine Lust, mich damit herumzuschlagen.«

»Sonst noch Wünsche?«

»Nicht an die Antisemiten, nicht an die Weißgardisten, nicht an die Bolschewiken.«

»Ist doch eh alles dasselbe.« Kolja verdrehte die Augen. »Auf dem Kontinent brodelt es, eine Revolution jagt die nächste, Allianzen brechen, Machtverhältnisse verschieben sich. Wie soll man da den Überblick behalten?«

»Nicht hier in der Stadt«, wiederholte Emmerich. »Nicht an die Antisemiten, Weißgardisten oder Bolschewiken.«

»Von mir aus.« Kolja deutete in Richtung Uferböschung, wo Koch und seine Männer saßen. Entwaffnet, gefesselt und von zweien seiner Leute bewacht. »Was machen wir mit denen?«

»Am besten, ihr ladet sie hinten auf unseren Lastwagen, dann können wir sie zusammen mit den Beweismitteln in die Roßauer Lände bringen.«

»Alles klar.« Kolja hielt Emmerich seine Hand entgegen.

»Damit sind wir quitt.« Noch bevor er den Handel besiegeln konnte, ertönten Schüsse. Jemand schrie, ein lautes Platschen war zu hören.

»Das darf doch wohl nicht wahr sein.« Kolja zog seine Pistole und rannte zum Ort des Geschehens. »Was ist mit euch?«, brüllte er. »Wie unfähig kann man nur sein?«

Einer seiner Männer lag leblos auf dem Boden. Ein zweiter hielt sich den Arm. Blut quoll zwischen seinen Fingern hervor. Einer dritter zog István am Kragen aus der Donau, verpasste ihm einen Faustschlag ins Gesicht und warf ihn vor Kolja auf den Boden. »Das Schwein hatte ein Messer.«

»Ihr habt Gewehre«, schnauzte Kolja. »Habt ihr ihn denn nicht durchsucht?«

»Klar, haben wir«, verteidigte sich der Mann mit dem blutenden Arm. »Keine Ahnung, wo er das versteckt hatte.« Er verpasste István einen Tritt in die Rippen.

István, klatschnass und völlig durchgefroren, spuckte Blut und lachte dreckig.

»Wo ist er?«, schrie Emmerich. Hektisch sah er sich um. »Wo zur Hölle ist Xaver Koch?«

István schlotterte vor Kälte. Trotzdem lachte er weiter und zeigte auf das kleine Schiff, das eben noch am Anlegeplatz vor Anker gelegen hatte. Langsam schipperte es davon.

»Verflucht!«, donnerte Emmerich. »Ich hab euch doch gesagt, das sind durchtriebene Hunde. Ich hab euch angewiesen, sie doppelt und dreifach zu filzen.« Er zog seine Pistole, lud durch, legte an und feuerte auf den Kutter, wieder und wieder, bis keine Kugel mehr im Lauf war.

»Wir wissen ja jetzt zum Glück, wo er wohnt.« Winter hatte sich neben ihn gestellt.

»Los! Lass uns gehen.« Emmerich setzte an, zum Wagen zu laufen.

»Und was ist mit denen?« Winter zeigte auf István und die anderen Gefangenen. »Und was sollen wir mit den Waffen machen? Die können wir auf keinen Fall hierlassen.«

Emmerich sah ein, dass sein Assistent recht hatte. »Trotzdem … Ich will … Ich muss …« Innerlich zerrissen, blickte er erst zu Kochs Männern, dem vollbeladenen LKW und anschließend auf den Kutter, der immer kleiner wurde, bis er nur mehr ein dunkler Punkt am Horizont war. »Kannst du mit Winter ins Polizeigebäude …?«, fragte er Kolja. »Während ich …«

»Ins Polizeigebäude?« Kolja lachte. »Nicht ums Verrecken.« Er klopfte ihm auf die Schulter, rief seine Männer zu sich und verschwand.

»Wir kümmern uns um Ihre Familie, gleich nachdem wir die Kerle und die Waffen im Polizeigebäude abgeliefert haben«, sagte Winter. »Das geht ganz schnell, zur Roßauer Lände ist es nur ein minimaler Umweg. Und außerdem: Xaver Koch treibt stromabwärts. Fort von Hietzing. Fort von Luise und den Kindern. Wir haben seine Leute. Wir haben seine Knarren. Allein kann er nicht viel ausrichten.«

»Du hast keine Ahnung, was der alles kann«, rief István die Uferböschung hinauf. Sein Blick bohrte sich tief in Emmerichs Seele und hinterließ dort eine unheilvolle Vorahnung.

57

Bei »Leib und Leben« herrschte große Aufregung, nachdem bekannt geworden war, dass Emmerich und Winter nicht nur Oleg und Lesch dingfest gemacht, sondern auch noch István und fünf von Kochs Männern festgenommen sowie eine Wagenladung Waffen gesichert hatten.

Fragen wurden gestellt, Gratulationen ausgesprochen, Hände geschüttelt.

»Los«, zischte Emmerich Winter zu. »Das dauert hier viel zu lang. Lass uns endlich gehen. Ich will zu Luise. Alles Weitere können wir morgen auch noch erledigen.«

Sein Assistent nickte. »Wie gut, dass wir den schönen Wagen …«

»Emmerich und Winter. Wer hätte das gedacht.« Ein stattlicher Mann mit breiten Schultern und einem Kaiser-Franz-Josef-Backenbart war in die offene Tür getreten. Oberinspektor Albrecht Gonska, der Leiter der Abteilung. »Dank Ihrer ausgezeichneten Arbeit ist jetzt auch klar, wer hinter dem Krieg der Platten stand. Wenn Brühl und Szepanek kein Wunder mehr vollbringen, wird das große Büro wohl an Sie beide gehen. Herzlichen Glückwunsch.«

»Danke.« Emmerich saß wie auf Nadeln. Wollte los. Jetzt sofort.

»Apropos Brühl und Szepanek …« Gonska blieb in der Tür stehen. »Mir ist zu Ohren gekommen, dass Sie Ärger mit den beiden haben. Wegen des Mordes an einem gewissen

Bruno Kopp. Sie haben dem Toten wohl Schwarzmarktware abgekauft.« Er zog eine Augenbraue hoch, schaute tadelnd. »Szepanek hat angedeutet, dass Sie in den Mord verstrickt sein könnten.«

»Ausgerechnet er redet von Mordverstrickungen«, blaffte Emmerich, beschloss aber, nichts weiter zu sagen. Er wollte sich nicht noch einmal wegen haltloser Anschuldigungen in die Nesseln setzen und hatte auch gar keine Zeit. »Es ist alles nur ein dummes Missverständnis, Herr Gonska. Wir können gerne später darüber reden. Jetzt müssen wir leider …«

»Ich kann keine internen Zankereien gebrauchen. Wenn wir dem Übel in der Stadt Herr werden wollen, müssen wir alle an einem Strang ziehen. Wir müssen eine Einheit bilden. Klären Sie das also, am besten jetzt gleich. Ich will keinen Unfrieden in der Abteilung. Reden Sie mit den beiden. Es wird Zeit, dass Sie endlich Frieden schließen.«

»Wir haben gerade deren Fall gelöst, ihnen das große Büro vor der Nase weggeschnappt, ich denke nicht …« Emmerich versuchte, sich an Gonska vorbeizudrängen.

»Umso wichtiger, dass Sie das Kriegsbeil jetzt begraben, bevor noch mehr Animositäten entstehen. Gehen Sie rüber. Klären Sie diese Angelegenheit.«

»Mach ich dann.«

»Nicht dann. Jetzt, Emmerich. Jetzt.«

»Ich muss leider los, muss mich dringend um eine private Angelegenheit kümmern.«

»Fünf Minuten werden Sie wohl noch erübrigen können.« Gonska ließ keinen Raum mehr für Ausflüchte. Er begleitete Emmerich bis zum Büro seiner Kontrahenten, schob ihn in den Raum und schloss die Tür hinter ihm.

»Sie können sich die Schadenfreude sparen.« Brühl war die personifizierte schlechte Laune.

Szepanek blickte drein, als ob gerade jemand gestorben wäre.

»Ich bin hier, weil Gonska es wollte, nicht aus freien Stücken«, erklärte Emmerich. »Ich warte kurz, bis er weg ist, in dreißig Sekunden sind Sie mich los.« Er lehnte sich gegen die Wand, spielte mit dem Gedanken zu rauchen, überlegte es sich dann aber anders. Er wollte Brühl und Szepanek nicht unnötig reizen. Die Stimmung war sowieso mies.

»Wenn Sie schon mal hier sind, können Sie uns auch endlich Ihr Alibi nennen.« Sogar der Morgenappell an der Frontlinie war freundlicher gewesen als Brühls Aufforderung.

»Ich hab keins, aber ich weiß, wer Kopp auf dem Gewissen hat. Xaver Koch. Winter und ich fahren gleich los, um ihn zu verhaften.«

Brühls Miene verdüsterte sich noch mehr, wechselte von Regenschauer auf Hagelsturm.

Emmerich brauchte einen Augenblick, um zu verstehen, warum. Damit würde noch ein geklärter Mordfall auf seine Kappe gehen. Er und Winter waren nicht mehr einzuholen. »Ich geh dann jetzt. Schönen Tag.«

»Warten Sie«, rief Szepanek.

»Was denn noch?«

»Mir ist etwas zu Ohren gekommen. Sie haben offenbar ein Beweisstück von Herrn Zech untersuchen lassen. Eine kleine Schachtel aus braunem Karton.«

»Das habe ich«, sagte Emmerich. »Zech, das Waschweib«, fügte er leise hinzu. »Schlimmer als die Tratschtanten daheim an der Bassena.«

»Er hat meine Fingerabdrücke gefunden, richtig?«

Emmerich schwieg.

Szepanek schnaubte verächtlich. »Das ist doch absurd! Glauben Sie wirklich, ich bin der dunkle Bote?«

»Das Leben hat mich gelehrt, dass alles möglich ist.« Emmerich schilderte Winters Theorie, dass es ein frustrierter Gesetzeshüter sein könnte. »Und wenn ich ganz ehrlich bin …«, er dachte an den Baum, an die unzähligen Nachrichten, das viele Unrecht, »… wenn ich ganz ehrlich bin, kann ich den dunklen Boten sogar verstehen.«

»Wie auch immer. Ich bin es jedenfalls nicht.« Szepanek lehnte sich zurück, verschränkte die Arme vor der Brust. »Weil Sie in der Kopp-Sache jegliche Auskunft verweigert haben, mussten wir selbst nach Beweisen für oder gegen Ihre Schuld suchen.«

»Sie haben also in unserem Büro herumgeschnüffelt.«

»Sie haben uns dazu gezwungen. Jedenfalls hab ich dabei die Schachtel angefasst.«

»Ins Büro von Kollegen einbrechen. Das hätte ich mir eigentlich gleich denken können, dass Sie keinen Anstand haben.« Emmerich schnaubte und verließ den Raum.

»Das sagt genau der Richtige«, war das Letzte, was er hörte, bevor er die Tür zuknallte und nach draußen eilte.

»Szepanek ist nicht der dunkle Bote«, sagte er zu Winter, der in Olegs Wagen vor dem Polizeigebäude auf ihn wartete. »Er hat mir nachspioniert und dabei die Schachtel angefasst.«

»Und jetzt? Was wollen wir tun?«

»Wir schicken eine Zivilstreife ins Räuberhölzl. Die sollen sich dort auf die Lauer legen. Irgendwann wird der dunkle Bote ernten gehen. Und es wird das letzte Mal sein.«

58

Es waren schon wieder so viele, und es wurden immer mehr. Sie betrachtete den Baum, nahm die Umschläge ab, steckte sie in ihre Tasche.

Wo sollte sie nur beginnen? Wie sollte das alles enden?

Diebstahl, Vergewaltigung, Schläge, Unterdrückung ... Sie hatte es so satt. Tagtäglich war sie mit einer Vielzahl von schrecklichen Taten konfrontiert – und was noch viel schlimmer war: mit der Tatsache, dass ein großer Teil davon ungesühnt blieb. Das Gesetz war zahnlos, der Polizei waren die Hände gebunden, es herrschte das Recht des Stärkeren.

Sie war die Einzige, die alldem ein Ende bereiten konnte.

Gott sei Dank hatte dieser Kriminalbeamte, Emmerich, seinen Fehler eingesehen und Alma Lehner wieder freigelassen. Lehner war wichtig.

Sie hatte die Reporterin für sich entdeckt, als diese Anfang des Jahres bei einer Demonstration für Frauenrechte wegen Widerstands gegen die Staatsgewalt angezeigt worden war. Seither hatte sie ihren Weg genau verfolgt, denn sie brauchte ein Sprachrohr – eine starke, selbstbewusste Galionsfigur, die mit dem Elend der Frauen vertraut war und die Taten des dunklen Boten aus der richtigen Perspektive betrachtete.

Die Morde nutzten wenig, wenn niemand davon erfuhr. Die Verräter, Choleriker und Zwietrachtstifter, die Heuchler, Verführer und Päderasten ... Sie mussten verstehen, worum es dem dunklen Boten ging. Sie sollten zittern. Und vor allem sollten sie endlich aufhören. Erst wenn der Baum leer blieb, würde ihre Arbeit erledigt sein. Bis dahin musste sie für Gerechtigkeit sorgen. Wieder und wieder und wieder.

Sie begann, die Nachrichten zu lesen, und konnte vor lauter Wut kaum an sich halten. Eine Schilderung war schlimmer als die nächste.

Mit wem sollte es weitergehen?

Ein Bittgesuch ließ sie innehalten. Da war eine Frau doch tatsächlich bereit, ihr Leben zu geben, damit ein gewisser Xaver Koch das Zeitliche segnete.

Wenn sie willens war, solch ein Opfer zu bringen, musste dieser Kerl ein echtes Scheusal sein. Ein würdiges Opfer für den dunklen Boten.

59

Emmerich war unruhig. Ein ungutes Gefühl, das er nicht in Worte fassen konnte, hatte sich seiner bemächtigt, ein düsterer Schleier ihn umfangen. *Du hast keine Ahnung, was der alles kann*, hallte Istváns Stimme in seinem Kopf. Es war keine leere Drohung gewesen, sondern eine einfache Feststellung. Und das war beängstigend.

»Fahr schneller, Ferdinand.«

»Xaver Koch hat keine Ahnung, dass wir wissen, wo er deine Frau und die Kinder versteckt hält«, versuchte Winter, ihn zu beruhigen.

»Aber er weiß, dass wir seine Leute haben. Er muss davon ausgehen, dass irgendwann einer von ihnen auspackt. Wenn er beschließt unterzutauchen, könnte es sein, dass er Luise und die Kinder mitnimmt.«

»Wenn er untertaucht, wird er sie zurücklassen. Sie würden ihn nur behindern.« Trotzdem kam Winter seinem Wunsch nach und drückte aufs Gas. »Ich hab mir übrigens alles noch einmal durch den Kopf gehen lassen«, sagte er, während sie in Olegs Wagen über den Hietzinger Kai brausten. »Wir haben nach wie vor ein Problem mit der Zeit. Irgendetwas stimmt da ganz und gar nicht.«

»Ich weiß nicht, wovon du redest.«

»Wir haben Alma Lehner gestern Abend verhaftet. Sie konnte bis heute Morgen um acht niemanden informieren. Wie hat der dunkle Bote also davon erfahren?«

»Du hast es doch selbst gesagt – es muss ein Polizist sein.« Emmerich war froh über die Ablenkung. Er musste besonnen bleiben, durfte sich nicht von seinen Emotionen leiten lassen.

»Eben, das ist es ja.« Winter bog so rasant in die Firmiangasse, dass Emmerich über das schwarze Leder des Sitzes rutschte und gegen die Tür gedrückt wurde. »Auch im Polizeigebäude wusste eigentlich keiner davon. Nicht bevor wir darüber gesprochen haben. Wir haben Alma Lehner dem Haftrichter vorgeführt, sie ins Untersuchungsgefängnis gebracht, sind anschließend direkt in ihre Wohnung gefahren und danach nach Hause. Erst am nächsten Morgen hat die Sache die Runde gemacht.«

»Was ist mit den Grabennymphen? Vielleicht haben die es rumerzählt.«

»Die haben doch von der Verhaftung gar nichts mitbekommen. Die waren da schon längst weg.«

»Vielleicht haben sie unten gewartet und uns beim Verlassen des Hotels beobachtet.«

»Und woher kannten die Ihren Namen? Sie haben ihn nicht erwähnt, aber das Päckchen war an Sie persönlich adressiert. An Herrn Kriminalinspektor August Emmerich. Der Absender kannte sogar Ihren Rang.«

Emmerich sah ein, dass sein Assistent recht hatte. »Du hast eine Theorie. Du denkst an jemand Bestimmten«, folgerte er.

Winter nickte und hielt vor dem Gasthaus zum Schwarzen Adler an. »Überlegen Sie doch mal. Es bleiben eigentlich nur zwei Möglichkeiten.«

Emmerich stieg aus. »Jemand aus dem Untersuchungsgefängnis oder jemand ...« Er brach abrupt ab, als er erkannte, worauf Winter hinauswollte. »Oder jemand aus dem Gericht.«

»Ganz genau. Jemand, der dort tagtäglich mit den Schwächen des Gesetzes konfrontiert ist. All die abgewiesenen Anzeigen, die Fälle, die nicht weiterverfolgt werden, Fehlurteile … Jemand, der in letzter Zeit großes Interesse daran hatte, in unserem Orbit zu kreisen.«

Emmerich rieb sich übers Gesicht. »Fanni Maruschek.«

»Haben Sie sich nicht auch gewundert, warum sie Fräulein Grete bei ihren Sonderaufgaben hilft? Bei Fräulein Ruth sehe ich es ein. Die hat nicht wirklich viel tun, aber Fanni Maruschek … Außerdem wirkt sie nicht wie jemand, der gerne unbezahlte Überstunden macht. Außer natürlich …«

»… es ermöglicht ihr einen Einblick in den Ermittlungsstand. Sobald wir hier fertig sind, knöpfen wir sie uns vor.« Emmerich kontrollierte seine Waffe und humpelte über den schmalen Waldweg, den Luise in ihrem Brief beschrieben hatte.

Mit jedem Meter, den sie zurücklegten, wurde er aufgeregter. Beklommenheit mischte sich mit Vorfreude. Konnte es wirklich wahr sein? Würde er Luise gleich wiedersehen? Nach all der Zeit? Sein Herz schlug so heftig und schnell, als würde ein Vogel in seiner Brust flattern. Schritt für Schritt kam er seinem Ziel näher, und dann tauchte es endlich vor ihnen auf: Am Ende des Pfades, auf einer weitläufigen Lichtung, stand ein kleines Fuhrwerkshaus.

Der Anblick, der sich ihnen bot, war pittoresk, wie aus einem Gemälde, das ländliche Idylle darstellen sollte. Ein weißer Holzzaun friedete das Grundstück ein, im Vorgarten stand eine Schaukel, Rauch stieg aus dem Schornstein in den Himmel. Emmerich stellte sich vor, wie Luise in der Küche stand und das Abendessen zubereitete, während die Kinder vor dem Kamin saßen und in Bilderbüchern blätterten. Kaum zu glauben, dass sich hinter der Fassade des perfekten

Daheims Xaver Kochs Kommandozentrale befand, Luises Gefängnis.

Sie verbargen sich hinter einem Baum.

»Das Haus war eine gute Wahl«, flüsterte Winter. »Es ist schwer, sich unbemerkt zu nähern. Ganz egal, von welcher Seite man kommt, Xaver Koch hat freies Sicht- und Schussfeld.«

Emmerich blickte in den Himmel. Die Sonne stand tief, würde gleich untergehen. »Warten wir auf die Dunkelheit. Sie wird uns Deckung geben.«

»Vielleicht gibt es eine Hintertür. Dann müssten wir uns aufteilen.« Winter sondierte die Lage. »Wenn Sie mich fragen – es ist zu gefährlich, zu zweit das Haus zu stürmen. Schließlich wissen wir nicht, wer alles dort drinnen ist. Denken Sie an die Sicherheit Ihrer Familie.«

Emmerich versuchte, seinen Atem zu kontrollieren, klare Gedanken zu fassen. Luise war nah, er konnte es spüren. Er wollte zu ihr. Jetzt, sofort, keine Sekunde länger warten. Doch Winter hatte recht.

»Lauf zurück zum Schwarzen Adler«, zischte er, obwohl sich jede einzelne Faser seines Körpers dagegen sträubte. »Vielleicht gibt es dort ein Telefon. Ruf Verstärkung. Ich kundschafte in der Zwischenzeit die Umgebung des Hauses aus.«

60

Der Wald schwieg. Aber dies war die Ruhe vor dem Sturm. Vorsichtig huschte Emmerich von einem Baum zum nächsten, spähte das Gelände aus, prägte sich Details ein – die Lage und Größe der Fenster, tote Winkel, mögliche Hinterhalte …

Das Licht des Tages wurde schwächer, würde der hereinbrechenden Nacht nicht mehr lange standhalten. Im Haus wurde eine Lampe angezündet, und Emmerich konnte nachvollziehen, wie es Motten erging. Magisch wurde er von dem hellen Schein angezogen, musste wie hypnotisiert daraufstarren, konnte seinen Blick nicht abwenden.

Und dann war sie plötzlich da. Luise. Blass und dünn stand sie am Fenster und schaute in seine Richtung.

Ich bin hier, wollte er rufen. Halte durch.

Er machte einen Schritt nach vorn in der Hoffnung, dass sie ihn sehen könnte, als er einen Widerstand spürte. Er blickte nach unten, konnte aber nichts sehen. Vorsichtig bewegte er seinen Fuß, da war er wieder, ein leichter Druck in Knöchelhöhe.

Er bückte sich, tastete den Untergrund ab, fühlte Tannennadeln, Gras, Moos, Kiesel … Was war das? Eine Angelschnur? Straff gespannt, knapp über dem Erdboden. Die Erkenntnis durchfuhr ihn wie ein Stromschlag. Das war ein Alarmmechanismus. Was für ein Idiot er doch war. Natürlich hatte Xaver Koch vorgesorgt und sich gegen ungebetene Gäste gewappnet. Er hatte Fallen gestellt, Warnsysteme installiert – und er, Emmerich, war wie ein blutiger Anfänger hineingetappt.

Er sah hoch. Luise war verschwunden.

Xaver starrte auf das kleine Loch in seinem Oberschenkel. Er hatte Glück im Unglück gehabt. Ein glatter Durchschuss, nur eine Fleischwunde. Trotzdem tat es höllisch weh. Dieser verdammte Emmerich, dieser elende Hurensohn. Dass er von ihm und Veit Kolja, diesem Schwein, überlistet worden war, setzte ihm mehr zu, als es jede körperliche Wunde jemals tun könnte. Die Schmach, die Erniedrigung, die Demütigung … sie zerfraßen seine Seele.

Er griff nach der Schnapsflasche, die neben ihm stand, nahm einen Schluck und schüttete den Rest auf sein Bein. Glühende Kohlen bohrten sich durch seine Haut und seine Muskeln, gruben sich tief in den Knochen ein. Er biss die Zähne aufeinander und hieß den Schmerz willkommen, sah ihn nicht als Feind, sondern als Verbündeten. Die Schlacht war verloren, aber der Krieg noch lange nicht. Emmerich würde büßen. Für alles, was er ihm angetan hatte.

In diesem Augenblick läutete die Alarmglocke.

Die Glocke läutete. Irgendjemand hatte den Alarm ausgelöst. Luise zuckte zusammen. Was nun? Schnell eilte sie ins Kinderzimmer.

»Versteckt euch«, flüsterte sie. »So wie wir es geübt haben.«

»Ich will aber nicht«, setzte der kleine Paul an.

»Doch, das wird lustig.« Emil, der Älteste der drei, hatte den Ernst der Lage wohl verstanden und nahm seinen Bruder an die Hand.

Ida schwieg. Mit ernster Miene öffnete sie den Kleiderschrank und sah ihre Mutter mit großen Augen an.

»Alles wird gut«, flüsterte Luise, küsste die Kleinen und huschte auf den Flur.

Xaver war eine Viertelstunde zuvor nach Hause gekommen. Allein, am Bein verletzt und so von Hass erfüllt, dass selbst dem Teufel bei seinem Anblick angst und bange geworden wäre. Irgendetwas war schiefgegangen.

»Pack zwei Koffer«, hatte er befohlen und war im Schlafzimmer verschwunden.

Sie hasste dieses Haus, jeden einzelnen Raum, jedes Möbelstück, und doch wollte sie nicht fort von hier. Nicht noch weiter weg von ihrem alten Leben, vor allem nicht mit ihm.

Widerwillig hatte sie gehorcht und gehofft, dass irgendetwas ihre Flucht verhindern würde. Sie hatte gebetet. Zu Gott, seinen Engeln und Heiligen und zum dunklen Boten.

Wie es schien, war ihr Flehen erhört worden. Von wem, würde sich bald herausstellen.

Es war früh. Viel zu früh. Wer von den verdammten Weicheiern hatte so schnell gesungen? István war es sicher nicht gewesen, auch an Olegs Standfestigkeit hegte er keinen Zweifel. Xaver ballte die Hände zu Fäusten. Toni Lesch, er musste es gewesen sein.

Er humpelte zum Fenster, schaute hinaus, konnte im Zwielicht des sterbenden Tages nichts und niemanden erkennen, doch er war sicher: Emmerich war hier. Fragte sich nur, ob er allein gekommen war oder Verstärkung mitgebracht hatte.

Luise schlich durch den Flur, umging das knarrende Dielenbrett und öffnete die Hintertür. Die Kinder waren gut verborgen. Wenn sie es schaffte, unbemerkt in den alten Kohlenkeller …

»Die Ratte will wohl das sinkende Schiff verlassen.« Xaver packte sie von hinten an den Haaren und hielt ihr eine Pistole an die Schläfe. »Dabei erfüllt sich doch gerade dein größter Traum«, zischte er. »Komm, wir werden gemeinsam deinen geliebten August willkommen heißen.«

Eine verschwommene Silhouette zeichnete sich im hellen Rechteck der offenen Tür ab. »Emmerich!«, tönte die Stimme von Xaver Koch.

Er hielt die Luft an.

»Ich weiß, dass du da bist. Zeig dich. Hier ist jemand, der dich unbedingt sehen will.«

»Bleib, wo du bist. Komm nicht raus«, rief Luise.

»Du hast genau fünf Sekunden. Gib dich zu erkennen, oder sie ist tot. Fünf – vier – drei …«

»Hier. Ich bin hier.« Emmerich trat aus dem Wald, ging über die Lichtung, und mit jedem Schritt, den er näher kam, konnte er sie besser erkennen. Luise. Sie war blass, hatte eingefallene Wangen und mattes Haar, und doch war sie für ihn noch immer die schönste Frau der Welt. Tränen stiegen ihm in die Augen, aber er lächelte. Auch wenn Koch ihn gleich erschießen würde – es war diesen kurzen Moment des Wiedersehens wert. »Ich liebe dich, Luise.«

»Ich liebe dich auch«, sagte sie. Ihre Stimme bebte, ihr Blick war voller Wehmut.

»Tut mir leid, dass ich bei eurem Wiedersehen stören muss.« Xaver Koch richtete den Lauf seiner Waffe auf ihn. »Wo sind die anderen?«

»Ich bin allein.«

Sein Widersacher taxierte ihn. »Wenn du lügst, stirbt sie. Wenn du faule Tricks versuchst, stirbt sie. Wenn du eine falsche Bewegung machst …«

»Ich hab's verstanden.« Emmerich hielt die Hände in die Höhe. »Außer mir ist niemand hier. Verstärkung ist aber unterwegs. Meine Kollegen können jeden Moment hier eintreffen. Lass sie gehen und hau ab. Ich schwöre, ich werde dir nicht folgen.«

Xaver Koch sagte nichts, dachte nach. »Warum sollte ich euch am Leben lassen? Damit ihr im Glück schwelgen könnt, während ich abtauchen muss?«

»Lass wenigstens Luise gehen«, flehte Emmerich. »Wenn die Vorstellung unserer Liebe dir so zuwider ist, dann bring mich um, aber lass sie am Leben. Tu es für deine Kinder. Tu es für deine Seele. Tu es für den Mann, der du einmal gewesen bist.«

»Den gibt es nicht mehr.« Sein Finger zuckte.

»August!«, schrie Luise. Sie riss sich los, lief auf Emmerich zu.

Koch drückte ab.

Die Welt blieb stehen.

Die Erde, der Mond, die Planeten … sie hatten aufgehört, sich zu bewegen. Der schrecklichste Moment in Emmerichs Leben schien eingefroren in der Ewigkeit – für immer konserviert wie ein Insekt in einem Stück Bernstein.

Als das Rad der Zeit endlich begann, sich weiterzudrehen, tat es das mit einer unglaublichen Langsamkeit, sodass er jedes noch so kleine Detail der Ereignisse wahrnahm.

Luise hielt inne, überrascht und erschüttert zugleich. Ihr Blick traf den seinen, wurde sanft. Sie lächelte und sank nur wenige Meter von ihm entfernt zu Boden.

Blut sickerte aus der Austrittswunde in ihrer Brust.

Der Glanz in ihren Augen erlosch.

Emmerichs Herz zersprang. Er wollte schreien, weinen, sterben. Wollte Xaver Koch in der Luft zerfetzen, die ganze Welt kurz und klein schlagen. Doch nichts geschah. Sein Körper verweigerte den Gehorsam, seine Beine knickten ein, er fiel auf die Knie, ließ den Kopf auf die Brust sinken und erwartete sein Ende. Es würde eine Erlösung sein.

Nichts geschah.

Er blickte auf.

Koch stand direkt vor ihm, sah auf ihn hinunter. Sein Gesicht war voller Genugtuung.

»Bring es hinter dich.«

»Das hättest du wohl gern. Der Tod ist zu gut für dich. Du wirst den Rest deines Lebens mit dem Wissen verbringen, dass du sie nicht retten konntest.« Er holte aus.

»Wir werden uns wiedersehen.«

»Das bezweifle ich.«

Xaver Koch schlug zu, und alles um Emmerich herum wurde schwarz.

Das gnadenvolle Nichts war nur von kurzer Dauer. Er schlug die Augen auf, und alles brach über ihn herein. Schluchzend schleppte er sich zu Luise, nahm sie in die Arme, wiegte sie. Seine Tränen nässten ihr Gesicht. Er hatte sie endgültig verloren.

Ein Schrei durchbrach sein Wehklagen.

Vorsichtig legte er Luise nieder, stand auf und lief in den Wald. Das war Xaver Koch gewesen. Die Trauer trat zur Seite, machte Platz für unbändigen Zorn.

Wie ein Panzer bahnte er sich einen Weg durchs Dickicht, spürte weder sein Bein noch die Zweige, die ihm ins Gesicht schlugen und seine Haut aufrissen. Es war düster, die Umgebung bestand nur noch aus Schatten. Und er war einer davon.

Koch winselte irgendwo in der Nähe.

Musik in Emmerichs Ohren. Balsam für seine Seele. Er zog seine Waffe aus dem Halfter, kämpfte sich weiter voran, sah plötzlich den Schein einer Taschenlampe. Er folgte ihm und fand am Ende des Lichtstrahls keine Geringere als Fanni Maruschek. Den dunklen Boten.

Sie stand über Koch gebeugt, der auf dem Boden lag und aus einer Kopfwunde blutete. In der einen Hand hielt sie eine Pistole, aus ihrer Manteltasche ragte der Griff eines Messers.

Ein Knacken verriet ihn.

Sie drehte sich zu ihm um, ihre Blicke trafen sich. Sie wirkte überrascht, leuchtete ihm ins verweinte, geschundene Gesicht, verharrte reglos. »Ich hab gesehen, was er getan hat«, sagte sie schließlich. »Darum hab ich ihn … Ich war nämlich zufällig … oder besser gesagt … ich …«

»Sparen Sie sich die Ausflüchte. Ich weiß, warum Sie hier sind. Wir haben den Baum gefunden … die Briefe … Sie sind der dunkle Bote. Leugnen ist zwecklos.«

Sie reagierte nicht direkt, dachte nach. Sekunden verstrichen, der Lichtkegel der Taschenlampe richtete sich wieder auf Xaver Koch. Als wäre Emmerich nicht da, kniete Fanni sich neben ihrem Opfer nieder und kramte in ihrer Handtasche. »Manchmal muss man improvisieren«, sagte sie. »Ich brauche irgendetwas, um sein Blut aufzufangen. Er soll im achten Höllenkreis schmoren, gemeinsam mit den anderen Verwüstern.«

»Der Tod ist zu gut für ihn. Selbst die tiefsten Abgründe der Hölle sind nicht Strafe genug.« Emmerich richtete die Waffe auf sie. »Treten Sie zurück. Zeigen Sie mir Ihre Hände.« Als sie nicht gehorchte, schoss er in die Luft.

Fanni zuckte zusammen. »Sie wissen, dass ich das Richtige tue. Sie sind auf meiner Seite. Das habe ich in Ihren Augen gesehen.«

»Treten Sie zurück. Zeigen Sie mir Ihre Hände«, forderte er erneut. »Ich sage es nicht noch einmal.«

Tatsächlich stand sie auf und hob langsam die Arme. Dann machte sie einen Schritt nach hinten, noch einen und noch einen, bis sie beinahe von der Düsternis des Waldes verschlungen wurde.

»Bleiben Sie stehen. Oder ich muss von meiner Waffe Gebrauch machen.« Emmerich richtete seine Pistole auf sie.

»Nein, das werden Sie nicht tun. Sie sind ein guter Mann, das weiß ich von Grete. Und nach allem, was Xaver Koch getan hat … Geben Sie es doch zu … Sie heißen eigentlich gut, was ich mache. Wenn Sie einen Schuldigen bestrafen wollen, dann töten Sie ihn.« Sie zeigte auf Xaver Koch, trat einen weiteren Schritt zurück.

»Wo wollen Sie denn hin?«, fragte er. »Auch wenn ich Sie gehen lasse – Sie werden nicht weit kommen.«

»Wir werden sehen.« Sie verschwand endgültig in der Finsternis. »Sehen Sie nach dem Baum«, schallte es aus der Dunkelheit. »Kümmern Sie sich um die Briefe.«

Sein Finger am Abzug zuckte, doch er konnte sich nicht dazu durchringen abzudrücken.

»Herr Emmerich? Sind Sie hier irgendwo? Wir haben einen Schuss gehört.«

Winter. Und er war nicht allein gekommen. Hundegebell und Stimmengewirr drangen durch den Wald und kamen immer näher.

Emmerich starrte auf Xaver Koch, dachte an Luise.

Die Hölle war kein abstrakter Ort. Sie war real. Und er befand sich mittendrin.

»Da sind Sie ja.« Winter hatte ihn erreicht. »Wir haben … Wir haben Luise … Ich weiß nicht, was ich sagen soll. Es tut mir so unendlich leid.«

Emmerich drehte sich um und fiel Winter in die Arme.

Freitag,
24. Dezember 1920

Epilog

Sieben Wochen waren seit Luises Tod vergangen. Sieben Wochen, in denen sich seine Welt völlig verändert hatte. Nichts war mehr so, wie es einmal gewesen war.

Er hatte sie auf dem Zentralfriedhof beerdigen lassen, in der Nähe ihrer Eltern, unter einer alten Eiche, die ihr Grab vor Wind und Wetter schützte. *Luise Koch*, stand auf ihrem Stein geschrieben. *Geliebte Mutter und Freundin. Unseren Armen entrissen, lebst du auf ewig in unseren Herzen weiter.*

Das elende Schwein, das sie ihnen genommen hatte, saß hinter Schloss und Riegel und wartete auf seinen Prozess. Emmerich würde dafür sorgen, dass Xaver Koch den Rest seines Lebens in einem dunklen, feuchten Kerker verbringen würde. Der Bastard sollte leiden, so wie er es tat.

Die Kinder hatte er zu sich genommen. Obwohl er nicht ihr leiblicher Vater war, ließen die Behörden sie bisher in Ruhe. Er hoffte, dass das so blieb. Die Kleinen hatten bereits genug zu verkraften. Noch immer weinten sie viel. Wer konnte es ihnen verdenken? Doch nach und nach kämpften sich vereinzelte Sonnenstrahlen durch die Trauer, Momente der Normalität schlichen sich in ihren Alltag. Er würde alles in seiner Macht Stehende tun, dass es mehr wurden.

Die Suche nach einer eigenen Bleibe gestaltete sich schwieriger als gedacht, deshalb hatte Frau Seidl bis auf Weiteres ihr Wohnzimmer geräumt, um Platz für Emil, Ida und Paul zu schaffen. Bisher funktionierte dieses Arrangement. Seine Vermieterin konnte gut mit den Kindern umgehen.

Die Stimmung in der Abteilung war besser denn je. Die Kollegen brachten ihm und Winter endlich den Respekt entgegen, der ihnen zustand, und das neue Büro hatten sie auch schon bezogen. Er hätte sofort alles aufgegeben, wenn er dafür die Geschehnisse jener unheilvollen Nacht rückgängig machen könnte. Doch das ging nicht. Es war, wie Xaver gesagt hatte: Er musste bis ans Ende seiner Tage damit leben, dass er sie nicht hatte retten können.

Dafür half er anderen Frauen.

Noch immer fanden neue Nachrichten ihren Weg zu dem Baum, und das Verwünschen würde wohl so schnell auch nicht aufhören – schließlich war der dunkle Bote noch immer auf freiem Fuß. Fanni Maruschek war noch nicht gefunden worden, und er musste zugeben, dass sich sein Eifer, sie aufzuspüren, in Grenzen hielt. Es gab wichtigere Fälle. Er fand sie in den Kuverts, tat alles in seiner Macht Stehende, um für Gerechtigkeit zu sorgen. Auf die legale Art und Weise.

Es klingelte an der Tür. Winter war der Einladung zum Weihnachtsessen gefolgt und hatte seine Großmutter mitgebracht.

»Grüß Gott, Gnädigste.« Emmerich küsste die Hand der alten Dame.

Sie schenkte ihm einen strengen Blick und trat ein. »Bescheiden, aber sauber«, sagte sie, nachdem sie sich umgesehen hatte. »Rieche ich etwa Braten?«

»Mit Rotkohl und Kartoffeln. Es gibt sogar einen Baum.«

Kolja hatte für Essen gesorgt und Geschenke für die Kinder gebracht. Emmerich hatte die Zuwendungen nicht abgelehnt. Alles, was die Kleinen aufmunterte, was ihnen half, zurück ins Leben zu finden, war ihm willkommen.

»Hast du den Wagen endlich zurückgegeben, Ferdinand?«, fragte er.

»Vergessen.« Winter grinste und überreichte ihm einen Brief.

»Was ist das?«

»Keine Ahnung, steckte an der Tür.«

Er öffnete den Umschlag, las die Nachricht, die sich darin befand, und alles Blut wich ihm aus dem Gesicht. *ICH WEISS, WO IHRE MUTTER IST*, stand dort in großen Lettern geschrieben.

»Herr Emmerich?«, rief Frau Seidl. »Kommen Sie? Das Essen ist fertig. Und gleich kommt das Christkind.«

»Bin sofort da.« Emmerich starrte auf das edle Büttenpapier in seiner Hand.

Diese Geschichte war noch nicht vorbei.

Nachwort

Vieles von dem, was in diesem Buch beschrieben wird, beruht auf Tatsachen. So war der Nachkriegsalltag in Wien tatsächlich von Hunger und Not geprägt, die Wirtschaft lag brach, es herrschte Wohnungsmangel, und die Arbeitslosenzahlen waren hoch wie nie.

Um Kriegsanleihen zurückzuerstatten und Reparationszahlungen zu leisten, wurden die Notenpressen angeworfen, und man druckte Berge von Geld. Dadurch sank der Wert der Krone mit jedem Tag, weshalb der Schmuggel und illegale Handel mit kaufkräftigen Valuten blühte.

Das Chaos und Elend, das den Alltag beherrschte, war ein guter Nährboden für das organisierte Verbrechen. In kürzester Zeit bildete sich eine Vielzahl krimineller Banden. Besonders die brutalen Jugendgangs, sogenannte Platten, versetzten die Stadt in Angst und Schrecken. Das *Illustrierte Wiener Extrablatt* verglich sie mit den Apachen aus Paris, den Hooligans aus London und den Mularias aus Triest und kam zu dem Schluss, dass in Paris, London und Triest durch die Banden in zwei Monaten nicht so viele Verbrechen begangen wurden wie in Wien in zwei Nächten. Wolfgang Maderthaner und Lutz Musner schreiben darüber in ihrem Buch *Die Anarchie der Vorstadt*, auch in den Werken von Roland Girtler kann man darüber lesen.

Die Zustände im Arsenal entsprechen ebenfalls der Realität. Tatsächlich wurde von den Alliierten nie eine Inventur der dort gelagerten Waffen durchgeführt, auch die Existenz von geheimen Gängen und illegalen Waffengeschäften der Arbeiterwehr ist verbrieft. Josef Gerdenitsch schildert davon anschaulich in seinem Buch *Das Wiener Arsenal in der Ersten Republik: die politische, wirtschaftliche und militärische Bedeutung in den Jahren 1918 – 1927*. Nach dem Zweiten Weltkrieg wurde der gesamte Arsenalkern übrigens einplaniert.

Antisemitismus ist nicht, wie oft behauptet, eine Sache der Nationalsozialisten – er begann in Österreich bereits im Mittelalter und schwelte ständig unter der Oberfläche. Nach dem Ersten Weltkrieg nahmen die Animositäten stark zu, den Menschen ging es schlecht, sie suchten nach Sündenböcken für ihr Elend. Judenhass wurde salonfähig.

Eine weitere Bevölkerungsgruppe, die als Menschen zweiter Klasse wahrgenommen wurde, waren Frauen. Obwohl sie während der Kriegsjahre bewiesen hatten, dass sie durchaus in der Lage waren, die Geschäfte der Männer zu übernehmen, und 1918 das allgemeine Wahlrecht für Frauen in Österreich eingeführt wurde, mussten sie noch viele Jahrzehnte hart um die Gleichstellung kämpfen. So durften sie bis 1975 nicht ohne die Zustimmung ihrer Männer arbeiten.

Nicht nur Ereignisse, auch viele der im Buch beschriebenen Orte Wiens existieren tatsächlich. Der Wiener Zentralfriedhof in der Simmeringer Hauptstraße zählt mit knapp zweieinhalb Quadratkilometern und rund dreihunderttausend Gräbern zu einem der größten Friedhöfe der Welt. Er war und ist noch immer eine der beliebtesten Sehenswürdigkeiten der Stadt.

Das Schweineschlachthaus, das sich auf dem Gebiet der heutigen Arena in der Baumgasse befand, wurde 1910 eröffnet und bestand bis in die Siebzigerjahre.

Der Antisemitenbund, dessen gedrucktes Organ das Hetzblatt *Der eiserne Besen* war, wurde vom christlichsozialen Politiker Anton Jerzabek 1919 in Wien gegründet. Der Verein hatte seinen Sitz in der Schindlergasse im 18. Bezirk.

Der Friedhof der Namenlosen liegt in der Nähe des Alberner Hafens. Ein Wasserstrudel spülte dort immer wieder die Körper von Ertrunkenen ans Ufer. Sie waren leider oft nicht mehr identifizierbar, und da es sich meistens um Selbstmörder handelte, denen ein reguläres Begräbnis untersagt war, wurden sie ohne großes Aufhebens vor Ort beigesetzt. Tatsächlich kam es im Winter des Jahres 1918 zu einem so extremen Brennstoffmangel, dass der Friedhof geplündert wurde. Holzkreuze und ausgegrabene Särge wanderten in die Öfen der Bevölkerung.

Das Ronacher in der Seilerstätte, eine Wiener Institution, war ursprünglich als Schauspielhaus errichtet worden. Nach seinem Wiederaufbau (es brannte 1884 nieder), wurde der Zuschauerraum mit Tischen und Stühlen ausgestattet. Das Publikum durfte während der Darbietungen essen, trinken und rauchen. Das Programm wurde in der Ersten Republik vermehrt von Artisten und Varietékünstlern bestritten.

Präuschers Panoptikum und das angeschlossene Anatomische Museum (auch Präuschers Menschenmuseum genannt), befanden sich nördlich der Ausstellungsstraße. Ende des Zweiten Weltkriegs wurden die beiden Einrichtungen zerstört.

Eine weitere Wiener Institution war das Kaufhaus Herzmansky, das größte Textilwarenhaus der österreichisch-ungarischen Monarchie. Seit 1998 befindet sich in dem Gebäude in der Mariahilfer Straße eine Filiale von Peek & Cloppenburg.

Eine mittlerweile ausgestorbene Gattung von Lokalen waren die Stehweinhallen. Es galt Selbstbedienung, ausgeschenkt wurde Wein aus der Region, der von den Winzern meist in großen 800-Liter-Fässern angeliefert wurde. Ein nettes Detail am Rande: Bei der Zustellung zufällig anwesende Passanten erhielten üblicherweise ein sogenanntes Stehachterl gratis.

Der Tandelmarkt, auf dem mit gebrauchter Kleidung und verschiedenen Gebrauchsgegenständen gehandelt wurde, hatte eine bewegte Geschichte. 1404 auf der Brandstätte gegründet, musste er mehrfach umsiedeln. In den 1860er-Jahren schlossen sich rund zweihundert Trödler zusammen und kauften ein Grundstück zwischen der Berggasse und der Türkenstraße. Darauf ließen sie eine Halle errichten. Diese wurde im Jahr 1944 durch einen Bombentreffer schwer beschädigt und nach Kriegsende abgerissen.

Ich hätte das Buch ohne die Berichte und Beschreibungen von Zeitzeugen nicht verfassen können. Allen voran sind, wie bereits in *Der zweite Reiter* und *Die rote Frau* die beiden Pioniere der Sozialreportage Max Winter und Emil Kläger zu nennen, doch auch andere Autoren und Historiker wie Josef Roth, Hugo Bettauer oder Alfons Petzold haben mir durch ihre Werke wichtige Informationen über die damalige Zeit vermittelt.

Eine weitere sehr große Hilfe stellte erneut ANNO (AustriaN Newspapers Online), der virtuelle Zeitungslesesaal der Österreichischen Nationalbibliothek, dar. Dort kann man kostenlos auf über eine Million Ausgaben von mehr als sechshundert historischen Zeitungen und Zeitschriften zugreifen, wovon ich oftmals Gebrauch gemacht habe.

Manchem/r von Ihnen mag aufgefallen sein, dass das Lied *Herr Doktor, erinnern Sie sich noch ans Zwölferjahr* erst nach 1920 geschrieben wurde – bitte entschuldigen Sie diese kleine künstlerische Freiheit.

Danke

Schreiben ist oft ein sehr einsamer Job. Umso mehr weiß ich die fabelhaften Menschen zu schätzen, die mich auf meinem Weg begleiten und mir mit Rat und Tat zur Seite stehen.

Allen voran gilt mein Dank meinem Agenten Kai Gathemann, der mit starken Nerven und viel Geduld immer wieder das Beste aus mir und meinen Texten holt.

Random House ist mittlerweile mehr als nur ein Verlag für mich, es ist ein echtes Zuhause geworden. Das verdanke ich allen voran Kathrin Wolf, Berit Böhm, Astrid von Willmann, Katharina Schleicher, Paul Gaudernak, Nicole Geismann, Wiebke Rossa, Dagmar Niesner, Gertrude Rupp, Gesche Wendebourg, Susanne Seggewiss und Margit von Cossart. Ihr seid großartig!

Kerstin Breyer – *you rock*. Danke für deine Power und deinen unermüdlichen Einsatz.

Danke auch an Andreas Pittler für die Überprüfung der historischen Fakten. Deine Expertise hat mich vor so manchem Fettnäpfchen bewahrt.

Last but not least gilt mein Dank den allerwichtigsten Menschen überhaupt: Den BuchhändlerInnen und LeserInnen. Danke für eure Zeit, euren Einsatz und euer Feedback.

Quellenangaben

Woien, sterbende Märchenstadt
Text: Fritz Löhner-Beda (1883–1942)
Musik: Hermann Leopoldi (1888–1959)

Herr Doktor, erinnern Sie sich noch ans Zwölferjahr?
Text: Hans Haller (1913–1995)
Musik: Hans-Georg Huebsch (1910–1990)

Die Internationale
Text: Eugène Pottier (1816–1887),
Arkadi Koz (1872–1943)
Musik: Pierre Degeyter (1848–1932)

Jetzt trink'n ma noch a Flascherl Wein
Text: Carl Lorens (1851–1909)
Musik: Carl Lorens (1851–1909)

Namenlos
Gedicht von Albrecht Graf Wickenburg (1839–1911)

Da geh ich zu Maxim
Text: Victor Léon (1858–1940),
Leo Stein (1861–1921)
Musik: Franz Lehár (1870–1948)